Un mariage en Italie

*

Rencontre aux Caraïbes

*

Le temps d'un été

LUCY GORDON

Un mariage en Italie

Traduction française de
CATHERINE BELMONT

HARLEQUIN

Titre original :
ONE SUMMER IN ITALY...

Ce roman a déjà été publié en 2014

Réalisation graphique couverture : E. COURTECUISSE (HarperCollins France)

HARPERCOLLINS FRANCE
83-85, boulevard Vincent-Auriol, 75646 PARIS CEDEX 13
Service Lectrices — Tél. : 01 45 82 47 47

www.harlequin.fr

ISBN 978-2-2804-1733-4

1

— Mon Dieu, faites qu'aucun des carabiniers qui sont à mes trousses ne m'ait vue grimper dans ce wagon ! murmura Holly dès que le train à bord duquel elle était montée cinq minutes plus tôt eut quitté la gare de Roccasecca.

De crainte qu'ils ne l'identifient au premier coup d'œil et lui mettent les menottes comme à un vulgaire malfrat, elle était sortie du hall, le front baissé, et s'était mêlée à la foule bruyante des vacanciers qui s'impatientaient sur le quai. Lorsque l'express à destination de Rome s'était immobilisé devant elle et qu'elle avait gravi le marchepied avec une feinte désinvolture, personne ne semblait l'avoir remarquée. Mais tant qu'elle n'aurait pas regagné l'Angleterre, elle oserait à peine respirer.

Depuis que Bruno Vanelli, l'homme dont elle avait eu la sottise de tomber amoureuse, l'avait dénoncée à la police pour éviter d'aller moisir au fond d'un cachot, elle avait l'impression que l'univers tout entier était devenu aussi sombre et amer que ses propres pensées.

— Pourriez-vous reculer un peu et me laisser passer, mademoiselle ?

Tirée de ses réflexions par la voix cristalline d'une vieille dame au sourire bienveillant, Holly se plaqua contre la fenêtre et regarda défiler les sémaphores postés en faction le long des rails.

Les prairies quadrillées de haies touffues et les bouquets d'arbres qui s'étageaient à flanc de colline dessinaient au loin une fresque somptueuse que le soleil criblait d'étincelles dorées, mais, indifférente à la beauté du paysage, elle colla sa joue à la vitre et ferma les yeux.

Quand un bruit insolite — une sorte de cliquetis suivi d'un martèlement de talons — résonna à l'autre extrémité du couloir, elle battit des paupières puis, à la vue des deux carabiniers qui inspectaient le wagon, sentit une sueur froide l'envelopper.

« Pas de panique, Holly ! se dit-elle en frissonnant. Au lieu de rester plantée là comme une idiote et de te mettre à trembler, prends un air détaché et éloigne-toi à pas lents. Tu as tellement l'habitude de te fondre dans le décor que si tu arrives à conserver ton calme, personne ne devinera qu'on t'a accusée de vol et que tu t'es enfuie de Roccasecca. »

— Quel est le nom de votre complice, Vanelli ? avaient dû demander les gendarmes à son ex-petit ami.

— Sarah Conroy, avait-il probablement répondu, un sourire perfide au coin des lèvres. Mais elle préfère qu'on l'appelle Holly.

— Pouvez-vous nous la décrire ?

— Volontiers. Elle a de grands yeux bleus, des cheveux châtain clair coupés très court sur la nuque et un visage assez banal.

— Combien mesure-t-elle ?

— Un mètre soixante-quatorze. Et elle est un peu trop mince à mon goût.

— A-t-elle des signes particuliers ?

— Non, aucun.

« Dire que j'ai longtemps rêvé d'avoir des boucles blond platine comme Marilyn Monroe et d'attirer tous les regards masculins ! pensa Holly avec une sombre ironie. Si j'avais su que mon physique ordinaire me permettrait un jour d'échapper à la police, j'aurais été heureuse de ne pas ressembler à une star de cinéma. »

Après avoir pris une profonde inspiration pour essayer de calmer les battements désordonnés de son cœur, elle cala sa valise contre la paroi du train, puis s'éloigna d'un pas tranquille et franchit la plaque trépidante du soufflet en trois enjambées.

Dès qu'elle eut atteint la voiture de première classe, une petite fille âgée de sept ou huit ans tira l'un des rideaux de velours bleu marine qui habillaient les vitres du wagon et lui dédia le plus espiègle des sourires.

Cédant alors à une impulsion, Holly s'engouffra dans le compartiment et referma derrière elle la porte qu'elle tenait entre ses doigts crispés.

— Ne faites pas de bruit, je vous en supplie, lança-t-elle à la jeune femme aux longs cheveux bruns qui était assise sur l'une des deux banquettes capitonnées. J'ai besoin de votre aide. Parlez-vous anglais ?

— Un peu, répondit l'inconnue en la dévisageant d'un air ébahi.

— Pardon de vous avoir dérangée, mais je... j'ai oublié d'acheter un billet à la gare de Roccasecca et je ne voudrais pas que le contrôleur m'inflige une amende, car je n'ai pas d'argent sur moi. M'autorisez-vous à rester ici jusqu'à notre arrivée à Rome ?

— Evidemment ! hurla la fillette qui avait accueilli Holly avec un sourire.

Puis, avec une amusante solennité, elle enchaîna :

— Bonjour, *signorina.* Je suis ravie de vous rencontrer.

— Bonjour, ma puce, répliqua Holly en serrant la main que lui tendait sa petite interlocutrice. Tu vas bien ?

— Très bien, je vous remercie.

— Comment t'appelles-tu ?

— Liza Fallucci. Et vous ?

— Holly.

— Vous êtes anglaise ?

— Oui.

— Chouette !

— Pourquoi es-tu heureuse que je ne sois pas italienne ?

— Parce que j'adore l'Angleterre.

A peine Liza avait-elle lâché le dernier mot que le train ralentit brusquement et qu'une secousse lui fit perdre l'équilibre.

— Ne reste pas debout, ou tu vas finir par tomber et par te blesser, lui dit la jeune femme qui l'accompagnait. Tu as oublié les conseils que les médecins t'ont donnés à ta sortie de l'hôpital ?

— Non, riposta Liza, boudeuse, mais j'ai pas besoin de les suivre, Berta. J'ai presque plus mal à ma jambe.

— Ce n'est pas ce que m'a raconté le kinésithérapeute qui vient te rendre visite quatre fois par semaine.

— Oh ! lui, je le déteste.

— Et moi, tu m'aimes bien ?

— Ça dépend des jours.

Voyant Liza s'agripper de ses dix doigts à la porte du compartiment et esquisser une grimace de douleur, Holly la souleva dans ses bras avec mille précautions et l'assit à côté de Berta.

— Je suis l'infirmière de la *piccina*, déclara celle-ci après avoir rangé au fond de son sac le magazine qu'elle tenait à la main. Comme il faut que je veille sur Liza du matin au soir et que je l'empêche de faire des bêtises, elle me trouve un peu trop envahissante et ne se gêne pas pour me le dire, mais, étant donné les circonstances, je ne peux pas lui en vouloir. Une fois qu'elle aura recouvré l'usage de sa jambe, je parie qu'elle me remerciera de ne pas lui avoir passé tous ses caprices.

— Je suis une grande fille, s'écria Liza en relevant le menton d'un air de défi, et j'ai pas envie qu'on s'occupe de moi.

— *Forse, ma...*

— Il faut pas que tu parles italien devant la *signorina*, Berta. Les Anglais détestent les langues étrangères.

— Qui t'a raconté cela ? questionna Holly.

— Ma maman. Elle venait de Grande-Bretagne comme vous.

— Et elle ne connaissait pas l'italien ?

— Si, parce qu'elle avait habité à Rome pendant des années. Mais dès que papa avait le dos tourné, elle sortait de vieux livres de sa bibliothèque et me lisait *Alice au pays des merveilles*, *David Copperfield* ou *Les Aventures de M. Pickwick*.

— C'est grâce à elle que tu t'exprimes avec une telle aisance ?

— Oui, acquiesça fièrement Liza. Elle m'a appris plein de choses quand elle était encore là et j'ai tout retenu.

— Quand elle était encore là ! répéta Holly, étonnée. Elle est partie vivre ailleurs ?

— Pas exactement, murmura Berta en secouant la tête d'un air apitoyé. La *signora* Fallucci a été victime d'un grave accident et nous a quittés.

— Oh ! je suis désolée.

— Elle m'avait promis de m'emmener en Angleterre, claironna Liza. Et j'aimerais bien y aller un jour.

— Lorsque tu seras devenue une jolie jeune fille et que tu auras l'occasion de t'y rendre, lui dit Holly, tu ne regretteras pas d'avoir fait le voyage parce qu'il n'y a pas de plus beau pays au monde.

— Il est aussi grand que l'Italie ?

— A peu près.

— Vous connaissez Portsmouth ?

— Naturellement. C'est une ville superbe qui abrite la maison natale de Charles Dickens, l'auteur de *David Copperfield* et des *Aventures de M. Pickwick.*

— Où est-ce qu'elle se trouve ?

— Au sud du comté de Hampshire, juste en face de l'île de Wight.

— Vous habitez là-bas ?

— Non, mais, comme je suis originaire des Midlands et qu'il y pleut souvent, il m'est déjà arrivé de passer mes vacances dans la station balnéaire de Southsea, à quelques kilomètres de Portsmouth.

— Vous avez vu des bateaux à Southsea ?

— Bien sûr ! J'ai même traversé la Manche à bord d'un catamaran.

— Ma maman adorait naviguer, elle aussi. Un jour, elle m'a dit que c'était encore plus drôle que de monter à cheval.

— Elle ne t'a pas menti. Il est très amusant de se laisser ballotter par les vagues et de regarder le vent gonfler la grand-voile.

Un sourire illumina les jolis traits de Liza.

— *Per favore, signorina*, implora-t-elle, racontez-moi ce qu'on ressent quand on est en pleine mer.

Oubliant le danger qui la menaçait et la peur panique qu'elle avait éprouvée à Roccasecca, Holly fouilla dans sa mémoire et essaya de se rappeler l'immense plaisir qu'elle avait pris à jouer les capitaines au long cours à l'époque où elle était étudiante. Comme ses souvenirs dataient de huit ans, ils étaient un peu flous, mais, pour ne pas décevoir Liza, elle agrémenta son récit de détails pittoresques tout droit sortis de son imagination.

— J'espère que le juge ne va pas tarder à nous rejoindre, maugréa soudain Berta après avoir écarté le rideau de velours qui masquait le haut de la porte et glissé un regard furtif vers le bout du couloir.

— Le juge ! releva Holly d'une voix sans timbre. De qui parlez-vous ?

— De Matteo Fallucci, le père de la petite. Il est parti saluer l'un de ses amis et cela m'ennuie qu'il ne soit pas encore de retour parce qu'il faudrait que j'aille…

Berta s'interrompit net, la mine embarrassée.

— … au *gabinetto*, acheva-t-elle. Pourriez-vous vous occuper de la *piccina per un momento* ?

— Je ne demanderais pas mieux que de vous aider, mais je ne suis pas sûre que ce soit une bonne idée de…

— Oh ! ne refusez pas, je vous en prie. Je n'en ai que pour quelques minutes.

— D'accord. Je vais tenir compagnie à Liza pendant votre absence.

— *Grazie, signorina.*

« Au lieu de venir me réfugier dans le wagon de première classe, j'aurais dû sauter par la fenêtre quand le convoi a ralenti et me cacher au pied du talus », se dit Holly, persuadée que les carabiniers ne tarderaient pas à lui mettre la main dessus et la jetteraient en prison sans lui laisser le temps de s'expliquer.

— Vous allez rester avec moi ? l'interrogea Liza en regardant Berta se lever de la banquette et sortir du compartiment.

— Oui, acquiesça-t-elle, mais, dès que ton infirmière nous aura rejointes, je m'en irai.

— Ah non ! Je veux pas que vous me quittiez.

— Lorsque Berta sera de retour, tu n'auras qu'à lui demander de te raconter des histoires. Je parie qu'elle en connaît de très amusantes.

— Ça m'étonnerait. Elle est bien trop bête !

Surprise de la virulence du ton, Holly s'inclina vers Liza et fronça les sourcils.

— Ce que tu viens de dire n'est pas gentil, ma puce, lâcha-t-elle d'une voix grondeuse. Pourquoi n'aimes-tu pas cette pauvre Berta ?

— Parce que, quand j'essaie de lui expliquer que je suis triste d'avoir perdu ma maman et que je pense souvent à elle la nuit, elle me regarde avec des yeux ronds. Elle croit que le principal, c'est que j'obéisse aux grandes personnes, que je mange ma soupe et que je fasse mes exercices de ré... de rééducation.

— Alors que toi, tu as besoin d'autre chose ?

— Oui. Les jours où j'ai du chagrin et où je refuse de quitter ma chambre, je voudrais qu'elle me console, mais elle s'aperçoit même pas que je suis malheureuse. Au lieu de me parler, elle pince les lèvres comme si elle était fâchée contre moi et elle descend bavarder avec la cuisinière au rez-de-chaussée.

Résistant à l'envie qui lui venait de serrer Liza dans ses bras, Holly se redressa, la gorge nouée, puis pivota sur ses talons pour aller guetter Berta à l'entrée du compartiment... C'est alors qu'elle heurta de plein fouet un homme à la stature imposante qu'elle n'avait pas entendu approcher.

— Qui êtes-vous ? l'interrogea-t-il d'un ton abrupt. Et que faites-vous ici ?

— La *signorina* est anglaise, papa, s'écria Liza en se levant de la banquette et en clopinant vers lui. Elle habite à Portsmouth et elle est mon amie.

— A Portsmouth ? répéta-t-il, les lèvres exsangues. Quelle drôle de coïncidence !

— Je... je suis une simple touriste, balbutia Holly, une

fois remise de sa stupeur. Je trouve l'Italie tellement belle que j'ai décidé d'y passer mes vacances comme bon nombre de mes compatriotes.

Matteo Fallucci détailla du coin de l'œil le T-shirt délavé et le jean effrangé qu'elle avait enfilés à la hâte au début de la matinée et esquissa une moue réprobatrice.

— Une simple touriste attirée par la *dolce vita* ou une criminelle en cavale ? jeta-t-il avec une froide ironie. Lorsque j'ai traversé le wagon de deuxième classe il y a un instant, j'ai vu des carabiniers vérifier l'identité des voyageurs, mais j'imagine que vous êtes au courant ?

— Oui. Je… je les ai aperçus.

— Est-ce à cause d'eux que vous êtes venue vous réfugier ici ?

— Je devine ce que vous pensez et je…

— Non, ne répondez pas ! J'aime mieux me faire ma propre opinion.

— Dans ce cas, laissez-moi partir et je vous promets de ne plus vous importuner.

— A supposer que j'accepte, où irez-vous vous cacher ?

— Je ne sais pas. Je… je n'ai pas encore réfléchi à la question.

Matteo recula d'un pas et toisa Holly de toute sa hauteur. A l'étrange fixité de son regard d'obsidienne, à la ligne dure de sa bouche qui trahissait l'irréductible volonté de celui que rien ni personne ne peut intimider et à cette façon qu'il avait de se camper, la tête droite et les talons joints, on devinait qu'il avait l'habitude de dicter sa loi et d'être obéi.

— Asseyez-vous, ordonna-t-il à la jeune femme. Si vous sortez d'ici, vous allez vous retrouver face à face avec les carabiniers et ils se feront un plaisir de vous réclamer vos papiers.

Les jambes flageolantes, Holly se laissa tomber sur la banquette et serra ses mains l'une contre l'autre.

— Est-ce parce que votre attitude lui a semblé suspecte que Berta a quitté le compartiment ? lui demanda Matteo d'un ton glacial.

— Non. Elle a eu besoin de s'absenter pendant quelques

minutes et m'a chargée de tenir compagnie à votre fille jusqu'à son retour.

— Vous êtes recherchée par la police ? lança Liza à Holly, les yeux brillants d'excitation. Génial !

— Aurais-tu oublié que je suis magistrat et qu'il est de mon devoir de mettre les criminels hors d'état de nuire ? s'indigna son père.

— Holly a tué personne, papa. Elle est mon amie et il faut l'aider.

— Ton amie, vraiment ? rétorqua Matteo en haussant un sourcil agacé. Depuis combien de temps la connais-tu ?

— Depuis un quart d'heure.

— Et cela t'a suffi pour la juger ?

— Oui. Tu m'as dit un jour que tu étais tombé amoureux de maman dès votre première rencontre parce que tu l'avais trouvée très belle et très élégante. Moi, quand j'ai aperçu la *signorina* dans le couloir, j'ai su tout de suite qu'elle était gentille et que j'allais l'aimer.

— Ce n'est pas la même chose, voyons !

— Si, c'est pareil. Et t'as pas le droit d'être méchant avec Holly.

Après avoir défié longuement son père des yeux, Liza fronça son joli petit nez piqueté d'éphélides et éclata en sanglots. Mais au lieu de se pencher vers elle et de la prendre dans ses bras, Matteo s'adossa à la fenêtre, les joues blêmes et le regard lointain.

Trop émue par la détresse de la fillette pour feindre l'indifférence, Holly l'attira sur ses genoux et lui caressa les cheveux.

— Ne pleure pas, mon ange, murmura-t-elle juste avant que les carabiniers qui la traquaient ne franchissent le seuil du compartiment d'un pas martial.

— Pardon de vous déranger, Votre Honneur, lança le plus âgé à Matteo. Mon collègue et moi recherchons une dénommée Sarah Conroy qui a dû grimper dans ce train à Roccasecca.

Puis, à l'adresse de Holly, il ajouta :

— Pourriez-vous me montrer votre passeport, *signorina* ?

— Fichez-lui la paix ! hurla Liza en se cramponnant au cou de la jeune femme. Mon amie s'appelle Holly et je veux pas que vous l'embêtiez.

— Laissez-nous, je vous prie, intima Matteo aux deux hommes. Ma fille a eu un accident et les médecins m'ont dit qu'il fallait lui éviter toute contrariété.

Les gendarmes glissèrent un œil vers les attelles métalliques qui emprisonnaient la jambe droite de Liza et claquèrent des talons avec un bel ensemble.

— Désolés de vous avoir importuné, *signor* Fallucci, jetèrent-ils à l'unisson avant de pivoter d'un quart de tour et de quitter le compartiment au pas cadencé comme des soldats un jour de défilé.

— Pourquoi avez-vous fait cela ? demanda Holly à Matteo dès qu'ils se furent éloignés.

— Vous auriez préféré que je vous trahisse ?

— Bien sûr que non ! Mais vu le métier que vous exercez, je trouve bizarre que vous m'ayez protégée. D'autant plus bizarre que vous ne me connaissez ni d'Eve ni d'Adam et que…

— Une fois que nous serons arrivés à Rome et que je vous aurai emmenée à la villa Fallucci, j'aurai tout le temps de vous poser des questions et de découvrir ce que vous me cachez.

— La *signorina* va venir habiter à la maison avec nous ? interrogea Liza, les yeux gonflés de larmes.

— Oui, marmonna son père après s'être assis en face d'elle.

— Merci, papa. Je t'aime très fort.

— Il est impossible que je prolonge mon séjour en Italie, ne serait-ce que de vingt-quatre heures, déclara Holly. J'ai un avion à prendre et…

— Je ne pense pas que vous ayez le choix, coupa Matteo d'un ton péremptoire. Vu la situation délicate dans laquelle vous vous trouvez, vous ferez ce que je vous dirai, que cela vous plaise ou non.

— Ah ! Vous êtes là, *signore*, s'exclama Berta en pénétrant dans le compartiment, rouge de confusion. Vous avez dû être étonné que je me sois absentée.

— Le mot est faible, riposta Matteo. Comment avez-vous

pu oublier les consignes que je vous avais données et laisser ma fille seule ?

— Je ne l'ai pas laissée seule. J'ai demandé à la *signorina* de s'occuper d'elle jusqu'à mon retour.

— Ce qui revient au même. Lorsqu'on est une adulte responsable et qu'on a la charge d'un enfant, on ne le confie pas à une inconnue. Si vous ne tenez pas à ce que je vous licencie, tâchez dorénavant d'être moins imprudente et moins irréfléchie.

S'empourprant de plus belle sous cette volée de bois vert, Berta s'assit à côté de la fenêtre et se recroquevilla sur la banquette.

— J'ai hâte de descendre du train, lança Liza à Holly. Dès qu'on sera arrivé à la maison, je vous montrerai ma chambre et mes poupées.

— Combien en as-tu ?

— Des dizaines, mais celle que je préfère, c'est Laura, parce qu'elle a des cheveux courts et des yeux bleus comme vous. Le matin, quand je me réveille, je lui fais un gros bisou et je lui mets les jolis vêtements que ma maman lui avait achetés…

« On dirait qu'il se croit dans la salle d'audience d'un tribunal et qu'il s'apprête à rendre son verdict », pensa Holly en croisant le regard inquisiteur dont l'enveloppait Matteo.

— Que contient votre sac ? lui demanda-t-il, un doigt pointé vers le fourre-tout bariolé qu'elle avait posé à ses pieds.

— Une trousse de maquillage et mes papiers, l'informa-t-elle.

— Donnez-moi votre passeport. Une fois arrivée à Rome, vous n'en aurez pas besoin.

— A moins que je ne décide de rentrer en Angleterre par le premier avion.

— Il me semble vous avoir déjà expliqué que je n'avais pas l'intention de vous laisser quitter l'Italie. A partir de maintenant, vous devrez être très discrète si vous ne voulez pas que les carabiniers vous identifient et vous jettent en prison. Ne parlez à personne pour ne pas éveiller les soupçons des employés des chemins de fer, que votre accent pourrait alerter, et gardez votre calme.

— Avant de descendre du train, il faudrait que j'essaie de récupérer ma valise.

— Où se trouve-t-elle ?

— Dans le wagon de deuxième classe. Comme je n'avais pas envie de me faire remarquer, j'ai préféré l'abandonner sous l'une des fenêtres du couloir.

— Qu'y a-t-il à l'intérieur ? Des bijoux auxquels vous tenez ?

— Non. De simples vêtements.

— Il vaut mieux, alors, que vous évitiez d'aller la chercher.

— Si je vous écoute, je n'aurai rien d'autre à me mettre que ce que j'ai sur le dos.

— Aucune importance ! Prendre des risques à cause de quelques robes et de quelques chemisiers serait de la pure folie.

— Vous avez raison, reconnut Holly à contre-cœur.

Manifestement enchanté d'avoir eu le dernier mot, Matteo s'empara des papiers qu'elle avait retirés de son sac et les glissa dans la poche de sa veste. Puis, dès que le train se fut arrêté en gare de Rome, il souleva sa fille dans ses bras et se dirigea d'un pas résolu vers la grosse limousine noire qui l'attendait à la sortie du hall.

— Asseyez-vous à l'arrière de la voiture, entre Liza et Berta, ordonna-t-il à Holly. Moi, je vais monter à l'avant et appeler ma gouvernante.

Après l'avoir aidée à s'installer, il rejoignit le chauffeur tout de noir vêtu qui venait de le saluer avec déférence et, pendant que la Bentley quittait le parking, il pianota sur le clavier de son téléphone.

— Les monuments que vous apercevez là-bas sont des tombeaux, expliqua Liza à Holly. Et ça, ajouta-t-elle en désignant la route qui longeait les catacombes, c'est la Via Appia Antica.

— Quelle splendeur ! s'écria la jeune femme, frappée d'admiration. Rome est une ville magnifique.

— Encore plus magnifique que Londres et que Portsmouth ?

— A mes yeux, oui. Mais, comme les touristes s'émerveillent facilement, je ne suis peut-être pas très objective. Où habitez-vous, ton père et toi ?

— Pas loin d'ici.

Après avoir quitté la voie Appienne et bifurqué vers la droite, le chauffeur s'engagea sur une allée gravillonnée qui vagabondait entre deux haies de lauriers-roses et s'arrêta au pied d'un immense manoir aux murs crépis d'ocre pâle qu'incendiait le soleil déclinant.

— Bonsoir, Anna, jeta Matteo à la vieille dame aux boucles argentées qui venait de jaillir du vestibule. Avez-vous eu le temps de tout préparer pour que notre invitée ne manque de rien pendant son séjour à Rome ?

— *Si, signore*, acquiesça-t-elle d'un ton respectueux. Dès que j'ai reçu votre coup de fil, j'ai demandé à Nora d'aérer les pièces.

Puis, se tournant vers Holly, elle enchaîna :

— Veuillez me suivre, *signorina*. Je vais vous montrer vos appartements.

Etonnée d'être traitée comme une hôte de marque alors qu'elle se faisait plutôt l'effet d'une prisonnière qu'on aurait condamnée à la réclusion sans autre forme de procès, la jeune femme emboîta le pas à Anna et balaya d'un regard ébloui le vaste hall dallé de marbre de Carrare que dominait du haut de ses balustres délicatement sculptés un escalier en chêne patiné.

— Voici votre chambre ! déclara la gouvernante après avoir gravi les marches et ouvert l'une des nombreuses portes qui alignaient leurs panneaux moulurés de chaque côté d'un long corridor.

— Vous… vous êtes sûre de ne pas vous tromper ? bredouilla Holly à la vue du lit à baldaquin qu'habillaient des flots de valenciennes et une superbe courtepointe brochée de soie.

— Absolument, mademoiselle. Le *signor* Fallucci m'a demandé de vous donner la plus belle suite du manoir et de veiller à ce que le moindre de vos désirs soit satisfait.

— C'est très gentil à lui.

Anna se dirigea à pas menus vers un petit salon qui ressemblait à une bonbonnière avec ses murs tapissés de papier peint pastel et sa moquette azurée, puis pénétra dans une splendide salle de bains carrelée de bleu ciel et d'ivoire où trônait un Jacuzzi.

— Pendant que vous vous reposez, Giulietta, la cuisinière, va vous préparer un plateau-repas, annonça-t-elle avant de s'éclipser.

« Je sais pourquoi le juge Fallucci a tenu à me réserver un accueil princier, se dit Holly en allant s'asseoir sous les festons de dentelle du baldaquin et en embrassant la chambre d'un regard circulaire. Pour que je m'habitue au luxe et que je ne cherche jamais à m'enfuir de la prison dorée dans laquelle il a l'intention de m'enfermer ! »

2

« Jamais encore je n'avais fait un aussi bon repas », pensa Holly en posant sur la table basse de son salon le plateau que lui avait apporté l'une des servantes de Matteo.

Le potage aux ailes de raie et aux brocolis, les noisettes d'agneau nappées d'une sauce aux anchois, à l'ail et au romarin et les *tozzetti* — de délicieux biscuits à l'anis et aux amandes saupoudrés de sucre glace — qu'avait préparés Giulietta auraient séduit le plus fin des gourmets.

Après avoir bu deux doigts de valpolicella et une longue gorgée d'eau fraîche, Holly alla se camper devant la fenêtre du boudoir et regarda le soleil agoniser au-dessus des frondaisons du parc. Soudain, une haute silhouette apparut au milieu des pins d'Italie, des cyprès de Toscane et des lauriers-roses que les premiers feux du couchant nimbaient de pourpre et d'indigo.

— Chaque soir, le *signor* Fallucci se rend sur la tombe de sa défunte épouse, déclara Anna, qui venait de traverser le salon à pas feutrés.

— Elle est enterrée ici ? lui demanda Holly.

— Oui. Un monument funéraire a été érigé à sa mémoire au fond du jardin.

— Depuis quand le juge Fallucci est-il veuf ?

— Depuis huit mois. La *signora* est morte l'an dernier, en décembre.

— Que lui est-il arrivé ?

— Le train à bord duquel elle était montée a déraillé et la plupart des passagers ont été grièvement blessés. La *piccina*, qui l'accompagnait, a survécu à l'accident, mais elle, hélas, n'a pas eu cette chance.

Anna s'approcha de la fenêtre et désigna une tourelle en marbre que les caprices du clair-obscur maquillaient d'ombre et de lumière.

— C'est là-bas que la maman de la petite Liza repose, expliqua-t-elle à Holly. Tous les soirs, au coucher du soleil, le *signor* Fallucci va se recueillir au pied de la stèle et, dès que la nuit est tombée, il rentre à la maison, l'air désespéré.

— J'imagine ce qu'il ressent. Perdre un être cher est une terrible épreuve.

— Avant de quitter le salon il y a cinq minutes, il m'a chargée de vous dire qu'il vous recevrait dans son cabinet de travail à 22 h 30 et que vous aviez intérêt à être ponctuelle parce qu'il n'aimait pas attendre.

« Pour qui me prend-il, ce despote ? s'indigna Holly en oubliant la compassion qu'il lui avait inspirée quelques secondes plus tôt et en chiffonnant d'une main rageuse le rideau de guipure qui voilait la fenêtre. Pour une esclave prête à faire ses quatre volontés ? »

— Où se trouve son bureau ? demanda-t-elle à Anna.

— Au rez-de-chaussée, entre le fumoir et la salle à manger, rétorqua la gouvernante. Une fois que vous serez arrivée en bas de l'escalier, vous apercevrez trois hautes portes cintrées au fond du vestibule. C'est vers la seconde que vous devrez vous diriger.

— Très bien. J'essaierai d'être exacte au rendez-vous que Sa Majesté Matteo Fallucci m'a si gentiment fixé.

Insensible à l'ironie du ton, Anna empoigna le plateau qu'elle était montée chercher et sortit du boudoir sur la pointe des pieds.

— *Avanti !*

Obéissant de mauvaise grâce à la voix impérieuse de son hôte, Holly ouvrit le lourd panneau de chêne auquel elle venait de frapper et pénétra dans une grande pièce aux murs lambrissés que meublaient une longue table demi-lune, quatre bergères tendues de chintz bleu nuit, un bar et une immense bibliothèque dont les rayons pliaient sous le poids de statuettes et d'encyclopédies. Calée entre un gros téléphone noir et une pile de dossiers d'où s'échappaient des feuilles dactylographiées, une lampe à l'abat-jour opalescent projetait autour du bureau une lumière diffuse qui ourlait d'or le visage hiératique de Matteo.

— Votre suite vous plaît-elle, *signorina* ? questionna-t-il avec une politesse glacée.

— Oui, répondit-elle en s'asseyant dans le fauteuil qu'il lui désignait. Et le repas qu'on m'a servi était délicieux.

— Si Giulietta, ma cuisinière, ne s'était pas surpassée, elle aurait eu affaire à moi. Quand j'offre l'hospitalité à des amis, je tiens à ce que mon personnel les traite comme des rois.

— C'est tout à votre honneur, mais vu la façon dont vous m'avez kidnappée à la sortie de la gare, il m'a semblé que j'étais votre prisonnière, pas votre amie.

— Oh ! n'exagérons pas. Je n'ai ni l'âme d'un ravisseur ni celle d'un geôlier.

— Reste que vous m'avez amenée chez vous contre mon gré et que je ne suis donc pas votre invitée à proprement parler. Vous arrive-t-il souvent d'héberger les jeunes femmes en détresse que vous croisez ?

— Non. C'est la première fois que j'accueille une inconnue sous mon toit et j'espère que notre conversation de ce soir va m'aider à mieux vous cerner. Les seules choses que m'ait dites Liza à votre sujet, c'est que vous vous prénommiez Holly, que vous étiez anglaise et que vous résidiez à Portsmouth.

— Votre fille a mal compris ce que je lui ai expliqué. Je n'habite pas à Portsmouth, mais dans une petite ville des Midlands. Comme sa mère adorait naviguer, elle m'a demandé de lui raconter ce qu'on éprouvait quand on était à bord d'un voilier et je lui ai décrit les vacances que j'avais passées au sud du comté de Hampshire à l'époque où j'étais étudiante.

— Pourquoi s'est-elle mis en tête que vous viviez là-bas ?

— Parce qu'elle est triste et qu'elle se raccroche à tout ce qui lui rappelle sa maman. Quand les enfants ont le cœur gros, ils se réfugient dans un monde imaginaire pour essayer d'oublier leur chagrin.

Une ombre traversa le regard de Matteo.

— Ils ne sont pas les seuls à vouloir fuir la réalité, marmonna-t-il. Les adultes aussi ont de la peine à l'affronter parfois.

L'air soucieux, il ajouta :

— La situation où nous nous trouvons est d'autant plus délicate que je suis juge et que vous êtes recherchée par la police.

— Puisque les carabiniers qui sont entrés dans votre compartiment n'ont pas réussi à m'identifier et qu'ils m'ont laissée quitter le train sans broncher, nous n'avons aucune raison de nous inquiéter.

— S'ils avaient su que la jeune Anglaise qu'ils traquaient se faisait appeler Holly et non pas Sarah, ils vous seraient tombés dessus à bras raccourcis dès que Liza a mentionné votre surnom et vous seriez derrière les barreaux à l'heure qu'il est.

« Connaissant ce traître de Bruno, pensa Holly, je me demande pourquoi il leur a caché un détail qui leur aurait permis de m'arrêter et de m'envoyer croupir au fond d'une cellule. »

— Bref, résuma Matteo, vous me posez un sérieux problème, *signorina*.

— Un problème que vous auriez facilement pu résoudre cet après-midi, riposta-t-elle en se carrant dans son fauteuil. Au lieu de m'obliger à vous accompagner, vous auriez dû me laisser partir et vous n'auriez plus jamais entendu parler de moi.

— Vous savez bien que je n'avais pas le choix. Ma fille s'est attachée à vous et n'aurait pas compris que je vous livre à la police.

— Si vous regrettez de ne pas m'avoir dénoncée aux carabiniers, dites-vous que vous n'avez aucun reproche à vous faire. Vous avez réussi à vous débarrasser d'eux sans leur mentir et sans enfreindre un seul règlement.

— Maigre consolation ! En tant que magistrat, je n'ai

pas le droit de transiger avec la loi et d'offrir mon aide à une fugitive.

— Voulez-vous que je vous raconte en détail ce qui m'a amenée à…

— Non, surtout pas ! Moins je connaîtrai vos antécédents, mieux cela vaudra. Quel que soit le délit dont vous vous êtes rendue coupable, je suis persuadé que vous n'êtes pas une dangereuse criminelle.

— Comment pouvez-vous en être sûr ?

— Grâce à mon expérience professionnelle. J'ai côtoyé tellement de voleurs et d'assassins ces dernières années que j'ai fini par acquérir une sorte de flair qui me permet de juger de la valeur des gens en trois secondes.

— Peut-être avez-vous tort de vous fier à votre instinct et de me croire inoffensive.

— J'en doute. Si vous étiez capable de braquer une banque ou de vous servir d'un fusil à lunette, ma fille, qui est encore plus clairvoyante et plus intuitive que moi, ne se serait pas liée d'amitié avec vous.

Matteo se pencha vers Holly, le regard acéré.

— Me suis-je trompé à votre sujet ? lui demanda-t-il d'une voix métallique.

— Non, reconnut-elle en s'obligeant à ne pas détourner la tête.

— Maintenant que cette question est réglée, vous allez devoir m'expliquer ce qui vous est arrivé sans entrer dans les détails et sans me donner le nom de vos éventuels complices.

— Oh ! je n'ai pas grand-chose à vous raconter. Je me suis laissé entraîner dans une sale affaire, et quand j'ai compris qu'on m'avait manipulée, je me suis enfuie.

— Quel âge avez-vous ?

— Vingt-huit ans.

— Avant de quitter les Midlands, à qui avez-vous dit que vous vouliez venir en Italie ?

— A personne. Depuis que ma mère est morte, je n'ai plus de famille.

— Vous êtes-vous confiée à des amis ou à vos collègues ?

— Encore aurait-il fallu que j'en aie.

— Si vous n'êtes pas de retour en Angleterre à une certaine date, y aura-t-il un habitant de votre quartier qui s'inquiétera ?

— Non. Je loue une petite maison à une agence immobilière et je paie mon loyer par virement. Comme je ne savais pas dans combien de temps je rentrerais, j'ai averti Meg Stevens, ma voisine, que je risquais de passer sept ou huit mois à l'étranger. Il est donc peu probable qu'elle s'étonne de mon absence.

« Je n'aurais pas dû lui avouer que j'étais seule au monde et que je pourrais disparaître de la surface de la Terre sans qu'on s'en aperçoive, s'admonesta Holly en voyant une lueur indéfinissable éclairer les yeux de Matteo. Maintenant qu'il est au courant, il va se croire autorisé à me garder prisonnière pendant des années. »

— Vous m'avez dit cet après-midi que votre valise ne contenait que des vêtements, jeta-t-il sur le ton d'un policier interrogeant un gangster, mais vous avez eu l'air tellement impatiente de la récupérer que je doute de votre sincérité. Y avait-il autre chose à l'intérieur ?

— Non. Si je voulais aller la chercher, c'est parce que je n'avais pas envie de perdre les jupes, les pantalons, les T-shirts et les chemisiers que j'avais achetés avant mon départ d'Angleterre.

— Etes-vous sûre de n'y avoir glissé aucun document compromettant ?

— Sûre et certaine.

— Comment pouvez-vous l'affirmer ?

— Grâce à mon oncle Josh.

— Tiens ! je croyais que vous n'aviez plus de famille depuis le décès de votre mère, s'exclama Matteo. Ce fameux oncle Josh dont vous vous étiez bien gardée de me parler jusqu'à présent vous aurait-il aidée à faire vos bagages ?

— En quelque sorte.

— Où est-il actuellement ?

— Au cimetière de Newhall. Il est mort il y a une dizaine d'années.

— Et c'est de l'au-delà qu'il vous donne des conseils, je suppose ?

— Oui. Cela doit vous paraître étrange, mais je… je ne vous dis que la stricte vérité.

Voyant Holly passer une main tremblante sur son front et réprimer un frisson, Matteo extirpa de son bar une bouteille de brandy et un petit verre en cristal de Bohême, qu'il remplit à ras bord.

— Buvez, intima-t-il en le lui offrant. Vous vous sentirez mieux ensuite.

Puis, dès qu'elle eut obtempéré, il enchaîna d'un ton radouci :

— Comment votre oncle a-t-il pu vous aider alors qu'il n'est plus de ce monde ?

— Grâce à la mésaventure qui lui est arrivée. Un jour, il est parti en vacances à Brighton et on lui a volé ses bagages pendant le trajet. Quand il est rentré chez lui au bout d'une semaine et demie, il a découvert que sa maison avait été cambriolée et que les voleurs s'étaient servis du trousseau de clés et des papiers d'identité qu'il avait laissés dans son sac de voyage. Après cela, personne dans la famille n'a eu la mauvaise idée de mettre autre chose que des vêtements à l'intérieur d'une valise. Ma mère avait été tellement traumatisée par cette histoire qu'elle me l'a racontée des dizaines de fois et m'a fait jurer de ne jamais imiter son frère Josh.

S'apercevant soudain du tour absurde qu'avait pris la conversation, Holly bondit de son fauteuil et éclata d'un rire nerveux.

— Il fallait s'y attendre, maugréa Matteo avant de lui ôter des mains le verre de brandy qu'elle avait vidé d'un trait et de le poser au pied de la bergère. Dans l'état d'inquiétude où vous êtes, il est normal que vous piquiez une crise d'hystérie.

— Je ne suis ni folle ni angoissée, protesta-t-elle entre deux hoquets. Je suis juste déboussolée.

— On le serait à moins !

— Si quelqu'un me demandait comment je m'appelle, je serais incapable de lui répondre, tellement j'ai la tête embrumée.

— Vu les circonstances, il vaut mieux que vous oubliiez votre véritable identité.

Après avoir serré brièvement Holly dans ses bras pour la réconforter et lui insuffler un peu de cette tranquille assurance dont il devait faire preuve en toute occasion, Matteo l'aida à se rasseoir et s'inclina vers elle avec sollicitude.

— Est-ce à cause d'un homme que vous avez été obligée de prendre la fuite ? l'interrogea-t-il.

— Oui, acquiesça-t-elle d'une voix à peine audible. Il s'est servi de moi et je m'en suis rendu compte trop tard. Lorsque les carabiniers l'ont arrêté, il les a sans doute lancés à mes trousses en espérant que cela lui éviterait de passer des années derrière les barreaux.

— Vous croyez qu'il a rejeté la faute sur vous et qu'il a donné votre signalement à la police dans le seul but de sauver sa peau ?

— Je ne le crois pas, j'en suis persuadée.

— Depuis quand êtes-vous aussi réaliste ?

— Depuis que mes illusions se sont envolées. Avant de venir en Italie, j'étais très naïve, mais il n'y a rien de tel qu'un électrochoc pour vous remettre les idées en place et vous ouvrir les yeux.

— A qui le dites-vous ! lâcha tout bas Matteo.

Et, les traits durcis, il alla se poster derrière sa table de travail, hors du cercle de lumière que dessinait autour du meuble sa lampe de bureau.

— Anna vous a-t-elle parlé de ma femme ? questionna-t-il d'un ton impersonnel.

— Un peu, murmura Holly, étonnée de la rapidité avec laquelle il avait changé de sujet. Elle m'a confié que la *signora* Fallucci avait trouvé la mort dans un accident de train en décembre de l'année dernière.

— Et Liza, que vous a-t-elle raconté ?

— Que sa maman était anglaise comme moi. C'est à cause de cela, j'imagine, qu'elle m'a accordé son amitié d'entrée de jeu.

— Il est possible, en effet, que votre accent lui ait rappelé sa mère. Quand j'ai franchi le seuil du compartiment, j'ai vu une telle lueur de joie briller dans ses yeux que je n'ai pas eu le courage de la séparer de vous.

— Est-ce à ce moment précis que vous avez décidé de me kidnapper au nez et à la barbe des gendarmes ?

— « Kidnapper » n'est pas le mot qui convient, je vous l'ai déjà expliqué. Disons plutôt que j'ai eu envie de vous tirer du guêpier où vous vous étiez fourrée et d'offrir un peu de bonheur à ma fille par la même occasion.

— Au lieu de me confisquer mes papiers et de m'obliger à vous suivre, vous auriez dû me demander mon avis.

— Navré d'avoir manqué de tact et d'éducation, *signorina*, rétorqua Matteo avec un petit rire sarcastique. Sans doute auriez-vous préféré que je vous présente à mes amis les carabiniers et que je vous laisse choisir entre eux et moi ? Les prisons italiennes sont tellement pittoresques et confortables que vous ne pouvez pas savoir à quel point je m'en veux de vous avoir privée du plaisir d'y séjourner et de…

— D'accord, d'accord, interrompit Holly, consciente d'avoir dépassé les bornes. Je reconnais que vous avez pris la meilleure décision.

— Ce n'est pas moi qui l'ai prise, la détrompa-t-il. C'est Liza. En s'attachant à vous spontanément et en tenant tête aux gendarmes, elle m'a contraint à agir.

— Il est vrai qu'elle vous a forcé la main, mais avouez que vous avez profité des circonstances pour me réduire à votre merci. Depuis que vous m'avez amenée chez vous, j'ai la désagréable impression d'avoir perdu ma liberté.

— Cette « désagréable impression », comme vous dites, n'est que le fruit de votre imagination. Si vous voulez quitter la villa Fallucci, rien ne vous en empêche.

— A part le fait que je n'ai ni vêtements de rechange, ni papiers, ni argent.

Matteo extirpa des billets de l'un des tiroirs de son bureau et les tendit à Holly.

— Mettez ceci dans votre poche et allez-vous-en, lui ordonna-t-il. Je vais demander à mon jardinier d'ouvrir les grilles du parc et de vous accompagner jusqu'à une station de taxis.

— Vous savez bien que je ne connais personne à Rome et que je ne pourrai pas retourner en Angleterre sans mon passeport, répliqua-t-elle après avoir refusé d'un geste indigné les centaines d'euros qu'il lui offrait. Vous devriez avoir honte de jouer les grands seigneurs alors que vous rêvez d'une seule chose : profiter de ma faiblesse pour arriver à vos fins.

— Quel courage ! Quelle véhémence ! ironisa Matteo. Votre témérité vous perdra, *signorina*.

— Je suis moins téméraire que vous. En amenant à votre domicile une fugitive dont vous ignorez tout, vous avez pris de gros risques.

— Pas si gros que cela puisque vous m'avez certifié que vous n'étiez pas une criminelle.

— Qui vous dit que je ne vous ai pas menti, histoire d'endormir votre méfiance et de vous escroquer à la première occasion ? Lisez les journaux et vous verrez que les personnes les plus dangereuses ne sont pas celles qui agissent à découvert. Le meilleur moyen de rouler quelqu'un dans la farine et de lui voler son argent est de s'introduire chez lui sous un prétexte fallacieux et de lui raconter des bobards en attendant de passer à l'action.

Matteo jeta la liasse de billets sur son bureau et se pencha vers Holly, le regard furibond.

— *Maria vergine !* s'exclama-t-il. Vous n'avez pas bientôt fini de vous payer ma tête ?

— Loin de moi l'envie de plaisanter, *signor* Fallucci ! riposta-t-elle. Malgré mon air candide, il se pourrait que je sois une meurtrière en cavale et que j'aie l'intention de vous tuer.

— Si vous aviez autre chose à vous reprocher que votre incommensurable naïveté, je l'aurais deviné tout de suite et je vous aurais dénoncée à la police.

« Tomber amoureuse de cet hypocrite de Bruno Vanelli n'a pas été une preuve de naïveté, rectifia secrètement Holly, mais de stupidité. »

— Arrêtons de nous chamailler et venons-en au fait, voulez-vous ? reprit Matteo. Je vous ai amenée ici parce que je veux que vous teniez compagnie à ma fille. Bien que Berta soit une excellente infirmière, elle est incapable d'aider Liza à surmonter son chagrin. Vous, en revanche, vous serez la nourrice idéale. Puisque vous êtes de la même nationalité que sa maman, vous lui parlerez de l'Angleterre et lui lirez les livres de Lewis Carroll et de Charles Dickens dont elle raffole.

— Pendant combien de temps devrai-je rester chez vous ?

— Aussi longtemps qu'il le faudra. Lorsque des amis nous rendront visite, je leur dirai que vous êtes une parente éloignée de ma femme et que vous vous appelez Holly.

— C'est ma mère qui m'avait donné ce surnom à cause de ma passion pour le cinéma. Quand j'étais petite, je rêvais de ressembler à Jean Harlow ou à Marilyn Monroe et d'aller vivre à Hollywood.

— Comme les policiers ignorent ce détail, vous n'aurez rien à craindre d'eux, désormais.

— A moins que quelqu'un ne leur apprenne que Sarah Conroy et la baby-sitter de votre fille ne font qu'une.

— Aucun danger ! Je veillerai à ce que personne ne découvre le pot aux roses.

Matteo empoigna les billets qu'il avait jetés sur son bureau et les offrit une nouvelle fois à Holly.

— Cet argent est une avance, grommela-t-il en la voyant jaillir de son fauteuil, l'air humilié. Tant que vous resterez à mon service, je vous paierai de la main à la main parce qu'il serait trop dangereux de vous déclarer aux autorités. Y a-t-il dans votre sac un document qui porte votre vrai nom ?

— Oui, acquiesça-t-elle.

— Donnez-le-moi et je vous le rendrai le jour de votre départ.

— Pas question ! Je préfère courir le risque d'être arrêtée par la police lors d'un contrôle d'identité plutôt que de vous laisser me…

— Vous n'êtes pas la seule à courir des risques, *signorina*. Pour vous sauver de la prison, j'ai mis ma carrière en péril et je n'aimerais pas être limogé à cause d'une banale imprudence.

Holly soupira, vaincue, puis sortit sa carte de crédit de son fourre-tout et la confia à Matteo.

— Venez, lui intima-t-il en l'entraînant vers une alcôve que masquaient des tentures de brocart et en lui faisant signe de s'asseoir à un petit bureau sur lequel trônait un ordinateur. Vous êtes en ligne avec l'une des plus célèbres boutiques de mode de Rome. Une fois que vous aurez choisi les vêtements qui vous plaisent, je demanderai à la gérante du magasin de vous les livrer à la villa Fallucci et je réglerai la facture via Internet.

— Ces robes, ces jupes et ces chemisiers de soie sont bien trop beaux pour moi, murmura-t-elle, les yeux soudés à l'écran.

— Vous n'aimez pas votre physique ?

— Non. Je suis tellement maigre que j'ai l'air d'une planche à pain.

— Vous n'êtes pas maigre, vous êtes *mince*. Ce n'est pas la même chose. Si les jeunes filles un peu enveloppées qui rêvent de ressembler à des mannequins vous entendaient vous plaindre, elles vous répondraient que vous ne vous rendez pas compte de la chance que vous avez et que vous devriez vous mettre en valeur au lieu de vous habiller comme l'as de pique.

— Je suis désolée que mon jean et mon T-shirt vous déplaisent, mais je ne suis pas italienne et je n'ai pas les moyens de fréquenter les salons d'essayage des grands couturiers milanais.

— Votre nationalité n'a rien à voir là-dedans. Ma femme n'était pas italienne, elle non plus, et cela ne l'empêchait pas d'être très belle et très distinguée.

— Pour être belle, il ne suffit pas de porter des robes sublimes. Il faut également avoir de jolis traits. Or, les miens sont d'une affligeante banalité.

— Parce que vous n'avez pas trouvé votre style et que vous ne connaissez pas votre véritable personnalité.

— Détrompez-vous, je sais qui je suis : une petite souris grise habituée à raser les murs et prête à s'enticher du premier baratineur venu.

Matteo contempla Holly, l'air pensif.

— Votre visage est comme une toile vierge que vous pourriez transformer en chef-d'œuvre avec un peu d'ombre à paupières, de fard à joues et de créativité, déclara-t-il sans chercher à dissimuler le plaisir que lui avait procuré cet examen.

— Votre femme aimait-elle se maquiller ?

— Oui. Elle n'était pas le sosie de Miss Monde, mais tous les hommes qui la croisaient n'avaient d'yeux que pour elle.

— Qu'éprouviez-vous quand vous les voyiez la dévorer du regard ?

— De la fierté. J'étais heureux d'avoir réussi à la conquérir et d'être son mari.

— Moi, je ne suis ni une gravure de mode ni une vamp.

— Personne ne vous le demande. La seule chose que j'exige de vous, c'est que vous me fassiez honneur les soirs où je recevrai mes amis. Alors dépêchez-vous de sélectionner les vêtements qui vous iront le mieux !

Pendant que Matteo s'adossait à la fenêtre de l'alcôve, Holly se promena dans les allées virtuelles du magasin et s'arrêta au rayon lingerie. Après avoir choisi deux nuisettes, quatre soutiens-gorge en coton ivoire et des culottes assorties, elle quitta la page d'un rapide coup de souris, puis admira longuement un fourreau de satin rouge sang qui aurait moulé ses formes telle une seconde peau, mais, de peur d'avoir l'air ridicule si elle s'avisait de porter une robe de star, elle n'acheta que des jupes, des pull-overs, des chemisiers et des pantalons très discrets.

— Prenez-les tous, lui conseilla Matteo quand il la vit cliquer sur la rubrique « blazers » et hésiter entre trois modèles.

— Entendu, marmonna Holly avant de valider sa commande et de se lever. Maintenant que j'ai fini de gaspiller votre argent, j'aimerais monter embrasser Liza, ajouta-t-elle en regagnant le bureau. Vous voulez bien venir avec moi ?

— Non. Je… je lui ai déjà souhaité une bonne nuit il y a deux heures.

— Si elle n'a pas réussi à s'endormir, je suis persuadée

qu'elle sera ravie de pouvoir vous donner un gros baiser. Où se trouve sa chambre ?

— Au premier étage, à gauche de l'escalier.

L'air indécis, Matteo regarda Holly s'éloigner d'un pas élastique, puis laissa échapper un petit soupir de résignation et sortit de l'alcôve à son tour.

3

A peine Holly et Matteo avaient-ils traversé le hall que la voix perçante de Liza retentit au premier étage.

— Je te dis qu'ils vont venir, Berta, hurlait la petite fille.

— Et moi, je te dis que non, répliqua l'infirmière. Ton père t'a déjà souhaité une bonne nuit et cela m'étonnerait qu'il ressorte de son bureau avant d'avoir fini d'étudier les dossiers qu'il a rapportés du tribunal. Depuis le début de l'année, il a de lourdes responsabilités et il ne peut pas te consacrer beaucoup de temps.

— Si, il le peut ! Il est mon papa et il m'aime.

« Pourquoi crie-t-elle à tue-tête ? se demanda Holly, émue par l'évident désespoir de Liza. Parce qu'elle n'est pas tout à fait sûre de ce qu'elle affirme et qu'elle cherche à s'en persuader ? »

— Je ne pense pas qu'il soit très judicieux d'aller l'embrasser maintenant, jeta Matteo à Holly.

— Au contraire ! s'exclama celle-ci. Si vous montez la rejoindre, elle verra qu'elle a eu raison de vous accorder sa confiance et de détromper Berta. Si au contraire vous y renoncez et la laissez s'endormir sans lui avoir donné le gros baiser dont elle rêve, elle aura l'impression que vous l'avez trahie et vous en voudra de ne pas vous être précipité à son chevet dès qu'elle s'est mise à hurler.

— Bien que mon expérience en matière de pédagogie soit assez limitée, je ne suis pas certain que la meilleure façon d'éduquer un enfant soit de céder au moindre de ses caprices et de…

— Ah ! tu es là, papa, coupa Liza, qui venait de quitter

sa chambre en flèche et de boitiller jusqu'à la balustrade de la mezzanine. Berta croyait que tu avais pas encore fini de travailler.

— Du calme, *piccola mia* ! grommela Matteo. Que fais-tu debout à cette heure-ci ?

— J'attendais que la *signorina* monte me border parce que j'avais plein de choses à lui raconter.

— Comme elle va être ta baby-sitter, tu pourras lui parler du matin au soir désormais.

Le visage resplendissant de joie, Liza esquissa un pas de danse et, déséquilibrée par ses attelles, faillit basculer la tête la première dans l'escalier.

— Tiens-toi tranquille, ma puce ! lui conseilla Holly avant de gravir les marches quatre à quatre et de la serrer sur son cœur. Tu as pensé au chagrin que ton père aurait éprouvé si tu étais tombée et que tu t'étais brisé le crâne ?

— C'est vrai, ce qu'il a dit ? questionna la fillette, inconsciente du danger auquel elle s'était exposée. Vous allez être ma nounou ?

— Oui. Il m'a demandé de venir en aide à Berta et j'ai accepté.

— Super ! s'écria Liza, la bouche fendue jusqu'aux oreilles. Vous resterez à la maison pour toujours ?

— Non, malheureusement. Quand tu iras mieux et que tu n'auras plus besoin d'une baby-sitter, je retournerai en Angleterre.

— Ne t'inquiète pas, *piccina*, lança Matteo en grimpant l'escalier. Ce n'est pas encore demain que Holly nous quittera. Avec un peu de chance et de diplomatie, j'arriverai sans doute à la convaincre de ne jamais repartir.

« Si vous vous imaginez que je vous laisserai régenter ma vie, vous vous bercez d'illusions, *signor* Fallucci », s'abstint de rétorquer la jeune femme, irritée de ne pas pouvoir le contredire en présence de Liza.

Après lui avoir décoché un regard indigné, elle emmena la fillette dans la petite chambre aux murs laqués de rose pâle où s'impatientait Berta et l'aida à se glisser entre ses draps.

— Sois sage et fais de beaux rêves, *mia bambina*, murmura

Matteo avant de se pencher vers Liza et de lui effleurer la joue d'un rapide baiser.

— Non, t'en va pas ! implora-t-elle en le voyant s'éloigner. Je veux que tu restes avec moi.

— Tu as peur dans le noir ?

— Oui, mais pas quand tu es là. Hier, j'ai rêvé qu'un vilain monsieur essayait de me kidnapper et que tu lui donnais un coup de poing pour l'obliger à quitter la maison.

Holly s'assit dans le rocking-chair qui se balançait doucement à côté du lit et posa une main apaisante sur les cheveux de Liza.

— Tu n'as rien à craindre, mon ange, lui dit-elle. Si quelqu'un s'introduisait ici pendant ton sommeil, je te protégerais.

Puis, dès que la fillette se fut endormie, le front serein, elle se leva sans bruit du fauteuil et sortit de la pièce à pas de velours.

Quand elle pénétra dans sa suite après avoir salué Matteo d'un bref signe de tête, une jeune soubrette au regard plein de soleil venait d'écarter les courtines et d'ouvrir les draps.

— Je m'appelle Nora et je suis votre femme de chambre, lui annonça-t-elle avec un large sourire. Qu'aimeriez-vous que je vous serve à votre réveil ? Du thé, du chocolat ou du café ?

— Du thé.

— Voulez-vous que je vous apporte une carafe d'eau fraîche et que je vous aide à vous déshabiller ?

— Non, merci. Je me débrouillerai par moi-même.

— Très bien. *Buona notte, signorina.*

— Bonne nuit.

Une fois seule, Holly s'assit entre les rideaux de valenciennes du baldaquin puis, avisant le gros téléphone à cadran doré qui encombrait sa table de chevet, décida de passer un coup de fil à Meg Stevens pour l'unique plaisir d'entendre une voix familière. Mais lorsqu'elle plaqua le récepteur contre son oreille, elle s'aperçut qu'il n'y avait pas de tonalité.

« Quand cet arrogant de Matteo Fallucci m'a certifié que je n'étais pas sa prisonnière et qu'il n'avait pas l'âme d'un geôlier, fulmina-t-elle, j'aurais dû me douter qu'il mentait. »

*
* *

Le lendemain matin, Nora pénétra dans la chambre de Holly, les bras chargés d'un plateau sur lequel elle avait disposé une tasse en porcelaine fleurie d'où s'élevaient des volutes de fumée, un pot à lait, un sucrier, quelques rondelles de citron, des tartines de confiture et des toasts beurrés.

— Comme je ne savais pas ce que vous aviez l'habitude de prendre avec votre thé, déclara-t-elle, je vous ai apporté tout ce que j'ai pu trouver.

— Merci, murmura Holly en s'emmitouflant dans la courtepointe pour masquer sa nudité. C'est très gentil de votre part.

— Désirez-vous que je vous fasse couler un bain ?

— Non, ne vous donnez pas cette peine. Je m'en occuperai moi-même.

— A votre guise, *signorina*, jeta Nora avant d'ébaucher une révérence et de se retirer.

Dès qu'elle eut fini de déjeuner, Holly alla se glisser sous la douche, puis noua une grande serviette-éponge autour de sa poitrine et regagna sa chambre, où l'attendaient Liza et Berta.

— La *piccina* voulait vous dire bonjour et vous souhaiter la bienvenue à la villa Fallucci, lança cette dernière. Alors je l'ai aidée à s'asseoir dans son fauteuil roulant et je vous l'ai amenée.

— J'aurais été capable de marcher, protesta la fillette. J'ai plus mal à ma jambe.

— Mais M. Borgiano, ton kinésithérapeute, ne tient pas à ce que tu te fatigues inutilement. Si tu lui désobéis, il te grondera et ta prochaine séance de rééducation sera un vrai cauchemar.

Aveugle à la moue boudeuse qui plissait les lèvres de Liza, Berta s'approcha de Holly et lui murmura à l'oreille :

— Pourriez-vous vous occuper de la petite pendant trois ou quatre heures ? J'ai des courses à faire au centre-ville et, maintenant que le juge Fallucci vous a engagée comme baby-sitter, j'espère que vous ne verrez pas d'inconvénient à me remplacer ?

— Non, tranquillisez-vous, répondit Holly. Chaque fois que vous devrez vous absenter, vous n'aurez qu'à me confier Liza et je veillerai sur elle.

— *Grazie, signorina.* Je suis ravie que vous habitiez au manoir.

— Moi aussi, je suis drôlement contente, s'écria la fillette dès que son infirmière eut quitté la chambre.

— Où veux-tu qu'on aille en attendant que Berta revienne ? lui demanda Holly.

— Rendre visite à ma maman, jeta Liza d'une voix enthousiaste.

Flanquée d'une tourelle en marbre jaspé et d'une fontaine baroque qu'encerclaient des angelots aux ailes déployées, la tombe de Carol Fallucci contrastait tellement avec la froideur et l'intransigeance de Matteo que Holly se crut victime d'une hallucination lorsqu'elle la vit surgir devant elle au détour d'une allée.

« Pour avoir fait ériger un monument aussi extravagant, il faut qu'il ait aimé son épouse à la folie », se dit-elle, le premier choc passé.

Une photographie encastrée dans la stèle représentait une superbe jeune femme aux traits délicats et aux longs cheveux baignés de lune qui aurait pu éclipser sans peine les jolis top models que se disputaient les agences de mannequins londoniennes.

— Elle était belle, ma maman, hein ? lança Liza.

— Très belle, reconnut Holly en contemplant le visage à l'ovale très pur de Carol et en regrettant de n'avoir ni son charme ni son éclat.

« Si c'était elle qui avait dû renouveler sa garde-robe sur Internet, ajouta-t-elle secrètement, elle n'aurait pas hésité une seconde à s'acheter une robe de star et l'aurait portée avec une telle grâce que tous les hommes en auraient eu le cœur chaviré. »

— Quand j'ai envie de lui parler, déclara Liza, je viens

m'asseoir au bord de la fontaine et je lui raconte un tas de choses.

Holly se pencha vers la stèle et lut l'inscription que Matteo avait fait graver sous le portrait de son épouse.

— Anna m'a confié hier soir que ta mère t'avait quittée en décembre, dit-elle à Liza, mais j'ignorais que l'accident dont elle avait été victime avait eu lieu moins d'une semaine avant Noël.

— Vous avez encore votre maman, vous ? lui demanda la fillette.

— Non. Elle est décédée en octobre de l'année dernière.

— De quoi elle est morte ?

— Des suites d'une longue maladie. Comme aucun des médecins qu'elle avait consultés n'avait réussi à la guérir, je me suis occupée d'elle jusqu'au bout et j'ai été très triste le soir où elle s'est éteinte.

— Vous, vous saviez qu'elle allait mourir, tandis que moi, je croyais que ma maman vivrait toujours.

— Pourquoi avait-elle décidé de prendre le train ?

— Pour m'emmener aux sports d'hiver. Je me rappelle qu'elle avait rempli plein de sacs et de valises parce qu'elle voulait que ce soit des vacances très spéciales. En montant dans le taxi, je lui ai demandé si papa nous rejoindrait plus tard, mais elle m'a répondu qu'il avait du travail et qu'il pourrait pas nous accompagner.

— Est-il venu vous dire au revoir sur le quai ?

— Même pas ! Il est resté au tribunal avec ses amis et il nous a laissées partir sans nous embrasser. A la gare, un monsieur aux cheveux noirs a parlé à ma maman et, pendant qu'ils discutaient, je me suis dépêchée de grimper dans le wagon.

— Tu le connaissais, ce monsieur ?

— Non. Et je l'ai pas trouvé gentil.

— Où l'accident a-t-il eu lieu ?

— Pas loin de Rome. Tout d'un coup, il y a eu un grand bruit et le train s'est renversé.

— Ta mère a-t-elle essayé de te protéger ?

— Je sais pas. Comme j'avais mal à ma jambe, j'ai crié

très fort et j'ai appelé mon papa pour qu'il m'aide à sortir, mais il m'a pas entendue.

— Qu'est-il arrivé ensuite ?

— Je me suis évanouie, et quand j'ai ouvert les yeux, j'étais dans une chambre d'hôpital. Dès que le médecin qui s'occupait de moi est venu à mon chevet, je lui ai demandé où était ma maman et il m'a répondu qu'elle était morte. Alors je me suis mise à pleurer parce que j'avais été méchante avec elle et que j'avais oublié de lui dire que je l'aimais.

— Méchante ! releva Holly en s'inclinant vers Liza. Que s'était-il passé entre elle et toi ?

— On s'était disputées.

— A quel propos ?

— A propos des vacances de Noël. Je lui avais expliqué que j'avais pas envie de partir à la neige sans papa, et au lieu d'aller le chercher au tribunal ou de lui téléphoner, elle s'était fâchée tout rouge.

— Ne t'en fais pas, ma chérie. Je suis certaine qu'elle ne t'en a pas voulu de t'être emportée et qu'elle a compris ce que tu éprouvais. Il arrive souvent que les membres d'une même famille se chamaillent, mais cela ne signifie pas qu'ils se détestent.

— Vous croyez que ma maman m'a pardonnée et qu'elle sait que je suis triste de l'avoir perdue ?

— Oui. Elle t'observe de là-haut et voit ce qu'il y a dans ton cœur. Chaque fois que tu viens lui parler au bord de cette fontaine, elle t'écoute et elle est fière d'avoir une petite fille aussi adorable que toi.

— Comment elle était, la vôtre ?

— Gentille, courageuse et pleine d'humour. Malgré son état de santé, qui ne cessait d'empirer au fil des semaines, elle adorait raconter des histoires drôles et plaisanter. Depuis qu'elle m'a quittée, ce sont ses éclats de rire qui me manquent le plus.

La gorge douloureuse, Holly leva la tête vers l'infini bleuté où devait voguer l'âme de sa mère et essuya du plat de la main les larmes qui perlaient à ses cils.

— Il faut pas pleurer, lui dit Liza en se serrant contre elle.

Votre maman et la mienne sont ensemble dans le ciel et je suis sûre qu'elles s'entendent bien, toutes les deux.

— Moi aussi, j'en suis persuadée, répondit Holly.

Avec un entrain forcé, elle ajouta :

— Rentrons à la maison. Il paraît que tu as l'habitude de faire un petit somme avant le déjeuner et je ne voudrais pas t'empêcher de te reposer.

— Ah non ! J'ai pas envie de dormir.

— Je m'en doute, *piccina*, mais si tu ne veux pas continuer à porter des attelles, tu vas être obligée de suivre à la lettre les conseils que te donnent ton infirmière et ton kiné.

Ignorant la grimace qu'esquissait Liza, Holly aida la fillette à grimper dans son fauteuil roulant et regagna lentement le manoir.

— Pendant que vous étiez au fond du parc, on a livré un paquet pour vous, *signorina*, lança Anna dès qu'elles eurent franchi le seuil du vestibule.

— Déjà ? s'étonna la jeune femme. Je croyais ne le recevoir qu'à la fin de la semaine.

— D'où il vient ? interrogea Liza.

— De l'une des meilleures boutiques de mode de Rome, l'informa Holly. Ton père a tenu à ce que je choisisse quelques vêtements parce que les miens étaient restés dans le train.

— Qu'est-ce que vous avez acheté ?

— Des jupes, des pull-overs, des chemisiers, des pantalons, des blazers et de la lingerie.

— Vous voulez bien me les montrer ?

— Avec plaisir.

— J'ai déposé le carton sur la table basse de votre salon, dit Anna à Holly.

— Merci, dit cette dernière avant de s'engouffrer à la suite de Liza dans le petit ascenseur qui avait été aménagé au fond du hall.

— Waouh ! s'exclama la fillette en quittant la cabine et en apercevant le logo dont était orné le couvercle du paquet. Maman allait souvent faire du shopping dans ce magasin, et quand elle rentrait à la maison, papa la grondait parce qu'elle avait dépensé trop d'argent, mais il était tellement heureux de la voir porter des robes de princesse qu'il lui pardonnait.

— Moi, ce sont des vêtements sobres et confortables que j'ai choisis, pas des toilettes tapageuses.

Holly ouvrit la boîte que Liza fixait d'un regard étincelant de curiosité, puis la vida au pied du canapé et se crut le jouet d'une illusion.

En plus des quatre soutiens-gorge en coton et des culottes assorties qu'elle avait sélectionnés, huit parures en dentelle immaculée et en satin rose pâle chatoyaient sur la moquette, au milieu des jupes, des sweaters, des corsages, des pantalons, des vestes et des chemises de nuit que la responsable de la boutique avait enveloppés dans du papier de soie.

— « Les autres articles que vous avez commandés vous seront livrés ultérieurement », lut-elle à mi-voix en effleurant des yeux le rectangle de bristol qui s'était échappé du carton. « Les autres articles ! releva-t-elle, sidérée. Quels articles ? »

— Le juge ne dînera pas avec nous ? demanda Berta à Holly lorsqu'elles se retrouvèrent dans la salle à manger le soir même.

— Non. Anna m'a dit qu'il avait été retenu au tribunal et qu'il ne rentrerait pas à la maison avant minuit. Il lui arrive souvent de rester à son bureau jusqu'à une heure aussi tardive ?

— Très souvent. Depuis le décès de son épouse, il s'abrutit de travail pour oublier son chagrin.

— Quand on a perdu l'amour de sa vie, il est normal qu'on soit effondré et qu'on cherche un dérivatif à sa douleur.

— Qu'est-ce que tu as acheté de beau aujourd'hui, Berta ? questionna Liza après avoir goûté au velouté d'asperges qu'avait préparé Giulietta.

— Plein de jolies robes et un magnifique chemisier, répondit l'infirmière.

— Tu les as montrés à Alfio ?

— Cela ne te regarde pas, petite curieuse.

— Qui est Alfio ? demanda Holly.

— Le chéri de Berta, répondit Liza. Il est interne à l'hôpital et elle l'aime tellement qu'elle arrête pas de lui téléphoner.

— Je ne savais pas que tu m'espionnais, *piccina*, s'indigna Berta.

— J'en ai pas besoin, riposta la fillette. Chaque fois que tu parles à ton copain, tu deviens toute rouge et tes yeux se mettent à briller.

— Alfio n'est pas mon copain. C'est mon *fiancé*.

— Vous allez bientôt vous marier ?

— Oui. Nous avons déjeuné ensemble à midi et il m'a demandé de l'épouser.

Le visage rayonnant de bonheur, Berta fit admirer à Liza et à Holly la bague que lui avait offerte son futur mari, puis leur raconta par le menu comment il lui avait déclaré sa flamme au beau milieu du restaurant.

« Le jour où un homme se jettera à mes pieds pour me supplier de le suivre à l'autel, il gèlera en enfer », pensa Holly avec une pointe d'envie.

Après s'être retirée dans sa chambre à la fin du dîner, elle enfila l'une des deux nuisettes en dentelle qu'on lui avait livrées et, le cœur étreint d'un douloureux sentiment de solitude, s'efforça d'oublier que personne ne viendrait la couvrir de baisers au clair de lune ni lui chuchoter des mots doux à l'oreille.

Quand elle descendit l'escalier le lendemain matin, elle aperçut Matteo par la porte entrebâillée du bureau et le rejoignit d'un pas déterminé.

— Il faut que je me sauve, bougonna-t-il en glissant des dossiers au fond de son attaché-case. De quoi voulez-vous me parler ?

— Du paquet que j'ai reçu hier. Il contenait trois fois plus de sous-vêtements que je n'en avais sélectionné.

— Rien d'étonnant à cela ! J'ai estimé que votre commande était insuffisante et je l'ai complétée.

— De quel droit ?

— Puisque ce « détail » semble vous avoir échappé, je vous rappelle que vous n'êtes pas chez vous ici et que vous n'avez pas à me réclamer la moindre explication.

— Inutile de remuer le couteau dans la plaie ! Je sais que je n'ai pas d'autre choix que de subir et de me taire.

— De subir ! répéta Matteo avec agacement. Vous n'aimez pas qu'on vous fasse des cadeaux ?

— Tout dépend de ce qu'on m'offre. Si vous m'aviez acheté des bustiers en coton, je n'y aurais vu aucun inconvénient, mais les parures de lingerie que vous avez choisies sont très… suggestives.

— Au cas où vous auriez peur que je ne cherche à abuser de votre naïveté, laissez-moi vous rassurer, *signorina*. Il ne me viendrait pas à l'idée de m'introduire dans votre chambre en pleine nuit et de vous sauter dessus.

Furieuse de s'être aventurée sur un terrain accidenté, Holly se hâta de dévier la conversation.

— Pourriez-vous me redonner mon passeport ? maugréa-t-elle. Tant que vous le garderez, j'aurai l'impression d'être à votre merci.

— Vous avez tort de vous croire prisonnière. Quand vous souhaiterez retourner dans votre pays, vous n'aurez qu'à vous rendre au consulat de Grande-Bretagne en disant que vous vous êtes fait voler vos papiers et les employés vous fourniront une carte d'identité qui vous permettra de quitter l'Italie sans problème.

Matteo griffonna quelques mots sur la première page de son bloc-notes, puis arracha la feuille et la tendit à Holly.

— Voici l'adresse du consulat ! jeta-t-il avec brusquerie. Voulez-vous que je demande à mon chauffeur de vous y conduire ou que j'appelle un taxi ?

— Non. J'aime mieux y aller à pied.

— Le contraire m'aurait étonné. Pourquoi faut-il toujours que vous me teniez tête ?

— Parce que vous avez un caractère despotique et que je déteste les tyrans.

— Lorsque les carabiniers vous ont réclamé votre passeport hier et que je leur ai ordonné de vous laisser tranquille, vous ne m'avez pas reproché d'avoir trop d'autorité.

— Vous m'avez beaucoup aidée, c'est vrai, mais je vous ai également été très utile.

— D'où l'intérêt du marché que nous avons conclu. Les meilleures transactions sont celles qui offrent le même nombre d'avantages à tous les…

— Je peux entrer, papa ? interrompit Liza de sa petite voix flûtée.

— Bien sûr, ma chérie ! s'exclama son père. Comment se fait-il que tu sois déjà levée ?

— Je me suis réveillée de bonne heure, et quand j'ai vu que la chambre de la *signorina* était vide, je me suis dépêchée de m'habiller parce que j'ai eu peur qu'elle ait quitté la maison pendant que je dormais.

— Tu n'aurais pas dû t'inquiéter, princesse, lança Holly à la fillette. J'étais juste descendue parler à ton père.

— Vous allez rester avec nous pour longtemps ?

— Oui. Je ne partirai d'ici que lorsque que tu n'auras plus besoin de moi.

— Promis ?

— Juré !

« Adieu ma visite au consulat et mes rêves de liberté ! » se dit Holly, persuadée que Matteo exultait.

Mais loin d'esquisser un sourire triomphant, il empoigna son attaché-case, les traits figés, et sortit du bureau d'un pas lourd.

4

Le lendemain et les jours suivants, une agréable routine s'installa au manoir. Holly déjeunait seule dans sa chambre chaque matin puis, pendant que Nora faisait son lit et époussetait les meubles de son boudoir, elle descendait rejoindre Liza au rez-de-chaussée et ne la quittait qu'à la tombée de la nuit.

— De quand date votre première rencontre avec la petite ? demanda-t-elle un soir à Berta.

— Du 21 décembre de l'an dernier. J'étais de garde au service de traumatologie du CHU l'après-midi où elle a eu son accident et c'est moi qui me suis occupée d'elle. Comme elle n'était pas complètement rétablie lorsqu'elle est sortie de l'hôpital quelques semaines plus tard, son père m'a proposé de venir habiter à la villa Fallucci et de continuer à être son infirmière.

— Cela ne vous a pas dérangé d'abandonner votre poste ?

— Non, parce que j'aimais bien la *piccina* et que j'avais envie de l'aider à retrouver le sourire, mais elle est tellement versatile que j'ai du mal à la comprendre. Ce matin, par exemple, elle s'est mise à pleurer pendant que nous déjeunions et je ne sais toujours pas ce qui a déclenché cette crise de larmes.

— Vu le drame qui l'a frappée, il n'est pas étonnant qu'elle ait les nerfs à vif. Liza est une enfant fragile qui a vécu une tragédie et qui souffre d'avoir perdu sa maman.

— Le problème, c'est que je suis incapable de la consoler. Quand elle éclate en sanglots, j'ai beau l'embrasser et lui dire que son chagrin finira par s'estomper, elle refuse de m'écouter. Et plus elle me repousse, plus je m'en veux de ne pas pouvoir la réconforter.

— Vous n'avez rien à vous reprocher. Sa mère lui manque terriblement et je ne connais personne qui soit en mesure de la remplacer.

— A part vous. Depuis que vous habitez au manoir, Liza n'a que votre nom à la bouche.

— Pourquoi son père ne s'occupe-t-il pas davantage d'elle ?

— Parce qu'il ne s'est pas encore remis du décès de son épouse.

Anna, qui venait de rejoindre Holly et Berta au rez-de-chaussée, s'assit entre les deux jeunes femmes et porta à ses lèvres l'une des trois tasses en faïence vernissée que Giulietta avait posées sur la table de la cuisine.

— Le *signor* Fallucci était très amoureux de la maman de Liza, déclara-t-elle après avoir avalé une gorgée de café. Maintenant qu'elle est morte, il n'est plus que l'ombre de lui-même.

— Comment était-elle ? questionna Holly.

— Belle à couper le souffle et raffinée jusqu'au bout des ongles, rétorqua la gouvernante. Elle ressemblait aux top models dont les photos font la une des magazines et tous les hommes qui la croisaient ne pouvaient que succomber à son charme.

— J'ai du mal à croire que le juge l'ait aimée à la folie. Il est tellement froid, tellement austère que je ne l'imagine pas vivant une grande passion.

— Si vous l'aviez connu avant le décès de la *signora*, vous ne diriez pas cela. Quand il m'a engagée, il venait de l'épouser, et la première chose qui m'a frappée lorsque je suis arrivée au manoir, c'est le plaisir qu'il prenait à la contempler. Chaque fois qu'elle pénétrait dans une pièce, il tournait la tête et la fixait d'un air ébloui.

— Le jour où elle est morte, se rappela Berta, je l'ai vu traverser le hall d'accueil de l'hôpital et je l'ai trouvé étonnamment calme.

— Savait-il qu'elle était décédée ? s'informa Holly.

— Oui. Le directeur du CHU, qui est l'un de ses amis,

lui avait déjà annoncé la nouvelle par téléphone. Au lieu d'aller embrasser sa fille, il a prié un interne de le conduire auprès de sa femme et a exigé que tout le monde quitte la salle où elle reposait. Comme la *signora* était en sang, le chef de service lui a conseillé de patienter jusqu'à ce que les aides-soignantes aient nettoyé ses plaies, mais il n'a pas voulu l'écouter. Alors le médecin l'a autorisé à entrer et m'a ordonné de rester dans le couloir au cas où le juge Fallucci se trouverait mal.

— Qu'est-il arrivé ensuite ?

Berta piqua du nez dans sa tasse et remua son café, le rouge au front.

— Je… j'ai collé mon oreille à la porte, avoua-t-elle dans un murmure.

— Et qu'avez-vous entendu ? lui demanda Holly.

— Rien du tout. Contrairement aux gens qui viennent à la morgue de l'hôpital et qui se mettent à sangloter devant la dépouille du parent ou de l'ami qu'ils ont perdu, il n'a ni pleuré ni articulé le moindre son. Quand il est ressorti un peu plus tard, il était pâle comme un linge et avait l'air d'un zombie.

— Est-il allé rendre visite à sa fille ?

— Oui. Je l'ai moi-même conduit au chevet de la petite et je suis restée à côté de lui de peur qu'il ne s'évanouisse à la vue des énormes bandages qui lui enserraient la tête et les jambes, mais il n'a eu aucune réaction. Au lieu de se pencher vers elle et de lui caresser la joue, il l'a regardée sans prononcer un mot et a quitté la chambre au bout de cinq ou six minutes seulement.

— C'est bizarre, lança Anna. Avant le décès de son épouse, il adorait Liza et aurait donné sa vie pour elle. Un soir, j'ai entendu l'un de ses collègues lui demander s'il était impatient d'avoir un garçon et vous savez ce qu'il lui a répondu ? Qu'il n'avait pas besoin d'un autre enfant parce que Liza était sa raison d'être et sa fierté. Quand il a dit cela, il avait l'air tellement heureux que personne n'aurait pu douter de sa sincérité.

— La première fois qu'il est venu à l'hôpital et les jours

suivants, il ne s'est pas conduit en papa gâteau, loin de là ! se remémora Berta. En l'espace de trois semaines, il n'a rendu qu'une dizaine de visites à sa fille et n'a passé que deux heures à son chevet. Moi qui croyais qu'il souffrait d'avoir perdu son épouse et qu'il allait reporter toute son affection sur la *piccina*, j'ai été étonnée de son attitude, mais peut-être les hommes sont-ils moins démonstratifs que nous dans ce genre de circonstances.

— Depuis qu'il est veuf, déclara Anna, il ne fait que très rarement allusion à la *signora*, et lorsque Liza s'avise de prononcer son nom devant lui, il s'empresse de détourner la conversation.

— Il a tort de réagir ainsi, marmonna Holly. Au lieu de se murer dans son silence, il devrait parler à la petite et la laisser s'exprimer.

— Sans doute n'en a-t-il pas le courage. Il a reçu un tel choc le jour où sa femme est décédée que ses plaies ne sont pas encore complètement cicatrisées. Il suffirait d'un rien pour les rouvrir.

— Quand je suis descendue le rejoindre dans son cabinet de travail l'autre matin, je n'y ai vu aucune photo. Vous ne trouvez pas cela étrange ?

— Non. Comme un portrait de son épouse est encastré dans la stèle du monument qu'il a fait construire à sa mémoire et qu'il va prier chaque soir sur sa tombe, il n'a pas besoin de transformer son bureau en mausolée.

— Il ne lui arrive jamais d'oublier ce rituel macabre et de rester auprès de Liza jusqu'au coucher du soleil ?

— Jamais ! Il y a un mois, je cueillais des fleurs dans le parc lorsqu'il s'est approché de la fontaine. De peur qu'il ne m'aperçoive, je me suis cachée derrière une haie et je l'ai entendu parler à la *signora*.

— S'il apprenait que vous l'avez espionné, lança Berta à Anna, il vous flanquerait à la porte.

— Je le sais, répliqua la gouvernante avec un petit hochement de tête accablé. Quand je me suis rendu compte que je risquais de perdre ma place, j'ai laissé tomber mon bouquet de roses au pied d'un cyprès et je me suis dépêchée de rentrer à la maison.

Le lendemain, Holly confia Liza à Vincente Borgiano, son kinésithérapeute, puis s'engouffra dans la bibliothèque pour voir si le nom de Sarah Conroy et celui de Bruno Vanelli figuraient à la une des quotidiens qu'Anna y déposait chaque matin.

Après avoir vérifié que l'histoire sordide à laquelle Bruno l'avait mêlée n'était relatée dans aucun des journaux, elle poussa un énorme soupir de soulagement et jeta autour d'elle un regard émerveillé.

Alignées le long d'une cloison, trois grosses armoires en palissandre exhibaient derrière leurs portes vitrées les dizaines d'ouvrages reliés en basane ou en maroquin qui encombraient leurs rayons. Des recueils de poèmes au dos chamarré y côtoyaient des traités de philosophie, d'épais dictionnaires et des éditions originales qui avaient dû être achetées à prix d'or par un collectionneur averti.

Placés sur des cimaises tels des toiles de musée, deux tableaux encadrés de noir et de bronze attirèrent l'attention de Holly.

— Celui de droite représente la comtesse d'Arelio, déclara Anna en pénétrant dans la bibliothèque, un plumeau à la main. Et celui de gauche, Isabella, sa fille.

— La plus jeune ressemble beaucoup au juge, remarqua Holly, fascinée par la noblesse du modèle.

— Forcément ! s'exclama la gouvernante. C'était sa grand-mère. A l'âge de vingt et un ans, elle s'est mariée avec Alfonso Fallucci contre le gré de ses parents.

— Pourquoi ne souhaitaient-ils pas qu'elle l'épouse ?

— Parce qu'il n'appartenait ni à l'aristocratie italienne ni à la haute bourgeoisie de Rome et qu'ils ne voulaient pas voir Isabella se mésallier. Mais elle s'est passée de leur bénédiction et a été très heureuse en ménage. Malgré ses origines modestes, Alfonso s'est lancé dans le commerce maritime au début du siècle dernier et a amassé des fortunes grâce à ses bateaux.

— Est-ce lui qui a fait construire le manoir ?

— Oui. Tous les objets d'art qui décorent la maison ont été achetés chez les meilleurs antiquaires de Florence à la fin de la Première Guerre mondiale. Le *signor* Fallucci en a hérité à la mort de son père.

— Ah ! je me doutais bien qu'un juge ne gagnait pas assez d'argent pour vivre dans un tel luxe et employer autant de domestiques.

Laissant Anna épousseter les meubles de la bibliothèque, Holly ouvrit l'une des portes-fenêtres aux carreaux sertis de plomb qui donnaient sur le parc et alla se promener sous les ombrages.

Au détour d'un sentier, elle aperçut une piscine carrelée de bleu et de blanc qu'encerclait une double rangée de rosiers et où personne ne semblait s'être baigné depuis une éternité. Les arbustes, mal élagués, égratignaient du bout de leurs épines les dalles moussues du solarium et s'effeuillaient dans l'eau verdâtre du bassin.

— Les photos que Liza m'a montrées hier ont dû être prises ici il y a un an, murmura Holly en s'approchant du plongeoir et en regardant un petit rouge-gorge voleter au-dessus des pétales qui jonchaient le gazon.

Belle à damner un saint dans un Bikini noir qu'avait probablement dessiné l'un des meilleurs stylistes de Milan, Carol Fallucci exhibait son épaisse chevelure blond cendré, sa taille de guêpe et ses longues jambes fuselées sur tous les clichés. Debout derrière elle, torse nu, Matteo caressait des yeux ses formes sculpturales et souriait à la vie comme si le bonheur sans nuage auquel il avait la chance de goûter allait durer jusqu'à la fin des temps.

« Pourquoi a-t-il fallu qu'un stupide accident brise le cœur de Liza et la sépare à jamais de sa maman ? » se demanda tristement Holly en s'éloignant de la piscine et en saluant d'un vague signe de la main le jardinier qui élaguait un vieux saule au fond du parc.

— Le *signor* Fallucci est déjà rentré du tribunal, lui

annonça Berta dès qu'elle eut regagné le manoir. Il est dans la chambre de la *piccina* et il m'a dit qu'il ne voulait être dérangé sous aucun prétexte.

Puis, avec des mines de conspiratrice, elle ajouta :

— Y avait-il des robes de mariée à des prix raisonnables dans le magasin où vous avez acheté vos vêtements ?

— Non, hélas ! Tout ce que j'ai vu coûtait les yeux de la tête.

— Dommage, car j'aimerais bien commencer à organiser la cérémonie et choisir ma tenue.

« Moi aussi, il y a trois semaines, je rêvais d'épouser le prince charmant et de partir en lune de miel, s'abstint de riposter Holly. Mais à cause de la cupidité et de l'hypocrisie de celui que je prenais naïvement pour l'homme de ma vie, aucun de mes beaux projets ne s'est réalisé. »

— Une fois que vous aurez aidé Liza à se mettre au lit, il faudra que vous veniez me rejoindre dans mon cabinet de travail, déclara Matteo à la fin du dîner. J'ai une ou deux questions à vous poser.

— Votre fille est souvent longue à s'endormir, répliqua Holly. Cela ne vous ennuiera pas de patienter un peu ?

— Pas le moins du monde. Quelle que soit l'heure à laquelle vous pourrez vous libérer, je vous attendrai.

— De quoi désirez-vous me parler ?

— Vous le saurez bien assez tôt.

Gênée par le regard scrutateur dont l'enveloppait Matteo, Holly quitta la salle à manger d'un pas vif et monta border Liza. Puis dès que celle-ci eut succombé au sommeil, elle redescendit l'escalier et frappa à la porte entrouverte du bureau, mais personne ne lui répondit.

« Où se cache-t-il ? » s'interrogea-t-elle après avoir poussé le battant du bout de ses mocassins et balayé la pièce vide des yeux.

Croyant que Matteo allait jaillir du vestibule d'une minute à l'autre, elle s'approcha du fauteuil qu'il aurait dû occuper et, à la vue du journal étalé sur le sous-main, sentit son cœur se bloquer.

— « Une miniature valant plusieurs millions d'euros a été remplacée par une vulgaire copie, lut-elle à voix haute. Arrêté à Roccasecca, Bruno Vanelli, l'auteur de ce vol, a réussi à s'échapper. Quant à Sarah Conroy, sa complice, les carabiniers n'ont pas encore retrouvé sa trace… »

« Je le savais, songea Holly, les épaules secouées d'un frisson. Je savais que je ne pourrais pas fuir la réalité éternellement et que mon passé finirait tôt ou tard par me rattraper. »

Imprimé à la une du quotidien, un portrait récent de Bruno illustrait l'article lapidaire qu'avait rédigé l'éditorialiste. D'un doigt nerveux, Holly effleura le visage séduisant de celui qu'elle avait aimé au point d'en oublier toute prudence et poussa un soupir.

— La photo est-elle ressemblante ? lui demanda Matteo en écartant les tentures de brocart qui masquaient l'alcôve et en surgissant de la pénombre.

— Ah ! vous… vous étiez là, bredouilla Holly. Pourquoi vous êtes-vous caché ?

— Pour pouvoir étudier votre réaction.

— Maintenant que vous connaissez la vérité, qu'allez-vous faire ?

— Je ne sais pas encore. Cela dépendra de la manière dont vous répondrez à mes questions.

— Si vous décidez de me renvoyer, que deviendra votre fille ?

— Dès que je suis rentré du tribunal ce soir, j'ai eu une longue conversation avec Liza et les confidences que j'ai réussi à lui extorquer m'ont permis de mieux vous comprendre.

— Que vous a-t-elle dit de si important ?

— Elle m'a parlé de la terrible épreuve que vous aviez traversée en octobre.

— Ma mère est effectivement décédée des suites d'un cancer l'automne dernier, mais je ne vois pas en quoi sa mort vous concerne.

— Pendant combien de temps vous êtes-vous occupée d'elle ?

— Pendant des années. Comme elle avait subi une chimiothérapie et que ce traitement l'avait affaiblie, j'ai dû rester à ses côtés et l'aider à accomplir les tâches quotidiennes.

— Votre père ne pouvait pas s'en charger ?

— Non. Même si j'avais su où le joindre, je ne l'aurais pas appelé.

— Même si vous aviez su où le joindre ! répéta Matteo, interloqué. Que voulez-vous dire par là ?

— Qu'il m'a abandonnée à ma naissance avec une inqualifiable lâcheté et que j'ignore tout de lui, répondit Holly. Ma mère et moi avons vécu seules et n'avons jamais demandé la charité à qui que ce soit. Pour m'offrir des cours particuliers de dessin, elle s'est saignée aux quatre veines et il est normal que je lui aie témoigné ma gratitude à la fin de sa vie.

— Quand vous avez appris qu'elle avait un cancer, dans quelle classe étiez-vous ?

— En terminale. Comme je n'avais pas les moyens d'aller étudier à l'Ecole des beaux-arts, je me suis inscrite à l'université après avoir obtenu mon bac et j'ai décroché un diplôme d'institutrice.

— Vu la patience dont vous faites preuve depuis que vous avez accepté d'être la baby-sitter de Liza, je ne suis pas étonné que vous ayez été enseignante.

— Oh ! je n'ai pas pu exercer mon métier très longtemps. Dès que je suis sortie de la fac, le rectorat m'a confié un poste de suppléante dans une petite ville des Midlands et j'aurais probablement été titularisée au début du deuxième trimestre si l'état de santé de ma mère ne s'était pas aggravé et ne m'avait pas obligée à démissionner.

— En tirant un trait sur votre carrière et en devenant sa garde-malade, vous n'avez pas eu l'impression de vous sacrifier ?

— Pas du tout ! Je l'aimais et je n'aurais pas supporté de l'abandonner.

— Quel genre de vie avez-vous mené auprès d'elle ?

— Une vie assez monotone, mais pleine d'espoir et de gaieté.

— Vous arrivait-il parfois de sortir avec des amis ?

— Non. Je préférais rester à la maison plutôt que de fréquenter les boîtes de nuit.

— Qui vous avait invitée à Portsmouth pendant vos études ?

— Une copine de fac dont les parents habitaient au bord de la Manche.

— Et Bruno Vanelli, quand avez-vous fait sa connaissance ?

— En mai dernier. Je venais de me réinscrire à l'université pour suivre des cours de psychopédagogie et essayer de trouver un emploi dans une école spécialisée de Londres lorsque je l'ai rencontré. Il était tellement séduisant et flagorneur que je suis tombée amoureuse de lui comme une adolescente attardée.

Un petit sourire d'autodérision se dessina sur les lèvres de la jeune femme.

— A ce moment-là, je croyais que les Italiens étaient de grands romantiques, reprit-elle, mais j'ai vite déchanté. Bien qu'ils vous appellent « *mia amore* » à longueur de journée et qu'ils vous comblent de louanges, ils se moquent pas mal de vos états d'âme et manient le stylet aussi habilement que l'encensoir. Tant que vous n'avez pas succombé à leur charme redoutable, ils cachent derrière leur dos la dague avec laquelle ils ont prévu de vous poignarder et, dès qu'ils ont réussi à vous embobiner, ils vous la plantent dans le cœur sans la moindre pitié.

— Mes compatriotes ne sont pas tous des monstres de cruauté, *signorina*. Parfois, ce sont eux qui se laissent berner par des Anglais et qui souffrent le martyre jusqu'à en perdre la raison. Des tortionnaires, rusés et perfides, on en trouve également dans votre pays et les coups de matraque qu'ils vous assènent sont d'une telle brutalité qu'on en reste groggy pendant des années.

— Qu'en savez-vous ? Vous avez déjà fait ce genre d'expérience ?

Eludant la question d'un haussement d'épaules, Matteo s'approcha de Holly et plongea son regard de jais dans celui, limpide, de la jeune femme.

— Parlez-moi de Bruno Vanelli, lui ordonna-t-il. Je veux

que vous m'expliquiez comment il a réussi à vous séduire et à vous persuader de devenir sa complice.

— Navrée, murmura-t-elle. Je… je n'en ai pas la force.

— Il va pourtant bien falloir que vous me racontiez en détail tout ce qui vous est arrivé depuis que vous avez rencontré ce sale type car, si vous refusez d'affronter la réalité, la douleur que vous ressentez finira par vous submerger et par vous empêcher de vivre.

5

Matteo guida Holly vers l'un des fauteuils qui encadraient son bureau, puis l'aida à y prendre place et alla s'adosser au chambranle de la fenêtre.

— Le surlendemain de notre première rencontre et tous les soirs de la semaine suivante, dit-elle après un long silence, Bruno m'a invitée à dîner dans une petite auberge romantique, au bord d'un lac, et m'a fait une cour assidue. Il m'a dit que j'étais la femme de sa vie et qu'aucune autre ne l'avait subjugué à ce point. Comme je n'avais pas l'habitude d'entendre ce genre de choses et que j'étais très naïve, j'ai cru que j'avais enfin trouvé le prince charmant, mais ce n'étaient que des mots.

— Certaines personnes ont de tels dons d'acteur qu'il est difficile de ne pas être dupe de leurs belles paroles. Même si nous savons au fond de notre cœur qu'elles nous mènent en bateau, nous préférons croire leurs mensonges et nous cramponner à un bonheur illusoire plutôt que de regarder la vérité en face parce qu'il n'y a rien de pire que la solitude et le désenchantement.

— En ce qui me concerne, j'aurais préféré rester seule plutôt que de tomber amoureuse d'un hypocrite. L'unique raison qui a poussé Bruno à m'offrir des dîners aux chandelles et à me faire les yeux doux, c'est ma passion pour le dessin. Grâce aux cours particuliers que m'avait payés ma mère à l'époque où j'allais au lycée, j'étais capable de reproduire n'importe quelle toile de maître avec l'habileté et la minutie d'un faussaire.

— Comment Vanelli avait-il découvert que vous possédiez ce talent ?

— Il m'avait vue installer mon chevalet sur les berges de la Trent deux dimanches de suite et m'avait observée de loin avant de m'aborder. Un mois et demi après notre première rencontre, il m'a montré la photo d'une miniature et m'a demandé de copier le tableau. Pour ne pas éveiller mes soupçons, il m'a expliqué que l'original appartenait à sa famille depuis des générations et qu'il se trouvait dans un coffre-fort à la banque parce qu'il valait des millions d'euros. Ensuite, il m'a dit que ses parents avaient hâte de faire ma connaissance et m'a invitée à venir passer l'été à Roccasecca, où ils habitaient. Quand je suis arrivée en Italie, j'ai été tellement séduite par la beauté des paysages que j'ai profité de mes vacances sans me poser la moindre question.

— Vanelli vous a-t-il présentée à son père et à sa mère ?

— Non. Il a prétendu qu'ils étaient souffrants et qu'ils ne pourraient pas me recevoir avant des semaines. C'est à partir de ce moment-là que j'ai commencé à avoir des doutes, mais j'ai préféré continuer à vivre sur mon petit nuage. Lorsque Bruno me serrait dans ses bras et m'appelait « *mia bella per l'eternità* », je n'avais ni le courage de lui résister ni la force de l'interroger. Maintenant que j'ai compris qu'il avait une calculatrice à la place du cœur et que ses beaux discours n'étaient que du vent, je me dis qu'il a eu raison d'abuser de ma naïveté parce qu'on n'a pas le droit d'être aussi bête et aussi crédule que je l'ai été.

Holly s'interrompit une seconde, les yeux noyés de larmes, et aspira à pleins poumons pour essayer de déloger la grosse boule qui lui obstruait la gorge.

— Un jour, enchaîna-t-elle d'une voix enrouée, il m'a conseillé de retourner en Angleterre et m'a promis qu'il viendrait bientôt m'y rejoindre. Etant donné que l'avion à destination de Londres devait décoller de l'aéroport de Rome en début de soirée, il m'a déposée près de la gare de Roccasecca une heure et demie avant le départ du train et a redémarré à toute vitesse.

— Qu'avez-vous fait en attendant de monter dans l'express ?

— Je me suis assise sur un banc, à quelques dizaines de mètres de l'entrée du hall, puis j'ai ouvert mes bagages afin de vérifier que je n'avais rien oublié chez Bruno. C'est là, sous une pile de T-shirts, que je l'ai aperçue.

— La miniature originale ?

— Oui. Comment avez-vous deviné qu'il l'avait cachée au fond de ma valise ?

— Oh ! je n'ai pas eu besoin de m'acheter une boule de cristal ni un jeu de tarots pour en arriver à cette conclusion, s'exclama Matteo. Il m'a suffi de réfléchir un peu. Vanelli vous avait choisie parce que vous étiez anglaise, que vous aviez des talents de faussaire et que vous pourriez l'aider à sortir la toile d'Italie.

— Si j'avais eu un gramme de bon sens, je me serais doutée que c'était un voleur et qu'il se servirait de moi jusqu'à la dernière minute.

— Quelle a été votre réaction à la vue du tableau ?

— J'ai téléphoné à Bruno et lui ai parlé de ma trouvaille, croyant qu'il allait enfin me dire la vérité, mais au lieu de jeter le masque, il a essayé de m'amadouer et m'a raconté une histoire abracadabrante. Alors j'ai pris peur et je suis allée cacher la miniature avant de retourner à la gare et de me mêler à la foule des voyageurs.

— Il aurait mieux valu que vous appeliez un taxi et que vous demandiez au chauffeur de vous conduire directement à Rome.

— Comme je n'avais pas de quoi payer la course et que je pensais avoir le temps de filer, il ne m'est pas venu à l'idée de regagner la capitale autrement qu'en train. C'est quand je suis entrée dans le hall et que j'ai aperçu les carabiniers que j'ai regretté de ne pas avoir fait du stop.

— Il n'y a rien d'étonnant à ce que les gendarmes aient réagi aussi vite. Bruno Vanelli est connu de la police depuis de nombreuses années, et dès que le vol du tableau a été découvert, les soupçons se sont tout naturellement portés sur lui.

— Puisque vous êtes déjà au courant de son passé judiciaire, pour quelle raison m'interrogez-vous ?

— Parce que vous seule détenez la pièce manquante du puzzle.

Devant le regard impitoyable de Matteo, Holly sentit un frisson lui hérisser la nuque.

— De… de quoi parlez-vous ? bredouilla-t-elle en bondissant de son fauteuil.

— Du butin de votre complice, jeta-t-il d'un ton sec. Où l'avez-vous mis ?

— Si je réponds à votre question, qui me dit que vous n'allez pas décrocher votre téléphone et me livrer aux carabiniers ? Vous êtes un représentant de la loi et il est de votre devoir de veiller à ce que personne ne l'enfreigne.

— Je comprends que la trahison de Vanelli vous ait rendue prudente, mais il va falloir que vous me fassiez confiance, car vous n'avez pas d'autre choix. Maintenant que votre nom a été imprimé à la une de l'un des plus célèbres quotidiens d'Italie, vous ne pourrez pas réclamer des papiers d'identité au consulat de Grande-Bretagne et quitter le pays à l'insu des autorités. Il ne vous reste donc qu'une solution : vous en remettre à moi.

Voyant Holly se mordiller les lèvres, indécise, Matteo planta son regard de braise dans celui de la jeune femme, comme pour l'hypnotiser.

— Où avez-vous caché la miniature ? lança-t-il d'un ton ferme.

— A Roccasecca, murmura-t-elle. Il y a une petite église à gauche du jardin public qui longe le…

— Je la connais. Les amis chez lesquels j'ai séjourné avant de prendre le train et de vous rencontrer habitent juste à côté du square.

— Comme la chapelle était vide quand je suis entrée, j'ai contourné l'autel et aperçu une sorte de cavité au bas du mur qui sépare le chœur de la sacristie. C'est là, derrière une tenture rouge et or, que j'ai posé le tableau.

Matteo réfléchit un instant, le front barré d'un pli soucieux.

— J'espère que vous ne m'avez pas raconté d'histoires, maugréa-t-il, car Dieu sait ce qu'il adviendra de nous si ce que vous m'avez dit est faux.

— Je ne vous ai pas menti, le rassura-t-elle. Mais il se pourrait que quelqu'un ait découvert la miniature et s'en soit emparé.

— Espérons que non ! Ce serait d'autant plus rageant que vous avez eu une idée de génie. La toile que Vanelli vous a demandé de copier représente un saint qui est né à Roccasecca au Moyen Age et dont les reliques sont conservées dans la petite église où vous avez caché son portrait.

— Quelle coïncidence !

— N'est-ce pas ?

— A supposer que le tableau soit encore là où je l'ai laissé, qu'allez-vous faire ?

— Envoyer une lettre anonyme au curé de la paroisse et m'arranger pour qu'il le retrouve. Comme cela, tout le monde croira que le voleur a regretté de l'avoir subtilisé et qu'il a préféré le rendre à ses propriétaires.

— Très astucieux, mais rien ne me garantit que la police ne remontera pas jusqu'à moi.

— Liza a tellement besoin de vous qu'elle ne supporterait pas de voir les carabiniers vous arrêter. Je veillerai donc à ce que vous ne soyez pas soupçonnée. Et puisque c'est par pur égoïsme que j'ai décidé de vous aider, vous pouvez dormir tranquille : je ne risque pas de vous trahir.

— Malgré les précautions dont vous vous entourerez, il est possible que les gendarmes se doutent de quelque chose et qu'ils vous accusent de…

— Inutile d'échafauder ce genre d'hypothèse ! La vie est pleine de surprises, bonnes ou mauvaises, et personne ne sait ce que le destin lui réserve. Au lieu d'envisager le pire, soyez confiante et oubliez ce que nous nous sommes dit ce soir.

Le lendemain, Matteo annonça à Holly qu'il allait devoir s'absenter, mais omit de lui préciser si ce voyage impromptu avait un lien avec le vol du tableau.

— Pourquoi il est parti, mon papa ? demanda Liza à la jeune femme lorsque celle-ci monta la border à la fin du dîner.

— Je ne sais pas, ma puce. Il ne m'a fourni aucune explication.

— Quand est-ce qu'il va rentrer à la maison ?

— Dès qu'il pourra se libérer. Où qu'il soit en ce moment, je suis certaine qu'il pense à toi et qu'il a hâte de revenir t'embrasser.

Après avoir déversé une pluie de baisers sur les boucles emmêlées de Liza et regagné sa suite à pas de loup, Holly se glissa entre ses draps et, rompue de fatigue, s'endormit instantanément.

— Réveillez-vous, *signorina*, lui ordonna soudain Berta d'une voix affolée. La *piccina* a fait un cauchemar et pleure toutes les larmes de son corps.

— Vous n'avez pas essayé de la consoler ?

— Si, mais je n'y suis pas arrivée. J'ai eu beau lui dire que le vilain monsieur dont elle avait rêvé une fois de plus n'existait que dans son imagination et ne risquait pas de la kidnapper, elle n'a pas voulu m'écouter. La seule personne qui soit capable de la réconforter en l'absence de son père, c'est vous.

Les paupières lourdes de sommeil, Holly sauta à bas de son lit et se précipita au chevet de Liza.

— Je suis là, mon ange, ne crains rien, chuchota-t-elle en s'allongeant sur le petit matelas où était recroquevillée la fillette.

Quand elle descendit au rez-de-chaussée le lendemain matin, Berta, Anna et Nora déjeunaient ensemble au fond de la cuisine.

— Vos appartements se trouvent juste à côté de la nursery, n'est-ce pas ? demanda-t-elle à l'infirmière.

— Oui, répondit celle-ci entre deux gorgées de café. Pourquoi me posez-vous cette question ?

— Parce que j'aimerais vous donner ma chambre et prendre la vôtre. Comme cela, la prochaine fois que Liza se mettra à pleurer, je l'entendrai et je pourrai la consoler sans que vous ayez besoin de venir me réveiller.

— Lorsque le juge Fallucci s'apercevra que nous avons changé de suite, il m'accusera de vous avoir forcée à déménager.

— Non, il ne vous fera aucun reproche, rassurez-vous. Dès qu'il sera de retour au manoir, j'irai lui expliquer la situation et je vous garantis qu'il m'écoutera.

Quand elle vit Matteo sortir de sa limousine le soir même, Holly s'élança hors du vestibule et, fidèle à sa promesse, descendit lui parler au bas du perron.

— Pendant votre absence, j'ai décidé de passer mes nuits à côté de Liza, lui dit-elle. J'ai demandé à Anna de m'aider à installer un lit de camp dans la nursery pour le cas où votre fille tomberait malade ou aurait de longues insomnies, et Berta a accepté de troquer sa chambre contre la mienne. Vous ne m'en voulez pas de lui avoir cédé ma place, j'espère ?

— Absolument pas. Comme vous savez mieux que moi ce qui convient à Liza, je vous laisse carte blanche.

— Berta, qui craignait votre réaction, sera ravie d'apprendre qu'elle pourra rester à votre service jusqu'à ce qu'elle ait épousé Alfio.

— Elle et lui ont-ils fixé la date de la cérémonie ?

— Pas encore, mais cela ne devrait pas tarder.

— Lorsqu'elle aura quitté le manoir et que vous serez seule à vous occuper de Liza, tous nos problèmes seront résolus.

— Tous, sauf un, rectifia Holly d'un ton angoissé. Avez-vous fait… bon voyage ?

— Très bon, je vous remercie.

— Est-ce à Roccasecca que vous êtes allé ?

— Oui. Et vous n'avez plus aucune raison de vous inquiéter : le tableau dont vous m'avez parlé a été rendu à ses propriétaires légitimes. Quant aux policiers, qui avaient laissé s'échapper Vanelli dans l'espoir qu'il les conduirait à l'endroit où il avait caché son butin, ils vont cesser de le filer maintenant que la miniature a été retrouvée.

— Et Sarah Conroy, que risque-t-elle ?

— Rien. Comme ils n'ont pas la moindre preuve de son existence, les carabiniers ont décidé de classer le dossier.

A ces mots, Holly eut l'impression qu'un grand poids dégringolait de ses épaules et que son cœur, brusquement, la lâchait.

— Merci, jeta-t-elle dans un souffle. Merci de l'aide que vous m'avez apportée.

— Vous n'allez pas vous évanouir ? lui demanda Matteo en la voyant s'appuyer à la balustrade du perron, le visage blême.

— Bien sûr que non ! se récria-t-elle. Pour qui me prenez-vous ?

— Pour quelqu'un qui a traversé une rude épreuve avec un courage sans faille et qui a le droit de laisser transparaître ses émotions.

— Croyez-vous que j'arriverai à oublier le mal que m'a fait Bruno ?

— J'en doute. Quand on a perdu l'homme ou la femme qu'on aimait et en qui on avait toute confiance, on en garde des séquelles jusqu'à la fin de sa vie. Les blessures que vous a infligées ce Vanelli ne se cicatriseront pas comme par miracle. Il va donc falloir que vous apprivoisiez votre douleur et que vous songiez à l'avenir au lieu de continuer à ressasser le passé.

— Peut-être aurai-je un jour la chance de retomber amoureuse ?

— Je vous le souhaite, mais je ne suis pas certain qu'on puisse retrouver le bonheur d'un coup de baguette magique après avoir vu ses rêves se briser… et le monde s'écrouler autour de soi.

Le ton infiniment las qu'avait employé Matteo et la légère pause qu'il avait marquée avant d'achever sa phrase firent courir un frisson dans le dos de Holly.

— Bonne nuit, *signore*, jeta-t-elle en le regardant gravir les marches du perron. Je vous suis très reconnaissante de tout le mal que vous vous êtes donné pour moi.

Le lundi suivant, une chaleur torride embrasa les rues de Rome et transforma en étuve la nouvelle chambre de Holly.

Le front emperlé de sueur, incapable de fermer l'œil, elle sortit du manoir au clair de lune et descendit se promener sous les frondaisons du parc.

A peine avait-elle contourné l'imposant tombeau de Carol Fallucci qu'une haute silhouette jaillit d'un bosquet et lui barra le passage.

— Bruno ! s'écria-t-elle, au bord de l'évanouissement. Qu'est-ce que tu fabriques ici ?

— Je suis venu te rendre visite, *amore*, répondit-il de cette voix enjôleuse dont il savait si bien jouer. T'ai-je manqué depuis notre séparation ?

— Pas tant que cela. Comme j'étais persuadée que nous ne nous reverrions plus, j'ai essayé de t'oublier.

— Mais je parie que tu n'y es pas arrivée. Toi et moi, nous sommes liés *per l'eternità* et je n'aurais pas eu le cœur de t'abandonner.

— Qu'est-ce qui t'a permis de me retrouver ?

— Le zèle des policiers. Ils m'ont arrêté au pied de mon immeuble et m'ont amené à Rome en train. Quand je suis descendu de l'express, je t'ai aperçue sur le quai en compagnie de Matteo Fallucci et j'en ai déduit qu'il avait volé à ton secours.

— Tu l'avais déjà rencontré ?

— Pas exactement, mais j'avais assisté à un procès au début de l'hiver et c'était lui qui présidait l'audience.

— Qui était dans le box des accusés ?

— Gianfranco, l'un de mes meilleurs amis. Il a écopé de cinq ans de prison ferme à cause d'une banale escroquerie. Alors tu penses bien que je n'ai oublié ni le nom ni le visage du juge qui l'a condamné. Ce type est un monstre d'insensibilité qu'aucun prévenu n'a encore réussi à apitoyer et dont le seul but dans la vie est d'envoyer de pauvres bougres derrière les barreaux.

Un sourire goguenard étira les lèvres de Bruno.

— Comment t'y es-tu prise pour séduire cet iceberg ? interrogea-t-il d'un ton gouailleur. Tu t'es introduite dans son compartiment dès que l'express a quitté Roccasecca et tu lui as joué le grand jeu ?

Rouge d'indignation, Holly leva la main et gifla Bruno avec une telle violence qu'il faillit tomber à la renverse.

— Je ne méritais pas cela, *cara*, se plaignit-il en frottant sa joue. Quand je t'ai vue descendre du train à Rome, j'aurais pu lancer les carabiniers à tes trousses, mais je ne l'ai pas fait.

— Ce n'est pas par générosité que tu as gardé le silence, c'est par intérêt. Si tu m'avais dénoncée, les gendarmes m'auraient arrêtée et tu n'aurais récupéré la miniature qu'à ma sortie de prison.

— Ah ! ce que tu es mauvaise langue ! Pourquoi faut-il que tu dises tout le temps du mal de moi ?

— Devine !

Changeant de tactique, Bruno se rapprocha de Holly et lui entoura la taille d'un bras possessif.

— Ne nous disputons pas, *mia amore*, lui chuchota-t-il dans le creux de l'oreille. Bien que ta beauté te permette de séduire n'importe quel homme, je sais que tu m'as été fidèle et que tu n'as pas couché avec le juge Fallucci. Maintenant que ce crétin t'a aidée à brouiller les pistes, il ne nous reste plus qu'à quitter l'Italie et à aller vendre le tableau en Angleterre. Vu sa finesse et son ancienneté, on devrait pouvoir en tirer une jolie somme.

« Fidèle ! releva Holly, partagée entre la colère et le fou rire. Que croit-il, cet idiot ? Que je l'aime encore après ce qu'il m'a fait et que je vais le laisser me manipuler comme un pion sur un échiquier ? »

— Je ne demanderais pas mieux que de te donner la toile, mon chéri, susurra-t-elle en entendant crisser les gravillons du sentier et en voyant une ombre se tapir derrière un cyprès, mais elle n'est pas ici. J'avais tellement peur d'être arrêtée que j'ai préféré m'en débarrasser avant de prendre le train.

— Où l'as-tu cachée ?

— Dans une petite église de Roccasecca. Je l'ai glissée sous un rideau, au fond du chœur.

Les yeux brillants de cupidité, Bruno desserra son étreinte et s'écarta précipitamment de Holly.

— Il faut vite que j'aille la récupérer, marmonna-t-il.

— Oh non ! s'exclama-t-elle, des trémolos dans la voix.

Ne me quitte pas déjà, je t'en supplie. Nous sommes si bien ensemble !

— Un peu de patience, *cara* ! Dès que le tableau sera entre mes mains, je reviendrai te chercher.

— Tu me le promets ?

— Je te le jure.

Fière d'avoir interprété avec autant de brio le rôle d'amoureuse transie qu'elle s'était assigné, Holly regarda Bruno s'enfuir du parc, puis se tourna vers le cyprès de Toscane dont la haute quenouille se découpait en ombre chinoise sur le ciel étoilé et lança d'un ton enjoué :

— Comment m'avez-vous trouvée ?

6

— Excellente, répondit Matteo après avoir rejoint Holly dans le cercle doré que dessinait un rayon de lune au milieu du sentier.

— J'ai eu peur que vous ne sortiez trop tôt de votre cachette et que vous ne me coupiez mes effets.

— Oh ! je m'en serais bien gardé. Depuis quand saviez-vous que je vous observais ?

— Depuis cinq minutes. Mais si vous n'aviez pas été là, j'aurais prononcé les mêmes mots. Ce n'est pas pour vous montrer mes talents d'actrice que j'ai joué la comédie à Bruno, c'est pour lui rendre la monnaie de sa pièce.

— Au cas où cette crapule aurait l'idée de revenir vous importuner en pleine nuit, il vaudrait mieux que je demande à mon jardinier de l'intercepter à l'entrée du parc et que je téléphone à la police dès que…

— Non, ne faites pas cela, je vous en prie.

— *Mio Dio !* grommela Matteo. Ne me dites pas que vous êtes encore amoureuse de Vanelli malgré la façon abjecte dont il vous a traitée ?

— Moi, encore amoureuse de cet hypocrite ? Plutôt mourir ! se récria Holly. Vous n'avez pas vu avec quelle violence je l'ai frappé ?

— Si, mais il m'est déjà arrivé de juger des femmes qui avaient tué leur amant par passion. Quand on aime un homme à la folie, on lui pardonne difficilement ses trahisons.

— J'ai giflé Bruno à cause de ses sous-entendus répugnants, pas pour le punir de m'avoir menti.

— Qu'appelez-vous « ses sous-entendus répugnants » ?

— Vous le savez très bien puisque vous nous avez espionnés. Il m'a accusée de m'être introduite dans votre compartiment le jour où j'ai quitté Roccasecca et d'avoir essayé de vous…

— … séduire ?

— C'est cela.

Honteuse que son ex-petit ami ait pu la croire capable de faire du charme à un inconnu, Holly s'assit au bord de la fontaine, les pommettes enflammées, et plongea ses doigts dans l'eau fraîche du bassin.

— Quoi que vous pensiez, *signor* Fallucci, reprit-elle d'un ton qu'elle aurait souhaité moins crispé, Bruno ne m'inspire plus que de la rancœur et du dégoût.

— Si vous aviez cessé de l'aimer, vous vous rappelleriez qu'il a donné votre nom aux carabiniers, et au lieu de le laisser s'en tirer à bon compte, vous auriez hâte de l'envoyer derrière les barreaux.

— Bien qu'il ait mérité d'aller en prison, j'ai préféré lui infliger une autre punition.

— En oubliant de lui préciser que la miniature avait été rendue à ses propriétaires ?

— Oui. Comme il est persuadé qu'il lui reste encore une chance de la récupérer, il va la chercher dans toutes les églises de Roccasecca et ne la trouvera jamais.

Matteo baissa vers Holly un regard mi-étonné, mi-admiratif.

— *Maria vergine !* s'exclama-t-il. Il n'y a pas que les Italiens qui manient le stylet à la perfection. Vous aussi, vous savez poignarder vos ennemis dans le dos.

— Ce qui prouve que les Anglais ne sont ni moins rusés ni moins subtils que les Romains, que les Milanais ou que les Vénitiens, riposta-t-elle avec humour, et que frapper vos compatriotes à l'aide d'une matraque n'est pas leur passe-temps favori.

— Dommage, car j'aurais bien aimé que vous assommiez cette ordure de Vanelli.

— La déception qu'il ressentira lorsqu'il s'apercevra que son précieux butin s'est envolé sera un châtiment mille fois plus sévère qu'un coup de gourdin.

— Fichtre ! s'écria Matteo. Depuis quand le mot « *vendetta* » fait-il partie de votre vocabulaire ?

— Depuis ce soir, répliqua Holly dans un sourire. En voyant Bruno croire tout ce que je lui racontais, j'ai eu l'impression de tenir enfin ma revanche.

— Œil pour œil, dent pour dent ?

— Exactement ! Comme il s'était moqué de moi pendant des semaines et des semaines, j'ai pris un immense plaisir à lui rendre la pareille.

— Vous n'avez eu aucun scrupule à lui mentir ?

— Aucun ! A un moment donné, j'ai failli lui avouer que la miniature avait été restituée au curé de la paroisse, mais après réflexion, je me suis dit qu'il méritait bien d'être manipulé à son tour et que cela lui servirait de leçon d'aller perdre une journée ou deux à Roccasecca.

— Est-ce quand il vous a enlacée que vous vous êtes sentie fléchir ?

— Non. Les femmes attachent moins d'importance à ce genre de choses que vous ne le croyez.

— Je sais que les hommes ont la fâcheuse manie de surestimer leur pouvoir de séduction. Certains d'entre eux s'imaginent qu'il leur suffit d'inviter une jolie fille à danser, de lui chuchoter quelques mots d'amour à l'oreille pendant un slow langoureux et de lui voler un baiser à la fin de la soirée pour qu'elle succombe à leur charme dévastateur, mais ils se font des idées. Même si leur conquête les remercie d'un sourire et leur offre ses lèvres, elle n'éprouve que du mépris à leur égard.

— C'est précisément ce que m'a inspiré Bruno tout à l'heure. Je me suis rendu compte que c'était un minable et que plus tôt je serais débarrassée de lui, mieux je me porterais. Alors j'ai affûté mes armes, et dès que j'en ai eu la possibilité, je me suis vengée.

— Maintenant que j'ai vu jusqu'où vous pouviez aller quand vous étiez folle de rage, il faudra que je veille à ne pas vous mettre en colère.

— Oh ! vous, vous ne courez aucun risque. Je vous suis

tellement redevable que je m'en voudrais de vous tendre des pièges.

— Ravi de l'apprendre, *signorina* ! s'exclama Matteo avec un zeste d'ironie.

Puis, galamment, il aida Holly à se lever et l'entraîna vers le manoir.

— Je vous félicite de la maturité dont vous avez fait preuve aujourd'hui, lui dit-il en l'invitant à le suivre dans son cabinet de travail et en sortant du bar une bouteille de gin. Le châtiment que vous avez infligé à Vanelli n'est pas aussi terrible que je l'aurais espéré, mais vous vous êtes bien défendue et vous méritez toute mon admiration.

— Mon manque d'indulgence et de scrupules ne vous choque pas ? lui demanda-t-elle.

— Au contraire ! Je trouve formidable que vous ayez gardé la tête froide et que vous n'ayez pas flanché à la dernière seconde.

— Vous est-il déjà arrivé de pardonner à quelqu'un qui vous avait trahi ?

— Non. Ceux ou celles qui sont mes ennemis le resteront jusqu'à la fin de leur vie et je ne vois pas pourquoi je me montrerais clément envers eux.

— Lorsque vous vous vengez d'un affront et que votre adversaire riposte, vous n'avez pas peur de sacrifier des innocents sous ce tir croisé ?

Matteo reposa brutalement sur son bureau les deux verres en cristal qu'il tenait à la main et blêmit, comme si Holly l'avait insulté.

— Je ne savais pas qu'en plus de vos talents d'actrice vous possédiez un sixième sens, marmonna-t-il. Est-ce grâce à votre redoutable intuition que vous avez réussi à percer mes secrets ?

— J'ignore de quels secrets vous parlez, *signor* Fallucci, répliqua-t-elle, déconcertée. Je voulais juste vous montrer qu'il pouvait être dangereux de se laisser guider par sa rancœur.

— Cela vous va bien de me faire la morale après le mauvais tour que vous venez de jouer à votre ex-petit ami !

— Si un autre que lui avait dû souffrir à cause de ma soif

de vengeance, j'aurais renoncé sans la moindre hésitation à punir Bruno.

— Il faut croire, dans ce cas, que vous êtes très différente de certaines femmes que j'ai connues. Comme leur cynisme n'avait d'égal que leur cruauté, elles se moquaient éperdument des conséquences de leurs actes et des personnes qu'elles blessaient.

« Qui sont ces égoïstes que vous avez eu la malchance de rencontrer ? » faillit demander Holly à Matteo.

Mais avant qu'elle n'ait eu le temps d'ouvrir la bouche, il l'entraîna d'autorité hors du bureau pour couper court à la conversation.

— Quel joli tableau ! s'extasia Holly une semaine plus tard, lorsque Liza lui montra la feuille de papier qu'elle venait de colorier. Ce sont tes parents et toi que tu as représentés ?

— Oui, acquiesça la fillette. On est au bord de la piscine, tous les trois, et le soleil brille au-dessus de notre tête. Derrière nous, il y a plein de rosiers en fleurs et le vent en fait tomber les pétales.

— Qui est le monsieur coiffé d'un grand chapeau de paille qu'on aperçoit dans le coin gauche du dessin ?

— Giuseppe, le jardinier. Il a mis sa belle salopette rouge et il est en train de tailler des lauriers.

Liza arracha deux autres pages de son album et les tendit à Liza.

— Ici, c'est ma maman, expliqua-t-elle, un doigt pointé vers la jeune femme aux cheveux blonds qui se prélassait sur un transat strié d'orange et de jaune citron. Et là, c'est mon papa.

— Pourquoi sont-ils seuls, chacun de leur côté ?

— Parce que, répondit Liza, le front buté.

Jugeant préférable de ne pas insister, Holly la laissa jongler avec ses crayons de couleur, puis quitta le kiosque où elles avaient l'habitude de passer leurs après-midi et s'adossa au tronc du vieux pin d'Italie dont l'épaisse ramure ombrageait la gloriette.

— Bonjour, *signor* Fallucci, cria-t-elle en apercevant Matteo au bout d'une allée. Venez voir les superbes dessins que votre fille a réalisés.

Mais au lieu d'obtempérer, il tourna les talons et s'éloigna à grandes enjambées.

Le jeudi suivant, Holly reçut un gros paquet enrubanné de pourpre à l'intérieur duquel chatoyaient une robe de cocktail en taffetas noir et le somptueux fourreau de satin rouge sang qui l'avait fascinée un mois plus tôt, lorsqu'elle avait fait du shopping sur Internet.

— Vous n'auriez pas dû m'offrir ces merveilles, dit-elle à Matteo quand il pénétra dans le salon où Anna avait déposé la boîte.

— Si ces modèles vous semblent trop audacieux, libre à vous de les renvoyer et d'aller en acheter d'autres dans les boutiques du centre-ville ! riposta-t-il. Je demanderai à mon chauffeur de vous y conduire cet après-midi.

— Pourquoi une telle hâte ?

— Parce que je vais donner une soirée samedi et que j'aimerais vous présenter à mes amis. Ils adorent ma fille et seront ravis que vous assistiez à la réception avec elle. Dès qu'ils seront là, Anna montera vous avertir et vous n'aurez qu'à…

— Ça y est ! coupa Liza en jaillissant de la bibliothèque, un livre à la main. Je l'ai trouvé.

Puis, se tournant vers son père, elle expliqua :

— Holly me lit un chapitre de *David Copperfield* tous les matins et m'apprend à écrire en anglais.

— C'est très bien, lâcha-t-il distraitement. Elle a raison de t'aider à te perfectionner.

— Tu veux voir les progrès que j'ai faits ?

— Non, pas maintenant, *piccina*. J'ai du travail par-dessus la tête.

— Oh ! s'il te plaît, papa, reste encore un peu.

— Tu n'as pas entendu ce que je viens de te dire ?

— Si, mais j'en ai marre que tu t'enfermes dans ton bureau et que tu passes des heures à étudier tes fichus dossiers.

— Mes *fichus* dossiers ! répéta Matteo, l'air outré. Je me demande ce que penseront de toi les amis que j'ai invités au manoir ce week-end. Quand ils arriveront, tâche de mieux surveiller ton langage et de ne pas oublier les bonnes manières que je t'ai inculquées.

« Comment ose-t-il traiter sa fille avec une telle froideur et une telle sévérité ? fulmina Holly en le regardant s'éloigner, le dos raide. Tout ce qu'elle demande, c'est de l'affection, et au lieu de lui accorder quelques minutes de son précieux temps, il lui reproche sa façon de s'exprimer ! »

— Samedi matin, il va y avoir une procession, lança Liza à la jeune femme lorsqu'elles se retrouvèrent seule à seule. Les gens qui travaillent au tribunal sortiront ensemble de la mairie et marcheront dans les rues de Rome.

— Ton père participera à ce défilé ?

— Oui. Et on pourra le voir à la télé.

— Ce qu'il est beau, mon papa ! s'écria Liza le surlendemain, dès qu'elle se fut assise devant l'écran plasma encastré dans le meuble vidéo du salon.

— Pourquoi l'écharpe que portent certains de ses collègues n'est-elle pas de la même couleur que la sienne ? lui demanda Holly.

— Parce qu'ils sont avocats et que lui, il est juge, rétorqua la fillette, le regard étincelant de fierté.

— Comment s'appelle l'homme aux cheveux blancs auquel il est en train de parler ?

— Andrea Lionello. Il a soixante ans et il est drôlement gentil. Bien plus gentil que Francesca, sa femme, qui est tout le temps de mauvaise humeur.

— Il est souvent invité au manoir avec elle ?

— Très souvent. Maman m'a expliqué un soir qu'il aimait bien jouer les mentors, mais j'ai pas compris ce que ça voulait dire.

— Un mentor est une personne qui donne des conseils et des ordres aux autres.

— Mon papa, il préfère donner des ordres plutôt que d'en recevoir.

— Inutile de me le préciser, ma chérie ! Je m'en étais déjà aperçue.

Les yeux rivés à l'écran, Holly cala sa nuque contre le dossier du sofa et regarda Matteo défiler dans les rues éclaboussées de soleil du centre de Rome.

« Quel charme ! Quelle prestance ! » pensa-t-elle, muette d'admiration.

Comparés à lui, les spectateurs qui s'étaient massés sur les trottoirs et qui applaudissaient le cortège avaient l'air ternes, falots, inconsistants.

Quand Andrea Lionello, qu'il dépassait de la tête et des épaules, lui fit un signe de la main en arrivant au tribunal, Matteo le gratifia d'un sourire tellement chaleureux que Holly sentit son cœur tressauter.

Transfiguré par ce sourire, il semblait plus sympathique tout à coup… et mille fois plus attirant. De minuscules rides d'expression griffaient l'angle de ses paupières et le contour sensuel de ses lèvres dénotait une nature passionnée qu'il dissimulait d'habitude derrière un masque impénétrable.

« Pourquoi Andrea Lionello est-il la seule personne au monde qu'il traite avec humanité ? » se demanda Holly, agacée.

Le soir même, des dizaines de limousines aux vitres teintées vinrent danser un joyeux ballet au pied du manoir.

— Permettez-moi de me présenter, lança à Holly l'homme au physique de jeune premier qui avait franchi le seuil du salon à la suite des autres invités. Je m'appelle Tomaso Bandini et je suis avocat. Matteo m'a dit que vous étiez une parente éloignée de Carol, et comme j'ai hâte de perfectionner mon anglais, j'aimerais que nous allions bavarder au fond du parc.

— J'ai peur que ce ne soit impossible, murmura-t-elle après avoir saisi la coupe de dom-pérignon qu'il lui offrait.

Le *signor* Fallucci m'a chargée de veiller sur Liza et, si je la délaissais, il m'en voudrait.

— La petite n'a pas besoin de vous en ce moment. Andrea Lionello s'occupe d'elle et il n'y a pas de meilleur baby-sitter que lui à des kilomètres à la ronde.

Flattée par le regard admiratif dont l'enveloppait Tomaso, Holly but son champagne à longues gorgées, puis distribua des bouquets de sourires aux séduisants magistrats qui se pressaient autour d'elle, oubliant peu à peu sa timidité.

— Montez vite coucher Liza, lui ordonna Matteo une heure plus tard. Quant à toi, mon vieux, ajouta-t-il à l'intention de Tomaso, cesse d'accaparer la *signorina.* Tu n'es pas le seul à lui trouver mille et une qualités.

— Exact, approuva Andrea Lionello avant de décocher une œillade incendiaire à la jeune femme et de lui faire un baisemain que n'aurait pas désavoué le chef du protocole à la cour d'Angleterre. Si vous voulez profiter de vos vacances à Rome pour visiter le tribunal, ma jolie, je serai enchanté de vous servir de guide.

Gênée d'être devenue le point de mire de toute l'assemblée, Holly emmena Liza au premier étage et l'aida à se mettre au lit.

— C'était une belle soirée, hein ? demanda la fillette d'une voix ensommeillée.

— Très belle, oui.

— Vous vous êtes bien amusée ?

— Merveilleusement bien. Mais au lieu de me poser des questions, dépêche-toi de t'endormir, petite bavarde ! Il est tard et tu dois être fatiguée.

Laissant Liza à la garde de Berta, Holly quitta la chambre et s'accouda à la balustrade de la mezzanine.

— Descendez rejoindre vos admirateurs, lui lança Matteo, qui l'attendait en bas de l'escalier. Depuis que vous leur avez faussé compagnie, ils se sentent abandonnés.

— Les pauvres ! se moqua-t-elle après avoir dévalé les marches, le cœur léger comme une bulle de champagne. Auxquels d'entre eux ai-je le plus manqué ?

— A Tomaso Bandini et à Andrea Lionello.

— Je l'aurais parié.

— N'attachez aucune importance aux fadaises que Tomaso va vous débiter jusqu'à la fin de la soirée. Il est jeune et s'enflamme facilement.

— C'est ce que j'avais cru remarquer.

— Quant à mon vieil ami Andrea, qui n'a jamais pu résister à un joli minois, ne le laissez pas vous faire une cour trop pressante. Francesca n'aime pas être bafouée en public, et si vous répondiez aux avances de son mari, elle serait capable de vous étrangler. Veillez donc à ne pas exciter sa jalousie et ne lui dites pas que vous la plaignez d'avoir épousé un séducteur invétéré, car elle ne supporte pas la pitié.

— Merci du conseil, jeta gaiement Holly en traversant le vestibule d'une démarche aérienne et en pénétrant dans le salon sous le regard hostile de Francesca Lionello.

— *La mia piu bella Holly !* s'exclama Tomaso dès qu'il l'aperçut. Loin de vous, je dépérissais.

— Je ne suis pas *votre* Holly, protesta-t-elle, amusée. Et je n'ai aucune envie d'appartenir à qui que ce soit.

— Hélas, trois fois hélas ! Vous régnez sur le cœur des hommes, aussi lumineuse et inaccessible que le soleil, et moi, pauvre mortel, je ne rêve que d'une chose : devenir votre esclave.

— Si vous aviez bu un peu moins de champagne, vous me trouveriez beaucoup plus ordinaire et vous ne perdriez pas votre temps à me parler d'amour.

— Douteriez-vous de ma sincérité ?

— Oui. Je ne fais confiance à personne.

— Pas même à un juge ? demanda une voix ironique dans le dos de Holly.

— Pas même à vous, *signor* Fallucci, déclara celle-ci en se retournant vers Matteo.

— Puisque vous semblez l'avoir oublié, je vous rappelle que nous avons signé un pacte d'entraide et que l'ennemi de votre ennemi est forcément votre ami.

— Maintenant que mon « ennemi », comme vous dites, s'est évanoui dans la nature, il va falloir que nous modifiions les clauses de notre contrat.

— A votre place, j'éviterais de chanter victoire trop tôt. Certaines personnes ont la désagréable manie de disparaître et de réapparaître au moment où on s'y attend le moins.

— Vous croyez que… que Bruno pourrait continuer à me harceler ? balbutia Holly.

— C'est une possibilité, répliqua Matteo. S'il lui prend un jour l'envie de revenir vous importuner, vous n'aurez qu'à m'appeler au secours et je vous débarrasserai de lui. D'ici là, il vaut mieux que nous respections nos accords, vous et moi.

7

Dès que Tomaso Bandini et une vingtaine d'autres invités eurent quitté le salon, à minuit passé, Holly descendit se promener dans les allées du jardin et, légèrement étourdie par le champagne qu'elle avait bu au cours de la réception, offrit ses joues brûlantes aux caresses du vent.

« Si quelqu'un m'avait dit il y a un an qu'un vilain petit canard comme moi aurait un soir à ses pieds de séduisants magistrats et des ténors du barreau, je n'aurais pas voulu le croire, pensa-t-elle, la tête levée vers le somptueux diadème incrusté de rubis, de topazes et de diamants que dessinaient les étoiles au-dessus de Rome. Et pourtant… »

Vêtue de sa longue robe rouge qui accentuait l'élégante minceur de sa taille et rehaussait l'éclat de son teint, elle avait attiré tous les regards et s'était sentie encore plus belle que les vedettes de cinéma dont elle avait jadis envié le charme et la distinction.

— Dommage que les meilleures choses aient une fin ! murmura-t-elle quand les lumières de la fête s'éteignirent une à une par-delà les haies de lauriers-roses et que le manoir retrouva sa quiétude.

Sachant que cette nuit magique resterait à jamais gravée dans sa mémoire, Holly regagna la villa à pas comptés et allait s'engouffrer à l'intérieur du vestibule lorsqu'une voix féminine, qu'elle n'eut aucun mal à identifier, lui cloua les pieds au sol.

— Qu'est-ce qui t'a pris d'accueillir cette petite Anglaise sous ton toit ? demandait Francesca Lionello à Matteo.

— Je l'ai invitée à la maison parce que c'est une cousine éloignée de Carol et qu'elle s'entend très bien avec ma fille.

— Avant de lui offrir l'hospitalité, tu aurais dû réfléchir à deux fois. Les dévergondées dans son genre n'ont qu'une idée en tête : attirer dans leurs filets des hommes assez naïfs pour s'amouracher d'elles et assez fortunés pour les combler de cadeaux. Dès qu'elle aura réussi à mettre le grappin sur Tomaso Bandini ou sur n'importe quel autre play-boy qui aura le malheur de croiser sa route, elle te quittera sans l'ombre d'un remords et la pauvre Liza en aura le cœur brisé.

— Je sais qu'Andrea n'est pas un mari modèle et que son attitude de ce soir t'a blessée, Francesca, mais cela ne te donne pas le droit de traîner mon hôte dans la boue. Holly est une jeune femme charmante et, en ce qui me concerne, je n'ai aucun reproche à lui faire.

— Méfie-toi, Matteo. Si tu la laisses s'incruster au manoir, elle va finir par te tourner la tête et par te persuader de l'épouser.

— Aucun risque ! Je suis immunisé contre les coups de foudre et allergique aux grands sentiments.

— C'est ce que disent tous les hommes jusqu'au jour où ils tombent entre les griffes d'une jolie petite intrigante, cupide et perverse.

— Holly n'est venue à Rome que pour servir de baby-sitter à Liza, et au moindre problème, je la renverrai en Angleterre, ne t'inquiète pas.

— Espérons qu'il ne sera pas trop tard à ce moment-là !

Par la fenêtre entrebâillée du bureau, Holly vit Francesca saluer Matteo d'une brève poignée de main et, de peur d'être prise en flagrant délit d'indiscrétion, se cacha derrière un massif de bougainvillées.

— Il paraît que quelqu'un vous a téléphoné ce matin, lança Matteo à Holly le lundi suivant. Qui était-ce ?

— Tomaso Bandini.

— Que voulait-il ?

— M'inviter au restaurant.

— J'espère que vous l'avez envoyé balader ?

— Non. Je n'ai pas eu cette impolitesse.

— Tomaso est un gentil garçon, mais son manque de maturité aura vite fait de vous lasser.

— Je ne crois pas. Pendant la réception de samedi soir, j'ai longuement bavardé avec lui et je ne me suis pas ennuyée une seule seconde. Qui plus est, j'ai hâte d'aller visiter le Colisée, et comme il habite à Rome depuis son enfance, je ne pourrais pas choisir meilleur guide.

— Moi aussi, j'y suis né et j'y ai grandi. Il est donc inutile que vous demandiez à Tomaso de vous piloter. Dès que mon emploi du temps me le permettra, je vous emmènerai au centre-ville et je vous montrerai toutes les curiosités que vous rêvez d'admirer.

— Vous êtes tellement occupé que j'aurai des cheveux blancs le jour où vous réussirez à vous libérer.

— Détrompez-vous, je suis quelqu'un de très organisé, et malgré mes obligations professionnelles, j'arriverai bien à vous accorder deux ou trois heures cette semaine.

— C'est trop aimable à vous !

Persuadée que les dizaines de dossiers qui encombraient son bureau monopoliseraient Matteo jusqu'à la fin de l'été et qu'il n'aurait pas une minute à lui consacrer d'ici là, Holly écrivit à Tomaso et lui dit qu'elle acceptait son invitation avec plaisir. Mais au lieu de lui donner rendez-vous par retour de courrier, il prétexta un surcroît de travail pour se défiler.

— Je parie que le juge Fallucci lui a « gentiment » conseillé de garder ses distances, maugréa Holly à la lecture du billet que l'avocat lui avait envoyé.

— Tu sais ce que j'ai décidé, *piccola mia* ? glissa Matteo à Liza le vendredi suivant, pendant le petit déjeuner. D'emmener Holly en ville aujourd'hui. Cela ne te dérangera pas de dîner en compagnie de Berta ?

— Oh non ! s'écria la fillette. Je suis contente que vous sortiez ensemble, la *signorina* et toi. Depuis qu'elle est là, elle a pas pu visiter Rome à cause des gendarmes qui avaient voulu l'arrêter dans le train et elle doit en avoir marre de rester à la maison.

— Où irons-nous ? demanda Holly à Matteo.

— Vous le verrez le moment venu, répondit-il, un mince sourire aux lèvres. Mettez votre robe noire et tâchez d'être prête à 20 heures.

— Bien, Votre Altesse ! se moqua-t-elle, partagée entre l'agacement et l'excitation.

— Pas mal ! murmura Holly en pirouettant devant sa psyché le soir même.

A la fois sage et impertinent avec son profond décolleté, ses manches longues et sa jupe étroite, le fourreau en taffetas que lui avait offert Matteo était une pure merveille qui étranglait sa taille de sylphide et bruissait au moindre de ses mouvements.

Après avoir versé à la naissance de sa gorge quelques gouttes du parfum capiteux qu'elle avait emprunté à Berta, elle descendit au rez-de-chaussée d'un pas léger et rejoignit Carlo, le chauffeur de Matteo, au bas du perron.

— Vous aimez la musique, *signorina* ? l'interrogea-t-il dès qu'elle eut pris place sur la banquette arrière de la limousine.

— Beaucoup, oui, acquiesça-t-elle pendant qu'il se mettait au volant. Où le juge Fallucci vous a-t-il prié de me conduire ?

— Aux thermes de Caracalla. Il y a mille huit cents ans, l'empereur Caracalla a fait bâtir un établissement de bains publics, et bien que l'édifice soit en ruine aujourd'hui, des spectacles y sont donnés chaque été.

Lorsque Carlo s'arrêta au pied des vestiges dix minutes plus tard et que, superbement vêtu d'un smoking bleu foncé, Matteo s'approcha de la Bentley, Holly sentit le rythme de son cœur s'accélérer.

— Vous êtes ravissante, lui dit-il en l'aidant à descendre de la voiture et en la détaillant d'un air approbateur. Quand j'ai commandé cette robe le jour de votre arrivée à la villa Fallucci, je savais que le noir vous irait encore mieux que le rouge.

— Vous aviez déjà tout prévu dès le premier soir ?

— Oui. Les magistrats n'aiment pas s'en remettre au hasard.

« Dois-je comprendre que vous avez décidé de planifier ma vie jusque dans ses moindres détails, Votre Honneur ? » faillit riposter Holly.

Mais de crainte que Matteo ne la trouve un peu trop insolente, elle ravala la question qui lui brûlait les lèvres et esquissa un sourire.

— A quel genre de spectacle allons-nous assister ? s'enquit-elle d'un ton badin.

— A un concert de musique classique, l'informa-t-il avec une égale légèreté. Pendant la période estivale, les thermes de Caracalla sont le rendez-vous des mélomanes.

Holly balaya d'un regard étonné le théâtre en plein air qui dressait ses murailles en pierres et ses vieilles colonnes de briques vers le velours sombre du ciel.

— Si cet édifice était autrefois un établissement de bains, jeta-t-elle, pourquoi n'aperçois-je aucune piscine ?

— Parce qu'il date du début du IIIe siècle et qu'il n'a pas conservé grand-chose de sa splendeur d'antan. A l'époque, il abritait un sauna, des bassins d'eau chaude, d'eau tiède et d'eau froide, des gymnases et une bibliothèque. Après avoir nagé, les habitués des lieux pouvaient aller lire un livre ou s'initier à la lutte. Maintenant, hélas, il ne reste plus que des ruines.

— Mais quelles ruines ! s'exclama Holly, les prunelles élargies d'admiration. Etaient-ce seulement les dignitaires qui fréquentaient cet endroit ?

— Non, la détrompa Matteo. Il était accessible à tous et accueillait chaque jour près de deux mille personnes. Nous, les Italiens, nous avons du panache et nous détestons les demi-mesures.

— A vous entendre fanfaronner, on croirait que l'Empire romain règne encore sur le monde.

— Regardez autour de vous et vous verrez que ni les aléas de l'histoire ni la folie des hommes n'ont terni l'éclat de cet endroit.

Fascinée par les jeux de lumière qui transformaient les

vestiges en un somptueux brasier, Holly monta s'asseoir en haut des gradins, puis écouta avec émerveillement les concertistes interpréter le quatrième acte d'un célèbre opéra de Puccini.

« Je sais pourquoi Matteo m'a amenée ici, se dit-elle dès que les premières mesures du *Beau Danube bleu* eurent succédé aux derniers accords de *La Bohème*. Pour que la musique m'ensorcelle et que je tombe amoureuse de lui au point de ne plus jamais vouloir quitter la villa Fallucci ! »

— Vous avez eu l'air absente tout au long de la soirée, lui reprocha-t-il à la fin du spectacle. A qui songiez-vous ? A moi ?

— Bien sûr que non ! se récria-t-elle. Ce que vous pouvez être prétentieux !

— Est-ce à Andrea Lionello, à Tomaso Bandini ou à Bruno Vanelli que vous pensiez ?

— A ce cher Tomaso, rétorqua Holly en rengainant le sourire qui lui taquinait les lèvres. Je suis étonnée qu'il ait préféré se jeter dans le travail à corps perdu plutôt que de m'inviter à déjeuner. Vous qui êtes son ami, vous ne trouvez pas son attitude bizarre ?

Une étincelle d'humour s'alluma dans les yeux de Matteo.

— *Magnifico !* s'exclama-t-il. Votre tactique est parfaite, *signorina*.

— Ma stratégie l'est également, *signore*, riposta Holly avec aplomb.

— Vous connaissez la différence entre les deux mots ?

— Oui. On parle de stratégie quand l'ennemi est loin et de tactique dès qu'il est à portée de canon.

— Dois-je en déduire que vous me considérez comme votre ennemi ?

— Je ne sais pas. Il faudra que je réfléchisse à la question. Et vous, croyez-vous que je puisse menacer un jour votre tranquillité ?

— Peut-être. Je ne serais pas surpris que, sous vos dehors innocents, vous cachiez une âme aussi noire que le taffetas de votre joli fourreau.

— En attendant de sonder mon cœur et de découvrir tous mes secrets, que me suggérez-vous ?

— De cesser les hostilités et de venir dîner en ma compagnie.

— D'accord, approuva joyeusement Holly avant de quitter les gradins et de se laisser guider vers la terrasse d'un restaurant.

— Que préférez-vous boire ? lui demanda Matteo dès qu'ils se furent assis à la table qu'il avait réservée.

— Du champagne, répondit-elle, car j'ai quelque chose à fêter.

— Le succès fou que vous avez remporté samedi dernier, pendant la réception ?

— Non. Ma liberté retrouvée. Puisque vous osez vous afficher avec moi, il faut croire que je n'ai plus rien à craindre de la police.

— Après des semaines de doute et d'angoisse, vous pouvez effectivement profiter de cette soirée pour vous amuser.

— A force de vivre dans le mensonge et dans l'incertitude, j'ai oublié ce que le mot « bonheur » signifiait. Quand je suis arrivée à Roccasecca, j'ai essayé de me persuader que Bruno était l'homme idéal, mais je savais au fond de mon cœur que j'allais au-devant de graves désillusions. Le jour où on s'aperçoit qu'on a eu tort de se fier à un beau parleur et où on se promet d'être moins crédule à l'avenir, on fait un grand pas vers la sagesse.

Matteo commanda deux soufflets de crevettes et des cailles grillées à l'italienne au serveur qui slalomait entre les tables, puis pria le sommelier de lui apporter une bouteille de dom-pérignon et choqua sa flûte en cristal contre celle de Holly.

— A votre liberté toute neuve ! s'exclama-t-il, le regard pétillant de malice. Et au pacte de non-agression que nous avons conclu !

— En m'invitant au restaurant ce soir, vous avez eu une riche idée, lui dit-elle après avoir bu un doigt de champagne. Il y a déjà une semaine que je rêve de vous poser deux ou trois petites questions, mais je n'ai pas voulu vous interroger au manoir de peur que des oreilles indiscrètes ne surprennent notre conversation. Ici, en revanche, nous allons pouvoir bavarder sans craindre d'être espionnés.

— De quoi désirez-vous me parler ?

— Du bonheur de votre fille. Si vous souhaitez que j'aide Liza à sortir de sa coquille, il va falloir que vous vous montriez un peu moins réservé que d'habitude et que vous me fassiez des confidences.

— A quel sujet ?

— Au sujet de votre femme. Liza souffre tellement d'avoir perdu sa mère qu'elle aimerait me voir jouer les mamans de substitution. C'est pour cela qu'elle me demande chaque matin de lui lire un passage de *David Copperfield* ou des *Aventures de M. Pickwick*.

— Ces livres appartenaient en effet à Carol. Comme elle était née dans la même ville que l'auteur, elle les avait rapportés de Grande-Bretagne et espérait que, grâce à eux, Liza finirait par maîtriser l'anglais aussi bien que l'italien.

— Elle a eu raison d'enseigner à la petite ce que ses propres parents lui avaient inculqué, car un enfant qui est coupé d'une partie de ses racines manque de repères et ne peut pas s'épanouir.

— Incroyable ! s'écria Matteo en braquant sur Holly un regard stupéfait. Les termes que vous avez employés sont exactement ceux qu'aurait choisis Carol.

— Vous auriez préféré que je vous tienne un autre langage ?

— Non. Plus je vous écoute, plus je comprends pourquoi Liza a autant besoin de vous.

— Ce n'est pas de moi qu'elle a besoin, c'est d'un papa affectueux. Et, au risque de vous froisser, j'avoue que votre attitude envers elle m'a souvent choquée. Le jour où je vous ai demandé de venir admirer ses dessins, par exemple, vous auriez dû aller la rejoindre sous la tonnelle et la féliciter de ses talents d'artiste au lieu de vous enfuir à toutes jambes. Et ne parlons pas de la manière dont vous l'avez rabrouée lorsqu'elle vous a supplié de laisser tomber vos « fichus » dossiers !

— Ce matin-là, j'étais tellement débordé que je n'avais pas une minute à lui consacrer.

— La belle excuse ! Depuis quand votre travail vous empêche-t-il de serrer votre fille dans vos bras et de lui montrer à quel point vous l'aimez ?

— Qui vous dit que je ne le fais pas dès que vous avez le dos tourné ?

— Ma fameuse intuition.

Matteo reposa sa flûte de champagne sur la table et dégusta dans un silence de plomb le soufflet de crevettes que le serveur lui avait apporté.

— Il est vrai que je ne suis pas quelqu'un de très expansif, admit-il à la fin du dîner. Mais est-ce un crime ?

— Oui, acquiesça fermement Holly. Liza est une enfant fragile qui a besoin de votre amour, et plus vous la négligerez, plus elle s'étiolera. Au lieu de vous réfugier dans votre bureau lorsque vous rentrez du tribunal chaque soir, vous devriez aller jouer avec elle au fond du jardin et ne la quitter qu'à l'heure du coucher. Tout le monde m'a certifié que vous étiez un papa formidable avant le décès de votre épouse et que vous auriez donné votre vie pour…

— Qui vous a raconté cela ? interrompit Matteo d'un ton rogue.

— Vos domestiques.

— Moi qui croyais n'avoir engagé que des serviteurs discrets, je suis étonné qu'ils aient osé se mêler de ce qui ne les regardait pas.

— Ils n'ont trahi aucun secret, rassurez-vous. Ils m'ont juste dit que Liza était votre fierté et que vous l'adoriez. Vous n'avez donc aucune raison de leur en vouloir.

Le visage fermé, Matteo régla la note que le maître d'hôtel venait de lui apporter, puis bondit de sa chaise et entraîna Holly vers la limousine qui les attendait à l'autre bout de la rue.

— Pardon d'avoir gâché cette belle soirée, jeta-t-il dès qu'ils eurent regagné le manoir. Il y a des sujets dont je n'aime pas parler, mais aussi pénibles soient-ils, je n'aurais pas dû me sentir agressé et vous reprocher de les avoir abordés.

— Ce n'est pas votre faute, c'est la mienne, répliqua-t-elle en pénétrant dans le vestibule. J'ai été maladroite et je regrette de vous avoir blessé.

— Contrairement à ce que mon attitude pourrait vous laisser croire, j'ai confiance en vous et je ne demanderais pas mieux que de répondre à vos…

— Papa ! coupa Liza du haut de l'escalier. Tu viens me faire un bisou ?

— Pourquoi n'es-tu pas encore couchée à cette heure-ci, petite coquine ? grommela son père.

— Parce que je vous attendais, la *signorina* et toi. Vous avez passé une bonne soirée ?

— Très bonne, oui.

— Où est-ce que vous êtes allés ?

— Aux thermes de Caracalla et dans un restaurant du centre-ville.

Voyant Liza sautiller d'une marche à l'autre au risque de tomber et de se briser la nuque, Matteo se précipita vers elle et la serra affectueusement dans ses bras.

« Miracle ! pensa Holly, un sourire ému aux lèvres. Il a enfin compris que sa fille l'aimait et qu'elle avait besoin de lui. »

Mais lorsqu'elle monta le rejoindre quelques secondes plus tard, elle ne lut sur son visage qu'un profond désespoir.

8

Le lendemain, Matteo emmena Holly dîner dans un petit restaurant juché au sommet d'une colline d'où l'on pouvait voir le Tibre brasser nonchalamment ses eaux et le dôme de la basilique Saint-Pierre rougeoyer au couchant.

Pour ne pas risquer une nouvelle fois de gâcher la soirée, Holly évita avec soin les sujets épineux qu'elle avait osé aborder la veille et ne parla tout au long du repas que de l'exceptionnelle beauté du panorama.

— Que préférez-vous ? lui demanda Matteo dès qu'ils eurent fini de savourer le délicieux tiramisu qu'on leur avait servi. Un espresso ou un cappuccino ?

— Un cappuccino, répondit-elle. Si je bois un café serré à cette heure-ci, je serai tellement énervée que je n'arriverai pas à fermer l'œil de la nuit.

Puis, apercevant un carabinier en uniforme à l'autre bout de la terrasse, elle sentit son cœur manquer un battement.

— Ne vous affolez pas, lui conseilla Matteo après avoir salué le gendarme d'un signe de tête amical. Vous n'avez aucune raison de vous méfier de Pietro. Il n'est pas venu ici pour vous arrêter et il est trop poli pour s'inviter à notre table.

— Depuis combien de temps le connaissez-vous ?

— Deux ans. Il a été mon garde du corps pendant quelques mois.

— Votre garde du corps ! répéta Holly. Contre qui était-il censé vous protéger ?

— Contre les hommes de main d'Antonio Fortese, un truand que je devais juger. Comme il m'avait menacé de mort dès son entrée dans la salle d'audience, la police avait chargé Pietro de veiller sur ma sécurité jusqu'à la fin du procès.

— Où Fortese se trouve-t-il actuellement ?

— En prison. Il a été condamné à la réclusion à perpétuité et, à moins de s'évader, il n'est pas près de revoir la lumière du jour.

— Vous croyez qu'il pourrait ordonner à l'un de ses sbires de vous abattre pour se venger de la peine que vous lui avez infligée ?

— Non. Il m'est déjà arrivé d'envoyer derrière les barreaux des criminels qui rêvaient de me tuer et, malgré les imprécations qu'ils avaient proférées à l'énoncé du verdict, je suis encore là. Nous, les Latins, nous sommes souvent excessifs : nous aimons bien vitupérer contre nos ennemis et les menacer des pires représailles, mais nous passons rarement à l'acte.

Pendant que Matteo commandait deux cappuccinos à un employé du restaurant, Holly regarda le soleil jeter ses derniers feux au-dessus des toits de Rome et s'endormir à l'horizon.

— Comparée à votre pays, murmura-t-elle dès que le serveur se fut éloigné, la Grande-Bretagne a l'air d'un havre de paix.

— Regrettez-vous d'avoir quitté les Midlands ? l'interrogea Matteo.

— Pas une seule seconde. Depuis que j'ai découvert les joies de la *vendetta*, je me sens italienne jusqu'au fond de l'âme et j'ai l'impression que ma vie est beaucoup plus intense qu'auparavant. Ici, tout le monde a des talents de tragédien et il est impossible de savoir si les gens qui vous abreuvent de compliments sont sincères ou s'ils interprètent un rôle.

— Sur ce plan-là, vous n'avez rien à leur envier. Vous êtes tellement difficile à déchiffrer que, malgré mon expérience professionnelle, j'ai encore du mal à cerner votre personnalité.

— Est-ce pour me soumettre à un feu roulant de questions et pour me pousser dans mes derniers retranchements que vous m'avez invitée au restaurant ce soir ?

— Non. Je voulais juste bavarder avec vous, mais il aurait mieux valu que je vous laisse en compagnie de Liza et de Berta car, chaque fois que nous dînons ensemble, vous avez le don de me déstabiliser et de me faire douter de mon honnêteté. Quand j'ai vu ma fille se cramponner à vous le jour de notre première rencontre, je me suis dit que j'avais enfin trouvé la baby-sitter idéale et qu'il était de mon intérêt de voler à votre secours.

— Cela ne m'étonne pas que vous ayez réagi de cette façon. Comme vous êtes pragmatique et que vous côtoyez toutes sortes de gens au tribunal, vous devez avoir appris à tirer profit de n'importe quelle situation.

— Je ne suis pas seulement pragmatique. J'ai aussi l'habitude de dicter ma volonté et d'exiger de mon entourage une obéissance absolue. Mon métier de magistrat me confère un immense pouvoir et, à force de juger les autres, je suis devenu un affreux despote.

— Il est vrai que vous ne manquez pas d'autorité, mais j'aurais mauvaise grâce à m'en plaindre. En ordonnant aux carabiniers de me laisser tranquille et en m'obligeant à vous suivre, vous m'avez sauvé la mise et je vous en suis très reconnaissante.

— Reste que je vous ai aidée par intérêt et non par générosité. Maintenant que j'ai obtenu ce que je voulais, je me demande s'il était honnête de ma part de vous confisquer vos papiers d'identité et de vous contraindre à rester au manoir.

Holly vida le mazagran qu'on lui avait apporté et s'octroya un sourire.

— Il est toujours plus facile de se poser des questions après avoir triomphé de son adversaire qu'avant de l'avoir terrassé, lança-t-elle d'un petit ton doctoral.

— Seriez-vous en train de vous moquer de moi ? bougonna Matteo.

— Un peu, je l'avoue. Vous n'aimez pas qu'on s'amuse à vos dépens ?

— Non. Et je déteste qu'on s'esclaffe en ma présence. Lorsque des gens me racontent des histoires drôles et se mettent à pouffer, j'ai envie de jeter un œil par-dessus mon épaule pour voir à qui ils s'adressent. Comme mon sens de l'humour avoisine le zéro pointé, je préfère décourager les plaisantins plutôt que de leur servir de cible.

Matteo souffla sur les spirales de fumée qui s'élevaient de sa tasse, puis croisa ses doigts autour du mazagran et but son cappuccino à longs traits.

— Bref, résuma-t-il, je suis un horrible tyran doublé d'un bonnet de nuit.

— Vous ne devriez pas vous dévaloriser ainsi, lui reprocha Holly. Nous avons tous des défauts dont nous essayons de nous corriger et les vôtres ne sont certainement pas pires que les miens.

— Vous vous trompez. Personne ne peut être plus lâche ni plus mesquin que moi.

— Pourquoi avez-vous une telle opinion de vous-même alors que vous êtes un éminent magistrat et que la ville entière vous respecte ?

— Un jour, quand nous nous connaîtrons mieux, je vous expliquerai ce qui m'a rendu aussi lucide, mais il est encore trop tôt.

Matteo reposa son mazagran sur la nappe et fixa Holly d'un regard indéchiffrable.

— Hier soir, nous avons fêté votre liberté retrouvée, lança-t-il, visiblement impatient de changer de conversation. Maintenant que vos problèmes sont résolus, qu'allez-vous faire ?

— Rester à Rome, répondit-elle sans hésiter. Comme je n'ai pas de travail en Angleterre et que personne n'a besoin de mes services là-bas, je préfère continuer à m'occuper de Liza et l'aider à redevenir la fillette épanouie qu'elle a été avant le décès de sa maman.

— Elle vous est tellement attachée que vous seule pourrez accomplir ce miracle.

— J'y arriverais plus facilement si vous acceptiez de coopérer, mais je comprends que vous ne vouliez pas me parler de votre épouse. Elle ne vous a quitté qu'à la fin de l'année dernière et il est normal que vous souffriez encore de l'avoir perdue.

— Vanelli vous manque-t-il depuis qu'il est sorti de votre vie ?

— Non. Ce que je regrette, c'est le bonheur idéal que je croyais avoir trouvé dans ses bras.

— Le bonheur idéal ! releva Matteo avec un petit rire amer. Quelle illusion !

Et, après avoir passé une main lasse sur son front, il demanda :

— Qu'aimeriez-vous savoir au sujet de Carol ?

— Tout ce qui pourrait me permettre de venir en aide à Liza, répondit Holly, étonnée de cette subite volte-face. Où l'avez-vous rencontrée pour la première fois ?

— Ici, à Rome. Elle visitait le pays en compagnie de magistrats londoniens, et lorsque leur guide les a amenés au tribunal, je suis tombé amoureux d'elle instantanément. Au lieu d'écouter jusqu'au bout les grandes envolées lyriques de l'avocat qui était en train de plaider, j'ai quitté le prétoire sous l'œil indigné du procureur général et je suis allé la rejoindre à l'entrée du greffe. Un mois plus tard, nous étions mariés.

— Quand Liza a-t-elle vu le jour ?

— A la fin de cette année-là.

— Vous n'avez pas voulu avoir d'autres enfants par la suite ?

— Si, mais les choses se sont mal passées. Carol a fait une fausse couche au début de sa seconde grossesse et elle a tellement souffert d'avoir perdu son bébé que j'ai préféré renoncer à mes rêves de famille nombreuse et me consacrer entièrement à Liza.

— Comment était-elle alors ?

— Pleine de vie et mignonne à croquer. Dès que l'un de mes collègues se penchait au-dessus de son berceau, elle lui souriait et se mettait à gazouiller parce qu'elle voulait que je sois fier d'elle.

— Il y a quelques semaines, elle m'a montré des photos qui avaient été prises au bord de la piscine l'été dernier, et en les regardant, je me suis dit qu'elle avait de la chance d'avoir eu des parents qui s'aimaient et qui formaient un aussi beau couple. Moi, j'ai été privée d'affection paternelle à ma naissance et je n'ai pas su ce que c'était que de grandir dans un foyer uni.

— Peut-être n'avez-vous rien manqué d'extraordinaire, marmonna Matteo.

— Vous arrive-t-il de feuilleter les albums que Liza m'a fait voir ? lui demanda Holly.

— Jamais. Depuis le décès de Carol, je ne les ai pas ouverts une seule fois.

— Vous n'avez pas envie de vous rappeler les bons moments que vous avez passés auprès d'elle ?

— Non. Je préfère les rayer de ma mémoire.

— Liza, elle, a besoin que vous lui parliez de sa maman et que vous lui disiez combien vous la trouviez merveilleuse. Au lieu de vous enfermer dans le mutisme et de la laisser se débrouiller avec son propre chagrin, expliquez-lui que vous êtes triste et distant parce que vous avez aimé Carol et que vous ne supportez pas de l'avoir perdue.

Matteo leva les yeux vers les milliers d'étoiles qui scintillaient au firmament et poussa un long soupir.

— Je sais que je devrais répondre à toutes les questions que se pose Liza et lui raconter comment je suis tombé amoureux de sa mère, murmura-t-il, mais je n'en ai pas la force. La seule personne à laquelle je serai capable de me confier un jour, c'est vous. Malgré cette énervante manie que vous avez de me déstabiliser, vous êtes tellement douce et compréhensive que je ne vois pas auprès de qui d'autre je pourrais avoir envie de m'épancher.

« Tellement douce et compréhensive… » Bruno Vanelli lui avait si souvent chuchoté ces mots à l'oreille dans l'unique but de la piéger que Holly sentit une froide colère la gagner.

— Allons-nous-en, jeta-t-elle d'un ton brusque. Il est tard et je suis fatiguée.

— Vous ne voulez pas que je demande au serveur de vous apporter une deuxième tasse de…

— Non ! Je préfère que vous me rameniez à la maison.

— Bonne nuit, lança sèchement Holly à Matteo lorsqu'ils eurent regagné le manoir.

— Attendez un peu avant de monter, lui dit-il en l'attrapant par le poignet et en l'empêchant de gravir l'escalier. Vous n'avez pas ouvert la bouche depuis que nous avons quitté le restaurant et j'aimerais bien savoir pourquoi vous êtes fâchée contre moi.

— Je ne suis pas fâchée, je suis *ulcérée*, rectifia-t-elle. Comme vous ne tenez pas à ce que je retourne en Angleterre et à ce que je laisse tomber Liza, vous avez essayé de me flatter et de m'apitoyer, mais je vois clair dans votre petit jeu et je n'ai pas envie de faire la même erreur avec vous qu'avec Bruno.

— Vous trouvez que je ressemble à ce minable ?

— Oui. Vous êtes aussi hypocrite et aussi intéressé que lui. Dès notre première rencontre, vous vous êtes aperçu que je pourrais vous être d'une grande utilité et vous avez cherché un moyen de m'asservir.

— De vous asservir ! releva Matteo, les mâchoires crispées. Vous ne croyez pas que vous y allez un peu fort ?

— Pas du tout ! s'écria Holly, ivre de rage. Bruno m'a demandé de venir à Roccasecca parce qu'il voulait que je l'aide à sortir d'Italie la miniature qu'il avait volée. Vous, vous m'avez amenée à la villa Fallucci pour m'y garder prisonnière jusqu'à ce que Liza n'ait plus besoin d'une baby-sitter. Ensuite, vous me jetterez à la rue comme une malpropre et vous vous ficherez royalement de ce qui m'arrivera.

— C'est faux.

— Puisque vous estimez que j'ai tort de vous comparer à Bruno, prouvez-moi que je me trompe et que je ne suis pas une simple marionnette à vos yeux.

— Vos désirs sont des ordres, *signorina*, répliqua Matteo avec une dangereuse suavité avant d'enfermer Holly dans ses bras et de capturer les lèvres qu'elle essayait en vain de lui dérober.

« S'il s'imagine que je vais lui rendre son baiser et m'excuser de lui avoir prêté les pires arrière-pensées, songea-t-elle, indignée qu'il ne lui ait pas laissé une seule possibilité d'esquive, il se fait des illusions. »

Mais quand, du bout de la langue, il força le fragile rempart qu'elle lui opposait, elle abandonna toute velléité de résistance et obéit à l'injonction. La tête renversée, le cœur fou, elle mêla son souffle à celui, brûlant, qui enflammait son palais et décida que plus rien ne comptait. Rien d'autre que l'océan de volupté dans lequel sa colère se diluait et où, tel un naufragé livré aux caprices d'une mer démontée, elle se noyait sans chercher à saisir la moindre bouée.

— Alors, jeta Matteo en desserrant son étreinte, vous ai-je convaincue de ma bonne foi ?

— Non, répondit Holly, brutalement dégrisée. Vous m'avez prouvé, au contraire, que j'avais raison de me méfier de vous.

Puis, furieuse d'avoir perdu la tête le temps d'un baiser, elle s'élança hors du vestibule et alla marcher sous les frondaisons du parc pour tenter de recouvrer ses esprits.

— Il faudrait que je parte loin, très loin d'ici, murmura-t-elle dès qu'elle eut réussi à mettre un peu d'ordre dans ses pensées et que son cœur eut cessé de battre comme un tambour. Mais si j'abandonnais Liza maintenant, je me le reprocherais jusqu'à la fin de ma vie.

Tiraillée entre l'amour qu'elle portait à la fillette et les sentiments ambigus que lui inspirait Matteo, elle remonta d'un pas pesant l'un des chemins tortueux qui menaient au manoir et s'apprêtait à longer le tombeau de Carol Fallucci lorsqu'un étrange clapotis la fit sursauter.

— Je suis désolé de la manière dont je me suis conduit, lui lança Matteo, qui était assis au bord de la fontaine et qui venait de s'asperger le visage d'eau fraîche. Quand je vous ai offert l'hospitalité, je ne me doutais pas que les choses se passeraient de cette façon.

— Désolé ? répéta-t-elle, sa colère brusquement ranimée. Dites plutôt que vous avez honte d'avoir trahi votre chère et tendre épouse ! Vous êtes encore amoureux d'elle comme au premier jour et vous vous en voulez de l'avoir trompée, n'est-ce pas ?

En guise de réponse, Matteo s'adossa à la stèle et éclata d'un rire convulsif.

— Qu'y a-t-il de drôle ? lui demanda Holly, désarçonnée.

— Tout, jeta-t-il après avoir repris son souffle. Vous croyez que je rêve de Carol chaque nuit et que je suis malheureux de l'avoir perdue, mais vous n'avez aucune idée de ce que je ressens. Dès que je songe à elle, j'ai l'impression de vivre un cauchemar.

— Puisque vous préférez l'oublier plutôt que d'honorer sa mémoire, pourquoi avez-vous fait bâtir ce gigantesque tombeau ?

— Pour y enfouir ma haine et mon désespoir.

— Votre haine ! releva Holly, les yeux agrandis de perplexité. Vous détestiez Carol ?

— A un point que vous ne pouvez même pas imaginer. Pendant des années, je l'ai aimée à la folie et je le lui ai prouvé de mille et une façons. Moi qui ne suis pas quelqu'un de très démonstratif, je n'hésitais pas à l'embrasser en public et à lui déclarer ma flamme sous le regard amusé des magistrats et des avocats que j'invitais au manoir le week-end. Tout ce que je possédais — ma maison, les objets d'art que j'avais hérités de mon père et la fortune des Fallucci —, je le partageais avec elle et je lui aurais donné bien plus encore. J'étais tellement fier et heureux d'avoir réussi à la conquérir que je me croyais invincible, mais ce n'était qu'une illusion. En réalité, je marchais au-dessus du vide comme un funambule sur une corde raide et j'ignorais que le moindre faux pas me serait fatal.

— Qu'entendez-vous par là ? interrogea Holly en s'asseyant à côté de Matteo. Que vous avez eu une aventure et que votre femme vous a reproché cet écart de conduite ?

— Non, jeta-t-il entre ses dents. Ce que je veux dire, c'est que Carol se fichait pas mal de moi.

— Pourquoi avait-elle accepté de vous épouser si elle ne vous aimait pas ?

— Pour pouvoir mener la vie de château. Elle raffolait des jolies choses, et Alec Martin, l'homme dont elle était amoureuse, n'avait pas les moyens de les lui offrir.

— Quand avez-vous découvert qu'elle vous avait menti ?

— En décembre dernier. Elle m'a raconté qu'elle était allée rejoindre son amant la veille de notre mariage et qu'elle avait couché avec lui pendant que je préparais la cérémonie.

— L'avait-elle revu par la suite ?

— Oui, six ou sept ans plus tard. Comme il savait qu'elle adorait l'argent, il avait essayé de faire fortune en Angleterre et était venu la relancer à Rome. Le matin où elle m'a averti qu'elle allait me quitter, j'ai cru que le ciel me tombait sur la tête, mais je n'étais pas encore au bout de mes désillusions.

— Que vous a-t-elle dit d'autre ce jour-là ?

— Que Liza était la fille d'Alec Martin, pas la mienne. Quelques heures après m'avoir avoué cette monstruosité, l'express qui devait l'emmener au nord de l'Italie a déraillé et le directeur de l'hôpital où avait été admise Liza m'a appris la nouvelle par téléphone.

— Alec Martin était-il à bord de ce train ?

— Evidemment ! Carol avait prévu de partir aux sports d'hiver avec lui.

— Qu'est-il devenu depuis ?

— Il a été tué dans l'accident.

— Certaines personnes de votre entourage savent-elles que votre femme vous avait quitté ?

— Non. Aux yeux de mes collègues et de mes amis, je suis un veuf inconsolable. Qui pourrait s'imaginer que mon mariage a été une ignoble supercherie et que Liza n'est pas mon enfant ?

— Peut-être Carol vous a-t-elle menti à ce sujet.

— C'est ce que j'ai espéré, moi aussi, mais le test d'ADN auquel j'ai demandé à un laborantin de procéder a prouvé qu'elle m'avait bien dit la vérité. Quand la petite est sortie de l'hôpital, je l'ai ramenée à la maison et, comme il m'était impossible de tenir mon rôle de papa, je l'ai confiée à Berta.

— Liza se doute-t-elle que vous n'êtes pas son père biologique ?

— Je ne crois pas. Vu la vitesse à laquelle tout s'est passé, Carol n'a pas dû avoir le temps de lui révéler son terrible secret.

— Qu'elle soit ou non du même sang que vous, Liza n'est pas responsable des erreurs de sa mère et vous n'avez pas le droit de la punir.

— Je le sais. Depuis son retour au manoir, je me suis

efforcé de redevenir celui que j'étais avant l'accident et de ne pas changer d'attitude envers elle, mais je n'y suis pas arrivé. Chaque fois qu'elle me regarde ou qu'elle m'adresse la parole, je repense au mal que m'a fait Carol et j'ai des envies de meurtre.

— Au lieu de continuer à haïr votre femme, lança Holly d'une voix lénifiante, ne pourriez-vous pas essayer de lui pardonner ?

Un éclair de fureur zébra les yeux de Matteo.

— Pardonner à cette menteuse qui s'est moquée de moi pendant des années et qui m'a laissé croire que j'étais le père de son enfant alors qu'il n'y a pas une seule goutte de mon sang dans les veines de Liza ? s'écria-t-il, au comble de l'indignation. Vous délirez ! Si elle m'avait trompé dans un moment de folie et qu'elle me l'avait avoué le lendemain matin, j'aurais peut-être réussi à passer l'éponge sur son infidélité, mais le cynisme avec lequel elle m'a traité est tellement inexcusable que je ne suis pas près de lui trouver des circonstances atténuantes.

— A vous écouter, on dirait que vous êtes en train d'instruire un procès.

— Vous auriez aimé que j'emploie un vocabulaire moins juridique et que je m'engage à absoudre Carol de ses péchés ?

— Non. Je... je comprends ce que vous éprouvez.

— Permettez-moi d'en douter. Vous, les Anglaises, vous êtes toutes pareilles. Vous avez horreur du scandale et vous croyez que l'important est de sauver les apparences. Quand elle m'a informé qu'elle allait me quitter, Carol aurait voulu que je garde mon calme et que je me montre raisonnable, mais nous, les Italiens, nous réagissons différemment.

— Vous préférez la *vendetta* au pardon ?

— De loin ! s'exclama Matteo. Malgré la punition que vous avez infligée à Vanelli, c'est un mot dont le sens vous échappe encore parce que vous n'avez pas de cœur au ventre.

— S'il faut vivre dans la haine et faire souffrir des innocents pour mériter votre estime, *signor* Fallucci, jeta Holly en sautant sur ses pieds, rouge de colère, j'aime mieux que vous m'accusiez de lâcheté et que vous me méprisiez.

Puis, avant qu'il n'ait eu le loisir de riposter, elle regagna le manoir d'un pas belliqueux.

9

— Pardon de m'être énervé, lança Matteo à Holly en la rejoignant dans la bibliothèque cinq minutes plus tard. Je me suis conduit comme le dernier des imbéciles.

— Ce n'est pas vous qui êtes à blâmer, c'est moi, rétorqua-t-elle avec un pâle sourire. Je n'aurais pas dû vous harceler de questions.

— Si vous ne m'aviez pas interrogé, je ne vous aurais jamais avoué que je n'étais pas le père biologique de Liza. Après la mort de Carol, je m'étais juré de ne révéler ce secret à personne et j'ignore pourquoi j'ai trahi mon serment.

— Pour ne pas devenir fou, je suppose. Certains fardeaux sont tellement lourds qu'on ne peut pas les porter seul toute sa vie.

— Vous avez probablement raison.

— Le laborantin dont vous m'avez parlé a-t-il deviné à qui appartenait le sang que vous lui avez demandé d'analyser ?

— Non. Quand je lui ai donné l'éprouvette, je lui ai dit que le résultat du test génétique auquel il allait procéder m'aiderait à résoudre une affaire criminelle qu'on m'avait chargé d'instruire.

— Et il vous a cru ?

— Je l'espère. Comme il savait que j'étais magistrat et qu'il m'était déjà arrivé d'envoyer des mafiosi en prison, il a dû penser qu'on m'avait confié une mission très délicate et qu'il avait intérêt à se montrer discret s'il ne voulait pas être accusé d'entrave à la justice.

Matteo s'écroula dans l'un des fauteuils à haut dossier

qui encerclaient une table basse et leva vers Holly un regard implorant.

— Promettez-moi de ne répéter à personne ce que je vous ai révélé, ajouta-t-il en pianotant nerveusement sur les accotoirs du voltaire.

— Je vous le jure, déclara-t-elle avec solennité. La conversation que nous avons eue ce soir restera notre secret, à vous et à moi.

— Lorsque Liza sera en âge de comprendre que les adultes mènent parfois une drôle de vie, je lui dirai la vérité, mais d'ici là, je préfère la laisser dans l'ignorance.

— C'est pour cette raison que vous la fuyez et que vous refusez de tenir votre rôle de papa ?

— Oui. Comme mes sentiments à son égard n'ont plus rien à voir avec ce qu'ils étaient avant la mort de sa mère, je crains qu'elle ne s'aperçoive de quelque chose et qu'elle n'en souffre.

— Si l'amour que vous lui avez porté dès sa naissance était sincère, il ne peut pas avoir disparu du jour au lendemain.

— Sans doute les liens qui m'attachaient à elle étaient-ils moins solides que je ne le croyais. Tout à l'heure, au restaurant, quand je vous ai parlé de ma mesquinerie, vous m'avez reproché d'être trop dur envers moi-même et de manquer d'objectivité, mais vous avez eu tort de minimiser mes défauts, car je ne mérite aucune indulgence. Malgré ma réputation d'homme intègre, je suis un sale égoïste, lâche et étroit d'esprit, qui est incapable d'aimer l'enfant d'un autre.

— Ce n'est pas vrai. Un « sale égoïste » n'aurait pas mis sa carrière en péril pour essayer de redonner le sourire à une petite fille. Quoi que vous pensiez, vous adorez Liza et vous n'avez qu'une envie : redevenir le papa formidable que vous avez été avant l'accident.

Matteo se carra dans son fauteuil et laissa échapper un soupir.

— Puisque vous vous y connaissez en pédagogie, que me conseillez-vous ? jeta-t-il à Holly.

— De passer du temps avec Liza.

— Vous voulez que je lui lise un chapitre de *David Copperfield* tous les matins ?

— Non. Ça, je peux le faire moi-même. Ce qu'il faudrait, c'est que vous l'aidiez à se rétablir.

— Les médecins lui ont prescrit quatre séances de rééducation par semaine et je n'ai aucune envie de remplacer son kinésithérapeute.

— Personne ne vous le demande.

— Que désirez-vous, alors ?

— Que vous remettiez votre piscine en état. En allant me promener au fond du parc, j'ai vu que vous l'aviez laissée à l'abandon et j'ai trouvé dommage que Liza n'ait plus la possibilité de s'y baigner. Si elle nageait en votre compagnie chaque après-midi, elle guérirait vite et serait contente de vous avoir à ses côtés.

— J'ai tellement de travail depuis le début de l'année qu'il me sera difficile de me libérer.

— Je sais que vous avez des dizaines de dossiers à étudier, mais le bonheur de Liza doit passer avant tout le reste. A défaut de pouvoir vous occuper d'elle du matin au soir, consacrez-lui au moins une journée la semaine prochaine et elle vous le rendra au centuple.

Un sourire effleura les lèvres de Matteo.

— Vous défendez votre jeune cliente avec beaucoup d'éloquence, *avvocato*, lança-t-il d'une voix gentiment railleuse. Comme votre plaidoirie a été très émouvante, le juge va vous obéir au doigt et à l'œil.

— Ce ne sont pas des ordres que je vous ai donnés, ce sont de simples conseils, protesta Holly. Et rien ne vous oblige à en tenir compte.

— Si je m'avisais de ne pas les suivre, je suis sûr que vous reviendriez à la charge jusqu'à ce que je finisse par craquer. Pour vous faire plaisir, je demanderai donc dès lundi matin à mon jardinier de changer l'eau de la piscine, de nettoyer le solarium et d'élaguer les rosiers autour du bassin.

— Pendant ce temps-là, j'irai m'acheter un maillot de bain et j'aiderai Liza à en choisir deux ou trois. Elle a dû grandir depuis la dernière fois qu'elle s'est baignée et cela m'étonnerait qu'il y en ait un seul à sa taille dans son armoire.

— Quand voulez-vous que je troque ma toge de magistrat contre un bermuda ?

— Mercredi prochain.

— Bien, mon général ! ironisa Matteo. J'essaierai de me libérer, mais à une condition : que vous ne nous lâchiez pas d'une semelle, Liza et moi.

— Entendu. Je resterai avec vous.

— Vous me le promettez ?

— Solennellement.

— Où est votre téléphone ? demanda Holly à Matteo en le rejoignant au bord de la piscine quatre jours plus tard.

— Je l'ai laissé au fond de mon attaché-case.

— Parfait ! Et si des gens viennent vous rendre visite, que se passera-t-il ?

— Anna leur dira que je suis absent. A moins d'un cataclysme, nous ne risquons donc pas d'être dérangés.

— Avez-vous apporté de quoi lire ?

— Non. Comme je croyais que vous m'empêcheriez de travailler, j'ai enfermé mes dossiers dans les tiroirs de mon bureau.

— Ce n'est pas à eux que je songeais, c'est à un roman policier. Heureusement que j'ai pensé à vous en acheter un lundi matin !

Holly extirpa de son fourre-tout le thriller qu'elle avait trouvé chez un bouquiniste du centre-ville et le tendit à Matteo.

— Je n'aime pas la littérature de gare, jeta-t-il d'un air dégoûté.

— Eh bien, vous avez tort. Après le déjeuner, Liza fera sans doute la sieste, et quand elle se réveillera, vous devrez vous arracher à votre lecture en quelques secondes. Il vaudra donc mieux que vous ayez un polar entre les mains à ce moment-là plutôt que le code pénal ou un traité de philosophie.

— Au lieu de lire ce « chef-d'œuvre », je pourrais me contenter de le feuilleter et de…

— Pas question ! Vous m'avez promis de jouer le jeu et, si vous ne voulez pas que je vous laisse seul avec la petite, vous avez intérêt à tenir parole.

— Inutile de monter sur vos grands chevaux ! grommela Matteo. Je vais…

— Oh là là ! coupa Liza en s'approchant du solarium dans son fauteuil roulant. Elle est encore plus belle qu'avant, ma piscine.

Puis, à l'adresse de Berta, elle ajouta d'un air fanfaron :

— C'est mon papa qui l'a construite rien que pour moi.

— Ah bon ? s'étonna l'infirmière. Je croyais qu'elle datait du temps de tes grands-parents.

— Vous avez raison l'une et l'autre, se hâta de préciser Matteo à la vue du regard meurtrier que Liza décochait à Berta. Elle a été creusée dans les années 60 et j'ai dû faire faire quelques transformations quand tu as voulu apprendre à nager, *piccina*, parce qu'il y avait un mètre de profondeur à l'entrée du bassin et que tu risquais de te noyer.

— Pendant les travaux, maman m'amenait ici tous les jours, et comme j'arrêtais pas de parler aux ouvriers, elle me disait que j'allais finir par les rendre fous.

— Oui, je le sais, mon ange. Chaque soir, lorsque je revenais du tribunal, elle me répétait les questions que tu leur avais posées et je les trouvais tellement drôles que je riais aux éclats.

La mine radieuse, Liza se leva de son fauteuil roulant et, à la suite de son père, descendit prudemment les grosses marches carrelées d'azur qui reliaient le solarium à la piscine.

— Je suis douée, hein ? lança-t-elle à Holly en ressortant de l'eau trois quarts d'heure plus tard.

— Très douée, rétorqua la jeune femme, admirative. Si elle ne veut pas perdre son titre, la championne du monde de natation n'a qu'à bien se tenir.

— C'est mon papa qui m'a appris à faire la brasse quand j'avais quatre ans. Il m'a dit que les Fallucci étaient d'excellents nageurs et que je serais la meilleure de tous.

— La meilleure des Fallucci, répéta Matteo, assombri. Tu as bonne mémoire, princesse.

Puis, avec une certaine réticence, il se pencha vers Liza et lui effleura les cheveux d'un baiser furtif.

De crainte que la fillette ne s'aperçoive des efforts qu'il s'imposait, Holly ouvrit le panier de pique-nique qu'Anna lui avait apporté et en retira les délicieux pans-bagnats qu'avait confectionnés Giulietta.

A la fin du déjeuner, Liza s'endormit à l'ombre d'un cyprès et Matteo s'allongea sur un transat, son thriller à la main.

« Pour quelqu'un qui déteste les romans de gare, pensa Holly en le voyant tourner les premières pages sans grand enthousiasme et se plonger peu à peu dans sa lecture, il a l'air bien absorbé ! »

— Tu le trouves comment ? questionna Liza dès qu'elle se réveilla.

— Quoi donc, ma puce ? lâcha distraitement Matteo, les yeux rivés au dernier paragraphe du troisième chapitre.

— Ton livre. Il est intéressant ?

— Assez, oui. L'auteur décrit les rêves de vengeance d'un homme qui a été enfermé à tort dans un pénitencier, aux Etats-Unis.

— Il t'est déjà arrivé d'envoyer des innocents en prison ?

— Non. Lorsque je dois rendre un verdict, j'essaie toujours de découvrir la vérité et je ne condamne à la réclusion que les gens dont la culpabilité a été établie.

— Mais si tu te trompes, qu'est-ce qui se passe ?

Amusée de voir la confusion se peindre sur le visage de Matteo, Holly éclata d'un rire en cascade.

— Quand tu seras grande, ma chérie, tu n'auras qu'à devenir avocate, conseilla-t-elle à Liza dès qu'elle eut récupéré un peu de son sérieux. Comme cela, tu pourras défendre les victimes d'erreurs judiciaires et montrer à ton papa qu'il a fait fausse route.

— D'accord, jeta la fillette avant de se lever et de retourner se baigner.

— Je ne savais pas que mon métier l'intéressait à ce point, murmura Matteo en la regardant barboter dans la piscine.

— Si vous ne voulez pas qu'elle vous accuse de l'avoir mal exercé une fois qu'elle se sera inscrite au barreau, se moqua Holly, il ne faudra pas que vous jetiez trop d'innocents au fond d'un cachot.

— Jusqu'à présent, je ne pense pas en avoir envoyé un seul en prison, mais il arrive souvent que des détenus contestent mon verdict et se pourvoient en cassation. Le pire de tous ceux que j'ai rencontrés a été Antonio Fortese, le truand dont je vous ai parlé samedi soir. C'est un multirécidiviste qui s'est évadé à deux ou trois reprises déjà et qui purge actuellement sa peine dans un quartier de haute sécurité.

— Plutôt que de vous acheter un polar, j'aurais mieux fait de choisir un roman de science-fiction.

— Pourquoi ? Parce que vous croyez que votre livre va me donner des cauchemars ? Si vous avez la moindre inquiétude à ce sujet, laissez-moi vous rassurer. Des condamnés assoiffés de vengeance, j'en ai vu des dizaines au tribunal et, comparé à eux, le héros de ce thriller a l'air d'un ange tombé du ciel.

— Comment avez-vous trouvé le style de l'auteur ?

— Moins plat que je ne le craignais. Dès la fin du premier chapitre, j'ai oublié mes a priori et je…

— Vous avez de la visite, *signore*, coupa Anna en dévalant le sentier qui menait au solarium.

— Je vous avais dit que je ne voulais être dérangé sous aucun prétexte, bougonna Matteo.

Furieux que ses consignes n'aient pas été respectées, il glissa un œil noir vers la vieille dame vêtue de soie feuille-morte qui suivait la gouvernante, puis bondit de son transat, tout sourire, et s'élança à sa rencontre.

— Pourquoi ne m'as-tu pas averti de ton arrivée, maman ? lui demanda-t-il après l'avoir serrée affectueusement dans ses bras.

— Parce que je n'en ai pas eu le temps. Les enfants de Giovanni ont débarqué chez nous à l'improviste et, comme je me suis sentie de trop, j'ai décidé de monter passer quelques jours à Rome.

Remariée à Giovanni Benedetti, avait confié Anna à Holly, Galina, la mère de Matteo, vivait en Sicile, car le climat chaud et sec de l'île convenait mieux à son époux que les brumes de sa Lombardie natale.

— Mamie ! hurla Liza en sortant de la piscine aussi vite que sa jambe blessée le lui permettait et en se jetant au cou de la vieille dame. Tu vas rester au manoir jusqu'à quand ?

— Jusqu'à ce que ma petite-fille préférée en ait assez de me supporter.

— Je suis ta seule petite-fille, objecta Liza avec son habituelle impétuosité.

— C'est bien pour cela que tu es ma préférée, riposta Galina du tac au tac.

Puis, sans laisser à Matteo le temps de faire les présentations, elle se tourna vers Holly et lui donna une longue poignée de main.

— Ravie de vous rencontrer, *signorina*, lança-t-elle dans un sourire. Mon fils m'a beaucoup parlé de vous au téléphone et j'avais hâte de voir à quoi ressemblait la perle rare dont il n'arrêtait pas de me chanter les louanges.

— J'ai peur qu'il n'ait exagéré mes mérites, se récria modestement Holly. Je ne suis que la baby-sitter de Liza et je m'efforce de remplir au mieux la mission qui m'a été confiée.

— Je suis persuadée que vous vous en acquittez à merveille et que tout le monde ici vous adore, à commencer par mon…

— Viens, maman, interrompit Matteo. Je vais demander à Nora de préparer ta chambre et à Giulietta de te servir l'un de ces délicieux entremets au mascarpone dont tu raffoles.

Après avoir décoché à Holly un clin d'œil malicieux, Galina se laissa guider vers le manoir avec une apparente docilité et ne descendit rejoindre la jeune femme au bord de la piscine qu'une heure et demie plus tard.

— Je trouve que vous avez une très bonne influence sur mon fils, lui dit-elle en s'asseyant à l'ombre d'un parasol. Depuis qu'il vous a engagée, il semble avoir repris goût à la vie et je vous suis infiniment reconnaissante de l'avoir arraché à sa mélancolie. Maintenant que vous avez accompli ce miracle, savez-vous ce qui me ferait plaisir ? Qu'il vous demande de l'épouser.

— Oh ! je… je ne pense pas qu'il ait l'intention de se remarier, balbutia Holly.

— Si vous croyez qu'il ne s'est toujours pas consolé de la mort de Carol, vous vous trompez. Je ne sais pas ce qui s'est passé juste avant l'accident, mais je doute qu'il soit encore amoureux d'elle au point de ne pas vouloir la remplacer… Et vous, *signorina*, avez-vous un petit ami ou un fiancé que vous rêvez d'aller rejoindre en Angleterre ?

— Non. Je suis libre comme l'air.

— A la bonne heure ! s'exclama Galina. Matteo est un homme séduisant et fortuné que n'importe quelle femme serait fière de suivre à l'autel. Quant à Liza, c'est une enfant adorable qui s'entend très bien avec vous, d'après ce que m'a raconté Giulietta pendant que je goûtais à son savoureux tiramisu. Il n'est donc pas impossible que, d'ici à la fin de l'année, j'aie la joie de vous accueillir au sein de notre famille.

— Je crains que vos espoirs ne soient déçus, madame Benedetti. Les relations que votre fils et moi entretenons sont purement professionnelles.

— Pour le moment, peut-être, mais qui vous dit qu'elles n'évolueront pas ?

Le lendemain soir, Matteo organisa un grand dîner en l'honneur de sa mère et invita plusieurs de ses collègues au manoir.

A peine Giulietta avait-elle servi les hors-d'œuvre que le téléphone d'Andrea Lionello se mit à sonner.

— Ecoutons vite les informations ! lança-t-il à la cantonade après avoir extirpé l'appareil de la poche de son veston et échangé quelques mots avec son correspondant.

Etonné de voir son vieil ami, d'habitude si pondéré, quitter sa chaise et se précipiter vers le meuble vidéo qui occupait tout un angle du salon, Matteo empoigna la télécommande qu'il avait posée sur le plateau de marbre d'un guéridon et regarda l'écran s'animer.

— Personne ne sait par quel moyen Antonio Fortese a réussi à se procurer une arme, disait le présentateur-vedette du journal, mais il a abattu de sang-froid deux employés du quartier de haute sécurité où il était incarcéré et s'est évadé…

— Oh, mon Dieu ! s'écria Holly, les yeux agrandis d'effroi.

— Ne vous affolez pas, ma chère petite, lui conseilla Galina. La police va certainement renvoyer ce criminel en prison avant qu'il n'ait eu le temps de mettre ses menaces à exécution.

10

— Deux policiers vont rester à la maison pour le cas où Fortese aurait l'idée de venir rôder ici, annonça Matteo à Holly le lendemain.

— Si Liza les aperçoit et me demande qui ils sont, que devrai-je lui dire ?

— Que ce sont des collègues de Naples ou de Florence qui sont de passage à Rome et auxquels j'ai offert l'hospitalité. Ne lui répétez surtout pas ce que vous avez entendu hier soir à la télévision, car si elle savait qu'un dangereux repris de justice s'était évadé, elle ferait des cauchemars et s'inquiéterait à mon sujet.

Le visage de marbre, Matteo glissa dans son attaché-case l'épais dossier qu'il tenait à la main et quitta le vestibule en compagnie des quatre gardes du corps que les autorités avaient dépêchés à la villa Fallucci aux premières heures de la matinée.

Dès son retour au manoir, à la tombée de la nuit, il pria sa mère de le suivre dans son cabinet de travail et s'y enferma avec elle.

— Mon fils désire vous parler, lança Galina à Holly en ressortant de la pièce vingt minutes plus tard.

— De quoi ?

— Posez-lui vous-même la question et il vous répondra.

Intriguée par le petit sourire énigmatique qu'esquissait la vieille dame, Holly se faufila dans l'entrebâillement de la porte et alla rejoindre Matteo au fond du bureau.

— J'ai une faveur à vous demander, jeta-t-il d'une voix contrainte. Pas pour moi, mais pour Liza.

— Quelle que soit cette faveur, vous savez bien que je vous l'accorderai. J'aime tellement votre fille que, si je vous refusais mon aide, je me le reprocherais pendant des années. Que voulez-vous que je fasse ?

— Que vous acceptiez de devenir ma femme.

Holly, qui s'était attendue à tout sauf à cela, en resta bouche bée.

— Que… qu'est-ce que vous avez dit ? balbutia-t-elle, le premier moment de stupeur passé.

— Que vous deviez m'épouser afin de pouvoir continuer à vous occuper de Liza, quoi qu'il m'arrive, lâcha Matteo.

— Vous croyez qu'Antonio Fortese va essayer de tromper la vigilance des gardes du corps et des policiers qui vous protègent vingt-quatre heures sur vingt-quatre et qu'il risque de vous tuer ?

— Comme il a réussi à se procurer une arme et à s'évader d'un quartier de haute sécurité, c'est une hypothèse qu'il serait imprudent d'écarter. S'il me tire dessus en pleine salle d'audience, vous seule saurez consoler Liza et lui donner l'amour dont elle aura besoin.

— Plutôt que de me la confier et d'aller braver le danger au tribunal, vous feriez mieux de vous cacher jusqu'à ce que Fortese ait été arrêté.

— Vous voudriez que je laisse cette brute et tous les truands de son espèce terroriser les honnêtes citoyens ? jeta Matteo d'une voix que la colère altérait. Vous ne comprenez donc pas que la meilleure façon d'en finir avec la violence est de mettre les mafiosi hors d'état de nuire, quel que soit le prix à payer ?

— Dois-je vous rappeler qu'il vous appartient de veiller sur Liza et que la pauvre petite n'a déjà que trop souffert depuis le décès de sa maman ? riposta Holly en s'obligeant au calme.

— Les trois quarts des magistrats que je connais sont également pères de famille, mais cela ne les empêche pas de punir les criminels. Si eux et moi préférions rendre les armes plutôt que de poursuivre notre combat, le monde que nous léguerions à nos enfants serait une jungle tentaculaire où régnerait la loi du plus fort et où les faibles n'auraient pas d'autre choix que de se barricader chez eux, la peur au ventre.

— Quand vous vous retrouverez face à face avec Fortese et qu'il vous menacera de son revolver, à quoi cela vous servira-t-il de jouer les héros ?

— A montrer aux caïds de la pègre qu'un juge digne de ce nom ne se laisse pas intimider.

Voyant Holly reculer d'un pas, hésitante, Matteo lui encercla les poignets et l'attira tout contre lui.

— Qu'est-ce qui vous effraie à ce point ? l'interrogea-t-il brutalement.

— La perspective d'épouser un inconnu, murmura-t-elle. Nous avons beau habiter sous le même toit depuis six semaines, je ne sais pas grand-chose de vous en dehors du secret que vous m'avez confié, et comme je suis d'un naturel plutôt réfléchi, je n'ai pas l'intention de me lancer dans le mariage tête baissée.

— Ce n'est ni votre bonheur ni le mien qui est en jeu, c'est celui de Liza. La petite a besoin de votre aide et vous n'avez pas le droit de l'abandonner.

— Alors que vous, vous pouvez risquer votre vie sans vous préoccuper de l'immense chagrin qu'elle éprouverait si vous mouriez ?

— Oui, parce que le danger fait partie intégrante de mon métier.

— Est-ce pour le bien de votre fille ou pour votre tranquillité d'esprit que vous voulez me conduire à l'autel ?

— Les deux. Quand nous serons mari et femme — car vous allez finir par accepter mon offre, j'en suis sûr —, j'aurai enfin la conscience en paix. Au lieu de passer mes journées et mes nuits à me demander ce qu'il adviendrait de Liza en cas d'accident, je me dirais qu'elle est entre de bonnes mains et que j'ai choisi la plus sage des solutions. Vous, vous l'aimez de tout votre cœur et vous saurez la rendre heureuse tandis que moi, je n'y arrive pas. Je sais qu'elle n'est pas responsable des erreurs de Carol et que je devrais l'entourer d'affection, mais c'est au-dessus de mes forces. Mercredi matin, par exemple, je n'ai pas pu m'empêcher de grincer des dents lorsqu'elle a affirmé qu'elle serait la meilleure des Fallucci, et il a fallu ensuite que je me fasse violence pour l'embrasser.

— Inutile de m'expliquer ce que vous avez éprouvé à ce moment-là ! J'ai bien vu que vous aviez du mal à respecter notre plan.

— Comme vous connaissez mes points faibles mieux que personne, marions-nous très vite et offrez à Liza ce que je suis incapable de lui donner.

— Les choses ne sont pas aussi simples que cela. Avant de prendre une décision, quelle qu'elle soit, j'ai besoin d'un peu de temps.

— Du temps, nous n'en avons, ni vous ni moi. Depuis qu'il s'est évadé, Fortese doit être impatient de se venger. Il n'y a donc pas une minute à perdre.

Un petit sourire en coin plissa les lèvres de Matteo.

— Si vous acceptez de m'épouser et que ce fou furieux m'expédie en enfer le soir de nos noces, lança-t-il d'un ton caustique, vous serez une riche veuve et vous pourrez mener la belle vie sans avoir à verser des torrents de larmes sur ma tombe. Si je réussis, par contre, à lui échapper et que la police le renvoie en prison, vous serez obligée de me supporter pendant des décennies. La deuxième hypothèse étant pire que la première, il est normal que vous hésitiez à m'accorder votre main.

— Arrêtez de plaisanter ! s'écria Holly, indignée. Vous trouvez que c'est le moment de faire de l'humour ?

— Je ne voulais pas me moquer de vous, se défendit Matteo. J'essayais juste de me mettre à votre place et d'analyser la situation de votre point de vue.

— Au lieu de raconter des sottises, vous devriez réfléchir au problème qui se pose à vous et chercher le meilleur moyen de le résoudre. Pourquoi ne laisseriez-vous pas Liza à la garde de votre mère ?

— Parce que Giovanni et elle ont des ennuis de santé et qu'ils seraient incapables de s'occuper d'un enfant à longueur d'année.

— N'y a-t-il pas un autre membre de votre famille à qui vous pourriez vous adresser ?

— Non. Je n'ai qu'une cousine et elle est tellement cupide que le jour où je lui confierai Liza, il neigera sous les tropiques. Si vous consentez à m'épouser, je vous nommerai tutrice de la petite et, en cas de malheur, vous seule aurez le droit de l'élever.

— A vous entendre, on croirait que le mariage est une simple formalité.

— Le nôtre se résumera effectivement à cela. Nous signerons un contrat prénuptial la veille de la cérémonie et, une fois que le prêtre aura béni notre union, tout rentrera dans l'ordre.

— Vous voulez dire que…

— … nous ferons chambre à part ? Oui. Je vous jure de garder mes distances et de ne jamais vous importuner. Maintenant que ce point de détail est réglé, il ne vous reste plus qu'à accepter mon offre et je demanderai à mon notaire d'établir le…

— Navrée, je ne peux pas.

— Vous ne pouvez pas ? répéta Matteo avec un mélange d'exaspération et d'incrédulité. Après le service inestimable que Liza vous a rendu, vous oseriez lui refuser votre aide ?

— De quel service parlez-vous ? interrogea Holly, la tête en plein brouillard.

— De celui qui vous a permis d'échapper aux carabiniers il y a un mois et demi. Si Liza n'avait pas déclaré que vous vous appeliez Holly et non pas Sarah Conroy, ils vous auraient jetée en prison dès notre arrivée à Rome. Vous avez donc une dette envers elle et il serait malhonnête de votre part de ne pas vous en acquitter.

— J'aurais dû deviner que vous n'étiez pas du genre à secourir les autres dans un élan de générosité et que vous me feriez du chantage aux sentiments pour m'obliger à vous rembourser, rubis sur l'ongle.

— Je pense, en effet, que la fin justifie les moyens. Et, tant que vous ne m'aurez pas accordé votre main, je ne vous laisserai aucun répit.

— Au cas où vous ne l'auriez pas remarqué, je vous signale que nous ne sommes pas au tribunal ici et que vous n'avez pas le droit de me harceler jusqu'à ce que vous ayez obtenu gain de cause. Votre intransigeance et votre détermination sont peut-être les meilleurs atouts dont vous disposiez dans l'exercice de votre métier, mais dans votre vie privée, vous pourriez vous montrer plus souple et plus patient.

— Quand bien même je serais la patience personnifiée, je ne vois pas à quoi cette qualité me servirait actuellement. Tel que je le connais, Fortese doit être en train de fourbir ses armes et, si nous ne voulons pas que Liza se retrouve seule au monde, nous avons intérêt à ne pas lambiner.

— Le temps presse, vous avez raison, admit Holly de mauvais gré.

— Est-ce à dire que vous acceptez de devenir ma femme ? lui demanda Matteo.

— Oui. Comme j'aime votre fille et que j'ai une dette envers elle, je vous épouserai dès que votre notaire aura rédigé le document dont vous m'avez parlé.

— Vous ne changerez pas d'avis juste avant de le signer ?

— Non, ne vous en faites pas. Je n'ai qu'une parole.

Consciente d'avoir cédé un peu trop vite aux prières de Matteo, mais heureuse de pouvoir venir en aide à Liza, Holly sortit du bureau à longues enjambées et faillit heurter Galina, qui avait écouté à la porte sans le moindre scrupule.

Les jours suivants, il y eut une véritable conspiration du silence au manoir. De peur que Liza n'apprenne qu'Antonio Fortese s'était évadé, tous les domestiques se liguèrent pour l'empêcher d'allumer la radio ou la télévision et de jeter un œil sur les quotidiens qu'un livreur déposait dans la boîte aux lettres chaque matin.

— Je vous remercie d'avoir accepté l'offre de Matteo, dit Galina à Holly la veille du mariage. Bientôt, je devrai retourner en Sicile, et une fois que j'aurai quitté Rome, je serai soulagée de vous savoir à ses côtés.

— Ce n'est pas votre fils qui va avoir le plus besoin de moi, madame Benedetti, c'est Liza.

— Mais si vous tombiez amoureuse de lui, cela simplifierait les choses. Quand il vous a demandé votre main, qu'avez-vous éprouvé ?

— J'ai d'abord été très étonnée, puis je me suis rendu compte qu'il n'avait pas d'autre solution que de me confier la petite et j'ai fini par céder.

— Il est tellement autoritaire et tellement obstiné qu'il ne vous a pas laissé le choix. Lorsqu'il vous aura passé la bague au doigt, il faudra que vous appreniez à lui tenir tête et que vous l'aidiez peu à peu à changer.

— Habitué comme il l'est à tout régenter, je doute qu'il accepte de s'humaniser.

— Moi, je suis persuadée du contraire. Avec de la patience et beaucoup d'affection, vous réussirez sûrement à l'apprivoiser. En attendant qu'il cesse de jouer au despote et qu'il se métamorphose en prince charmant, vous savez ce que nous allons faire ?

— Non.

— Aérer la suite de Carol et y transporter vos objets personnels. Demain, ce sera vous la maîtresse de maison et les domestiques trouveraient bizarre que vous continuiez à dormir dans la chambre de Berta.

— Je vous remercie de vouloir me donner de nouveaux appartements, madame Benedetti, mais je ne suis pas certaine que votre fils apprécie cette initiative et qu'il m'autorise à…

— Taratata ! s'exclama Galina. Le moment est venu de chasser de ce vieux manoir les fantômes qui le hantent.

— Voici le contrat prénuptial qu'a établi mon notaire ! lança Matteo à Holly le soir même. S'il m'arrive quoi que ce soit, vous hériterez du tiers de ma fortune et vous devrez administrer les biens de Liza jusqu'à sa majorité. Par ailleurs, je vous ai ouvert un compte dans une banque de Rome et j'y ai déposé une somme que vous pourrez dépenser à votre guise dès que vous le souhaiterez.

Holly saisit les imprimés que lui tendait Matteo et, à la vue du montant inscrit au bas de la première page, faillit se frotter les yeux pour s'assurer qu'elle n'était pas le jouet d'une illusion d'optique.

— Ce… c'est beaucoup trop, bredouilla-t-elle.

— Non, la détrompa-t-il. En acceptant de m'épouser, vous m'avez rendu un tel service que je tenais à vous témoigner ma gratitude.

Puis, l'air mystérieux, il sortit de l'un des tiroirs de son bureau une longue boîte recouverte de cuir incarnat et l'offrit à Holly.

— Quelles splendeurs ! s'extasia-t-elle, le regard rivé aux cascades de perles qui luisaient sur un lit de velours noir, à l'intérieur de l'écrin.

— Cette parure est mon cadeau de mariage, lui précisa Matteo. Ma mère l'a choisie elle-même et m'a dit qu'elle s'harmoniserait à ravir avec la jolie robe blanche que vous aviez achetée au début de la semaine.

Absurdement déçue qu'il n'ait pas eu la délicatesse de l'aider à agrafer le collier autour de son cou et à suspendre les girandoles à ses oreilles comme l'aurait fait un fiancé amoureux de sa future épouse, Holly le remercia d'un bref sourire et regagna le vestibule, où s'impatientait Galina.

— Montez vite admirer vos nouveaux appartements, lui conseilla cette dernière. Anna et Nora ont aménagé la suite pour que vous vous y sentiez chez vous.

— Votre fils sait-il que je vais m'y installer dès aujourd'hui ?

— Pas encore, mais Liza, elle, est au courant. Elle m'a glissé à l'oreille que vous seriez bientôt sa deuxième maman et qu'il était donc normal que vous dormiez à côté de son papa.

Le mariage de Holly et de Matteo fut célébré le lendemain soir dans la chapelle de la villa Fallucci. Après avoir échangé un chaste baiser sous l'œil attendri du vieil abbé qui venait de bénir leurs alliances et sous celui, inquiet, des policiers chargés de leur protection, ils se plièrent de bonne grâce aux exigences du photographe qu'avait engagé Galina, puis découpèrent le superbe croquembouche au sommet duquel Giulietta avait entrelacé des anneaux en sucre candi.

Dès que les magistrats qui avaient assisté à la cérémonie eurent quitté le manoir, Matteo ordonna au responsable du service de sécurité de le suivre dans son bureau et Holly alla aider Liza à se mettre au lit.

— Je peux te dire tu maintenant ? lui demanda la fillette en enfilant son pyjama.

— Naturellement, ma chérie, acquiesça-t-elle. Si tu continuais à me vouvoyer et à m'appeler « *signorina* », je serais très vexée.

— Au lieu de monter me coucher, tu aurais dû rester en bas et boire du champagne avec papa. La dernière fois que j'ai été invitée à un mariage, il y avait plein de bouteilles sur les tables et, à la fin de la journée, elles étaient toutes vides.

— Ton père était tellement impatient de m'épouser qu'il n'a pas eu le temps d'acheter des grands crus, mais nous nous rattraperons plus tard.

— Où est-ce que vous irez en voyage de noces ?

— Je ne sais pas encore. Pour le moment, il n'est pas question que nous quittions Rome parce qu'un juge n'a pas le droit de prendre des congés quand cela lui chante et de laisser d'autres magistrats étudier à sa place les dossiers dont il a été chargé.

— Moi, j'aimerais bien que vous alliez à Tombouctou. J'ai lu dans mon livre de géographie que c'était une jolie ville qui se trouvait au milieu du désert et qu'on pouvait s'y balader à dos de chameau.

— A dos de *dromadaire*, mon ange, rectifia Holly, au bord du fou rire. Les chameaux ont deux bosses alors que les dromadaires n'en ont qu'une.

— Qu'est-ce qui vous… qu'est-ce qui t'amuse autant ? l'interrogea Matteo en surgissant du couloir et en la voyant s'esclaffer.

— Liza souhaiterait que nous passions notre lune de miel à Tombouctou, lui expliqua-t-elle. Que penses-tu de cette idée ?

— Qu'elle est géniale. Il y a des années que j'ai envie de partir en vacances au Sahel.

— En attendant de nous expédier là-bas, ferme les yeux et fais de beaux rêves, petite chipie, ordonna Holly à Liza dès que celle-ci se fut glissée entre ses draps.

— Je viendrai pas vous réveiller trop tôt demain matin, déclara la fillette.

— Nous réveiller ! releva son père. Que veux-tu dire, *piccina* ?

— Tu te rappelles pas que je vous apportais le café au lit, à maman et à toi ?

— Si, mais ce n'est pas la même chose aujourd'hui.

— Pourquoi ?

— Parce que je ne…

Voyant Matteo chercher ses mots, la mine confuse, Holly s'inclina vers Liza et planta un baiser affectueux sur son front.

— Ne t'inquiète pas, ma puce, tu n'auras pas besoin de changer tes habitudes, lui promit-elle. Tout sera comme avant.

11

— Je suis désolé, grommela Matteo en pénétrant à la suite de Holly dans la chambre aux murs tapissés de papier peint fleuri où Galina l'avait aidée à s'installer. Quand je me suis engagé vendredi dernier à garder mes distances et à ne jamais t'importuner, j'étais loin de me douter que Liza se mettrait en tête de nous servir le petit déjeuner au lit. Tu me crois, n'est-ce pas ?

— Bien sûr ! Je sais que tu es un homme de parole et que tu ne lui as pas soufflé cette idée.

— Pourquoi tient-elle absolument à ce que nous dormions ensemble ?

— Parce qu'elle se rappelle l'époque où sa maman était encore de ce monde et qu'elle voudrait effacer de sa mémoire les neuf mois et demi qui se sont écoulés depuis. Lorsque j'étais adolescente, j'avais deux jolis chats siamois qui passaient leurs nuits serrés l'un contre l'autre dans une corbeille en osier à côté de la cheminée, et chaque fois que je les voyais se blottir au coin du feu, j'éprouvais une merveilleuse impression de paix et de sécurité. C'est cette sensation-là que Liza doit avoir envie de retrouver.

— Maintenant que tu lui as conseillé de ne rien changer à ses habitudes, qu'allons-nous faire ?

— Ce qu'elle attend de nous.

— Si elle nous avait dit à quelle heure elle frapperait à notre porte, j'aurais pu programmer mon radio-réveil en conséquence et venir te rejoindre dans ta chambre cinq minutes seulement avant qu'elle n'apparaisse, mais j'ignore quand elle descendra au rez-de-chaussée pour demander à Giulietta de nous préparer des tartines de confiture et du café.

— Moi non plus, je n'en ai aucune idée. Il ne nous reste donc qu'une solution : passer la nuit ensemble.

— Comme un couple de vieux chats ? suggéra Matteo, le regard pétillant d'humour.

Holly se rappela le baiser voluptueux qu'il lui avait dérobé un soir au pied de l'escalier et se sentit rougir jusqu'à la racine des cheveux.

— Pas tout à fait, le détrompa-t-elle. Mon lit est tellement large que nous pourrons y dormir sans être obligés de nous plaquer l'un contre l'autre et, dès que tu entendras Liza traverser la mezzanine, tu n'auras qu'à me prendre dans tes bras.

— Tu crois que nous arriverons à lui donner le change ?

— J'espère que oui. Si elle a les yeux pleins d'étoiles en s'approchant de nous, cela voudra dire que nous avons réussi notre examen et qu'il est assez facile de jouer les jeunes mariés comblés.

— Bien que je n'aie encore jamais eu l'occasion de monter sur une scène de théâtre, riposta malicieusement Matteo, je suis certain que peu de rôles sont plus agréables à interpréter que celui-là.

Puis, voyant les pommettes de Holly virer au rouge ponceau, il s'écarta d'elle avec un petit sourire d'excuse et poussa la lourde porte en cèdre ouvragé qui reliait leurs deux suites.

— Pendant que tu te prépares, lui dit-il, je vais aller enfiler mon pyjama.

« Encore heureux que je n'aie pas acheté des caracos translucides et des déshabillés affriolants ! » songea-t-elle après avoir troqué sa longue robe à traîne et son jupon de satin blanc contre l'une des chemises de nuit au décolleté très sage qu'elle avait sélectionnées sur Internet le soir de son arrivée à la villa Fallucci.

— Prends ces papiers et conserve-les précieusement, lui intima Matteo en sortant de sa chambre une vingtaine de minutes plus tard et en lui tendant une liasse de feuillets. C'est le double de l'acte notarié qui ferait de toi la tutrice de Liza si je venais à mourir. Je sais que le moment est mal choisi pour aborder le sujet, mais, comme j'ignore ce que le destin me réserve, je préfère être prudent et régler tous les problèmes dès aujourd'hui.

— Que caches-tu derrière ton dos ? lui demanda Holly, étonnée de le voir plaquer son bras droit contre les basques en cachemire de son élégante veste d'intérieur. D'autres documents dont tu as oublié de me parler ?

— Non. Une bouteille de dom-pérignon et des verres en cristal.

— Quand je suis montée la mettre au lit ce soir, Liza m'a reproché de ne pas être restée dans le salon avec toi et de ne pas avoir bu assez de champagne. Serais-tu du même avis qu'elle ?

— Apparemment.

Matteo remplit les deux coupes qu'il tenait à la main et en offrit une à Holly.

— Aucun regret ? l'interrogea-t-il, un demi-sourire à fleur de lèvres.

— Aucun ! répondit-elle sans l'ombre d'une hésitation. Je n'aurais pas cru que le mariage nous apaiserait à ce point. Jusqu'à présent, nous n'arrêtions pas de nous disputer et, depuis que nous avons prononcé le « oui » fatidique, nous nous entendons tellement bien que nous n'avons plus besoin de hausser le ton.

— Tu trouves que, quand je t'ai demandé de m'épouser vendredi dernier, je me suis montré trop brutal et trop autoritaire ?

— C'est un doux euphémisme. Tu ne m'as pas demandé de t'épouser, tu me l'as *ordonné*.

— Je regrette de m'être mis en colère et de t'avoir obligée à accepter mon offre. D'habitude, je suis moins irascible que cela.

— Mais tu n'aimes pas qu'on te tienne tête. Chaque fois que j'ai eu l'audace de m'opposer à toi, tu ne t'es pas gêné pour te montrer désagréable.

— Si j'ai souvent eu du mal à garder mon sang-froid, c'est parce que j'avais peur de te perdre. Le lendemain de ton arrivée au manoir et pendant les deux ou trois semaines qui ont suivi, j'étais tellement convaincu que tu chercherais à t'enfuir que j'éprouvais une sorte d'appréhension en rentrant du tribunal. Quand je poussais la porte du vestibule, je m'imaginais que Giulietta allait sortir de la cuisine, son chignon en bataille, et m'annoncer que tu étais retournée en Angleterre.

— Ah bon ? s'étonna Holly après avoir vidé sa coupe de champagne. J'ignorais que mon départ t'aurait autant perturbé.

— Je ne pouvais pas te montrer à quel point tu m'étais indispensable, car tu te serais sentie en position de force, lui expliqua Matteo avec un petit haussement d'épaules fataliste. Dès notre première rencontre, j'ai su au fond de moi-même que tu jouerais un rôle capital dans ma vie et que ce qui m'arriverait dorénavant serait inéluctable.

— Ne me dis pas que tu t'es mis à croire au destin ?

— Si ! Les magistrats sont des hommes comme les autres. Bien que leur métier les oblige à être rationnels et à s'en tenir aux faits, ils ont parfois de drôles d'intuitions qui les privent de toute confiance en eux.

« Et cette vulnérabilité les rend encore plus séduisants », faillit riposter Holly en résistant de justesse à l'envie qui lui venait de se blottir dans les bras de Matteo et de cueillir sur ses lèvres un doux, un long, un merveilleux baiser au goût de champagne et de sucre candi.

— Après la dure journée que nous avons passée, tu dois être éreintée, jeta-t-il, inconscient des efforts désespérés qu'elle s'imposait pour garder un semblant de lucidité. Veux-tu que nous éteignions la lumière ?

— Oui, acquiesça-t-elle d'une voix étranglée.

Puis, de crainte qu'une rougeur intempestive ne trahisse son émoi, elle tourna l'interrupteur et se glissa entre les rideaux de velours du baldaquin.

— Bonne nuit, lui lança Matteo avant de retirer sa veste dans un léger bruissement et de se coucher en chien de fusil à l'autre bout du matelas.

— A demain, marmonna Holly, persuadée qu'elle allait rester éveillée jusqu'à l'aube.

Mais, brisée de fatigue, elle ferma les yeux et s'endormit au bout de trois secondes.

Ce fut un cri déchirant qui, quatre heures plus tard, perça l'épais brouillard où elle s'était enfoncée.

— Non, arrête, je t'en supplie, implorait Matteo, le souffle court. Dis-moi que ce n'est pas vrai, Carol… Dis-le-moi, je t'en conjure.

Emergeant à grand-peine du sommeil, Holly se retourna vers lui dans un sursaut et lui tapota le poignet d'un doigt réconfortant.

— Ne t'inquiète pas, je suis là, murmura-t-elle. Tout ira bien… Tout ira très bien, je te le promets.

— Non, ne fais pas cela, s'il te plaît… Ne fais pas cela…

— Chut ! ce n'est qu'un cauchemar… un horrible cauchemar…

Apaisé par les quelques mots que Holly répétait d'une voix monocorde comme on psalmodie une prière, Matteo s'agrippa des deux mains aux épaules de la jeune femme et, le front redevenu serein, se laissa aller contre l'oreiller avec un soupir.

Après avoir tenté en vain de se dégager de l'étreinte à la fois douce et implacable dont elle était prisonnière, elle s'obligea à compter et à recompter les franges du ciel de lit pour essayer de retrouver le sommeil et ne se rendormit qu'aux premières lueurs du jour.

Lorsqu'elle rouvrit les yeux, des flots de lumière inondaient la chambre et le radio-réveil qui trônait sur la table de chevet indiquait 8 h 30.

— Tu as passé une bonne nuit ? lui demanda Matteo en lui effleurant les cheveux d'une lente caresse.

— Oui, oui, prétendit-elle, le cœur au galop.

— Depuis quand sommes-nous dans les bras l'un de l'autre ?

— Je ne sais pas. Nous… nous avons dû changer de position sans nous en rendre compte.

— Pardon de ne pas avoir respecté mes engagements encore une fois.

— Tu n'as pas à t'excuser. Ce que nous vivons est tellement exceptionnel qu'il n'y a rien d'étonnant à ce que tu aies oublié tes promesses.

— Merci de ton indulgence et de ta douceur. Je te suis très reconnaissant d'avoir été là lorsque j'ai eu besoin de toi.

— Tu te souviens du cauchemar que tu as fait ?

— Non. Je me rappelle simplement que tu m'as parlé d'une voix lointaine, comme si une distance infranchissable nous séparait, mais je ne pourrais pas te répéter ce que tu m'as dit.

D'un doigt léger, Matteo repoussa les mèches folles qui taquinaient le front de Holly, puis traça des arabesques de feu le long de sa joue satinée et allait sceller d'un baiser les lèvres pulpeuses qu'il sentait frémir sous ses caresses quand la porte de la chambre s'ouvrit à la volée.

— Vous avez bien dormi ? questionna Liza en jaillissant du couloir, les bras encombrés d'un plateau deux fois trop grand pour elle.

— Très bien, s'écrièrent-ils en chœur après avoir échangé un clin d'œil de connivence. Qu'as-tu demandé à Giulietta de nous préparer ?

— Des tartines et du café. Pendant qu'elle allumait la gazinière, j'ai mis trois morceaux de sucre dans chaque tasse et une grosse couche de marmelade sur le pain.

Matteo s'adossa à l'oreiller qu'il venait de caler contre l'une des quenouilles du baldaquin et débarrassa Liza de son fardeau.

— Merci, *mia bambina*, lui dit-il avec une inhabituelle tendresse. Tu es un amour.

« Vivement que la journée se termine et que nous nous retrouvions en tête à tête ! » songea Holly, persuadée que ses rêves de baiser passionné se réaliseraient le soir même et ne seraient que le prélude à d'autres voluptés.

Mais lorsqu'elle franchit le seuil de la salle à manger vers 20 heures, Anna lui annonça que Matteo ne rentrerait du tribunal qu'au petit matin.

La semaine suivante, Berta quitta la villa Fallucci pour aller épouser son Alfio adoré et Galina retourna chez elle, au sud de la Sicile. Quant à Matteo, il se déguisa en courant d'air et sembla mettre un point d'honneur à éviter Holly. Au lieu de monter la rejoindre à la fin du dîner, il se cloîtrait dans ses appartements et n'en ressortait qu'à l'aube, cinq minutes avant que Liza ne pénètre comme une bourrasque dans la chambre qu'ils étaient censés partager.

Incapable de refouler le douloureux sentiment de frustration qui l'oppressait, Holly restait souvent éveillée jusqu'à minuit passé et s'efforçait de tromper sa solitude en regardant les émissions soporifiques que diffusait l'une des nombreuses chaînes de télévision auxquelles Matteo était abonné.

Un soir, alors qu'elle venait d'allumer son poste, le visage d'Antonio Fortese envahit l'écran. Très différent de la brute à la mine patibulaire et à la carrure de rugbyman dont elle s'était fait le portrait, le gangster aurait pu rivaliser de charme et d'élégance avec les dandys qui hantaient les salons mondains de Rome. S'il fallait en croire l'auteur du reportage, il avait déjà été arrêté plusieurs fois par la police et n'avait pas hésité à corrompre des témoins pour essayer d'échapper à la prison. Dès l'ouverture du procès qui lui avait été intenté deux ans auparavant, il avait invectivé Matteo et l'avait accusé de n'être qu'un vendu à la solde du gouvernement.

— Rien ni personne ne m'empêchera de te tuer, Fallucci, s'était-il écrié. Où que tu te caches, je te retrouverai et je t'abattrai comme un chien.

Malade d'inquiétude, Holly regarda le truand quitter le tribunal, les menottes aux poignets, et éteignit son téléviseur d'un doigt fébrile. Puis, apercevant un rai de lumière sous la porte de Matteo, elle décida d'aller ébranler le mur de silence qu'il avait érigé entre eux le lendemain de leur mariage.

— Il faut que je te parle, lui dit-elle en pénétrant avec détermination dans la petite pièce simplement meublée d'un lit étroit et d'une table de chevet où il avait l'habitude de s'enfermer. Je viens de voir une émission consacrée au grand banditisme et je suis folle d'angoisse.

— Tu n'as aucune raison de t'alarmer, bougonna-t-il. Les gardes du corps qui me protègent sont parmi les meilleurs du pays.

— Inutile de chercher à me rassurer ! Je lis les journaux chaque matin et je sais très bien que tu cours un grave danger. Tous les soirs, je guette ton arrivée, et quand tu as une heure de retard, j'imagine le pire. Si tu montais me rejoindre dans ma chambre dès ton retour à la maison et que tu m'expliquais ce qui s'est passé au tribunal, je supporterais mieux ce long cauchemar, mais tu préfères me fuir plutôt que de me confier tes problèmes. Après notre nuit de noces, pourtant, j'avais cru que…

— Cette nuit-là, j'ai manqué à ma parole et j'ai failli trahir la promesse solennelle que je t'avais faite.

— Et alors ? Ce n'est pas parce que nous nous sommes réveillés dans les bras l'un de l'autre que tu dois avoir l'impression de t'être parjuré. Quel homme normalement constitué serait capable de dormir dans le même lit qu'une femme dont il a envie et de ne pas la toucher ?

— Qui t'a dit que tu me plaisais ?

— Mon petit doigt ! s'écria Holly, agacée que Matteo puisse nier l'évidence. Tu as beau prétendre le contraire, je sais que tu as de la peine à te maîtriser chaque fois que nous nous retrouvons en tête à tête et que, si Liza n'était pas venue frapper à la porte de ma chambre le lendemain de notre mariage, tu aurais oublié tes…

— Arrête de me torturer ! coupa-t-il, le visage tourmenté. Tu ne vois pas que j'essaie de me conduire en gentleman et que tu rends les choses encore plus difficiles qu'elles ne le sont déjà ?

— En gentleman ! répéta Holly, à bout de patience. Quand Fortese t'aura tiré dessus, que devrai-je faire graver sur ta pierre tombale ? « Ci-gît un homme de parole qui a respecté ses promesses jusqu'à son dernier souffle et qui a laissé sa femme sombrer dans le désespoir » ?

— Mieux vaut mériter ce genre d'épitaphe que de se déshonorer.

— Est-ce parce que tu as peur de mourir que tu te cramponnes à ton code de l'honneur comme à une planche de salut ?

— Oui. Si je ne risquais pas d'être abattu d'une balle en

pleine tête, rien ne pourrait m'empêcher de t'aimer. Mais les circonstances étant ce qu'elles sont, je ne me sens pas le droit de franchir les limites que nous nous sommes fixées. Fortese a été tueur à gages au début de sa « brillante » carrière et il ne lui est pas arrivé une seule fois de manquer sa cible. Il faudrait donc être très naïf pour s'imaginer qu'il me ratera le jour où je me retrouverai dans sa ligne de mire.

— Moi, je refuse de céder au pessimisme. Quand je t'attends le soir et que tu tardes à rentrer, je me dis que notre amour vient à peine de naître et que Dieu ne laissera personne — pas même ce fou d'Antonio Fortese — nous séparer.

— Notre amour ! releva Matteo, l'air stupéfié. Ce n'est pas uniquement parce que tu voulais protéger Liza que tu as accepté de m'épouser ?

— Bien sûr que non, espèce d'idiot ! s'exclama Holly. Je suis tombée sous ton charme dès notre première rencontre, mais je croyais Carol tellement irremplaçable que je n'ai pas osé me l'avouer.

— Tu n'aurais pas dû t'éprendre d'un juge qui risque à tout instant d'être abattu par des meurtriers en cavale et qui ne peut pas t'offrir autre chose qu'une vie pleine de danger et d'incertitude.

— Trop tard ! Je tiens déjà à toi comme à la prunelle de mes yeux.

— Répète ce que tu as dit.

— Je tiens déjà à toi comme à la prunelle de mes yeux. Et maintenant, trêve de bavardages ! Je suis venue ici pour te montrer à quel point je t'aimais, pas pour te faire la conversation. Alors, *basta* !

Holly se haussa sur la pointe des pieds et, étonnée de sa propre audace, cueillit d'elle-même le baiser fougueux dont elle rêvait.

— Il est trop tard, tu as raison, lâcha Matteo quand leurs lèvres enfiévrées se furent désunies. Beaucoup trop tard.

Puis, regrettant d'avoir refréné son ardeur aussi longtemps, il dépouilla la jeune femme de ses dentelles et, le corps incendié, bascula avec elle dans ce monde magique de l'extase où ni les fantômes du passé ni la peur du danger n'ont droit de cité.

— Retournons dans ta chambre, lui proposa-t-il dès qu'ils eurent émergé de l'abîme de volupté au fond duquel ils avaient sombré. Les nuits sont fraîches à cette époque de l'année et il ne faudrait pas que tu attrapes une angine ou une pneumonie.

— Je préfère rester ici, murmura-t-elle en enroulant frileusement autour de ses épaules dénudées le plaid quadrillé de beige et de brun qui gisait au pied de la table de chevet. Ton lit est tellement étroit que nous serons obligés de nous blottir l'un contre l'autre pour ne pas tomber. Et plus je serai proche de toi à partir de maintenant, moins je risquerai de te perdre.

— Regrettes-tu d'avoir laissé un mort en sursis te faire l'amour ?

— Je te défends de prononcer ces mots-là. Antonio Fortese est peut-être la meilleure gâchette de toute l'Italie, mais je l'empêcherai de te tirer dessus. S'il s'avise de venir rôder sous les fenêtres du manoir, je lui sauterai à la gorge et je l'étranglerai.

— Brrr ! s'exclama Matteo, taquin. Je ne voudrais pas être à sa place.

— Quand tu auras quelque chose à me dire dorénavant, tâche de ne pas me mettre en colère, car ce n'est pas une faible femme, obéissante et respectueuse, que tu as épousée, c'est une tigresse.

— Je m'en suis déjà rendu compte, figure-toi ! Pendant les semaines qui ont précédé notre mariage, tu n'as pas arrêté de contester mes décisions et de vociférer.

— J'étais bien obligée d'élever la voix, lança Holly. Lorsqu'on aime un homme qui hausse le ton au moindre problème, on n'a pas d'autre solution que de crier encore plus fort que lui.

— Message reçu cinq sur cinq, *signora* Fallucci ! répliqua Matteo, hilare.

*
* *

Le lendemain matin, Liza pénétra dans la chambre de Holly à 8 heures puis, étonnée que le lit n'ait pas été défait, elle alla ouvrir la porte qui menait aux appartements de Matteo et sourit de toutes ses fossettes à la vue du couple enlacé que chatouillait un rayon de soleil impertinent.

12

Au cours des semaines qui suivirent, Holly eut l'impression d'évoluer dans un univers contrasté où les moments de pur bonheur alternaient avec les crises d'angoisse et les longues périodes d'incertitude. Le soir, après avoir aidé Liza à enfiler son pyjama, elle allait rejoindre Matteo dans la petite chambre monacale où ils s'étaient aimés pour la première fois et, pendant toute la nuit, ils se grisaient de volupté jusqu'à en oublier le grave danger qui les menaçait.

Intelligent et retors, Antonio Fortese déjoua les nombreux pièges que lui tendirent les policiers et se garda bien de venir narguer les agents qui patrouillaient en permanence autour de la villa Fallucci. De crainte que le truand ne s'en prenne à Liza si elle s'avisait de quitter la maison, Matteo préféra engager un précepteur plutôt que de la laisser partir à l'école chaque matin. Comme les leçons particulières que lui donnait l'enseignant exigeaient d'elle beaucoup d'application et que ses séances de kinésithérapie l'épuisaient, la fillette, dont la santé était encore chancelante, montait faire la sieste à la fin du déjeuner et ne ressortait généralement de sa chambre qu'à l'heure du goûter.

— La *piccina* a besoin de vous, dit un jour Anna à Holly. Elle a rendu tout ce qu'elle avait avalé à midi et n'arrête pas de sangloter.

Dévorée d'inquiétude, la jeune femme gravit deux à deux les marches de l'escalier et se précipita au chevet de Liza.

— Que se passe-t-il, ma chérie ? lui demanda-t-elle d'une voix douce. Tu as mal quelque part ?

— Oui. A la tête et aux yeux.

— Depuis quand souffres-tu ?

— Depuis que je me suis réveillée. Lorsque j'ai voulu me lever, j'ai vu plein d'étoiles et j'ai été obligée de me recoucher.

— As-tu mangé autre chose que ce que Giulietta nous a servi ?

— Non. J'ai même pas ouvert la boîte de gâteaux que papa m'avait donnée hier.

Holly posa une main sur les joues brûlantes de Liza et se retourna vers Anna, affolée.

— Comment s'appelle le pédiatre qui s'occupe de la petite ? l'interrogea-t-elle.

— Le Dr Gioberti.

— Dépêchez-vous de l'appeler et priez-le de venir dès que possible à la villa Fallucci.

— Bien, *signora*, répondit la gouvernante avant de quitter la pièce et d'aller décrocher le téléphone qui était suspendu à l'une des cloisons de la mezzanine.

Quand le médecin arriva au manoir une demi-heure plus tard, Holly le regarda ausculter la fillette pendant ce qui lui parut une éternité, puis l'entraîna hors de la chambre et attendit son diagnostic avec anxiété.

— Liza souffre d'une méningite cérébro-spinale, lui apprit-il, le front soucieux.

— Je m'en doutais, murmura-t-elle. L'un des enfants d'une amie de ma mère est tombé malade un jour et il présentait les mêmes symptômes qu'elle.

— Comme son état est très préoccupant et qu'il serait hasardeux de la soigner ici, je vais demander à un ambulancier de l'emmener d'urgence à l'hôpital San Piero.

Laissant le Dr Gioberti pianoter sur les touches de son portable, Holly se précipita vers les policiers qui faisaient les cent pas sous les fenêtres du salon et leur expliqua la situation.

— Si vous quittez le manoir, la petite et vous, grommela l'un des deux hommes, mon collègue et moi ne pourrons pas vous protéger.

— Mais si nous restons à la maison, jeta-t-elle avec fermeté, Liza risque de mourir.

— Avez-vous prévenu votre époux ?

— Pas encore.

Holly regagna le vestibule à la hâte, puis saisit le téléphone que lui tendait Anna et composa le numéro du tribunal.

— Allô ! lança-t-elle dans le micro lorsqu'elle perçut un léger déclic au bout de la ligne. Holly Fallucci à l'appareil. Voudriez-vous me passer mon mari ?

— Navrée, *signora*, répliqua d'une voix sirupeuse la greffière de Matteo. L'audience qu'il est en train de présider ne s'achèvera qu'à 16 h 30.

— Quand il sortira du prétoire, dites-lui que Liza est tombée malade et que le médecin a décidé de l'hospitaliser par mesure de précaution.

— Où le *signor* Fallucci devra-t-il vous rejoindre ?

— A San Piero.

— C'est noté. Dès que le procès sera terminé, je lui transmettrai votre message.

— Merci.

Après avoir pris congé de sa correspondante, Holly aida le Dr Gioberti à installer Liza dans la longue voiture blanche qui venait de se garer au bas du perron et grimpa à l'arrière du véhicule.

— Tiens bon, ma puce, glissa-t-elle à la petite fille pendant que l'ambulance dévalait la Via Appia Antica au son aigu de sa sirène. J'ai téléphoné au tribunal et ton papa ne va pas tarder à arriver.

— Pourquoi il est pas là ?

— Parce qu'il ne peut pas quitter la salle d'audience avant que les jurés n'aient fini de délibérer et que le verdict n'ait été rendu.

— Qu'est-ce que ça veut dire, « délibérer » ?

— Décider si un accusé est coupable ou non et réfléchir à la punition qu'on doit lui infliger.

Voyant Liza cligner des paupières et grimacer de douleur, Holly emprisonna ses mains brûlantes entre les siennes.

— Ne t'endors pas, ma chérie, lui intima-t-elle. Ne t'endors pas, je t'en supplie.

Mais, sourde à l'injonction, la fillette ferma les yeux et sombra dans le sommeil comme dans un puits sans fond.

Dès que l'ambulancier se fut garé au pied de l'hôpital, deux aides-soignantes jaillirent du bâtiment et emmenèrent Liza aux urgences.

— Quand vous êtes-vous aperçue que la petite n'allait pas bien ? demanda une infirmière à Holly.

— A la fin de sa sieste. Avant de se coucher, elle était en pleine forme et c'est seulement à son réveil qu'elle s'est plainte d'avoir mal à la tête.

— Avez-vous averti son père ?

— Oui. J'ai téléphoné à sa greffière et je l'ai priée de lui transmettre un message.

— Croyez-vous qu'il pourra venir à San Piero cet après-midi ?

— Je l'espère.

« Mais je n'en suis pas sûre à cent pour cent, acheva Holly au fond d'elle-même. S'il n'a pas encore pardonné à Carol de l'avoir trahi et s'il est indifférent au sort de Liza, il jugera peut-être inutile de se déplacer. »

Les yeux rivés à la trotteuse de sa montre, qui avalait les secondes avec une lenteur exaspérante, elle s'assit dans l'un des fauteuils alignés de part et d'autre du bureau d'accueil et se résigna à attendre… à attendre… à attendre…

— Bonjour, *signora* Fallucci, je suis le Dr Valignano, lui dit un médecin en s'approchant d'elle une heure et demie plus tard. C'est moi qui me suis occupé de Liza l'hiver dernier, quand elle a eu son accident.

— De quoi souffre-t-elle exactement ?

— D'une méningite à méningocoque. Je vais lui administrer une dose massive d'antibiotiques pour essayer de combattre l'infection, mais son état m'inquiète, je ne vous le cache pas. Avez-vous informé son père de la gravité de la situation ?

— Oui. Et il devrait déjà être là.

— Espérons qu'il va bientôt arriver car, si Liza ne reprend pas conscience très vite, je crains le pire.

— Puis-je la voir ?

— Naturellement.

Le cœur et le cerveau engourdis, Holly pénétra dans

la chambre que lui désignait le Dr Valignano et s'assit au chevet de la fillette.

— Je t'aime, mon ange, lui murmura-t-elle. Toi et moi, nous sommes dans un long tunnel tout noir dont nous n'apercevons pas encore la sortie, mais nous allons réussir à nous échapper, je te le promets.

« A condition que ton papa se décide enfin à nous donner de ses nouvelles, se retint d'ajouter Holly après avoir glissé un regard irrité vers le cadran de sa montre-bracelet. S'il préfère rester au tribunal plutôt que de venir nous retrouver, je lui en voudrai tellement de t'avoir délaissée que je... »

— Comment va Liza ? jeta Matteo en surgissant du hall d'accueil.

— Cela fait deux heures que j'ai téléphoné à ta greffière, maugréa Holly. Qu'est-ce que tu fabriquais ?

— Je te le raconterai plus tard. La santé de la petite est la seule chose qui m'importe pour le moment. Que t'ont dit les médecins ?

— Qu'elle souffrait d'une méningite à méningocoque et que son état était grave. Pendant que l'ambulance nous amenait à San Piero, elle a sombré dans une sorte de léthargie et, depuis, elle n'a pas repris conscience.

Matteo s'inclina vers la fillette et lui caressa le front avec délicatesse.

— Réveille-toi, *piccina*, lui enjoignit-il d'une voix anxieuse. Papa est là.

— Non, c'est pas vrai, marmonna Liza sans ouvrir les yeux. J'ai crié très fort, mais il m'a pas entendue et il est même pas venu nous embrasser sur le quai.

— De quoi parle-t-elle ? demanda Matteo, le regard empli de perplexité.

— De l'accident dont elle a été victime l'an dernier, je suppose, répliqua Holly. Le lendemain de mon arrivée à la villa Fallucci, elle m'a confié que, quand le train avait déraillé, elle t'avait appelé au secours et que tu ne lui avais pas répondu.

— *Porca miseria !* Comment pourrais-je lui faire comprendre que je l'aime et que je ne la laisserai pas tomber cette fois ?

— En écoutant ton cœur et en prononçant les mots qu'il te dictera. Si tes phrases sonnent creux et ne sont que le reflet d'une émotion passagère, elle s'en apercevra et t'en voudra de ton manque de sincérité.

— Je suis là, *piccina*, répéta Matteo d'une voix que l'angoisse déformait. Je serai toujours là lorsque tu auras besoin de moi… Toujours, je te le jure.

— Je te crois pas, hurla la fillette en s'agitant sur son lit. Avant de monter au ciel, maman m'a dit que je t'appartenais pas.

Les traits décomposés, Matteo s'écroula dans un fauteuil et tourna vers Holly un regard où se lisait le plus grand désarroi.

— Carol ne… n'a pas pu faire une chose pareille, bredouilla-t-il. Quels qu'aient été ses sentiments envers moi, elle n'aurait pas été assez cruelle pour révéler à la petite que…

— J'ai bien peur que si, coupa Holly, mais il n'est pas certain que Liza ait décodé le message. Les enfants sont moins compliqués que nous, les adultes, et interprètent souvent nos paroles avec une étonnante simplicité.

— J'espère que tu as raison.

— Lorsque Liza se réveillera, nous n'aurons qu'à trouver une explication plausible à l'attitude de sa mère et cela suffira à l'apaiser.

— Encore faudrait-il qu'elle ouvre les yeux et qu'elle accepte de nous écouter.

Statufié sur son siège, le teint livide, Matteo regarda des infirmières perfuser la fillette puis, dès qu'elles eurent quitté la chambre, il poussa un long soupir de lassitude.

— Pourquoi n'es-tu pas venu à l'hôpital plus tôt ? lui demanda Holly.

— Parce que Fortese m'en a empêché. Il a fait irruption dans le prétoire au moment où j'allais lever la séance et m'a menacé de son revolver.

— Oh, Seigneur ! Comment as-tu réussi à lui échapper ?

— Grâce à son incroyable fatuité et à cette manie qu'il a de vouloir toujours se justifier. Au lieu de me tirer dessus et de s'enfuir, il a essayé d'expliquer aux membres du jury qu'il avait de bonnes raisons de me haïr et, pendant qu'il pérorait, les agents chargés de ma protection se sont jetés sur lui.

— Où se trouve-t-il maintenant ?

— Derrière les barreaux. Les policiers l'ont menotté et ramené en prison.

— Nous en sommes débarrassés, alors ?

— Définitivement.

— Excellente nouvelle ! s'écria Holly, soulagée. Si Liza n'était pas tombée malade au même instant, nous aurions pu sabler le champagne, mais je suis tellement angoissée que je n'ai pas le cœur à faire la fête.

— Moi non plus, marmonna Matteo en se penchant vers la petite fille et en lui caressant le poignet. Je t'aime, *piccina*, lui chuchota-t-il à l'oreille.

— Pourquoi maman m'a dit que je t'appartenais pas ? questionna-t-elle dans un murmure étranglé.

— Parce que... parce qu'elle était jalouse de l'amour que tu me portais et qu'elle n'avait pas envie de te partager. Avant que vous ne quittiez la maison, je m'étais disputé avec elle à cause de cela et elle a dû beaucoup m'en vouloir de m'être énervé.

— Tu crois qu'elle nous regarde en ce moment ?

— Oui. Et je suis sûr qu'elle regrette d'avoir essayé de nous séparer.

Liza battit des cils et sourit à son père.

— Salut, papa ! jeta-t-elle, le menton creusé d'une adorable fossette. Je suis contente que tu sois là.

— Et moi donc, ma chérie ! s'exclama-t-il, les larmes aux yeux. Et moi donc !

Dès que Liza fut hors de danger, Matteo la ramena au manoir, puis engagea trois infirmières et transforma la nursery en chambre d'hôpital. Au lieu de s'attarder chaque soir au tribunal et d'en rapporter des piles de dossiers, il prit l'habitude de rentrer à la maison bien avant la tombée de la nuit pour pouvoir savourer son bonheur tout neuf.

— Tu sais ce que j'étais en train de me dire ? lui lança Holly à quelques semaines de Noël. Que le plus à plaindre dans cette histoire, c'était Alec Martin.

— L'amant de Carol ?

— Oui. Pendant de longues années, la femme qu'il aimait a vécu avec un autre homme et lui a caché l'existence de sa fille. Liza ne l'a rencontré qu'une fois, le jour de l'accident, et ne l'a pas trouvé particulièrement sympathique. Alors, à ta place, je cesserais de me considérer comme une victime et je m'estimerais très chanceux.

L'air songeur, Matteo vida d'un seul trait la tasse de café que venait de lui servir Giulietta et alla se promener au fond du jardin.

Le samedi suivant, il accorda à son chauffeur une matinée de congé, puis invita Holly à grimper dans la limousine et prit lui-même le volant.

— Où m'emmènes-tu ? l'interrogea-t-elle, étonnée de le voir traverser des quartiers populaires et s'engager sur une petite route qui zigzaguait à flanc de colline.

— Au cimetière des indigents, jeta-t-il, le regard rivé au pare-brise embué de sa Bentley. Après notre conversation de mercredi dernier, j'ai téléphoné au consulat britannique pour savoir si le corps d'Alec Martin avait été rapatrié.

— Et que t'a-t-on répondu ?

— Qu'il avait été enterré en Italie parce qu'il n'avait pas de famille à Londres et que personne n'avait voulu régler les frais d'obsèques.

— Quel âge avait-il au moment de son décès ?

— Trente-trois ans. De la fin de ses études au jour de sa mort, il a essayé de gagner des fortunes dans l'espoir de reconquérir la femme de sa vie, mais il n'y est pas arrivé. Pendant qu'il se tuait de travail à des milliers de kilomètres de Rome, c'était sous mes yeux que sa fille grandissait et dans mes bras qu'elle se serrait chaque soir en m'appelant « papa chéri ». Malgré les blessures que m'a infligées Carol, j'ai donc été beaucoup plus heureux que lui et il serait temps que je cesse de le haïr.

Après s'être arrêté à deux pas du cimetière qui dressait ses croix enguirlandées de givre au sommet de la colline, Matteo aida Holly à descendre de la Bentley et l'entraîna vers la tombe dont l'employée du consulat lui avait indiqué l'emplacement.

— Je suis venu ici ce matin pour vous promettre de veiller sur Liza comme vous l'auriez fait vous-même si vous aviez eu la chance de la connaître, dit-il d'une voix haute et claire à son ancien rival.

Puis, le regard empreint de gratitude, il glissa à l'oreille de Holly :

— Merci de m'avoir montré le chemin à suivre, mon amour. Sans tes précieux conseils, je n'aurais jamais su qu'il était plus doux de pardonner que de se venger… Et maintenant, rentrons chez nous, tu veux bien ?

— Oui, allons vite retrouver Liza, murmura-t-elle avant d'offrir ses lèvres à un tendre baiser.

JESSICA HART

Rencontre aux Caraïbes

Traduction française de
CATHERINE BELMONT

HARLEQUIN

Titre original :
MOONSHADOW MAN

Ce roman a déjà été publié en 2014

1

— Quoi !

De stupeur, Carey faillit laisser tomber la tasse de thé qu'elle tenait à la main.

— Il est hors de question que je t'aide, Camilla. Absolument hors de question !

— Je croyais pourtant que tu mourais d'envie de prendre des vacances ?

— Dans un chalet en pleine montagne, oui. Pas sur une île infestée de moustiques dont je n'avais jamais entendu parler avant que tu ne fasses irruption chez moi.

Camilla leva les yeux au ciel.

— Moonshadow Cay, une île infestée de moustiques ? Non, mais tu plaisantes ! N'importe qui bondirait de joie à l'idée de passer deux semaines aux Caraïbes, tous frais payés. J'ai vu des photos de l'archipel et je suis certaine que tu trouveras l'endroit superbe. Tu n'as rien contre les palmiers et le sable fin, n'est-ce pas ?

— Si, justement. Je déteste me prélasser au soleil pendant des heures. Et je me demande bien ce que je pourrais faire d'autre au bord d'un lagon.

Camilla jeta un regard exaspéré à sa cousine, qui venait de s'asseoir en tailleur devant la cheminée. Carey n'était pas de celles qui fascinent par leur beauté, mais l'humour et la tendresse noyés dans ses grands yeux gris lui conféraient un charme auquel peu d'hommes restaient insensibles. Ses longs cheveux bruns, qu'elle laissait d'habitude flotter sur ses épaules, étaient aujourd'hui retenus par un bandeau noir et tressés en un lourd chignon. Loin de l'enlaidir, cette coiffure austère mettait en valeur la délicatesse de ses traits et l'éclat incomparable de son teint.

Les deux cousines s'adoraient depuis l'enfance, en dépit ou peut-être même à cause de leur différence de caractère. Alors que Carey se contentait de plaisirs simples — une promenade en forêt, un dîner au coin du feu dans son cottage du Yorkshire —, Camilla ne rêvait que d'aventures et de succès. L'une enfilait chaque matin le premier jean qui lui tombait sous la main ; l'autre collectionnait les journaux de mode et renouvelait trois fois par an sa garde-robe.

Obstinée, intelligente, ambitieuse, Camilla ne lâchait jamais prise avant d'avoir obtenu ce qu'elle désirait. Surtout quand sa carrière était en jeu et qu'il lui suffisait, comme ce soir, de se montrer persuasive pour parvenir à ses fins.

— Franchement, tu me déçois, dit-elle en sirotant son thé. Après tout ce que j'ai fait pour toi quand nous étions petites, je croyais que tu accepterais de me rendre service.

« Nous y voilà ! » songea Carey, amusée. Maintenant qu'elle lui avait vanté les charmes du paradis tropical où elle souhaitait l'expédier, Camilla allait recourir à l'arme qu'elle savait le mieux manier : le chantage aux sentiments.

— Rappelle-toi l'été où je vous ai repêchés dans la rivière, toi et cet imbécile de chien que tu avais adopté. Sans mon aide, vous vous seriez noyés tous les deux. Et je ne te raconte pas les histoires que j'ai dû inventer pour rassurer ta mère chaque fois que tu partais à la chasse aux trésors avec ton copain Phil. Un jour, je t'ai même donné l'une de mes poupées pour remplacer celle que tu avais perdue dans le train. Ne me dis pas que tu as oublié !

Indécise, Carey mordit dans la tranche de pain qu'elle venait de beurrer. Elle savait Camilla dénuée de scrupules, mais ne pouvait nier qu'il existait entre sa cousine et elle des liens que personne ne réussirait à détruire. Ceux qui considéraient Camilla comme une arriviste sans cœur se trompaient. Sous ses dehors sophistiqués, la jeune femme cachait une générosité dont Carey avait toujours été la première à bénéficier.

— Rassure-toi, je ne suis pas devenue amnésique depuis

ta dernière visite. Seulement, je ne comprends pas pourquoi tu tiens tant à ce que ce soit moi qui aille là-bas. Tu ferais mieux de demander à l'un de tes collègues de t'aider.

— Certainement pas !

Camilla posa sa jambe plâtrée sur un tabouret, en face du canapé, puis glissa un coussin derrière son dos et se redressa en grimaçant.

— Tu as entendu parler de Weatherill Willis, n'est-ce pas ?

Carey acquiesça d'un signe de tête. Célèbre pour ses réalisations audacieuses, la plus grande société immobilière de Londres construisait aux quatre coins du globe des hôtels luxueux pour touristes en mal d'exotisme.

— Eh bien, figure-toi que j'ai décroché un emploi chez eux ! expliqua Camilla avec enthousiasme. Actuellement, je m'occupe des relations publiques, mais ce que je voudrais, c'est parcourir le monde afin de repérer des sites encore intacts que l'on pourrait transformer en stations balnéaires.

— Cela ressemble plus à des vacances permanentes qu'à un véritable travail, observa Carey en remplissant de nouveau sa tasse de thé.

— Détrompe-toi, ce métier demande beaucoup de perspicacité. Il est terriblement difficile, en effet, de dénicher un endroit susceptible d'attirer chaque année des milliers de vacanciers. Mais je crois bien que j'ai découvert l'emplacement idéal pour bâtir un complexe hôtelier.

Camilla marqua une légère pause, puis se pencha en avant, le visage radieux.

— Il y a quelques semaines, des amis m'ont présenté un certain Emory Jones, originaire de Belize. Je savais que cela se trouvait en Amérique centrale, mais j'ignorais qu'on pouvait y admirer l'une des plus belles barrières de corail du monde. D'après ce que j'ai cru comprendre, le récif renferme des centaines d'îlots inhabités. Emory en possède un, Moonshadow Cay, qu'il accepterait de vendre à Weatherill Willis et dont il m'a montré des photos. Dès que j'ai vu les clichés, je me suis dit que je n'avais pas le droit de laisser passer une telle chance.

— Et tu as aussitôt imaginé l'hôtel quatre étoiles que

pourrait édifier ta société à l'ombre des palmiers, lança Carey entre deux gorgées de thé. Chambres climatisées, restaurant gastronomique et boîte de nuit pour insomniaques en détresse, je suppose ?

— Exactement, confirma Camilla, imperméable à l'ironie du ton. C'est d'ailleurs ce que j'ai expliqué à Josh, l'assistant du directeur. Quand je lui ai soumis mon projet et qu'il a vu les photos d'Emory, il a été tellement impressionné qu'il m'a donné carte blanche.

— Cela a dû te faire plaisir.

— Tu parles ! Et lorsque j'ai appris ensuite que des biologistes sponsorisés par Weatherill Willis travaillaient actuellement à Moonshadow Cay, j'ai failli exploser de joie. Leur chef s'appelle Drew Tarrant. Il paraît qu'il a réalisé pour la télévision une série de reportages sur la faune aquatique : *Splendeurs sous-marines*. Peut-être les as-tu regardés ?

Carey secoua la tête.

— Non, je ne m'en souviens pas.

— L'une de mes amies a suivi l'émission chaque semaine et m'a dit que ce Drew Tarrant était un véritable Apollon.

Camilla examina sa jambe plâtrée d'un air consterné, puis soupira à fendre l'âme.

— Quand je pense que j'aurais pu passer quinze jours en sa compagnie !

Carey réprima un sourire.

— Si ce monsieur est aussi célèbre que tu le prétends, il n'aurait sans doute pas eu une minute à te consacrer.

— Avec tout l'argent que lui verse Weatherill Willis, il aurait été bien obligé de me servir de guide. D'ailleurs, je lui ai envoyé une lettre pour lui annoncer mon arrivée, et, si je ne m'étais pas cassé la jambe sur cette satanée piste de ski, je serais en train de boucler mes valises à l'heure qu'il est.

— Je comprends ta déception, fit Carey d'un ton apaisant, mais pourquoi ne veux-tu pas demander à tes camarades de travail de te remplacer ?

— Parce qu'ils s'empresseraient de me souffler mon projet, voilà pourquoi ! Tu n'as aucune idée de l'ambiance qui règne dans une firme comme Weatherill Willis. C'est à qui écrasera son voisin pour gagner la faveur du patron et gravir un échelon.

— Tu ne crois pas que tu exagères un peu ?

— Pas du tout ! Il n'y a qu'à toi que je puisse faire confiance.

— Admettons que tu aies raison. Que deviendra mon magasin si j'accepte de t'aider ?

— Je m'en occuperai.

Carey regarda Camilla d'un œil incrédule.

— Ne me dis pas que tu es prête à passer deux longues semaines dans ce coin perdu du Yorkshire !

— Si. De toute façon, rester à Londres serait beaucoup trop dangereux. Imagine que mes collègues m'aperçoivent dans la rue alors qu'ils me croient sous les tropiques ! J'aurais l'air d'une idiote.

— Et ta jambe cassée ?

— Ce n'est pas elle qui m'empêchera d'accueillir tes clients. Surtout que nous sommes en février et que les touristes ne doivent pas se bousculer dans la région, à cette époque de l'année.

— Il n'y a pas grand monde, en effet, avoua Carey à contrecœur. Mais…

— Quoi encore ? l'interrompit Camilla.

— Je ne peux pas me faire passer pour toi.

— Bien sûr que si, tu le peux. Personne ne me connaît à Belize, hormis Emory Jones, qui séjourne en Angleterre jusqu'au début du printemps.

— Et qu'arrivera-t-il si ce séduisant biologiste dont tu m'as parlé me pose des questions ?

— Pourquoi diable voudrais-tu qu'il doute de ton identité ? Il s'attend à recevoir une Mlle C. Cavendish et c'est bien comme cela que tu t'appelles, non ? Et puis, s'il te demande tes papiers, tu n'auras qu'à lui répondre que tu les as égarés. Mais cela m'étonnerait qu'il ait le moindre soupçon. Je suis sortie avec un scientifique pendant quelques mois ; il était tellement étourdi qu'il ne savait jamais quel jour de la semaine nous étions.

— Ce n'est sûrement pas le cas du Dr Tarrant. Sinon,

il n'aurait pas été choisi pour présenter une émission de télévision.

Camilla balaya l'objection d'un geste désinvolte.

— Ce type s'y connaît peut-être en biologie marine, mais je te parie que, dans la vie courante, il ne vaut pas mieux que mon ex-petit ami. Tu verras : il n'aura d'yeux que pour ses poissons et remarquera à peine ta présence.

— Espérons quand même qu'il n'oubliera pas de venir me chercher à l'aéroport.

S'apercevant trop tard de ce que sous-entendaient ses paroles, Carey se mordit la lèvre.

— Tu as bien dit « me chercher » ? releva Camilla. Dois-je en conclure que tu acceptes de m'aider ?

— Si je refusais, tu me reprocherais jusqu'à la fin des temps d'avoir ruiné ta carrière.

Camilla éclata d'un rire perlé.

— Tu es une fille formidable, Carey.

Puis, repoussant la mèche de cheveux qui dansait sur son front, elle se pencha vers sa cousine avec des mines de conspiratrice.

— Voilà ce que tu vas faire pendant ton séjour à Moonshadow Cay : tu vas explorer l'île dans ses moindres recoins, vérifier si le lagon est aussi beau que me l'a affirmé Emory et t'assurer qu'il est possible de se baigner sans être dévoré par des requins ou emporté par une lame de fond. Tout en te promenant, tu prendras des dizaines de clichés afin que je puisse les montrer au directeur de Weatherill Willis et le convaincre de réaliser le projet. Tu es une photographe hors pair, Carey, et je me suis d'ailleurs souvent demandé pourquoi tu avais choisi de vendre des cartes postales à des touristes plutôt que de sillonner le globe, caméra au poing. Mais qui sait ? Peut-être ces vacances forcées te permettront-elles de découvrir ta vocation ? Peut-être même succomberas-tu au charme du beau Drew Tarrant ?

Carey grimaça un sourire.

— Aucun risque !

— Pour quelle raison ? Parce que tu viens de rompre

avec Gilles et que tu crois tous les hommes aussi stupides et ennuyeux que lui ?

— Gilles n'est pas ennuyeux, protesta Carey pour la forme. Il est très gentil.

— Ah oui ? Comment se fait-il, dans ce cas, qu'il soit déjà fiancé à une autre fille et qu'il refuse de t'adresser la parole ?

— C'est vrai qu'il n'a pas attendu longtemps pour me remplacer, mais on ne peut pas le lui reprocher. Il ne va pas rester célibataire jusqu'à la fin de ses jours simplement parce que je n'ai pas voulu de lui pour mari.

Camilla posa sa tasse de thé au pied du canapé.

— A mon avis, ce qu'il te faut en ce moment, c'est un bon changement d'air. Si tu n'en avais pas eu assez de ton existence étriquée, tu te serais empressée de dire oui à Gilles quand il t'a demandé ta main. Je me trompe ?

Carey secoua tristement la tête.

— Non… Lorsqu'il s'est mis à me parler mariage, j'ai aussitôt compris que je n'étais pas amoureuse de lui. Ce que je désirais en réalité, c'était épouser l'homme idéal. Mais je doute que le prince charmant existe ailleurs que dans les contes de fées !

— Une chose est sûre, déclara Camilla avec son bon sens coutumier, s'il existe, ce n'est pas en restant derrière ton comptoir que tu as des chances de le rencontrer. Quitter l'Angleterre pour les Caraïbes te fera le plus grand bien, crois-moi.

Carey regarda les bûches se consumer dans la cheminée et poussa un profond soupir.

— Tu ne trouves pas qu'il est malhonnête d'usurper l'identité de quelqu'un ?

Camilla haussa les épaules.

— Absolument pas ! Les seules personnes que tu vas mystifier sont des scientifiques qui se moquent de savoir si tu t'appelles Camilla ou Carey.

— N'empêche ! Je serai obligée de leur mentir à longueur de journée.

— Et après ? Ils ne se douteront même pas de la supercherie. Rappelle-toi ce que je t'ai dit : les savants sont des gens distraits.

Distrait, Drew Tarrant ? Carey regarda l'homme qui s'approchait d'elle au pas de charge et regretta aussitôt d'avoir cédé à Camilla. Grand, brun, vêtu d'un pantalon beige moulant et d'une chemise kaki dont il avait négligemment relevé les manches, le biologiste ne ressemblait en rien à l'image qu'elle s'était forgée de lui. Ses yeux, d'un vert intense, se posèrent sur elle et l'examinèrent de la tête aux pieds, s'attardant sur ses lèvres délicatement ourlées, frôlant son cou gracile que balayaient des mèches rebelles, détaillant ses vêtements à peine froissés par le voyage.

— Camilla Cavendish, je présume ? laissa-t-il enfin tomber d'un air condescendant.

« Ouf ! » pensa-t-elle. Il n'avait pas flairé le subterfuge. Pourquoi, alors, l'observait-il avec un tel dédain ? Parce qu'elle ne correspondait pas à l'idée qu'il se faisait d'un cadre supérieur ?

D'une main nerveuse, Carey lissa l'élégante jupe de lin crème qu'avait tenu à lui prêter Camilla, puis ébaucha un timide sourire qu'oublia de lui rendre son vis-à-vis.

— Les passagers du vol Miami-Belize-Managua sont priés de se présenter à la porte 12. Embarquement immédiat.

Le grésillement du haut-parleur tinta aux oreilles de Carey comme une invite. Persuadée qu'elle ne pourrait duper son hôte très longtemps, elle regarda le petit avion qui attendait la fin de l'escale au milieu de la piste et faillit se précipiter sur le tarmac. Mais, à la vue des éraflures striant la carlingue de l'appareil, elle se figea, la gorge nouée. Remonter dans ce tas de ferraille qui tressautait entre les nuages comme s'il avait le hoquet ? Pas question ! Mieux valait encore affronter l'évident mépris du Dr Tarrant.

— Camilla Cavendish ? répéta celui-ci avec impatience.

Sachant qu'elle allait atteindre le point de non-retour, Carey inspira profondément, puis répondit d'un trait :

— Oui, c'est bien moi.

Drew empoigna la valise de la jeune femme et, sans s'embarrasser de politesses, se dirigea à longues foulées vers le parking.

S'il avait réussi à convaincre le directeur d'une chaîne de télévision de le laisser présenter une émission, ce n'était sûrement pas grâce à sa décontraction. Difficile en effet de l'imaginer souriant et détendu face à une caméra ! Quant à l'amie de Camilla qui s'était pâmée d'admiration devant ce mufle pendant des semaines, elle devait être myope ou avoir perdu la raison.

— Un véritable Apollon, marmonna Carey en se tordant les chevilles sur les dalles inégales de la salle d'attente. Un goujat, oui… Et de la pire espèce !

Lorsqu'elle sortit de l'aéroport, une pluie torrentielle lui flagella le visage. Le ciel, couleur d'obsidienne, déversait des trombes d'eau sur Belize, transformant en aquarium le paradis ensoleillé décrit par Camilla.

Peu habituée à un tel déluge, Carey resta plantée sur le trottoir en espérant que Drew allait rebrousser chemin et lui proposer de s'abriter dans le hall jusqu'à la fin de l'averse. Mais, vu la vitesse à laquelle il s'éloignait, c'était un espoir qu'il valait mieux abandonner.

— Où avez-vous laissé votre voiture ? cria-t-elle, les mains en porte-voix.

— De l'autre côté du parking.

Evidemment ! Pourquoi l'aurait-il garée près de l'entrée alors qu'il était si agréable de sauter par-dessus les flaques ?

Ravalant sa colère, Carey s'élança sous la pluie et faillit à plusieurs reprises tomber dans l'eau fangeuse qui rebondissait sur le bitume. Quand apparut devant elle la carrosserie bosselée d'un vieux van, elle était à bout de souffle et trempée jusqu'aux os. Déjà installé derrière le volant, Drew se pencha pour ouvrir la portière.

— Dépêchez-vous de monter, dit-il, ou vous allez attraper mal.

« Tiens ! songea-t-elle en s'effondrant sur le siège. Enfin un peu d'humanité ! »

Après avoir essuyé son visage et repris haleine, elle tourna la tête, saisit ses longs cheveux dégoulinants, et s'apprêtait à les essorer lorsqu'elle croisa le regard de Drew. La nuque appuyée contre la vitre, il l'observait d'un air amusé, comme si la vue d'une élégante femme d'affaires changée en fontaine était le spectacle le plus désopilant qu'il eût jamais contemplé.

Agacée par le petit sourire moqueur qu'arborait le biologiste, mais incapable de baisser les yeux, Carey essaya en vain de lutter contre le trouble qui s'emparait d'elle.

La chemise de Drew, rendue translucide par l'averse, soulignait la musculature de son torse, et d'innombrables gouttes d'eau ruisselaient des mèches sombres égarées sur son front. Le cœur fou, l'esprit en déroute, Carey plaqua ses mains sur sa jupe pour les empêcher de trembler. Sourde aux vociférations du tonnerre, elle avait l'impression de flotter dans un univers magique, isolé du reste du monde par l'écran opaque que dressait la pluie autour de la voiture.

Combien de temps dura l'enchantement ? Une seconde ? Une minute ? Une éternité ? Elle n'aurait su le dire. Tout à coup, sans raison apparente, le sourire de Drew s'évanouit et l'illusion se dissipa instantanément.

— Ainsi, lâcha-t-il d'une voix où perçait une certaine incrédulité, vous êtes Camilla Cavendisk.

Carey s'éclaircit la gorge.

— J'aimerais mieux que vous m'appeliez Carey, répliqua-t-elle en s'efforçant de récupérer un peu de son sang-froid.

Une lueur de méfiance traversa le regard de Drew.

— Ah bon ?

Carey se traita *in petto* d'idiote. Pourquoi, au lieu de s'en tenir au plan élaboré par Camilla, avait-elle soudain éprouvé le besoin de divulguer son identité ? Parce qu'elle sentait obscurément qu'il serait dangereux de trop maquiller la vérité ? Peut-être…

— Camilla est mon vrai prénom, improvisa-t-elle. Mais seuls mes collègues l'utilisent.

— Dois-je en déduire que vous me comptez parmi vos intimes ? J'avais pourtant cru comprendre que ce voyage dans les Caraïbes n'avait rien d'une visite de courtoisie.

— Je suis ici pour affaires, vous avez raison, mais, puisque nous allons devoir vivre côte à côte pendant quelques jours, il est préférable, je pense, que nous soyons amis.

Drew ne sembla pas très convaincu par cette explication hâtive.

— Carey, dites-vous ?

Il répéta plusieurs fois le prénom en scrutant le visage de la jeune femme, comme pour vérifier si l'un et l'autre étaient en harmonie.

Pressée de connaître le verdict, elle rejeta ses cheveux en arrière et demanda dans un souffle :

— Alors ?

— Alors quoi ? riposta-t-il sèchement.

— Consentirez-vous à m'appeler Carey ?

— Oui. En fin de compte, cela vous va mieux que Camilla. Vous paraissez tellement raisonnable !

Raisonnable ? Carey faillit éclater d'un rire nerveux. Si elle avait possédé un seul gramme de bon sens, elle serait restée en Angleterre et n'aurait pas eu à subir les sarcasmes d'un docteur en biologie qui, bien que savant, ignorait manifestement tout des règles de la politesse. A commencer par la règle numéro un : ne pas dévisager une femme de l'air mi-stupéfait mi-narquois d'un berger découvrant un mouton à cinq pattes dans son troupeau.

— Quelque chose ne va pas ? interrogea-t-elle d'une voix mal assurée.

Drew poursuivit son examen, imperturbable.

— C'est drôle, avoua-t-il au bout d'un moment. Je ne vous imaginais pas ainsi.

— Ah ? Et comment m'imaginiez-vous, sans indiscrétion ?

— Maniérée, élégante, sophistiquée... Moitié femme du monde, moitié petite fille gâtée.

Carey ne put s'empêcher de sourire. En quelques mots, Drew avait dépeint Camilla aussi fidèlement que s'il l'avait croisée dans la rue chaque matin.

— Ravi de constater que ma description ne vous choque pas, jeta-t-il, étonné de voir se dérider sa passagère après le portrait peu flatteur qu'il avait brossé d'elle.

— Pourquoi serais-je choquée ?

— Parce que la vérité est parfois désagréable à entendre.

— La vérité ? répéta Carey, de nouveau sur la défensive. Quelle vérité ?

Drew haussa un sourcil moqueur.

— Si vous croyez m'avoir dupé avec vos grands yeux innocents, vous avez tort, mademoiselle Cavendish. Votre réputation vous a précédée.

— Que voulez-vous dire ?

— En arrivant ici, vous pensiez que personne ne vous connaîtrait, n'est-ce pas ? Mais vous vous trompiez. Je n'ignore rien de vous, ma chère… Rien du tout !

— Permettez-moi d'en douter, répliqua-t-elle froidement. Autant que je sache, c'est la première fois que nous nous rencontrons.

— Exact. Je pourrais cependant réciter par cœur la longue liste de vos qualités. Une petite pimbêche égoïste et ambitieuse, voilà ce que vous êtes !

— Comment osez-vous parler de moi en ces termes ?

Surpris par la violence de la riposte, Drew hésita une seconde avant de jeter d'un ton dédaigneux :

— Oh, inutile de monter sur vos grands chevaux ! Vous ne m'impressionnez pas.

Carey serra les poings et se contraignit au calme.

— Puis-je savoir de qui vous tenez ces informations mensongères ?

— De quelqu'un qui a eu le malheur de très bien vous connaître.

— Quelle que soit cette personne, elle doit avoir besoin d'une bonne paire de lunettes. Si elle avait eu la vue moins basse, elle se serait tout de suite aperçue que je n'ai rien du monstre sans cœur qu'elle vous a décrit.

— Hélas pour vous, « cette personne », comme vous dites, ne souffre d'aucun trouble oculaire, et je serais plutôt enclin à croire ce qu'elle m'a raconté.

— Comment expliquez-vous, alors, que mon apparence vous ait étonné ?

— Les apparences sont parfois trompeuses.

— Pour parler franc, vous ne correspondez pas non plus à l'image que je m'étais faite de vous.

Drew s'empara de la clé de contact posée sur le tableau de bord et mit le moteur en marche.

— Vous vous attendiez probablement à tomber sur un pauvre naïf prêt à gober toutes vos histoires ?

— Non. Je pensais être accueillie par un gentleman. Pas par un prétentieux mal élevé et borné.

Drew effleura Carey d'un regard ironique.

— Navré de vous avoir déçue, mademoiselle Cavendish.

— Il est vrai que votre attitude m'a désagréablement surprise, docteur Tarrant, mais je doute que vous éprouviez le moindre remords.

— Je n'en éprouve aucun, vous avez raison. Qui plus est, si ma compagnie vous déplaît à ce point, vous pouvez toujours descendre de ma voiture et sauter dans le premier avion à destination de Londres.

— J'y ai déjà pensé, figurez-vous !

Après avoir traversé le parking en marche arrière, Drew longea la salle d'attente de l'aéroport, puis ralentit ostensiblement.

— Voulez-vous que je vous dépose devant l'entrée ?

Carey attrapa sa ceinture de sécurité et la boucla à toute vitesse.

— Non, merci. Vous seriez trop content.

Si ce malotru s'imaginait qu'elle allait rendre les armes sans même avoir combattu, il se berçait d'illusions !

— Ne vous arrêtez pas, lui intima-t-elle, les yeux étincelant de défi. Je sais que vous aimeriez beaucoup vous débarrasser de moi, mais je n'ai pas l'intention de retourner en Angleterre avant d'avoir mené à bien la tâche qui m'a été confiée. Vous feriez donc mieux d'en prendre votre parti.

Drew émit un petit sifflement.

— Voilà qui ressemble plus à la Camilla que je m'attendais à rencontrer !

Puis, écrasant la pédale d'accélérateur, il sortit du parking entre deux gerbes d'eau et bifurqua sur une route étroite où zigzaguaient voitures et camions. « A croire qu'il n'y a pas une seule auto-école, dans ce pays ! » songea Carey en se cramponnant à l'accoudoir.

— Libre à vous de rester si vous y tenez, reprit Drew après avoir doublé une fourgonnette bringuebalante. Mais sachez que vous ne pourrez pas revenir sur votre décision. Je suis déjà en retard dans mes recherches. Je n'aurai donc pas le temps de vous ramener ici au cas où vous changeriez d'avis. N'espérez pas non plus un quelconque traitement de faveur.

— Rassurez-vous, je me débrouillerai sans votre aide.

— Tant mieux, car je n'ai pas l'habitude de pouponner. Une fois à Moonshadow Cay, je ne veux pas vous entendre vous plaindre du manque de confort ou de mon indifférence à votre égard. Si vous vous entêtez à me suivre, vous devrez vous accommoder des circonstances. L'île ne se transformera pas en centre de loisirs pour vous être agréable. Quant à moi, je ne jouerai pas les chevaliers servants.

— Merci de votre accueil, lança Carey d'une voix acide.

Drew lui jeta un regard noir.

— Je vous aurai prévenue, dit-il seulement.

2

« Je t'envie, tu sais, avait susurré Camilla avec un petit soupir de regret. Emory m'a dit que l'ancien Honduras britannique était un très beau pays et qu'on pouvait y faire de superbes balades. » A condition de posséder un char amphibie ! songea Carey, le nez collé à la vitre.

Du centre de Belize, elle ne parvint à capter que quelques images fugitives : de vieilles maisons de bois montées sur pilotis dont la silhouette dégingandée semblait dessinée à l'encre de Chine, une multitude de venelles qui se faufilaient entre des murs lépreux et, jaillissant çà et là du déluge, de hauts buissons touffus que les éclairs teintaient d'argent.

Renonçant à deviner ce que masquait le voile de grisaille qui enveloppait la ville. Carey détourna la tête et, bercée par le ronronnement du moteur, ferma un instant les yeux. Qu'aurait fait Camilla à sa place ? se demanda-t-elle en appuyant sa nuque contre le dossier. Sans doute aurait-elle décoché à Drew Tarrant un sourire enjôleur au lieu de s'énerver bêtement. Camilla était si séduisante qu'aucun homme ne pouvait lui résister.

Sauf un, peut-être… Carey souleva les paupières et lança à Drew un regard oblique. Les mains crispées sur le volant, le visage tendu, il semblait avoir oublié jusqu'à son existence. Non, tout bien considéré, Camilla n'aurait pas mieux réussi qu'elle. A en juger par ses façons cavalières, le Dr Tarrant ne devait pas être du genre à se laisser amadouer par un sourire, fût-il le plus joli du monde. Le seul moyen de gagner son estime serait de mettre un terme à cette comédie. Mais Carey n'en avait pas le droit : elle avait juré à Camilla de se taire.

« Si quelqu'un apprend notre secret, l'avait avertie sa cousine, je pourrai dire adieu à ma carrière et à mes beaux projets. »

— Je vous trouve bien silencieuse, remarqua soudain Drew. Auriez-vous perdu l'usage de votre langue ?

— Non, je réfléchissais.

— A quoi ? Aux compliments que vous alliez m'assener ou à des choses importantes dont vous aimeriez me parler ?

Carey fut tentée de saisir la perche que Trew venait, sans le savoir, de lui tendre, mais son hésitation ne dura qu'une seconde. Incapable de trahir Camilla, elle s'empressa de détourner la conversation.

— Où sommes-nous ? demanda-t-elle en apercevant au bout de la ruelle un vieux pont suspendu.

— A Haulover Creek.

La voiture s'engagea entre les parapets, rebondit de planche en planche, puis dévala un chemin cahoteux et s'arrêta près d'une anse où mouillait un dériveur. Accroupi à l'avant du bateau, un jeune créole vêtu d'un short blanc maniait nonchalamment une écope de fortune.

Carey promena autour d'elle un regard surpris. Aussi loin que portât la vue, il n'y avait rien à admirer dans cette baie venteuse. Hormis un embarcadère fouetté par la pluie, quelques rochers en sentinelle à l'extrémité de la crique… et le petit voilier solitaire qui se balançait au gré des vagues.

— Pour quelle raison m'avez-vous conduite ici ?

Drew fit coulisser la vitre de sa portière et salua le jeune créole d'un signe de la main.

— Comment espériez-vous vous rendre à Moonshadow Cay ? En Boeing 747, peut-être ?

Carey ouvrit de grands yeux.

— Vous voulez dire que nous allons devoir monter à bord de ce… ?

Elle hésita à prononcer le mot « rafiot ».

— A bord de ce superbe dériveur ? acheva Drew, la joue creusée d'un pli sarcastique. Naturellement. Et ne vous avisez pas de le critiquer. Vous me vexeriez.

— Pourquoi ? Il vous appartient ?

— Oui. C'est moi qui l'ai radoubé.

— Le pauvre ! Je comprends qu'il soit en si mauvais état.

Drew attrapa le ciré jaune roulé sur la banquette arrière.

— Dommage pour vous que vous ayez retrouvé votre combativité ! Si vous aviez été fatiguée, je vous aurais demandé de patienter dans la voiture, mais, puisque vous êtes de nouveau en pleine forme, vous allez pouvoir nous aider, Francis et moi, à charger le bateau.

— Vous aider ? répéta Carey, suffoquée. Sous cette pluie ?

— Je suppose que vous préféreriez attendre une éclaircie ?

— Cela me paraîtrait plus sage, en effet.

— On voit bien que vous ne connaissez pas la région. Le ciel risque de rester bouché jusqu'à demain matin, et j'ai déjà perdu assez de temps par votre faute.

Drew sortit en claquant la portière.

— Alors, mademoiselle Cavendish ? cria-t-il après avoir contourné le van. Seriez-vous subitement devenue impotente ?

Retenant de justesse la remarque acerbe qui lui brûlait les lèvres, Carey descendit de la voiture, s'approcha du coffre d'un pas hésitant… et faillit tomber à la renverse. Des dizaines de cageots, de jerricanes et de boîtes de conserve s'entassaient pêle-mêle sur de vieux journaux. Pour qui la prenait ce rustre ? Pour un déménageur ?

— Si je vous aide à transporter tout cela, mes habits seront bons à jeter à la poubelle.

Drew se drapa dans son ciré et contempla avec une tranquille insolence la jupe en lin de Camilla, dont l'orage avait effacé les plis.

— Ils le sont déjà, à ce qu'il me semble.

— Et si j'attrape un rhume ?

— Vous vous en remettrez. Une averse n'a jamais tué qui que ce soit.

— Puisque vous en êtes persuadé, comment se fait-il que vous ayez revêtu ce ciré ?

— Par simple précaution. Mais inutile de le dévorer des yeux ! Je ne vous le prêterai pas.

Indignée par un tel manque de courtoisie, Carey saisit le premier cageot que rencontrèrent ses doigts et le sortit du coffre.

— Soyez sans crainte, docteur Tarrant. L'idée que vous puissiez vous conduire en galant homme ne m'a pas effleurée un seul instant.

Le sentier qui menait à l'embarcadère était un raidillon que tapissait une boue rougeâtre. De peur de s'attirer de nouveaux sarcasmes si elle perdait l'équilibre et s'étalait dans la fange, Carey posa la caisse au creux de son épaule et descendit lentement. Dès qu'elle eut remis le cageot à Francis, elle pivota d'un bloc, puis gravit le chemin, la tête haute.

— Que contiennent toutes ces boîtes ? demanda-t-elle à Drew qui, adossé au van, la regardait grimper.

— Des fruits, des légumes et d'autres denrées. Comme il n'y a pas d'épicerie à Moonshadow Cay, je suis obligé de venir m'approvisionner à Belize.

— En somme, vous avez profité de mon arrivée pour reconstituer vos stocks.

— Oui. Vous ne pensiez quand même pas que j'avais quitté l'île dans le seul but de vous accueillir ?

Non, bien sûr… Lorsqu'on était un éminent chercheur doublé d'un parfait goujat, on ne gaspillait pas son temps pour les beaux yeux d'une femme !

Carey attrapa le sac de toile que lui désignait le biologiste et le porta à Francis en maugréant. Quand, un peu plus tard, elle vit les deux hommes dérouler une bâche pour protéger la cargaison, elle regretta de ne pas pouvoir se transformer en boîte de conserve. Elles, au moins, étaient au sec !

— Bien ! s'exclama Drew, debout sur le pont du voilier. Maintenant que tout est arrimé, nous allons larguer les amarres. Vous n'avez rien oublié dans le van, mademoiselle Cavendish ?

— Non, je ne crois pas.

— Qu'attendez-vous, alors, pour monter ?

Drew lança un trousseau de clés à Francis, qui, après avoir salué Carey d'un large sourire, se mit au volant et fit vrombir le moteur.

— Combien de temps nous faudra-t-il pour arriver à Moonshadow Cay ? demanda la jeune femme dès que la voiture se fut éloignée.

— Deux heures environ. Peut-être plus avec cette houle.

— Et vous êtes sûr que votre bateau résistera à une pareille tempête ?

— Ne vous inquiétez pas, il en a essuyé de pires. Mais si vous craignez de vous noyer, vous pouvez rester à terre.

— Cela vous arrangerait, n'est-ce pas ?

Ignorant la question, Drew saisit le cordage qui retenait le voilier.

— Vous allez vous décider à monter, oui ?

— Pas avant d'avoir déjeuné. Je n'ai rien avalé depuis que j'ai quitté Miami ce matin, et je meurs de faim.

— Je ne vous conseille pas de manger quoi que ce soit avant d'avoir atteint Moonshadow Cay.

Carey releva le menton d'un air de défi.

— Vraiment ? Eh bien, sachez que je me moque pas mal de vos conseils ! Si vous n'avez pas envie que Weatherill Willis cesse de financer vos recherches, vous feriez mieux de m'emmener tout de suite dans un bon restaurant.

Drew sauta à pieds joints sur le quai et, sans un regard pour la jeune femme, commença à escalader le sentier.

— Je me demandais si vous oseriez un jour brandir cette menace, jeta-t-il par-dessus son épaule. Maintenant, je suis fixé. Vous êtes bien telle que je vous imaginais : prête à tous les chantages pour obtenir ce que vous souhaitez.

— Je trouve au contraire que j'ai été très patiente jusqu'à présent, riposta Carey en trottinant derrière lui. Depuis que nous sommes sortis de l'aéroport, vous n'avez pas cessé de me traiter comme un paquet encombrant. Vous ne pensez pas que vous auriez pu vous montrer plus poli envers moi ?

— Plus poli ?

Drew s'arrêta si brutalement qu'elle le heurta de plein fouet.

— Qu'est-ce que vous croyez, mademoiselle Cavendish ? Qu'il vous suffit de siffler pour que j'accoure ? Ne vous est-il jamais venu à l'esprit que je pouvais avoir mieux à faire que de m'occuper d'une petite arriviste autoritaire et capricieuse dans votre genre ? Je suis biologiste, figurez-vous, pas chauffeur de taxi !

Un flot d'indignation colora les pommettes de Carey.

— Je vous interdis de me parler sur ce…

— Vous n'avez rien à m'interdire. Weatherill Willis m'adresse de gros chèques, je ne le nie pas, mais c'est moi qui finance la majeure partie du programme d'études avec mes fonds personnels. Alors, votre entreprise peut bien décider de me couper les vivres, je n'en serai pas pour autant réduit à la mendicité. Quant à vous, si vous dépassez les bornes, je n'hésiterai pas à vous renvoyer en Angleterre.

Les bornes ! Quelles bornes ? Carey se redressa de toute sa taille, le regard flamboyant.

— Je ne vous ai pas demandé d'aller décrocher la lune, que je sache. Je vous ai simplement prié de m'indiquer un restaurant. Est-ce si compliqué d'en trouver un dans cette ville ?

— Ce n'est pas compliqué, non. Mais, à votre place, je ne déjeunerais pas maintenant.

— Pourquoi ? Parce que vous avez hâte de lever l'ancre ?

Drew eut un haussement d'épaules exaspéré.

— Puisqu'il est impossible de vous faire entendre raison, suivez-moi. Il y a une auberge tout près d'ici.

« Ça, une auberge ? » s'interrogea Carey en franchissant un porche dont les piliers menaçaient de s'écrouler. La salle dans laquelle elle déboucha après avoir gravi un escalier obscur était pourtant bien une salle de restaurant. Mais de celles qui vous donnent envie de commencer un régime sur-le-champ.

Malgré la pluie diluvienne, les fenêtres étaient grandes ouvertes et les volets grinçaient de tous leurs gonds rouillés. Suspendu au plafond entre deux ampoules vacillantes, un petit ventilateur agitait ses pales avec indolence.

L'atmosphère était si moite, l'air si brûlant que Carey eut l'impression de suffoquer dans son tailleur de lin. Lorsque ses yeux se furent habitués à la pénombre qui régnait dans la pièce, elle vit que tous les clients avaient interrompu leur repas et la contemplaient, hilares. « Pas étonnant ! » songea-t-elle, rouge de honte. Avec ses cheveux emmêlés et ses vêtements trempés, elle devait ressembler à une épave.

Redressant les épaules pour se donner de l'assurance, elle avança sur le parquet vermoulu et chercha Drew des yeux.

Assis à l'autre bout de la salle, il la regarda approcher sans esquisser le moindre geste.

— J'ai commandé du poulet et des haricots, lui annonça-t-il quand elle ne fut plus qu'à un mètre de la table. C'est une spécialité du pays et vous n'aurez pas l'occasion d'en manger sur l'île.

Carey tira une lourde chaise garnie de paille, puis ôta sa veste, qu'elle posa sur le dossier. Craignant que son appareil photo n'ait été abîmé par la pluie, elle ouvrit son sac, examina un à un les objectifs et respira, soulagée. Aucune des lentilles n'avait souffert de l'averse. On ne pouvait pas en dire autant de ses jolis souliers vernis ! Les brides à moitié déchirées, les talons lacérés, ils gondolaient pitoyablement sur le plancher. Bah ! Camilla en serait quitte pour acheter une autre paire.

D'imaginer la réaction de sa cousine lorsqu'elle lui rendrait ses précieux escarpins amena un sourire sur les lèvres de Carey. Pendant une minute ou deux au moins, Camilla regretterait de l'avoir expédiée dans ce pays où le soleil était censé briller toute l'année...

— Je ne savais pas qu'un orage pouvait avoir de si agréables conséquences.

La remarque, lancée d'un ton sarcastique, arracha Carey à ses rêves de vengeance. Voyant que Drew fixait un point droit devant lui, elle suivit son regard, baissa la tête... et s'empourpra jusqu'à la racine des cheveux. Le ravissant chemisier de soie qui lui avait paru le comble de la discrétion quand elle l'avait enfilé ce matin était maintenant si trempé qu'il épousait ses formes au millimètre près. Se rappelant avec horreur qu'elle ne portait pas de soutien-gorge, elle fit voltiger sa veste par-dessus son épaule et l'endossa à la vitesse d'une fusée. Le spencer semblait avoir séjourné au fond d'une baignoire, mais tant pis ! Mieux valait attraper une bronchite que de continuer à voir pétiller l'ironie dans les yeux du Dr Tarrant.

— Sage précaution, commenta celui-ci avec une telle arrogance qu'elle eut envie de le gifler.

Si cet insolent croyait la subjuguer en la toisant de cette manière, il se trompait lourdement. Elle avait déjà rencontré des dizaines d'hommes plus séduisants que lui. Gilles, par exemple, dont les traits réguliers et le sourire charmeur auraient pu rendre jaloux un jeune premier d'Hollywood...

Son ex-fiancé ne possédait certes pas les mâchoires volontaires du biologiste ni son regard magnétique, mais depuis quand la volonté et le magnétisme étaient-ils des critères de beauté ?

Agacée par le tour que prenaient ses pensées, Carey observa Drew qui, les yeux rivés sur sa chope de bière, ne remarqua pas l'examen dont il était l'objet. Le sang-froid et l'énergie émanant de toute sa personne étaient tels que, comparés à lui, les autres clients de l'auberge semblaient fades, presque inexistants. Qu'est-ce qui avait pu amener un scientifique de sa trempe à vivre sur une île déserte, dans ce pays du bout du monde ? Et que cachait cette froideur qu'il affichait en permanence ? Un chagrin ? Un regret ? De l'amertume, peut-être ?

Plongée dans ses réflexions, Carey sursauta lorsque Drew leva la tête et la fixa d'un air si méprisant qu'elle eut l'impression de recevoir un verre d'eau glacée en pleine figure.

— Pourquoi me dévisagez-vous comme cela ? questionna-t-il d'un ton bref.

— Pour rien. Je me demandais simplement s'il était exact que vous aviez animé votre propre émission de télévision.

— J'ai en effet présenté quelques documentaires à l'antenne, mais il ne s'agissait pas de mon œuvre personnelle. Sans l'aide de toute mon équipe et notamment des cameramen, cette série n'aurait jamais vu le jour.

— J'ai entendu dire qu'elle avait eu un énorme succès.

Drew but une gorgée de bière, puis fit tourner sa chope entre ses mains.

— Lorsque nous avons eu l'idée de réaliser ces reportages, nous ignorions qu'ils plairaient à ce point aux téléspectateurs. Ce que nous voulions, c'était à la fois montrer au public la richesse de la vie sous-marine et attirer l'attention d'éventuels sponsors. Nos vœux ont été exaucés au-delà de toute imagination. Non seulement des firmes comme Weatherill Willis ont décidé de nous épauler, mais la vente des cassettes de l'émission et du livre que j'ai publié nous a permis de gagner beaucoup d'argent.

— Si vous avez récolté tant de fonds, pourquoi continuez-vous de vous faire parrainer ?

— Parce que ce serait idiot de refuser le soutien d'une grosse société. Je suis un scientifique, pas une vedette de la télévision, et, comme les travaux que mes assistants et moi avons entrepris me semblent d'un intérêt capital, je suis prêt à tout pour que nous puissions les achever.

— Même à m'accueillir à Moonshadow Cay ? interrogea Carey d'une voix suave.

— Oui. A condition que…

Drew laissa sa phrase en suspens et salua l'homme aux allures de boxeur — le propriétaire du restaurant, sans doute — qui venait de poser sur la nappe une assiette remplie de haricots et de jolis morceaux de poulet dorés. Carey dévora le plat des yeux, puis reporta son attention sur Drew. Transfiguré par le sourire chaleureux qui éclairait son visage, il paraissait plus jeune tout à coup. Plus sympathique aussi… et terriblement séduisant.

De minuscules rides d'expression étoilaient l'angle de ses paupières et la courbe sensuelle de ses lèvres trahissait une nature passionnée qu'il avait, jusque-là, dissimulée derrière un masque impénétrable.

Absurdement jalouse de cet aubergiste inconnu qui avait droit, lui, à autre chose que du dédain, Carey empoigna sa fourchette et la planta dans une cuisse de poulet.

— Vous n'avez rien commandé pour vous ? demanda-t-elle à Drew dès que le restaurateur eut quitté leur table.

— Non. Je déjeunerai une fois que nous serons arrivés à Moonshadow Cay.

Son appétit envolé, Carey picora dans son assiette et se demanda comment elle allait pouvoir en vider le contenu sans périr étouffée.

— Qu'est-ce qui vous a amené dans les Caraïbes ? questionna-t-elle entre deux bouchées.

— Le récif. Cela fait des années que j'étudie les formations coralliennes et celle de Belize est l'une des plus grandes du monde. C'est également l'une des plus préservées, d'où l'intérêt des recherches que mon équipe et moi y effectuons.

— En quoi consiste votre travail ?

— Si je vous l'expliquais, vous ne comprendriez pas.

— Essayez toujours ! lança-t-elle, vexée.

Drew lui jeta un regard étonné.

— Comme vous voudrez.

Puis, le front plissé, il s'octroya quelques secondes de réflexion, traduisant sans doute mentalement le jargon scientifique auquel il était accoutumé en formules simplifiées.

— Nous sommes en train de procéder à ce que nous appelons une étude de biodiversité dans une partie du récif. Nous y observons les effets de la pollution et recueillons un maximum de données sur la faune et la flore. Peut-être l'ignorez-vous, mais certains bancs de coraux sont aussi anciens et complexes qu'une forêt vierge. Il faut entre cinq et dix mille ans pour que naisse un récif et, pendant tout ce temps, une multitude d'animaux, dont beaucoup nous sont encore inconnus, s'adaptent au milieu dans lequel ils évoluent. Personnellement, ce qui m'intrigue le plus, ce sont les couleurs des poissons tropicaux. Servent-elles à effrayer les prédateurs ou à attirer des congénères ? Les poissons d'une même espèce peuvent-ils avoir des teintes différentes ou bien leur couleur varie-t-elle en fonction des circonstances ? Pourquoi les requins…

Drew s'interrompit net et fronça les sourcils, comme s'il regrettait de s'être laissé surprendre en flagrant délit d'enthousiasme.

— Bref, acheva-t-il sèchement, nous nous efforçons de répondre à ce genre de questions.

— Je vois, rétorqua Carey, irritée par le brusque changement de ton du biologiste. Tout cela a l'air captivant. Mais pourquoi pensiez-vous que je serais incapable de comprendre vos explications ? Vous aviez peur que les mots de plus d'une syllabe ne dépassent mon entendement ?

— Disons plutôt que je craignais de vous ennuyer.

— Je ne vous aurais pas demandé de me parler de votre travail si le sujet ne m'avait pas intéressée.

— Ne vous donnez donc pas la peine de mentir ! Je sais très bien que vous vous souciez de mes recherches comme d'une guigne. Si la survie des poissons vous préoccupait un tant soit peu, vous n'auriez jamais eu l'idée de bâtir un hôtel à Moonshadow Cay. La seule chose qui ait de l'importance pour vous et vos semblables, c'est l'argent.

Carey écrasa d'un coup de fourchette rageur les malheureux haricots qui étaient collés au fond de son assiette et leva sur Drew un regard fulgurant.

— Vous paraissez oublier que mes semblables et moi, comme vous dites, finançons chaque année des centaines de projets scientifiques. Peut-être n'avez-vous plus besoin de capitaux, mais d'autres chercheurs sont, eux, bien contents que nous les aidions. Sans notre générosité, ils seraient obligés d'abandonner leurs travaux. Générosité qui, entre parenthèses, prouve l'intérêt que nous portons à l'environnement.

— Oh, je vous en prie, mademoiselle Cavendish ! N'essayez pas de me faire croire qu'une firme comme Weatherill Willis agit par pure philanthropie. Si votre patron se montre prodigue, c'est parce qu'il y trouve son compte. Non seulement il améliore son image de marque, mais il peut déduire les sommes qu'il nous verse de ses bénéfices et payer moins d'impôts.

— Vous êtes cynique, docteur Tarrant.

— Non. Réaliste plutôt.

— « Réaliste » n'est pas le terme que j'emploierais. Quand on accepte de l'argent de quelqu'un qu'on dit mépriser, on est un hypocrite. Ni plus ni moins.

Une étincelle de rage s'alluma dans les yeux de Drew.

— Et vous, pourquoi êtes-vous ici ? Parce que vous vous passionnez pour l'écologie ? Non ! Vous êtes venue dans les Caraïbes parce que vous souhaitez faire construire l'un de vos affreux hôtels à Moonshadow Cay et y attirer de riches vacanciers. Alors, épargnez-moi vos leçons de morale. J'ai déjà rencontré des filles comme vous dans ma vie. Des filles qui semblaient douces et gentilles au premier abord, mais qui avaient une calculatrice à la place du cœur. Et je me suis aperçu que le meilleur moyen de ne pas souffrir était d'adopter envers elles une attitude réaliste — ou cynique, si vous préférez — dès le début.

— Qu'est-ce qui vous permet de me comparer à elles ? Vos stupides préjugés ?

— Non, mon expérience. Et vous aurez beau me répéter que vous êtes différente, je n'en croirai pas un mot.

Quand ils sortirent du restaurant, l'orage redoubla d'intensité, mais Carey en eut à peine conscience. Elle suivit Drew jusqu'à Haulover Creek, le regarda aller et venir sur le pont du voilier et se demanda ce qu'elle faisait là, dans cette baie éraflée par la pluie, en compagnie d'un étranger qui prenait un malin plaisir à l'insulter. « Tu vas passer deux semaines de vacances idylliques », lui avait promis sa cousine…

— Si je tenais Camilla, grommela-t-elle entre ses dents, je l'étranglerais.

Dès qu'il eut fini d'écoper et de vérifier le gréement, Drew se redressa, les poings sur les hanches.

— Tout va bien. Vous pouvez grimper.

Grimper à bord de ce minuscule dériveur que les vagues projetaient contre le quai et ballottaient comme un bouchon ? Carey s'approcha du bateau, vit que la coque s'enfonçait dans la mer sous le poids de la cargaison et recula, terrorisée.

— Vous êtes sûr que nous ne courons aucun danger ?

— Sûr et certain.

Drew tendit à la jeune femme une main impatiente.

— Je vous préviens : si vous ne vous décidez pas à monter, je vais partir sans vous.

Carey fit un pas en avant, récita hâtivement une prière, puis agrippa les doigts de Drew, qui l'attira dans ses bras et la posa sans ménagement au beau milieu du pont. Etourdie, les genoux flageolants, elle trébucha sur des cordages, tituba et faillit renverser une pile de boîtes en fer-blanc.

— Regardez donc où vous mettez les pieds ! hurla une voix à son oreille. Un peu plus, et toutes mes provisions auraient basculé dans la mer.

— Vos provisions ! Il n'y a que cela qui compte pour vous, hein ? Et moi, alors ?

— Vous, vous ne risquiez rien. Si vous étiez tombée à l'eau, je vous aurais repêchée.

— Trop aimable !

Carey contempla les caisses et les bidons entassés sur la banquette, le long du bastingage, et regretta une nouvelle fois de ne pas pouvoir se métamorphoser en boîte de conserve. Puisque les vivres semblaient mieux traités à bord que les femmes, peut-être aurait-elle eu droit à un siège ?

— Installez-vous près des jerricanes, lui ordonna Drew en hissant les voiles.

Le foc claqua au vent et, l'étrave cinglée par la houle, le bateau s'éloigna du ponton à une vitesse que Carey jugea inquiétante.

— Vous ne croyez pas qu'on aurait dû passer la nuit à Belize ?

Drew dédaigna la question. Le regard fixé sur la mer, il paraissait, aussi confiant que si son dériveur avait eu la taille d'un paquebot. Pendant une fraction de seconde, Carey le vit même sourire. Forcément ! pensa-t-elle avec humeur. Il n'était pas trempé, lui. Il avait un ciré qui le protégeait de la pluie.

— Ne pourriez-vous me prêter un imperméable comme le vôtre ? cria-t-elle à tue-tête pour couvrir le bruit des vagues.

Il plongea la main dans un coffre et en sortit deux grandes poches en plastique noir qu'il lança à la jeune femme.

— Mais ce sont des sacs-poubelle ! s'exclama-t-elle, les yeux arrondis de stupeur.

— Désolé. Je n'ai rien de mieux à vous proposer.

— Et que voulez-vous que j'en fasse ?

— Servez-vous de votre imagination.

Ulcérée mais trop fière pour supplier Drew de lui donner son Ciré, Carey perça trois trous dans l'une des poches. Après avoir passé sa tête et ses bras dans les fentes, elle déchira le second sac, étala une bande de plastique sur ses genoux et confectionna une capuche avec l'autre morceau.

— Vous devriez acheter un bateau muni d'une cabine, bougonna-t-elle en se blottissant contre un gros jerricane.

— Ce serait une dépense inutile. Mes assistants et moi restons dans des laboratoires la majeure partie de l'année. Nous ne venons à Moonshadow Cay que durant la saison sèche.

— Pourquoi, alors, êtes-vous ici en ce moment ?

— Pourquoi ? Mais parce que nous sommes en pleine saison sèche.

Carey essuya du revers de la main la pluie qui tombait de sa capuche et ruisselait le long de ses joues.

— Pas possible !

Drew s'inclina avec une feinte solennité.

— Bienvenue dans les Caraïbes, mademoiselle Cavendish ! Ces sacs-poubelle vous vont à ravir.

— Je n'en doute pas, riposta-t-elle d'une voix aigre.

Ainsi accoutrée, elle devait ressembler à un épouvantail à goélands !

— Vous n'avez certes plus rien de la citadine ultrachic que j'ai accueillie ce matin à l'aéroport, mais…

Interrompant sa phrase, Drew tourna vers Carey un visage d'où avait bizarrement disparu toute trace de moquerie, puis sourit à la jeune femme. Alors, oubliant le vent, la pluie et les vagues qui projetaient de l'écume jusque sur le pont du bateau, elle lui rendit son sourire.

Pendant d'interminables secondes, leurs regards dansèrent un ballet insolite, s'accrochant, se dérobant, se mêlant de nouveau. Carey sentit des frissons voleter le long de sa nuque et baissa la tête, le cœur au galop.

Etrange, cette onde de chaleur qui déferlait brusquement en elle… Etrange et d'autant plus stupide qu'elle haïssait Tarrant comme elle n'avait encore jamais haï un homme. Il s'était montré arrogant, grossier et n'avait pas caché l'antipathie qu'elle lui inspirait. « Il me méprise, se dit-elle, un sanglot dans la gorge. Mais cela m'est égal… Oui, complètement égal ! » Et, rabattant sa capuche sur son front, elle fit taire l'agaçante petite voix qui lui soufflait qu'elle se mentait à elle-même.

3

Un jouet… Le bateau ressemblait à un minuscule jouet de bois livré aux caprices d'une mer facétieuse. Tantôt amicales, tantôt hostiles, les lames le soulevaient vers un ciel couleur de charbon, puis le berçaient sur leur crête avant de le précipiter au fond d'un abîme. « Jamais nous n'en réchapperons », songea Carey en voyant la houle créneler l'horizon. Les maisons de Belize, dressées sur leurs pilotis comme des bergers sur leurs échasses, étaient déjà loin. Loin aussi, le petit embarcadère festonné de dunes rougeâtres et les gros rochers qui montaient la garde à l'entrée de la crique. Il n'y avait plus, à perte de vue, qu'une année de vagues pointillées d'argent.

De temps à autre, des paquets de mer se ruaient à l'assaut du dériveur et bondissaient sur le pont, administrant à la jeune femme une volée de gifles mouillées. Sa capuche en plastique, qu'elle enfonçait jusqu'à ses oreilles après chaque bourrasque, la protégeait si mal des gerbes d'écume qu'elle renonça bientôt à la maintenir sur sa tête.

— Qu'y a-t-il ? s'informa Drew d'un air innocent. Vos sacs-poubelle prennent l'eau ?

Recroquevillée entre deux jerricanes, Carey le fustigea du regard et se demanda comment elle avait pu, fût-ce une seconde, le trouver séduisant.

— Bien sûr que non, voyons ! rétorqua-t-elle. Ils sont parfaitement étanches. Et si ravissants que je les conserverai toute ma vie en souvenir de l'accueil chaleureux que vous m'avez réservé. Dès que je serai rentrée en Angleterre, je les enfermerai dans une malle, au fond de mon grenier, pour ne jamais oublier votre gentillesse et voire incomparable galanterie.

Une flamme rieuse dansa dans les yeux de Drew.

— Je savais bien que vous finiriez par apprécier mes qualités.

— Oh, mais je les apprécie à leur juste valeur, soyez-en certain !

— Tant mieux ! Pendant un moment, j'ai cru que vous m'en vouliez de ne pas vous avoir prêté mon ciré.

Carey resserra autour de ses jambes les morceaux de plastique qui flottaient au vent, puis pointa le menton d'un air bravache.

— Je suis tellement trempée que, si vous me jetiez à la mer, je ne m'en rendrais même pas compte. Alors, vous pouvez bien le garder, votre précieux ciré. Je n'en ai pas besoin.

« Pas besoin du tout », se répéta-t-elle inlassablement en courbant le dos pour résister aux rafales. Mais c'était un mensonge. Plus le bateau s'éloignait du continent, plus la température fraîchissait, et les gros jerricanes entre lesquels elle était blottie ne la protégeaient ni du froid ni des embruns.

Rivé à la barre, les épaules droites malgré les bourrasques qui le harcelaient maintenant sans répit, Drew n'avait d'yeux que pour la mer. Indifférent aux hurlements du vent, aux gémissements de la coque que martelait la houle et à la petite forme recroquevillée dans du plastique, au fond du bateau, il relevait à peine la tête quand surgissait à l'horizon la silhouette couronnée de nuages d'un îlot.

Soudain, alors que le voilier craquait de toute sa puissance, Carey sentit son estomac jouer au bilboquet. Les lèvres serrées sur sa colère, elle assassina Drew du regard. S'il ne l'avait pas obligée à grimper à bord de ce maudit dériveur, elle serait en train de se prélasser dans une chambre d'hôtel à Belize. Et, s'il avait commandé à l'aubergiste un potage ou un entremets au lieu de ces infâmes… A l'idée des haricots assaisonnés de piment rouge qu'elle avait ingurgités, Carey eut l'impression que son cœur entamait un triple saut périlleux et n'en finissait pas de tournoyer.

— Vous avez le mal de mer ? lui demanda Drew en la voyant blêmir.

— Non. Je vais parfaitement bien.

Le dernier mot à peine lancé, elle se pencha au-dessus du bastingage, en proie à une violente nausée. Quand les spasmes qui la secouaient se furent calmés, elle s'accroupit en grelottant, puis attrapa la bouteille que lui tendait Draw.

— Buvez, fit-il d'un ton péremptoire.

Trop épuisée pour songer à lui désobéir, elle renversa la tête en arrière, avala une longue gorgée d'eau et lui rendit le flacon.

— Comment vous sentez-vous ?

— Le mieux du monde. Non seulement j'ai l'estomac barbouillé, mais je suis forcée de voyager en compagnie de l'homme le plus arrogant, le plus égoïste, le plus détestable qu'il m'ait été donné de rencontrer. Et ne me dites surtout pas que j'aurais dû repartir en Angleterre au lieu de m'obstiner à vous suivre, ou je vous jette par-dessus bord.

Drew eut un léger sourire.

— Reconnaissez que ce n'est pas ma faute si vous êtes allée au restaurant. Pourquoi ne m'avez-vous pas écouté quand je vous ai conseillé de ne rien manger ?

— Parce que j'ignorais que la mer ressemblerait à des montagnes russes, bougonna-t-elle en se frottant les bras pour essayer de se réchauffer. Dans combien de temps arriverons-nous à Moonshadow Cay ?

— Dans cinquante ou soixante minutes à peu près.

— Pas avant ? Mais je croyais que la traversée ne durerait que deux heures ! Aurions-nous tourné en rond ?

Le sourire de Drew se teinta de malice.

— J'espère bien que non. Si mes calculs sont exacts, nous avons déjà parcouru la moitié du chemin.

La moitié seulement ? Carey appuya sa nuque contre le bastingage et retint à grand-peine les larmes qui lui piquaient les paupières. Jamais elle n'aurait assez d'énergie pour supporter jusqu'au bout la pluie, le froid et le déferlement continu des vagues sur le pont… Jamais !

— Allez, venez vous mettre à l'abri.

La phrase, ponctuée d'un soupir résigné, la tira de sa torpeur. Relevant le front, elle vit que Drew avait desserré le nœud qui fermait le col de son ciré et lui faisait signe d'approcher. Fascinée par cet ample vêtement jaune dans lequel le vent commençait à s'engouffrer, elle hésita une seconde, puis rassembla le peu de dignité qui lui restait et détourna vaillamment la tête.

— Non, merci.

— Ne soyez donc pas stupide ! Si vous refusez, vous risquez de vous enrhumer.

— Tiens ! ironisa-t-elle. Vous vous préoccupez de ma santé maintenant ? Moi qui croyais que…

Drew ne la laissa pas achever. Encerclant ses poignets, il l'attira brutalement dans les plis de son ciré et l'obligea à s'asseoir près de la barre, à côté de lui.

— Mais je…, bredouilla-t-elle, le souffle coupé. Je suis trempée. Je vais mouiller votre chemise.

— Aucune importance. Vous serez mieux ici qu'au fond du voilier.

Mieux ? Carey, qui un quart d'heure auparavant aurait donné tout ce qu'elle possédait pour un peu plus de chaleur et un peu moins d'humidité, se demanda si le bras musclé qui entourait ses épaules et le corps souple qui se pressait contre le sien n'étaient pas mille fois plus dangereux que les torrents de pluie et les rouleaux d'écume. Quand elle était coincée entre ses deux jerricanes, elle avait les reins brisés et les pieds gelés, mais son cœur, lui, battait à un rythme régulier. Tandis que maintenant, le malheureux tambourinait dans sa poitrine, accélérait son pouls et lui mettait les idées sens dessus dessous.

Doucement, presque timidement, elle écarta le pan de caoutchouc jaune qui lui brouillait la vue et leva la tête, s'attendant à découvrir sur les traits de Drew un reflet du trouble qui la submergeait. Mais non… Aucune émotion ne se lisait sur son visage, et le regard dont il la gratifia était dénué de toute expression.

« Je pourrais aussi bien être un sac de pommes de terre », se dit-elle, dépitée.

Soudain, une petite goutte d'eau dansa sur le front de Drew, ruissela le long de sa tempe, puis s'attarda au creux de sa joue et glissa jusqu'à ses lèvres. Carey sentit sa gorge s'assécher. Une envie irrésistible la prit de se substituer à cette minuscule perle de pluie et d'oser, comme elle, effleurer la bouche de Drew d'une caresse furtive, en dessiner l'arrondi avec une lenteur exquise et…

S'arrachant à sa rêverie, elle détourna la tête. Pourquoi, s'interrogea-t-elle, Drew délestait-il Camilla à ce point ? Parce qu'elle voulait transformer Moonshadow Cay en centre touristique ? Non. Si l'avenir de l'île avait été son unique préoccupation, il ne se serait pas comporté comme il l'avait fait. Sans doute aurait-il défendu ses opinions avec âpreté et aurait lutté farouchement pour préserver le récif, mais il n'aurait pas qualifié d'emblée son adversaire de « petite pimbêche égoïste et ambitieuse ». Seul un amoureux éconduit pouvait tenir de tels propos.

Un amoureux éc… Carey se raidit, interloquée. Drew, amoureux de sa cousine ? « Sûrement pas ! trancha-t-elle aussitôt, tant cette idée l'agaçait. S'il avait connu Camilla, il m'aurait accusée d'imposture dès qu'il m'a vue dans le hall de l'aérogare ».

Carey glissa un œil en direction du visage altier de Drew. Non, décidément, aucune fille douée de bon sens n'aurait repoussé un homme tel que lui. Pourquoi, alors, s'était-il montré aussi amer au restaurant ? Parce qu'une maîtresse ou une fiancée l'avait un jour fait souffrir ? A la pensée qu'il pouvait y avoir, en Angleterre ou ailleurs, une jeune femme dont il était épris. Carey ressentit un drôle de petit pincement au cœur, sur lequel elle préféra ne pas s'appesantir.

— Nous sommes presque arrivés, annonça bientôt Drew en pointant l'index droit devant lui. Voici Moonshadow Cay !

Hésitant à croire qu'ils avaient enfin atteint le but de leur voyage, Carey redressa la tête et aperçut, émergeant de la tourmente, ce qui ressemblait à un galet posé sur les flots. Lorsque le dériveur ne fut plus qu'à une encablure de la côte, elle vit se dessiner une plage cernée de palmiers contre laquelle butait un ponton de bois.

— Courez vous mettre à l'abri, lui ordonna Drew dès qu'il eut amarré le voilier.

Carey sauta sur le débarcadère et massa longuement ses reins endoloris.

— Que vont devenir les provisions ?

— Je les rangerai pendant que vous vous sécherez.

— Il n'y a pas de raison que je vous laisse faire le travail tout seul. Si je vous aide, nous en aurons plus vite fini.

— Si vous m'aidez ? s'étonna-t-il en ôtant la bâche qui protégeait les boîtes de conserve. Vous tenez vraiment à renouveler l'expérience ?

En guise de réponse, elle attrapa une caisse, puis deux, puis trois. A la quatrième, elle eut l'impression qu'elle allait s'écrouler sur le ponton, mais serra les dents et s'obligea à poursuivre. Lorsque le bateau fut vide et les cageots empilés dans une paillote, elle s'adossa à la porte de l'abri et ferma les yeux, exténuée.

Quand elle les rouvrit, le regard que Drew posait sur elle brillait d'une admiration qui la récompensa de tous ses efforts.

— Vous êtes plus résistante que vous n'en avez l'air, Camilla.

— Carey, rectifia-t-elle d'une voix lasse. Je préférerais que vous m'appeliez Carey.

— Si vous voulez. Mais, pour le moment, nous avons mieux à faire que de discuter de votre prénom… Allez, venez avec moi ! Vous ne pouvez pas rester toute la journée dans ce tailleur trempé.

Dressée au milieu d'une farandole de cocotiers, la cabane vers laquelle il la guida était une petite hutte en bambou coiffée de paille et longée par une véranda.

Après avoir gravi un escalier de bois et traversé la véranda, ils pénétrèrent dans une pièce sobrement meublée. Une table, qu'entouraient un banc et quelques chaises en rotin, tenait compagnie à un réchaud flanqué d'une grosse bouteille de gaz. Contrastant avec cet aménagement sommaire, un ordinateur portable trônait sur un bureau à cylindre.

Pendant que Drew remplissait d'eau une bouilloire cabossée et la posait sur l'un des brûleurs, Carey s'approcha du banc et, recrue de fatigue, s'y laissa tomber. Depuis son départ du Yorkshire, elle n'avait pas eu un seul instant de répit. Elle avait passé la nuit précédente en Floride mais, désorientée par le décalage horaire, n'avait pas réussi à dormir. Le vol de Miami à Belize lui avait semblé durer une éternité. Quant au reste du voyage, mieux valait ne plus y penser. Un véritable cauchemar, cette journée ! Un cauchemar dans lequel elle continuait à s'enliser, le corps en plomb et les paupières lourdes, si lourdes...

— Carey ? Carey !

L'esprit trop engourdi pour répondre, statufiée sur le banc, elle vit Drew se précipiter dans une pièce que fermait un rideau de perles de bois, puis réapparaître quelques minutes plus tard, une serviette-éponge à la main.

— Retirez votre veste, lui ordonna-t-il en l'obligeant à se lever.

Qu'elle retire sa veste, après la façon dont il l'avait toisée au restaurant ? Plutôt mourir !

— Il n'en est pas question, objecta-t-elle dans un sursaut d'énergie. Mon chemisier est trempé et je n'ai pas envie que...

Coupant court à ses protestations, il lui ôta son spencer, le lança sur la table comme un vulgaire chiffon et se mit à frotter vigoureusement les longues mèches brunes que le vent avait emmêlées.

— Aïe ! Vous voulez m'arracher le cuir chevelu ou quoi ?

Carey s'empara de la serviette avec autorité, essuya elle-même son visage, puis fusilla Drew du regard.

— Ce n'était pas la peine de m'étriller. Je ne suis pas un cheval.

— Non, mais vous aviez besoin d'un traitement de choc. Si je ne m'étais pas occupé de vous, vous seriez encore inerte sur votre banc.

— Qu'est-ce qui vous fait croire que je me sens mieux maintenant ?

— La façon dont vous me regardez. On dirait que vous allez vous jeter sur moi et me mordre jusqu'au sang.

Carey détourna la tête pour museler le fou rire qui lui montait aux lèvres.

— Alors ? reprit Drew. Ma méthode a donné de bons résultats, avouez-le !

— Très bons, effectivement, concéda-t-elle en risquant un œil vers lui.

Assis sur une chaise, les jambes croisées, il la détaillait avec une telle insistance qu'elle se figea, envahie par une délicieuse impression d'irréalité. Plus rien n'existait tout à coup. Ni le rugissement du vent derrière les vitres ni le crépitement de la pluie sur le toit. Seul importait ce regard insondable qui caressait son visage et faisait naître en elle mille et un frissons.

Lorsque, indifférente à la tension qui régnait dans la pièce, la bouilloire commença à siffler, Carey faillit se ruer sur elle pour lui imposer silence. Drew ne lui en laissa pas le temps. Quittant son siège d'un bond, il alla fermer le gaz et jeta deux sachets de thé dans des tasses de faïence ébréchées, qu'il remplit d'eau brûlante.

— Je n'ai pas de lait à vous offrir, mais cela devrait vous réchauffer.

Carey saisit la tasse qu'il lui tendait, trempa ses lèvres dans le liquide ambré, puis se mit à arpenter la hutte, la serviette-éponge enroulée autour de son cou. Ses doigts papillonnèrent sur la pile de dossiers qui vacillait au bord du bureau, effleurèrent l'écran lustré de l'ordinateur, glissèrent sur la cloison en bambou et soulevèrent négligemment le rideau de perles. La pièce aveugle que cachaient les boules de bois ne contenait que deux lits de camp séparés par un cageot renversé.

— Où se trouve ma chambre ? demanda-t-elle en laissant retomber les lanières.

— Devant vous.

— Mais je… je croyais que c'était la vôtre.

— Ça l'est, en effet.

Carey posa calmement sa tasse près du réchaud.

— Qu'essayez-vous de me dire ? Que je vais devoir dormir avec vous ?

— Oui. Vous y voyez un inconvénient ?

Bien sûr qu'elle en voyait… Et pas seulement un. Une demi-douzaine au moins !

— Ne me faites pas croire que la perspective de passer la nuit avec un homme vous effraie, enchaîna Drew, railleur. Une femme telle que vous doit être habituée à ce genre… d'expériences.

La pause infime qu'il avait marquée avant d'achever sa phrase et le ton sur lequel il avait prononcé le dernier mot donnèrent à Carey envie de l'écharper.

— Habituée ou pas, je n'ai encore jamais partagé ma chambre avec quelqu'un d'aussi odieux que vous.

— Il y a un début à tout.

— Et si je m'installais dans l'une de ces paillotes qui entourent la hutte ?

— Impossible ! Elles sont toutes remplies de matériel de plongée.

Carey reprit sa tasse et en lampa le contenu.

— Où dorment vos assistants ? Sous des tentes ?

— Je n'en ai qu'un cette année. Lorsqu'il est là, il occupe le lit de camp près du mien.

— Lorsqu'il est là ! Vous voulez dire que… qu'il est absent en ce moment ?

— Oui. Il a dû se rendre en Angleterre pour y faire analyser des échantillons que nous avons prélevés dans le récif. Une chance, n'est-ce pas ? Sans ce départ inopiné, vous auriez été obligée de passer vos nuits à la belle étoile.

« Une chance »… Il avait de ces mots !

— Si je comprends bien, nous sommes seuls sur l'île.

— Exactement.

Les doigts croisés autour de sa tasse, Carey s'efforça de concentrer son attention sur la guirlande de fleurs gravée dans la faïence, mais sans succès. Une autre vision l'obsédait jusqu'au vertige : Drew et elle dormant côte à côte dans une petite pièce aveugle.

— Que craignez-vous ? Que je profite de la situation pour… ?

Laissant habilement flotter sa phrase, Drew s'assit à califourchon sur une chaise et sirota son thé.

— S'il y a une chose dont je n'ai pas peur, affirma-t-elle, c'est bien celle-là. Vous n'avez pas cessé de dire que vous me détestiez. Je vous imagine donc mal me…

— Sautant dessus ? acheva-t-il dans un sourire. Et pourquoi pas ? Le fait que vous me soyez antipathique ne m'empêche pas de vous trouver désirable. Lorsque je vous ai vue pour la première fois à l'aéroport, on m'avait tellement vanté votre charme que j'ai été un peu déçu, je le reconnais.

« Rien d'étonnant à cela », songea Carey, qui savait Camilla plus séduisante qu'elle et en avait depuis longtemps pris son parti.

— Mais, à la réflexion, poursuivit-il en l'examinant d'un œil appréciateur, je m'aperçois que je vous ai sous-estimée. Même si vous ne ressemblez pas à la jeune femme éblouissante que je croyais rencontrer, vous n'en êtes pas moins superbe.

Carey s'attendait si peu à une telle conclusion qu'elle en resta bouche bée.

— Pourquoi faites-vous cette tête-là ? Personne ne vous avait encore dit que vous étiez jolie ?

Le regard soupçonneux que Drew posait sur elle la ramena brusquement à la réalité. A la voir ainsi, médusée et rougissante comme une jeune fille à son premier compliment, il allait finir par deviner qu'elle n'était que la doublure de Camilla…

— Si, naturellement, rétorqua-t-elle d'un ton persuasif. Mais, d'habitude, les gens qui me comblent d'éloges ne sont pas mes ennemis déclarés, d'où ma surprise.

Puis, changeant de sujet, elle ajouta avec un rien de hauteur :

— Veuillez me dire où se trouve le cabinet de toilette. J'aimerais me laver.

La lueur de méfiance qui brillait dans les yeux de Drew céda aussitôt la place à une étincelle amusée.

— Vous laver ? Vous n'avez pas eu votre compte d'humidité pour la journée ?

— Non. Je me sens tellement sale que je donnerais n'importe quoi pour pouvoir prendre un bon bain chaud.

— Autant vous prévenir tout de suite : il est impossible de se baigner ailleurs que dans le lagon à Moonshadow Cay. Il y a bien un puits sur l'île, mais on ne s'en sert qu'en cas d'extrême urgence. La majeure partie de l'eau que nous utilisons arrive du continent dans des fûts et est strictement rationnée, comme vous vous en doutez.

Drew entraîna Carey vers la véranda et lui désigna une paillote située un peu à l'écart des autres abris.

— Voici notre « salle de bains ». Vous y trouverez tout ce dont vous avez besoin, et il y a des latrines près de la cabane. L'installation vous paraîtra sans doute rudimentaire, mais je n'ai rien de mieux à vous offrir. Vous n'êtes pas dans un palace, ici.

Carey feignit la plus profonde stupéfaction.

— Ah bon ? dit-elle en dévalant l'escalier, sa valise à la main. Je ne m'en étais pas encore aperçue. Le garçon d'étage est d'une telle amabilité !

— Attendez que je vous présente le maître d'hôtel et le sommelier, cria une voix enjouée derrière elle. Ils vous épateront.

La hutte dans laquelle pénétra la jeune femme était si pauvrement aménagée qu'elle crut un instant s'être trompée de paillote. Mais non ! Il y avait bien, posés sur une planche mal équarrie, un broc, une cuvette et un morceau de savon tout racorni.

— Le comble du luxe, se moqua-t-elle en refermant la porte. Si Camilla était là, elle s'évanouirait d'horreur.

Après s'être lavée de la tête aux pieds, elle troqua sa jupe de lin et son corsage de soie contre un jean et un chemisier à jabot, puis brossa ses cheveux et les laissa cascader sur ses épaules. A l'image que lui renvoyait le miroir fêlé accroché à la cloison se substitua soudain devant ses yeux une autre image, infiniment troublante. Celle d'une chambre meublée de deux lits que séparait une ruelle à peine plus large qu'un cageot. Aucune fenêtre pour en égayer les murs… et aucun paravent pour en isoler les occupants.

Carey n'était ni farouche ni sottement prude, mais l'idée de passer des nuits entières à côté d'un étranger lui était insupportable. Surtout quand cet étranger s'appelait Drew Tarrant… et qu'il avait une bouche à vous donner des heures d'insomnie !

« Dès qu'il fera beau, j'irai dormir dehors », décida-t-elle en prenant congé de la jeune femme au regard langoureux qui rêvait dans la glace. Puis, furieuse contre la pluie qui se moquait éperdument de ses états d'âme, elle empoigna sa valise, quitta l'abri en paille et se dirigea vers la hutte, dont elle gravit l'escalier d'un pas résolu.

Lorsqu'elle entra dans la cuisine, Drew était attablé devant le ragoût de bœuf qu'il venait de réchauffer. La lumière tremblotante que diffusait la lampe à pétrole suspendue au plafond sculptait l'ossature de ses pommettes et ourlait son visage d'une ombre dorée. Brusquement intimidée, Carey s'assit en face de lui et vite, très vite, chercha une question anodine à poser pour masquer sa nervosité.

— A quoi servent ces pilotis qui se trouvent sous la cabane ?

— A empêcher les serpents de se faufiler dans les interstices du plancher.

— Les serpents ? se récria-t-elle, les yeux agrandis d'effroi. Quel genre de serpents ?

— Des boas surtout, précisa Drew de l'air blasé d'un dompteur parlant de ses lions.

Carey crut avoir mal compris.

— Des boas… constricteurs ?

— Oui.

— C'est une plaisanterie, j'espère.

— Non. Pourquoi ?

— Mais parce que ces bêtes-là sont dangereuses ! Elles s'enroulent autour de votre cou et vous étouffent en deux temps trois mouvements !

— Les boas qui vivent, dans les parages ne sont pas très gros. C'est à peine s'ils réussiraient à tuer un chat. Vous n'avez donc rien à craindre.

Petits ou gros, se dit Carey en réprimant un frisson, c'étaient quand même des serpents. Et, comme compagnon de chambre, elle préférait encore Drew Tarrant.

— De deux maux, il faut choisir le moindre, n'est-ce pas ? lança-t-il avec un clin d'œil qu'elle feignit d'ignorer.

Ce qu'il pouvait être agaçant à lire ainsi dans ses pensées !

— Je ne sais pas de quoi vous voulez parler, rétorqua-t-elle sèchement.

Et, sans lui laisser le loisir de riposter, elle enchaîna d'un ton qui lui parut terriblement affecté :

— Cette paillote est un peu exiguë. Il ne vous arrive jamais, à votre assistant et à vous, de souffrir d'une telle promiscuité ?

— Non. Nous nous entendons à merveille. Qui plus est, nous ne restons pas ensemble à longueur de journée. Nous travaillons souvent dans des parties différentes du récif et nous ne nous retrouvons dans la hutte que le soir.

— Il est gentil, votre ami ?

— Très.

— Comment s'appelle-t-il ?

— Paul… Paul Jarman.

Une nuance insolite dans la voix de Drew alerta Carey, qui chercha en vain ce qu'elle devait répondre.

— Ah ! fit-elle du bout des lèvres.

Mais ce n'était manifestement pas la réaction qu'il avait espérée. Bondissant sur ses pieds, il la toisa avec un souverain mépris.

— Vous l'avez déjà oublié ?

4

— Oublié ? répéta Carey d'un ton incertain. Oublié qui ?

— Mais Paul, voyons ! Ne me dites pas que vous ne vous souvenez plus de lui.

— Eh bien, pour être franche…

Elle s'humecta les lèvres. « Personne ne me connaît à Belize », avait prétendu Camilla. Personne, sauf ce Paul Jarman dont sa cousine s'était bien gardée de lui parler et que Drew, lui, semblait tenir en grande estime.

— Alors ? Vous vous en souvenez, oui ou non ?

« Le jour où je rentrerai en Angleterre, je tordrai le cou à Camilla », se promit-elle avant de répondre fermement :

— Non.

— Vous le devriez pourtant si vous aviez une conscience. Mais à quoi bon s'embarrasser de remords quand il suffit d'une perte de mémoire opportune pour gommer ses erreurs et dormir en paix ?

Carey se leva, le buste frémissant.

— Je ne comprends rien à vos allusions. Pourriez-vous cesser de jouer aux devinettes ?

— Avec joie. Je m'en voudrais de laisser une pauvre amnésique dans l'ignorance.

Drew se pencha vers elle, les deux poings appuyés sur la table, et la balaya d'un regard ironique.

— Paul est un brave garçon et un excellent biologiste. A l'époque où il préparait sa thèse de doctorat, une brillante carrière s'ouvrait devant lui. Il était alors fiancé à une charmante jeune fille et devait recevoir une bourse qui lui aurait permis de terminer ses recherches. Tout allait donc merveilleusement bien pour lui jusqu'à ce qu'une certaine Camilla Cavendish vienne gâcher sa vie... Voyez-vous maintenant de quoi je veux parler ?

— Non.

— Dans ce cas, je vais me faire un plaisir de continuer mon histoire. Où en étais-je ? Ah oui ! A votre entrée en scène. Quand des amis vous ont présentée à Paul, il est aussitôt tombé sous le charme. Jamais encore il n'avait rencontré une femme telle que vous. Jolie, intelligente, raffinée... Bref, il a perdu la tête et je le conçois aisément. Ce que je n'arrive pas à m'expliquer, en revanche, c'est pourquoi vous avez accepté de sortir avec lui. Il n'était ni riche ni célèbre et n'avait rien à vous offrir, hormis son amour et sa gentillesse. Mais peut-être est-ce justement cela qui vous a plu chez lui ? Lorsqu'on est habituée à fréquenter des hommes du monde fortunés et sûrs d'eux, on a besoin de temps en temps d'un peu de nouveauté. Et le fait que Paul ait été fiancé a dû vous stimuler. Quel bonheur de s'emparer du bien d'autrui, n'est-ce pas ?

— Epargnez-moi vos sarcasmes, lança Carey d'un ton glacial. Et, au lieu de tourner autour du pot, allez donc droit au but !

— A votre guise, riposta Drew avec une égale froideur. Puisque votre mémoire est toujours aussi désespérément vide, je vais m'efforcer de la rafraîchir. Il serait dommage que vous ignoriez la fin de l'histoire.

— D'autant plus dommage qu'elle doit être palpitante, à en juger par la façon dont vous entretenez le suspense.

— « Palpitante » n'est pas le terme que choisirait Paul s'il était à ma place en ce moment. Après avoir jeté votre dévolu sur lui et l'avoir séduit, vous vous êtes vite ennuyée en sa compagnie. Alors, vous l'avez laissé tomber sans vous soucier des dégâts que vous aviez causés. Par votre faute, le malheureux a perdu sa fiancée, ainsi que la bourse d'études qui lui aurait été accordée s'il n'avait pas oublié le rendez-vous que lui avait fixé le doyen de la faculté. L'argent a été attribué à l'un de ses camarades de promotion. Quant à vous, vous êtes partie vers d'autres horizons pour y débusquer de nouvelles victimes et les ajouter je présume, à votre tableau de chasse. Les petites traînées de votre espèce adorent en général collectionner les amants.

Comment osait-il… ? s'insurgea Carey en crispant les poings. Comment osait-il qualifier sa cousine de « petite traînée » ? Camilla était une fille merveilleuse qui croquait la vie à belles dents et était incapable de cruauté. Elle aimait rire, s'amuser, se laisser courtiser, mais ne sortait qu'avec des hommes aussi libres qu'elle. « Ce type n'arrête pas de me faire des avances, avait-elle confié un jour à Carey en parlant d'un collègue qu'elle aurait volontiers encouragé. Mais il est déjà marié et je déteste les complications. Alors, je préfère ne pas lui céder. »

— Qu'avez-vous à dire pour votre défense ? demanda Drew d'un ton mordant.

— Une seule chose.

— Laquelle ?

— Qu'on peut interpréter une même histoire de diverses manières.

— Tiens donc ! Auriez-vous brusquement recouvré la mémoire ?

— Non. Ce qui prouve que ma liaison avec Paul n'a pas été aussi passionnée qu'il le prétend. Si nous avions vécu ensemble un grand roman d'amour, je ne l'aurais pas oublié.

— En d'autres termes, vous l'accusez d'avoir tout inventé ?

— Je ne l'accuse de rien. Je pense simplement qu'il a attaché trop d'importance à une banale aventure. Comme je ne me souviens pas de lui, je ne peux, hélas, pas vous donner ma version des faits. Ce que je peux affirmer, en revanche c'est que Cam…

Carey s'arrêta net, pria pour que Drew n'ait pas noté le lapsus et se hâta d'enchaîner :

— C'est que je ne suis jamais sortie avec un homme que je savais déjà pris. Par conséquent, si Paul vous a dit que je l'avais délibérément éloigné de sa fiancée, il vous a menti.

— Et vous espérez que je vais avaler cela ?

— Que vous l'avaliez ou non, je m'en moque. Vous êtes tellement borné que le seul point de vue digne d'intérêt à vos yeux est le vôtre. Vous m'aviez condamnée bien avant mon arrivée à Moonshadow Cay, et pas une seconde, depuis, il ne vous est venu à l'esprit que votre Paul adoré pouvait avoir une part de responsabilité dans cette affaire. Je n'ai pourtant pas dû l'attirer de force dans ma chambre ni lui passer les menottes pour l'empêcher de me quitter. Quant à son rendez-vous avec le doyen de la faculté, ce n'est pas ma faute s'il l'a oublié. Je n'étais pas censée tenir son agenda.

— En effet. Mais, si vous ne lui aviez pas tourné la tête, il se serait rappelé cet entretien. Paul a beau être un garçon distrait, il n'aurait pas pu…

— Un garçon distrait ? coupa impétueusement Carey. Moi, je dirais plutôt que c'est un lâche qui préfère rejeter ses torts sur les autres. J'imagine que, quand sa fiancée a rompu avec lui, il l'a accusée de manquer d'indulgence. Eh bien ! à la place de cette jeune fille, j'aurais réagi de la même façon. D'ailleurs, si Paul était l'homme admirable que vous m'avez décrit, il ne se serait pas enfui en Angleterre dès qu'il a appris que j'allais séjourner sur l'île. Il m'aurait attendue de pied ferme et m'aurait demandé des explications.

La poitrine haletante, Carey marqua une pause pour recouvrer son souffle, puis conclut d'une voix incisive :

— Votre précieux assistant n'est qu'un poltron, docteur Tarrant. S'il avait eu une once de courage, il ne vous aurait pas laissé seul avec son ex-petite amie. Je m'étonne du reste que vous ayez accepté d'accueillir une mangeuse d'hommes telle que moi. Ne craignez-vous pas que je vous brise le cœur, à vous aussi ?

Une moue railleuse étira les lèvres de Drew.

— Aucun danger. Je me méfie trop de vous pour succomber à vos charmes. Et, même si vous étiez le sosie de Miss Monde, je ne vous accorderais pas l'ombre d'une pensée. Ce que je recherche en premier chez une femme, c'est la sincérité. Un mot dont, à mon avis, vous ignorez la signification, mademoiselle Cavendish.

Carey ouvrit la bouche pour contre-attaquer, mais la referma aussitôt. Comment aurait-elle pu protester de son innocence alors qu'elle voyageait sous un nom d'emprunt et jouait la comédie depuis des heures ?

— Pourquoi ce mutisme ? interrogea Drew d'une voix doucereuse. Auriez-vous déjà épuisé votre stock de reparties ? Ou bien la sincérité est-elle un sujet sur lequel vous préférez ne pas vous étendre ?

Carey, qui avait toujours eu horreur du mensonge, regretta amèrement d'avoir promis à sa cousine de ne rien avouer, quelles que fussent les circonstances. Tout comme Paul Jarman, elle aurait pu dire non à Camilla. Tout comme lui, elle aurait pu refuser de tromper, de tricher, de déguiser la vérité. Mais elle ne l'avait pas fait et elle allait devoir en subir les conséquences.

— Ne cherchez donc pas un moyen de me prouver votre bonne foi, reprit Drew, le regard acéré. Même si je ne connaissais pas Paul, je ne vous croirais pas. Il y a quelque chose en vous qui sonne faux, mademoiselle Cavendish. Et ce quelque chose suffira à me protéger de vos éventuelles tentatives de séduction.

Une flambée de colère incendia les joues de Carey.

— Si vous craignez que je ne vous coure après, vous pouvez dormir tranquille. Vous n'aurez pas besoin de protection.

— Pourquoi ? Parce que je ne suis pas votre type ?

— Exactement.

— Cela ne m'étonne pas. Quand on aime manipuler les gens comme des pions sur un échiquier, on préfère les proies faciles à capturer.

— Je n'ai jamais manipulé qui que ce soit.

— Vous oubliez mon malheureux assistant dont vous avez ruiné les illusions. Ce garçon est un lâche, m'avez-vous dit tout à l'heure. Peut-être avez-vous raison, mais c'est précisément le genre d'homme qui vous convient. Tandis que moi, je serais un partenaire bien trop rebelle à votre goût.

— Pour que nous soyons partenaires, il faudrait d'abord que vous me plaisiez.

— Justement. Je me demande si je ne devrais pas essayer de vous séduire, histoire de vous donner une bonne leçon.

— Je vous déconseille de tenter l'expérience. Vous perdriez votre temps.

— En êtes-vous certaine ?

— Tout à fait. Vous seriez le dernier homme sur Terre que vous n'auriez pas une chance de réussir.

Drew contourna la table en trois enjambées.

— Voilà qui ressemble fort à un défi !

Carey recula précipitamment, se heurta à la cloison et, les oreilles bourdonnantes, crut entendre des vagues se briser dans sa tête.

— Ce n'est pas un défi. C'est la vérité.

— La vérité ? répéta Drew, moqueur. Je ne pense pas que ce mot fasse partie de votre vocabulaire, mademoiselle Cavendish. Nous allons toutefois nous en assurer.

Et, sans se soucier de la ruade qu'elle lui décocha, il l'attira brutalement contre lui. « Jamais je ne l'autoriserai à m'embrasser », se jura-t-elle en feignant d'ignorer le trouble qui, peu à peu, la gagnait. Mais lorsque la bouche de Drew se posa sur la sienne, elle obéit à l'invite et oublia tout. La colère qui, quelques secondes plus tôt, tournoyait encore au fond de son cœur. Les raisons qui l'avaient amenée dans cette paillote souffletée par le vent… Et le serment qu'elle venait de formuler en elle-même.

Baissant les paupières, elle décida que plus rien ne comptait. Rien d'autre que ce courant qui l'entraînait et auquel elle ne pouvait ni ne souhaitait résister. Elle avait la curieuse impression d'avoir enfin trouvé son port d'attache. Là, sur cette île perdue dans la mer des Caraïbes, à des milliers de kilomètres de son pays, dans les bras d'un étranger qui l'avait abreuvée d'insultes et de railleries.

Le baiser se prolongea, soyeux, chaud, grisant. Puis, lentement, très lentement, Drew releva la tête et enveloppa Carey d'un regard indéchiffrable. Adossée à la cloison, les pupilles dilatées, elle le vit ébaucher un mouvement de recul, l'entendit murmurer des paroles indistinctes, crut qu'il allait la repousser… Mais, au lieu de s'éloigner d'elle, il la serra contre lui à la broyer et captura de nouveau ses lèvres avec une telle ardeur qu'elle laissa échapper un gémissement. La vie autour d'eux semblait s'être arrêtée. La pluie caressait furtivement les vitres, le vent s'était tu, la mer elle-même avait cessé de gronder. On eût dit que l'univers tout entier retenait son souffle pour ne pas les déranger.

Lorsque leurs lèvres enfiévrées se désunirent et que la bouche de Drew se mit à tracer des arabesques brûlantes le long du cou de Carey, celle-ci se cambra, les reins creusés par le désir.

D'une main experte, Drew déboutonna le chemisier à jabot et en froissa la dentelle. Puis, avec une lenteur délibérée, comme si une éternité d'amour les attendait, il écarta le fragile rempart de satin, dénudant l'un après l'autre les seins qui palpitaient sous ses doigts.

— Dieu, que j'ai envie de vous, Camilla ! chuchota-t-il en continuant son enivrante exploration.

Camilla… Le prénom fit à Carey l'effet d'un coup de dague en plein cœur. Oubliant les lèvres qui s'attardaient au creux de sa gorge et les mains qui poursuivaient leur ronde sensuelle sur sa peau, elle ouvrit les yeux, vit la lumière que répandait la lampe à pétrole ondoyer dans la pièce et reprit contact avec la réalité. C'était à Camilla et non pas à elle que s'adressaient ces paroles. A Camilla aussi qu'étaient destinées ces caresses. A Camilla toujours qu'étaient offerts ces baisers.

Saisie d'un brusque vertige, Carey plaqua ses paumes sur la poitrine de Drew et le repoussa de toutes ses forces.

— Arrêtez, je vous en supplie.

Etonné, il recula d'un pas et la regarda réajuster maladroitement son chemisier.

— Eh bien, Camilla ! s'exclama-t-il d'un air narquois. Allez-vous encore prétendre que je n'ai aucune chance de vous séduire ?

Les doigts crispés sur les perles de nacre qu'elle ne réussissait pas à engager dans les boutonnières, Carey redressa la tête et le foudroya des yeux.

— Plus que jamais ! Et je vous ai déjà demandé de ne plus m'appeler Camilla.

Drew balaya la requête d'un haussement d'épaules.

— Carey ou Camilla, quelle importance ! Vous pourrez

changer de prénom aussi souvent qu'il vous plaira, vous resterez toujours une hypocrite.

— C'est faux. Je déteste mentir.

— Vous ne faites pourtant que cela du matin au soir. Après avoir affirmé haut et clair que je ne vous intéressais pas, vous êtes tombée dans mes bras sans m'opposer la moindre résistance.

Les joues en feu, Carey finit de réajuster son corsage et enfouit les pans de satin dans son jean.

— Vous êtes mal placé pour me juger, docteur Tarrant. De toute évidence, je ne vous suis pas aussi indifférente que vous l'avez prétendu jusqu'alors.

Drew s'approcha d'elle en silence et entreprit de reboutonner correctement le chemisier à jabot. Comment, s'étonna Carey, était-il parvenu à recouvrer aussi vite son sang-froid, alors que son cœur à elle lui rappelait à chaque battement le vent de folie qui l'avait emportée ?

— On peut très bien trouver séduisante une personne pour laquelle on n'a aucune sympathie, je vous l'ai déjà expliqué. Et séduisante, vous l'êtes indéniablement. Si ce n'était pas le cas, Paul ne se serait pas entiché de vous. Mais moi, je ne commettrai pas la même erreur. Les menteuses me répugnent trop pour que j'éprouve à votre égard autre chose que de l'aversion.

— Dans ce cas, pourquoi m'avez-vous embrassée ? demanda-t-elle en repoussant les doigts trop agiles qui s'attardaient sur un bouton récalcitrant.

— Parce que je suis un scientifique et qu'il me fallait vérifier si vous étiez sincère ou non.

Carey enfonça ses mains dans les poches de son pantalon pour en cacher le tremblement.

— Vous voulez dire que cette… que ce baiser que vous m'avez infligé était une banale expérience ?

— Banale peut-être, mais très concluante.

— Ah ! vous trouvez ? En ce qui me concerne, j'ai plutôt l'impression qu'elle a échoué.

— Allons, Carey, acceptez donc pour une fois de regarder la vérité en face !

— De quelle vérité parlez-vous ? De la vôtre ou de la mienne ?

— De celle que s'obstine à nier votre bouche, mais que votre corps, lui, vient de proclamer sans équivoque.

— Si vous ne m'aviez pas prise au dépourvu, je ne vous aurais pas laissé me toucher.

— Oseriez-vous insinuer que j'ai profité de votre désarroi pour voler ce que vous m'auriez refusé en d'autres circonstances ?

« Non », répondit Carey à part elle. Non, il n'avait pas eu besoin de recourir à la ruse pour obtenir ce qu'il désirait. Mais elle aurait préféré se faire hacher menu plutôt que de le lui avouer.

— Vous auriez facilement pu me repousser avant que je ne vous déshabille, continua Drew en martelant les mots. Au lieu de cela, vous m'avez offert vos lèvres. J'en déduis donc que vous avez apprécié ce baiser que je vous ai prétendument *infligé*.

Carey darda sur lui un regard furibond.

— Si vous avez l'habitude de tirer des conclusions aussi hâtives de vos expériences, vous ne devez pas être un très bon biologiste. J'espère au moins que vous faites preuve d'un peu plus de professionnalisme dans vos recherches. Sinon, Weatherill Willis aurait tout intérêt à ne plus vous verser un seul penny.

Drew la considéra avec une nonchalance amusée, puis alla tranquillement décrocher la lampe suspendue au plafond.

— Sachez, mademoiselle Cavendish, que toute expérience est instructive, quel qu'en soit le résultat. Cela dit, lorsque vous serez de retour à Londres, vous pourrez rassurer votre cher patron. Quand j'explore le fond des océans, mes méthodes sont des plus orthodoxes. Et pour cause : le comportement des cétacés est moins imprévisible que celui des femmes. Jamais encore un dauphin ne m'a menti.

— Dans ce cas, vous voudrez bien vous contenter dorénavant d'étudier le monde sous-marin.

Drew posa la lampe au centre de la table et releva le front. La lumière jouait en reflets dorés sur son visage et en caressait les méplats. Seuls ses yeux, frangés de cils d'une longueur démesurée, restaient dans l'ombre.

— Ne vous inquiétez pas, je ne me servirai plus de vous comme cobaye. Ce serait inutile : j'ai déjà découvert tout ce que je souhaitais savoir sur votre compte.

Exaspérée par le flegme avec lequel il lui avait répondu et par l'impudence de ses paroles, Carey faillit lui sauter à la gorge. Mais une telle explosion de rage aurait été trop révélatrice de ses sentiments. Aussi se borna-t-elle à jeter d'une voix cinglante :

— Je vais me coucher. Veuillez me laisser, je vous prie.

— Vous avez un quart d'heure pour vous préparer, rétorqua-t-il avec brusquerie. J'ai eu une dure journée et je ne vois pas pourquoi je devrais attendre votre bon plaisir. Alors, un conseil : dépêchez-vous ! Dans quinze minutes exactement, je me mettrai au lit, que vous soyez prête ou non.

Carey s'abstint de riposter. Avec une dignité de reine offensée, elle pivota sur ses talons et quitta la cuisine. « Dommage qu'il n'y ait pas de porte à cette chambre, songea-t-elle en soulevant le rideau de perles, car je l'aurais claquée. »

Dommage aussi qu'elle ait oublié de faire un brin de toilette avant de se retirer majestueusement ! Pour se rendre à la paillote-salle de bains, il allait lui falloir passer par la véranda et affronter le petit sourire supérieur de Drew. Ce qui gâcherait irrémédiablement sa belle sortie.

— Tant pis ! maugréa-t-elle en se faufilant dans la cuisine. Ce n'est pas parce que je vis avec un rustre que je vais renoncer à me laver les dents.

Et puis, avec un peu de chance, Drew ne la verrait même pas. S'il était parti se promener sur la plage, elle pourrait quitter la cabane à son insu et s'endormir avant qu'il ne rentre.

La lampe à pétrole dans une main, sa trousse de toilette sous le bras, elle traversa la véranda à pas de velours, ouvrit la porte en prenant soin de ne pas faire grincer les gonds, glissa le bout de sa sandale dans l'entrebâillement… et étouffa une exclamation. Assis au pied de la hutte, Drew suivait chacun de ses gestes d'un œil intéressé.

— Voudriez-vous vous écarter ? le pria-t-elle avec une politesse guindée.

— Mais comment donc ! répliqua-t-il en s'exécutant.

Lorsqu'elle revint de la paillote quelques minutes plus tard, il se leva de nouveau pour la laisser passer et, l'ombre d'un sourire au coin des lèvres, la regarda franchir prudemment le terre-plein qui longeait la cabane.

— Pourquoi semblez-vous si effrayée ? Je vous ai déjà dit qu'il n'y avait pas de bêtes dangereuses à Moon-shadow Cay.

— C'est une affaire d'opinion, riposta-t-elle en grimpant l'escalier.

Une fois dans la hutte, elle abandonna la lampe sur la table de la cuisine, s'engouffra dans la chambre et ôta ses vêtements. De sa valise, elle sortit un sarong qu'elle enroula hâtivement autour de sa poitrine, puis un duvet qu'elle posa sur le matelas et dans lequel elle se glissa jusqu'au menton.

Le lit de camp était moins inconfortable qu'elle ne l'avait craint. A la vérité, il était même douillet et, s'il n'avait pas eu son pendant de l'autre côté de la ruelle, elle s'y serait vite endormie. Seulement voilà ! Elle avait beau fixer de son mieux les lattes du plafond, la couchette de Drew refusait de quitter son champ de vision.

Drew… Au souvenir de la fougue avec laquelle il l'avait enlacée, Carey sentit son pouls s'accélérer. Que se serait-il passé s'il n'avait pas murmuré le prénom de Camilla et brisé le sortilège ? Lui aurait-il laissé une ultime possibilité d'esquive ? Probablement pas. Et, quand bien même il l'aurait fait…

Carey donna un coup de poing à son oreiller, puis tourna résolument la tête vers la cloison pour ne plus voir les draps de linon immaculés qui, par-delà le cageot renversé, semblaient se moquer de sa confusion. Plantant son regard dans une tige de bambou mal tressée, elle tenta d'en suivre les méandres et s'exhorta au calme. « Je dois être folle, se dit-elle lorsque son cœur, indocile, se mit à battre la chamade. Folle à lier ! » Jamais encore un homme n'avait déchaîné en elle une aussi violente passion.

Pas même Gilles. Pendant des années, elle avait pourtant vu en lui le compagnon idéal. Mais la sécurité et la tendresse qu'il lui aurait offertes si elle avait accepté de l'épouser n'auraient pas suffi à la rendre heureuse, elle le savait maintenant. Ce qu'elle voulait, c'était vibrer, flamber, se griser de volupté dans les bras de…

« Non ! » décréta-t-elle farouchement. Non, elle n'avait aucune envie de s'abandonner aux caresses trop habiles de Drew Tarrant. Aucune envie de cueillir sur ses lèvres de nouveaux baisers. D'ailleurs, elle le détestait autant que lui la méprisait. L'émotion qu'elle éprouvait en sa présence n'avait rien à voir avec de l'amour. Rien à voir du tout !

Carey se retourna en soupirant et coula un œil vers le lit de Drew dans l'espoir insensé qu'une bourrasque charitable ait pu traverser la hutte et l'escamoter. Mais, éclairé par la flamme dansante de la lampe à pétrole, il était toujours là, à portée de ses doigts.

Encore quelques minutes et Drew se glisserait entre les draps. Si près d'elle qu'il lui suffirait d'un geste pour…

Le craquement du plancher dans la pièce voisine interrompit sa rêverie. « Ce n'est pas trop tôt ! songea-t-elle en se recroquevillant sur sa couchette. Je vais enfin pouvoir me reposer. » Mais, lorsque la lumière s'éteignit dans la cuisine et que le rideau de perles se mit à cliqueter, elle s'aperçut qu'elle n'avait plus vraiment sommeil. Figée dans son sac, elle entendit Drew dégrafer son pantalon, puis retirer sa chemise dans un léger bruissement avant d'arracher une kyrielle de plaintes à son matelas.

Quand les ressorts eurent cessé de gémir, Carey redressa la tête et fouilla l'obscurité du regard. Le souffle régulier, un bras pendant hors du lit, Drew dormait déjà béatement.

— Incroyable ! marmonna-t-elle en le contemplant d'un œil envieux. Il a dû avaler un tube de tranquillisants !

Et, persuadée de passer une nuit blanche, elle écouta s'époumoner au-dessus de l'île son compagnon d'insomnie : le vent.

5

Ce fut un rayon de soleil qui la réveilla. Un petit rayon indiscret qui s'était faufilé entre deux tresses de bambou et qui caracolait à présent au ras du plancher, dessinant sur les lattes une longue écharpe dorée. Les paupières encore lourdes de sommeil, les bras et les jambes ankylosés, Carey étouffa un bâillement et se demanda ce qu'elle faisait là, dans cette chambre inconnue. L'odeur de bois qui flottait dans la pièce ne lui était pas familière. Pas plus que le lit sur lequel elle était étendue et qui, constata-t-elle d'un œil endormi, avait un jumeau aussi étroit que lui. Un jumeau dont les draps blancs lui rappelaient vaguement…

— Seigneur ! murmura-t-elle en se redressant.

Rien de ce qu'elle avait cru voir en rêve n'était le fruit de son imagination. Elle était bel et bien seule sur une île des Caraïbes avec Drew Tarrant.

Après avoir resserré son sarong qui s'était dénoué au cours de la nuit, elle sortit de son duvet, puis souleva le rideau de perles d'un doigt hésitant et poussa un soupir de soulagement. La cuisine était vide. « Enfin, presque », corrigea-t-elle intérieurement en apercevant, juché sur le dossier d'une chaise, un oiseau multicolore dont elle voulut caresser le plumage.

Pour éviter de l'effrayer, elle longea la table à pas mesurés, buta sur une lame saillante du parquet et se retrouva plaquée contre la cloison, à l'endroit même où…

Pétrifiée, elle ferma les yeux et tenta de chasser la sarabande d'images qui se bousculaient dans sa tête. Peine perdue. Les baisers que lui avait donnés Drew étaient encore trop présents à son esprit pour qu'elle pût les effacer d'un simple battement de cils.

« Les petites traînées de votre espèce adorent en général collectionner les amants », lui avait-il lancé en la toisant de tout son haut. Si elle lui révélait son identité, peut-être changerait-il d'opinion ? Mais, après la façon dont elle s'était blottie dans ses bras en gémissant de plaisir, rien n'était moins sûr…

— La vie est compliquée, tu ne trouves pas ? demanda-t-elle à l'oiseau qui, coiffé de son aigrette comme d'un casque d'argent, s'était perché sur la porte entrebâillée de la cuisine.

— Pfft ! rétorqua-t-il insolemment avant de s'envoler à tire-d'aile.

Carey se précipita sous la véranda pour le suivre des yeux et s'immobilisa, frappée de stupeur. L'île noyée dans la grisaille qu'elle avait découverte la veille s'était métamorphosée pendant la nuit. Débarbouillée par l'orage, elle avait troqué ses habits de deuil contre un immense coupon de soie dorée que les feuilles bruissantes des palmiers soutachaient de vert satiné. Semblables à de gros coquillages blonds qu'aurait oubliés sur la grève un pêcheur distrait, les dunes scintillaient à l'infini sous un soleil resplendissant.

Carey dévala l'escalier en respirant à pleins poumons et se dirigea vers une rangée de cocotiers qui faisaient des révérences à la mer. Alangui au pied des arbres, encerclé par la barrière de corail, le lagon composait une mosaïque en camaïeu où chantait toute la gamme des bleus : de l'azur le plus doux au turquoise le plus intense.

Eblouie, Carey quitta son sarong et courut à perdre haleine sur la plage. L'eau était si limpide qu'elle aperçut bientôt, batifolant entre les algues, de minuscules poissons vêtus d'or et d'amarante. Avec un soupir de ravissement, elle plongea à leur rencontre et se laissa flotter, le corps léger comme une bulle de savon. Les vacances idylliques que lui avait promises Camilla n'étaient peut-être pas une chimère, après tout, pensa-t-elle en se renversant sur le dos. L'île avait des allures de paradis et, depuis que s'étaient enfuis les gros nuages teintés d'encre qui l'avaient pilonnée, rien ni personne ne semblait pouvoir en troubler la quiétude... Sauf Drew.

D'un coup de reins énergiques, Carey se remit sur le ventre et nagea vers l'endroit où elle avait abandonné son sarong. « A quoi bon ? » se dit-elle après avoir noué sous ses bras le tissu chamarré. A quoi bon s'extasier sur la beauté du paysage ? Dans quelques heures, elle se retrouverait en face de Drew et ce n'était pas la mer, si bleue fût-elle, qui l'aiderait à soutenir le regard dont il l'envelopperait. Un regard où se lirait sans doute tout le mépris du monde.

Lorsqu'elle arriva devant la cabane, elle vit le petit oiseau à la houppe argentée qui se dandinait sur la plus haute marche de l'escalier en vocalisant comme une *prima donna*. Amusée par son gazouillis, elle s'arrêta pour l'écouter puis, éparpillant ses appréhensions d'un geste désinvolte, pénétra en trombe dans la hutte et se rua sur ses bagages. Quelle tenue adopter ? Cette robe de soie grège que lui avait prêtée Camilla ? Non, trop moulante et trop décolletée. Ce tailleur en shantung qu'elle avait acheté pour le mariage d'une amie ? Non, bien trop élégant. Moonshadow Cay n'était pas Londres. Découragée, elle vida sa valise sur le lit et jongla un instant avec les jupes et les chemisiers avant de brandir joyeusement un pantalon de treillis et un T-shirt blanc, qu'elle se hâta d'enfiler.

— Parfait ! décréta-t-elle un peu plus tard en croisant son reflet dans les vitres de la véranda.

Ainsi vêtue, elle avait l'air d'une exploratrice prête à braver tous les dangers. Oui, à coup sûr, Drew approuverait son choix. Et s'il ne l'approuvait pas, tant pis ! Elle se fichait éperdument de l'opinion du Dr Tarran.

Avisant une cuvette remplie d'eau posée à même le sol, elle y plongea la vaisselle qui traînait sur la table, puis se mit à épousseter les meubles. D'épais manuels aux titres rébarbatifs étaient entassés sur une planche, au-dessus de l'ordinateur. Son chiffon à la main, Carey s'apprêtait à les écarter pour nettoyer l'étagère lorsque, dissimulé derrière une pile de blocs-notes, un livre attira son attention.

— *Splendeurs sous-marines*, lut-elle à voix basse.

Imprimé sur du papier glacé, l'ouvrage était illustré de superbes photographies. Après avoir admiré un groupe de dauphins rieurs, elle parcourut les entrefilets reproduits au dos de la jaquette. « Fascinant, avait écrit un journaliste du *Sunday Times*. Drew Tarrant nous promène de lagon en océan avec un talent inégalé. » « Quel brio ! avait renchéri un autre chroniqueur. Sans jamais faire étalage de son érudition, le Dr Tarrant nous entraîne dans un monde qui nous était jusqu'à présent étranger : celui du silence et de la beauté. »

Impressionnée, Carey jeta un œil sur le rabat de la couverture. Un portrait du biologiste s'y étalait, à la fois fidèle et déroutant. Assis à la barre d'un voilier, les cheveux ébouriffés par le vent, Drew n'avait plus rien du grossier personnage qui l'avait accueillie à sa descente d'avion. Le sourire dénué de toute affectation qu'il adressait au photographe ressemblait étrangement à celui dont il avait gratifié l'aubergiste de Belize.

— Si je comprends bien, bougonna-t-elle en refermant l'ouvrage d'un coup sec, je suis la seule à ne pas y avoir droit !

Puis, pour endiguer sa colère, elle empoigna un balai et, pendant plus d'une heure, livra une guerre sans merci aux grains de sable accumulés entre les lattes du plancher.

— A quoi jouez-vous ?

La question, posée d'une voix étonnée, lui arracha un cri. Debout dans l'embrasure de la porte, Drew l'observait avec un mélange d'amusement et d'incrédulité.

— Je nettoie la hutte. Cela vous ennuie ?

— Non, non… Je suis juste un peu surpris. Je ne savais pas que vous aviez du goût pour les travaux ménagers.

— Il y a beaucoup de choses que vous ignorez sur moi.

— Lesquelles, par exemple ?

Carey s'empressa de dévier la conversation.

— Il n'est que 10 heures, lança-t-elle en consultant sa montre. Comment se fait-il que vous soyez déjà rentré ?

— Je désirais prendre une tasse de thé et voir si vous étiez réveillée. Lorsque je suis parti ce matin, vous dormiez à poings fermés.

— Forcément ! J'étais épuisée.

— Après une journée aussi mouvementée, il est normal, en effet, que vous ayez eu besoin de récupérer.

— Mouvementée ? Dites plutôt abominable ! Pour rien au monde, je ne voudrais revivre de tels instants.

— Ah bon ? Même pas l'un d'entre eux ?

Carey propulsa le balai sous la table et, baissant la tête pour dissimuler ses joues écarlates, extirpa les malheureux grains de poussière qui s'étaient réfugiés dans un nœud évidé du plancher.

— Non. Surtout pas celui-là !

Indifférent au faisceau de crins qui virevoltait rageusement dans la pièce, Drew s'approcha du réchaud et posa la bouilloire sur l'un des brûleurs.

— Désirez-vous un peu de thé ?

L'offre était si gentille, le ton si aimable que Carey sentit sa rancœur s'effriter.

— Oui, je veux bien. Merci.

Puis, rejetant derrière ses oreilles la mèche de cheveux qui s'obstinait à lui chatouiller le front, elle abandonna son balai dans un coin de la cuisine et s'assit sur une chaise.

— Vous avez l'air en forme ce matin, remarqua Drew en s'attablant à son tour et en la dévisageant d'un œil goguenard.

A quoi pensait-il exactement ? Aux baisers qu'ils avaient échangés la veille ?

— Je vais beaucoup mieux, c'est vrai, répliqua-t-elle avec la ferme intention de mettre les choses au point. Hier soir, je n'étais pas moi-même.

Il haussa un sourcil perplexe.

— Qu'entendez-vous par là ?

— Eh bien ! je… je ne me comporte pas de cette manière habituellement.

— Ah ! qu'avez-vous donc fait d'exceptionnel ?

— Comme si vous l'ignoriez !

Drew se pencha vers elle, un sourire à fleur de lèvres.

— Se pourrait-il que j'aie été le premier homme à vous embrasser ?

— Bien sûr que non, mais…

Carey coula un regard en direction du lagon qui paressait

au soleil et fut tentée d'aller y folâtrer avec les poissons. Eux, au moins, ne lui poseraient pas de questions.

— Ce que je veux dire, reprit-elle d'une voix dont elle s'efforçait de maîtriser le tremblement c'est que je ne vous aurais pas rendu votre baiser si je n'avais pas été très fatiguée.

— Cela va de soi, riposta-t-il sur un ton qui manquait singulièrement de conviction.

— Vous ne me croyez pas, hein ?

— Si, si.

— Pourquoi, alors, me dévisagez-vous de cet air pensif ?

— Parce que j'essaie d'imaginer la façon dont vous embrassez quand vous êtes amoureuse. Vu l'ardeur avec laquelle vous m'avez répondu hier soir, ce doit être une expérience inoubliable.

— Quel dommage que vous n'ayez jamais l'occasion de le vérifier, n'est-ce pas ?

— Attention ! Ne me lancez pas un nouveau défi. Je serais capable de le relever.

Rester calme surtout, se dit Carey en tentant de dominer sa colère. Ne pas lui donner l'impression qu'il pouvait faire mouche à chaque sarcasme. Lui montrer, au contraire, qu'il n'avait aucune chance de la désarçonner.

— Ce qu'il faudrait, c'est que nous repartions de zéro, déclara-t-elle d'un ton résolu. Je n'ignore pas que…

Le sifflement de la bouilloire pulvérisa la fin de sa phrase. « Demain, je la noie dans le lagon », fulmina-t-elle en fixant d'un air vindicatif ce tas de fer-blanc tout cabossé qui avait le don de se manifester au mauvais moment.

— Vous disiez ? questionna Drew en se dirigeant d'un pas tranquille vers le réchaud.

Carey le regarda éteindre le gaz et admira le flegme avec lequel il préparait le thé. Rien — pas même une bouilloire qui chantonnait à contretemps — ne semblait pouvoir le perturber.

— Oui. Je sais que vous baviez aucune envie de m'amener ici. Mais, puisque nous allons devoir cohabiter, ne pensez-vous pas que nous ferions mieux de tirer un trait sur ce qui s'est passé hier et de conclure une trêve ?

Drew revint s'asseoir sur le banc, une tasse dans chaque main.

— Croyez-vous réellement qu'il me soit facile d'oublier tout ce que m'a raconté Paul ?

— Je ne vous le demande pas.

— Qu'attendez-vous donc de moi ?

— Que vous cessiez de me considérer comme l'ex-petite amie de votre assistant. Je me doute bien que vous ne changerez pas d'avis à mon sujet, mais nous pourrions essayer d'être courtois l'un envers l'autre.

— Ce que vous souhaitez en somme, c'est que je fasse semblant de vous avoir rencontrée pour la première fois ce matin et de ne jamais avoir entendu parler de vous auparavant ?

— Oui. En contrepartie, je ne vous tiendrai pas rigueur de l'accueil que vous m'avez réservé.

Drew renversa la tête en arrière et éclata de rire.

— Vous, au moins, vous ne manquez pas de toupet, lâcha-t-il quand il eut recouvré son sérieux. Oser me soumettre un tel marché après la façon dont, hier soir, vous m'avez… Oh ! et puis, pourquoi pas ? Etant donné que nous devons passer deux semaines ensemble, autant enterrer la hache de guerre dès aujourd'hui !

— Vous acceptez, alors ?

— Oui… J'y suis bien obligé.

Carey eut l'impression que son cœur faisait un bond en avant.

— Merci.

— Désirez-vous également que je m'excuse de vous avoir embrassée ?

— Non. J'aimerais plutôt que…

— Que quoi ?

— Que nous oubliions ce fâcheux incident.

— Voilà qui me paraît difficile. Vous y arriverez, vous ?

Carey piqua du nez dans sa tasse. Tiens ! enregistra-t-elle machinalement. Les jolis pétales indigo décorant la faïence ressemblaient à ceux des myosotis qui poussaient sous les fenêtres de son cottage.

— Connaissez-vous l'autre nom de ces fleurs ? interrogea

Drew, qui avait lu dans ses pensées avec une clairvoyance amusée. Les herbes d'amour. La légende veut qu'elles préviennent les pertes de mémoire dont pourraient souffrir les jeunes filles auxquelles elles sont offertes… Mais de quoi parlions-nous déjà ? Ah oui ! Du *fâcheux* incident qui s'est produit hier soir.

Il se pencha au-dessus de la table et saisit le menton que Carey tenait obstinément baissé, la forçant à lever la tête.

— Alors, croyez-vous que vous réussirez à oublier ce moment d'égarement ?

Le cœur battant à tout rompre, elle chercha une réponse pertinente, mais n'en trouva aucune. Les seules choses dont elle avait conscience, c'étaient ce regard qui plongeait dans le sien et ces doigts qui emprisonnaient son visage, imprimant sur sa peau la brûlure d'un fer chauffé à blanc.

— Oui, articula-t-elle péniblement.

Drew repoussa la mèche folle qui taquinait la joue de la jeune femme et effleura ses cheveux d'une interminable caresse.

— Et si nous topions là ?

Carey quitta la table avec une telle précipitation qu'elle renversa sa chaise.

— Je… je ne pense pas que ce soit nécessaire. Votre parole me suffit.

Drew joua l'étonnement.

— Pourquoi avez-vous peur de me serrer la main ?

A en juger par le sourire insolent qui étirait ses lèvres, il connaissait la réponse, mais se garderait bien d'écourter la scène.

— Je n'ai pas peur, riposta-t-elle crânement. Où êtes-vous allé chercher une idée aussi stupide ?

Et pour lui prouver qu'elle ne mentait pas, elle s'empressa de saisir les doigts qu'il lui tendait. Des doigts qui, contrairement aux siens, ne tremblaient pas, nota-t-elle, irritée de sa propre nervosité. Quand donc cesserait-elle de se conduire comme une collégienne attardée ?

— Bon ! dit Drew en se levant. Maintenant que nous avons signé l'armistice, je vais pouvoir retourner travailler.

Déjà ? Carey le vit s'éloigner à grands pas et se traita de sotte. Qu'avait-elle espéré ? Qu'il lui offrirait un bouquet de fleurs en gage d'éternelle amitié ?

Se refusant à analyser l'étrange émotion qui lui serrait le cœur, elle chaussa des espadrilles, attrapa son appareil photo et sortit de la hutte. Elle n'était pas venue à Moonshadow Cay pour transformer Drew Tarrant en gentleman accompli, mais pour s'acquitter de la tâche que lui avait confiée Camilla. Alors, autant se mettre à l'œuvre tout de suite.

La réverbération du soleil sur le sable était si aveuglante que, même en obturant le diaphragme au maximum, il était impossible de photographier les dunes. Après un moment d'hésitation, Carey se dirigea vers un sentier qui déroulait ses méandres entre d'épais buissons. Persuadée que les boas dont lui avait parlé Drew étaient embusqués dans ces fourres et n'attendaient qu'une occasion pour la trucider, elle braqua son regard sur les ornières de la piste et avança lentement. Au bout d'une centaine de mètres, le décor enchanteur du lagon céda la place à un marécage infesté d'insectes belliqueux.

« Emory Jones n'a dû montrer à Camilla que des photos de la grève », se dit-elle en prenant quelques clichés.

Construire un hôtel quatre étoiles dans ce marais où rampait une végétation pourrissante relevait en effet de l'utopie.

L'île était si étroite qu'il ne lui fallut pas longtemps pour la traverser et atteindre une autre plage, sur laquelle le soleil s'éparpillait en reflets irisés. Carey mit sa main devant ses yeux et aperçut, au-delà de la barrière de corail, deux îlots à peine plus grands qu'un mouchoir de poche. Encore une chance, songea-t-elle en rebroussant chemin, que Camilla n'ait pas eu l'idée géniale de l'expédier sur ces poignées de sable jetées dans la mer avec, pour toute distraction, trois cocotiers indolents… et Drew !

Lorsqu'elle arriva en vue de la paillote, il était presque midi. Cédant à une impulsion, elle fouilla dans les cageots de légumes qu'elle avait déchargés la veille, puis choisit la plus jolie des laitues et quelques tomates avec lesquelles elle confectionna une salade. Elle découpa ensuite deux grosses tranches de pain, remplit d'eau une bouteille ventrue et plaça le tout dans un panier en osier. Si, comme elle, Drew mourait de faim, il apprécierait certainement ce pique-nique improvisé.

Avant de quitter la hutte, elle sortit de sa valise le chapeau en toile qu'elle avait acheté pendant ses dernières vacances. « Ne me dis pas que tu vas porter ce truc-là à Moonshadow Cay ! » s'était exclamée Camilla, horrifiée, quand elle l'avait aidée à faire ses bagages. Eh bien, si ! Elle allait le porter, n'en déplaise à sa cousine. Mieux valait manquer d'élégance que d'attraper un coup de soleil.

Le panier dans une main, ses espadrilles dans l'autre, elle longea la grève jusqu'à la pointe sud de l'île et aperçut Drew qui nageait vers le rivage. Dès qu'il eut posé le pied sur le sable, il retira son masque et son tuba, puis tourna la tête et s'immobilisa, surpris.

— Que faites-vous là ?

Avec ses cheveux ruisselants, son T-shirt trempé qui moulait son torse comme une seconde peau et sa haute silhouette incrustée dans le bleu du ciel, il ressemblait à un dieu marin ayant brusquement émergé des flots. Fascinée par la séduction virile qui se dégageait de lui. Carey en resta muette.

— Qu'y a-t-il là-dedans ? s'informa-t-il en désignant le panier du menton.

— De la nourriture, réussit-elle enfin à articuler. J'ai pensé que vous aimeriez pique-niquer sur la plage. Alors, je vous ai apporté de quoi manger.

— Le traité de paix que nous avons signé nous condamne-t-il à partager tous nos repas ?

— Non. J'avais faim et je me suis dit que vous deviez également avoir le ventre creux. Maintenant, si vous préférez, je peux vous laisser seul. Je ne voudrais surtout pas vous importuner.

Drew esquissa un sourire.

— Je plaisantais, voyons. Ne vous emballez pas !

Puis, après avoir lancé son masque et son tuba sur le sable, il se dirigea vers les dunes à grandes enjambées.

— Vous ne vous êtes pas trompée : j'ai l'estomac dans les talons. Et, si vous n'étiez pas venue, j'aurais été obligé de retourner à la hutte, ce qui m'aurait fait perdre un temps précieux.

— Vous aussi, vous avez deviné juste, avoua-t-elle en s'asseyant à l'ombre d'un cocotier. Ce pique-nique était bien destiné à marquer le début de nos nouvelles relations.

Drew retira son T-shirt, dénudant un torse d'athlète. Le cœur battant soudain plus vite, Carey baissa les yeux et feignit d'admirer une noix de coco qui avait roulé sur la plage.

— Vous pensez sans doute que c'est moi qui aurais dû faire le premier pas, lança-t-il d'un ton badin.

Elle lui jeta un regard furtif et constata avec soulagement qu'il avait revêtu une chemise dont il était en train de fermer le col.

— Non. Je vous ai déjà dit que je ne vous en voulais plus. J'aimerais seulement que nous oubliions nos querelles et que nous repartions du bon pied.

Drew étala son T-shirt au soleil et vint s'asseoir à côté d'elle, dans le cercle d'ombre que dessinaient les feuilles du cocotier.

— Ce que vous avez préparé a l'air délicieux, s'exclama-t-il en soulevant le couvercle du panier. Cela va me changer du thon en boîte et des biscuits secs.

Carey pouffa de rire.

— Je me doutais bien que vous en aviez assez des conserves.

Drew entama sa salade et mordit à belles dents dans une tranche de pain.

— Il y a des jours où je donnerais tout ce que je possède pour pouvoir dîner dans un grand restaurant. Mais mon métier me permet rarement de réaliser ce rêve. Deux fois par an, des volontaires viennent m'aider dans mes recherches et se relaient au fourneau. J'ai alors droit à des repas copieux. Le reste du temps, je déjeune sur le pouce.

— Cela ne doit pas être très bon pour la santé, observa Carey avec une moue désapprobatrice. Mais, quand on a la chance de vivre dans un endroit comme celui-ci, je suppose qu'on trouve normal de faire des sacrifices.

Les bras croisés sur ses genoux, elle regarda les vagues

éclabousser d'écume la barrière de corail et tourna vers Drew un visage rayonnant.

— Cette île est magnifique. Pensez-vous qu'on puisse se lasser de l'admirer ?

— Je l'ignore, rétorqua-t-il en la considérant d'un air étonné. Ce que je sais, en revanche, c'est que jamais je ne m'habituerai à la beauté du récif proprement dit.

Il s'allongea sur le sable, les mains derrière la nuque, puis fixa les élégantes feuilles du cocotier qui s'éventait nonchalamment au-dessus de sa tête.

— En comparaison, tout ceci — la plage, le soleil, les palmiers — ne présente aucun intérêt. Au fond de la mer, le spectacle est plus éblouissant.

— Plus éblouissant que ce décor de rêve ?

— Oui. Nulle part ailleurs, vous ne verrez une telle débauche de formes et de couleurs. Certains poissons sont minuscules, d'autres ressemblent à de gros ballons striés de rouge, de bleu ou de vert. Quand vous plongez au milieu du récif, vous avez l'impression de pénétrer dans un kaléidoscope en perpétuel mouvement.

Carey embrassa le lagon du regard et essaya d'imaginer ce monde fascinant que Drew décrivait avec le même enthousiasme qu'un soupirant parlant de sa bien-aimée.

— Ce doit être merveilleux, dit-elle avec une pointe de jalousie.

— Si vous le souhaitez, vous pourrez m'accompagner demain matin.

Elle se tourna vers lui, les yeux brillant d'excitation.

— Oh, vraiment ? Vous accepteriez de m'emmener ?

— Naturellement.

— Mais je ne sais pas plonger !

— Ce n'est pas grave. Nous resterons à la surface de l'eau… Vous vous êtes déjà servie d'un tuba, n'est-ce pas ?

— Non. Je n'ai encore jamais séjourné sous les tropiques.

— Jamais ?

Drew se redressa sur un coude et la dévisagea, intrigué.

— On m'avait pourtant dit que vous aviez une âme d'exploratrice.

Camilla adorait effectivement voyager, se rappela Carey, furieuse d'avoir commis une aussi grossière erreur.

— On vous a bien renseigné, se hâta-t-elle de répondre. J'aime beaucoup partir à l'aventure. Mais, jusqu'à présent, je trouvais les paysages maritimes tellement monotones que je préférais passer mes vacances à la montagne.

— Et vous avez changé d'avis ?

— Oui, depuis que j'ai découvert ce panorama. Il est somptueux.

— Il ne le sera plus quand vous aurez bâti votre complexe hôtelier. Je me demande d'ailleurs pourquoi vous tenez tant à transformer Moonsbadow Cay en station balnéaire si les plages vous semblent ennuyeuses.

— Je n'y tiens pas plus que cela. J'ai simplement été envoyée ici pour évaluer le potentiel touristique du lagon et rédiger un rapport. Ce n'est pas moi qui prendrai la décision finale.

— A lire le message que vous m'avez adressé, on aurait pourtant juré que vous étiez le président-directeur général de Weatherill Willis.

Carey, qui savait à quel point Camilla aimait se faire mousser, eut du mal à contenir son hilarité.

— Je suis désolée de vous avoir donné une fausse image de moi.

— Fausse ? Ce n'est pas ce que m'a dit Paul.

— Ah ! vous lui avez montré ma lettre ?

— Oui. Et les « moi, je... » qui émaillaient chaque paragraphe n'ont pas eu l'air de l'étonner. Vous êtes, paraît-il, très imbue de vous-même.

— J'étais, rectifia-t-elle dans un sourire. J'ai beaucoup changé ces derniers temps.

Drew la regarda d'un œil soupçonneux.

— Suffisamment pour comprendre qu'il est criminel de vouloir bâtir un hôtel à Moonshadow Cay ?

— Criminel ? Vous ne croyez pas que vous exagérez ?

— Hélas, non. Avez-vous pensé à ce que deviendrait cette plage si des immeubles l'encerclaient ?

— Le complexe que nous avons l'intention de créer ne défigurera pas forcément le paysage.

— Même s'il ne le défigure pas, je devrai cesser mes recherches.

— Pourquoi ?

— Parce que tous les matériaux de construction seront apportés du continent par bateau et que jamais la barrière de corail ne résistera à un tel trafic. Au bout de quelques mois, elle disparaîtra, ainsi que les poissons qui gravitent autour d'elle. Tenez-vous vraiment à être responsable de cette catastrophe écologique ?

— Et vous, de quel droit voulez-vous empêcher Emory Jones de vendre son île ? Ce pauvre homme a peut-être besoin d'argent.

— Pauvre, Emory ? Laissez-moi rire ! C'est l'un des armateurs les plus fortunés de Belize. Mais, fortuné ou non, ce n'est pas lui qui est à blâmer dans cette histoire. C'est vous… Oui, vous et la société pour laquelle vous travaillez !

Un éclair de fureur zébra les yeux de Carey.

— Ce qui signifie ?

— Que les propriétaires avec lesquels vous traitez sont de vulgaires instruments entre vos mains. Oh ! certes, ils encaissent de gros chèques, mais ce qu'ils touchent n'est rien, comparé aux sommes fabuleuses que rapporte à Weatherill Willis un projet comme celui que vous voulez réaliser à Moonshadow Cay. Les gens de votre espèce sont tellement cupides qu'ils ne se soucient même pas des conséquences de leurs actes.

— Ce que vous dites est injuste, protesta Carey.

— Pas plus injuste que de condamner à mort des milliers d'animaux, riposta froidement Drew.

Pendant quelques secondes, ils s'affrontèrent du regard, puis Carey exhala un soupir.

— N'avions-nous pas décidé de faire la paix ?

Drew s'étendit de tout son long.

— Si, reconnut-il à contrecœur.

Et, posant un chapeau sur son visage, il lança d'une voix redevenue sereine :

— Bonne sieste !

6

Pendant un long moment, Carey resta immobile, le menton posé sur ses genoux repliés. Une brise chargée de senteurs marines s'enroulait autour du cocotier et, au moindre frémissement des feuilles, un rayon de soleil trouait de flaques dorées le disque d'ombre où elle s'était réfugiée. Le chapeau de paille qui masquait le visage de Drew avait glissé, découvrant sa bouche aux lèvres pleines sur lesquelles flottait l'ébauche d'un sourire.

Carey se pencha jusqu'à effleurer de l'index le bord du panama puis, vite, avant que ses doigts n'esquissent les gestes qu'elle osait en pensée, retira sa main et s'obligea à détourner la tête. Là-bas, de l'autre côté de la barrière de corail, la mer brassait ses eaux avec de grands frissons qui dentelaient la ligne à peine perceptible de l'horizon et s'éparpillaient en mousse argentée sur le bleu du lagon.

Le roulement assourdi des vagues, auquel se mêlaient le murmure presque ininterrompu du vent et le bruissement des palmes, agirent peu à peu sur Carey comme un hypnotique. Fermant les yeux, elle s'allongea à même le sable et se surprit à rêver.

De l'homme qui nageait vers elle, elle ne distinguait que son regard. Un regard d'un vert lumineux qui happait le sien, le fouillait et semblait vouloir le retenir à jamais prisonnier.

— Allez, debout, Carey !

La voix lui parut si étouffée, si lointaine qu'elle refusa de l'écouter. Avec un soupir de bien-être, elle se pelotonna au creux de la dune, puis replongea dans ses pensées. Derrière l'écran de ses paupières closes, la mer avait cédé la place à une grève en forme de croissant que protégeait une armée de cocotiers. Agenouillé près d'elle, les doigts enfouis dans ses longs cheveux, le mystérieux nageur psalmodiait son nom comme une prière.

— Carey… Levez-vous, Carey.

Douillettement installée dans son rêve, elle sentit une main effleurer sa bouche et, les lèvres arrondies sur un baiser, laissa échapper une plainte.

— Quand vous souriez ainsi, il est très difficile de ne pas vous faire confiance, chuchota quelqu'un à son oreille. Et Dieu sait pourtant si je me méfie de vous, jolie menteuse.

Jolie menteuse… Carey émergea du sommeil dans un battement de cils alangui et se crut le jouet d'une hallucination. L'homme qui, dressé sur un coude, l'observait avec acuité avait le même regard que l'inconnu aux yeux d'émeraude dont elle venait de prendre congé. Et cet homme, c'était Drew.

— Je rêvais.

— A quoi ?

Carey entendit le bruit lointain du ressac, aperçut des déchirures bleu sombre dans le feuillage du cocotier et essaya de lutter contre l'insidieuse torpeur qui l'engourdissait.

— Je ne m'en souviens plus, répondit-elle.

Mais c'était faux. Et, au bref sourire que lui dédia Drew, à la petite flamme moqueuse qu'elle vit briller dans ses prunelles, elle sut qu'elle ne l'avait pas dupé une seule seconde.

— A quoi rêviez-vous ? insista-t-il en se penchant vers elle. A cela ?

La bouche qu'il posa sur la sienne était si persuasive que Carey entrouvrit les lèvres sans même en avoir conscience. Le feu qui courait dans ses veines brouillait ses pensées, annihilait sa volonté et lui donnait la curieuse impression de voguer hors de la réalité. Perdue dans un tourbillon d'ivresse, elle noua ses doigts autour de la nuque de Drew et l'attira contre elle avec le fol espoir d'éterniser l'instant.

Quand, échappant à son étreinte, il redressa la tête, elle eut un murmure de protestation.

— Alors ? questionna-t-il d'une voix caustique. Etait-ce à cela que vous rêviez ?

Carey souleva ses paupières et descendit brutalement de son nuage.

— Non, répliqua-t-elle d'un ton qu'elle aurait souhaité plus ferme.

— En êtes-vous certaine ?

— Evidemment ! Pourquoi voudriez-vous que je gaspille mon temps à rêver de vous ?

— Ce serait stupide, en effet.

— Je ne vous le fais pas dire.

— Il n'en reste pas moins que vous m'avez embrassé.

— Et après ? J'étais à moitié endormie. Je ne me suis même pas rendu compte de ce qui se passait.

— Endormie ? répéta Drew en sautant sur ses pieds. Ce n'est pas l'impression que vous m'avez donnée.

— Il faut croire que vous manquez de perspicacité.

La saisissant aux poignets, il la mit debout et l'obligea à reculer jusqu'à ce qu'elle heurte le tronc rugueux d'un palmier.

— Vous mentez, Carey. Comme d'habitude.

— Non… Et puis lâchez-moi ! Vous me faites mal.

— Je vous lâcherai quand vous m'aurez dit la vérité. A savoir que vous étiez réveillée et consentante.

— Dans ce cas, j'espère que vous êtes patient, riposta-t-elle aigrement, parce que vous risquez d'attendre longtemps.

Et, détournant la tête pour se soustraire au regard insolent qui la jaugeait, elle s'enferma dans un silence buté.

— Si vous persistez à nier, je vais être contraint de vous embrasser encore une fois afin de vous prouver que j'ai raison.

— Ne vous avisez pas de recommencer ou je hurle, s'écria-t-elle en le voyant abaisser son visage vers le sien.

— Hurlez tant qu'il vous plaira ! Que voulez-vous que cela me fasse ?

Rien, naturellement… Ils étaient seuls sur l'île et personne n'entendrait les cris qu'elle pousserait, excepté les poissons et les serpents.

— Allons, Carey, soyez raisonnable ! Reconnaissez que vous étiez réveillée.

— D'accord… Je le reconnais, puisque vous y tenez.

— Et avouez aussi que vous avez apprécié ce baiser.

— Ah ça, non ! Jamais !

Il lui souleva le menton et rapprocha lentement sa bouche des lèvres qu'elle tentait de lui dérober.

— Souhaitez-vous que nous répétions la scène pour vérifier ?

— Inutile ! Je… je suis prête à admettre tout ce que vous voulez. Mais laissez-moi partir, maintenant.

— Vos désirs sont des ordres, ma chère, ironisa-t-il en la lâchant. J'espère néanmoins que vous avez compris la leçon et que vous éviterez dorénavant de jouer la comédie.

Carey saisit son chapeau et le secoua pour faire tomber les grains de sable qui collaient à la toile, avant de l'enfoncer sur sa tête et de s'éloigner à toutes jambes.

— Vous n'êtes qu'une sale brute, docteur Tarrant, lança-t-elle aux quatre vents. Et je vous déteste, vous entendez… Je vous déteste !

Lorsqu'il rentra de son travail dans la soirée, elle était en train d'émincer des oignons et le haïssait toujours autant. « Si seulement je pouvais le couper en rondelles, lui aussi ! » pensa-t-elle en le voyant poser sur le plancher les espadrilles et le panier en osier qu'elle avait oubliés près du cocotier.

Derrière les fenêtres, de la cuisine, le ciel était parsemé d'étoiles, l'obscurité peuplée de mille et un bruits. Les cohortes d'insectes qui habitaient l'île bourdonnaient à l'envi, mêlant leurs cris et leurs murmures au lointain ronflement de la mer.

— Voulez-vous boire quelque chose ? demanda Drew avant de sortir une canette du petit réfrigérateur à énergie solaire qui trônait sous la véranda.

— Non, merci, répondit Carey, la mine boudeuse.

« Il pourrait au moins avoir la décence de s'excuser », songea-t-elle, ulcérée de le voir s'attabler comme si rien ne s'était passé.

— Qu'avez-vous fait cet après-midi ? interrogea-t-il entre deux gorgées de bière.

— Cela vous intéresse ?

— Pas spécialement.

— Pourquoi, alors, me posez-vous la question ?

— Par courtoisie.

— N'employez donc pas des mots qui vous sont étrangers.

— Tiens, tiens ! Les hostilités semblent avoir repris. Je croyais pourtant que nous avions conclu une trêve ?

Carey empoigna un couteau et éventra les cinq malheureuses tomates qui avaient, jusque-là, échappé à sa colère.

— Dommage que vous ne vous en soyez pas souvenu à l'heure du déjeuner ! Et ne me dites surtout pas que vous ignorez de quoi je veux parler.

Un éclair de malice illumina le regard de Drew.

— Je ne vous comprends pas, se récria-t-il du ton d'un innocent injustement puni. Ce malin, vous souhaitiez à tout prix que nous fassions la paix, et ce soir, vous me reprochez d'avoir scellé notre réconciliation par un baiser. Avouez que vous manquez un peu de suite dans les idées.

Les doigts de Carey se crispèrent autour du manche de bois du couteau.

— Je vous ai demandé de ne plus me considérer comme une ennemie. Pas de vous jeter sur moi et de m'étouffer.

— Croyez bien que je suis sincèrement désolé de vous avoir malmenée. La prochaine fois, je serai moins brutal.

— La prochaine fois ? répéta-t-elle en décapitant un bouquet de persil. Parce que vous vous imaginez que je vous laisserai encore m'embrasser ?

— Je ne vous aurais pas embrassée si vous ne m'aviez pas tendu vos lèvres.

— Peu importe ce que j'ai fait ! Vous n'aviez pas le droit de profiter de la situation. Je pensais que, durant mon séjour à Moonshadow Cay, nous pourrions nous conduire en adultes civilisés, mais nous n'avons aucune chance d'y arriver si vous ne jouez pas franc-jeu.

Drew vida sa canette d'un trait.

— Que voulez-vous dire, au juste ?

— Qu'il était déloyal de votre part de me sauter dessus.

— Aurais-je dû vous obliger à me repousser ?

Carey ignora prudemment la question.

— Ce qui vous ennuie, reprit Drew en quittant son siège, ce n'est pas le baiser que je vous ai donné. C'est que vous ne pouvez pas me manipuler à votre guise. Contrairement à Paul, je n'ai rien d'un pantin, moi.

— Je croyais que nous avions décidé de ne plus parler de votre assistant.

— Nous l'avions décidé, en effet. Mais, quand je vous entends mentir, il m'est difficile d'oublier le chagrin que vous lui avez causé.

Drew lança sa canette dans la corbeille de jonc qui faisait office de poubelle et traversa la pièce.

— Je ne demande pas mieux que de me conduire en adulte civilisé, reprit-il. Le problème, Carey, c'est que vous n'êtes jamais sincère.

Puis, au moment de franchir le seuil, il se retourna et ajouta d'une voix tranchante :

— La confiance est quelque chose qui se mérite. Réfléchissez-y avant de m'adresser de nouveaux reproches… Et maintenant, veuillez m'excuser. Je dois aller me changer.

Quand la porte de la cuisine eut claqué derrière lui et que le chant des insectes eut remplacé les échos de leur dispute, Carey jeta dans une poêle les légumes qu'avait massacrés son couteau et sentit sa colère se dégonfler comme une baudruche percée. Drew avait raison de se méfier d'elle, puisque leurs relations étaient fondées sur un mensonge…

Lorsque, vêtu d'une chemise kaki et d'un jean, il revint de la salle de bains dix minutes plus tard, il ne fit aucune allusion à la querelle qui les avait opposés.

— Un vrai régal ! s'extasia-t-il en goûtant à la ratatouille que lui avait servie Carey. Je ne savais pas que vous étiez un cordon-bleu.

— J'ai toujours aimé cuisiner. Il m'arrive même de passer des matinées entières au milieu de mes casseroles. Cam… Ma cousine, rectifia-t-elle après un silence embarrassé, prétend qu'il faut être malade pour rester ainsi des heures derrière un fourneau.

— Et vous êtes d'accord avec elle ?

— Parfois, oui. Je me dis qu'il doit y avoir des choses plus intéressantes à faire que de hacher du persil ou de râper des carottes.

Drew décapsula la bouteille d'eau posée sur la table et remplit leurs deux verres.

— Je me garderai bien de vous donner mon opinion de peur de déclencher une nouvelle dispute. Je vous avoue néanmoins que je suis très surpris. Jamais je n'aurais imaginé que Camilla Cavendish, dont j'avais si souvent entendu parler, possédait toutes les qualités d'une épouse modèle.

Carey eut un geste d'impatience.

— Vous vous figurez sans doute que, pour être une bonne épouse, il suffît de savoir préparer un bœuf bourguignon ?

— Non. Mais d'autres que moi sont de cet avis.

— Ils ont tort. On ne se marie pas pour avoir en permanence à sa disposition une cuisinière et une femme de ménage. On se marie parce qu'on souhaite passer le restant de ses jours avec celui ou celle dont on est amoureux.

— Et vous croyez vraiment à cette belle théorie ?

— Oui. Pas vous ?

— Je n'en sais rien. Quand j'étais plus jeune, je pensais, moi aussi, que la vie à deux était un perpétuel enchantement, mais j'ai vu tant de couples faire naufrage que mes illusions se sont peu à peu dissipées.

— Est-ce pour cela que vous êtes encore célibataire ?

— En partie, oui. Certaines femmes que j'ai connues m'ont tellement dégoûté du mariage que je me suis juré de ne pas tenter l'expérience avant d'avoir rencontré l'épouse idéale. Qui plus est, mon métier ne me permet pas actuellement de fonder un foyer. Quelle jeune fille consentirait, en effet, à passer six mois par an sur une île déserte sans le moindre confort ? Vous accepteriez, vous ?

Carey repoussa du doigt un ravissant papillon de nuit qu'attirait la flamme de la lampe à pétrole.

— Bien entendu, lança-t-elle étourdiment.

Puis, s'apercevant de ce qu'impliquaient ses paroles, elle vira au rouge ponceau.

— Enfin, je veux dire que je… que je n'y verrais pas d'inconvénient si je vous aimais et que vous me le proposiez.

Un silence plana, scandé par les battements d'ailes de la jolie phalène.

— Quand on a une telle conception du mariage, on ne reste pas célibataire, déclara Drew lorsque l'insecte se fut envolé. N'avez-vous jamais été fiancée ?

Carey joua nerveusement avec sa fourchette.

— Si. Je suis sortie avec un garçon prénommé Gilles pendant trois ans. Nous habitions une petite ville et, comme nous avions peu d'amis de notre âge, nous étions persuadés d'être faits l'un pour l'autre. Mais nous nous trompions. Le jour où Gilles m'a demandé ma main, je me suis rendu compte que je n'éprouvais pour lui qu'une immense affection. Ce que je voulais, ce n'était pas partager ma vie avec un simple camarade, c'était trouver l'homme de mes rêves. Celui qui me donnerait l'impression d'être une vraie femme et pas seulement…

Carey suspendit sa phrase, gênée d'avoir monologué aussi longtemps, puis guetta une réaction sur le visage de Drew, mais en vain. Son expression était indéchiffrable.

— Bref, acheva-t-elle en reposant sa fourchette, j'ai refusé d'épouser Gilles.

— Comment le pauvre a-t-il pris la chose ?

— Assez mal. Il m'a traitée de tous les noms et s'est fiancé à une autre fille deux semaines plus tard.

— Vous avez dû être étonnée.

— Un peu, oui. Mais je ne lui en ai pas voulu. Son attitude m'a prouvé que j'avais eu raison de lui dire non. S'il avait été amoureux de moi, il ne m'aurait pas remplacée aussi rapidement… Non, la seule chose que je lui reproche, c'est que, depuis notre rupture, il fait semblant de ne pas me voir quand il me croise dans la rue. Je pensais que nous étions amis et que nous le resterions.

— Vous n'êtes pas le genre de femme qu'un homme peut se contenter d'embrasser sur la joue.

Le sourire qui suivit la riposte était si éloquent que Carey quitta précipitamment sa chaise, le rouge au front. Pourquoi avait-il fallu qu'elle se confie à un cynique tel que Drew ?

— On dirait que vous avez attrapé un coup de soleil, remarqua-t-il en se levant pour lui effleurer l'épaule. Avez-vous mal ?

— Non. Cela me brûle un peu, mais c'est supportable.

Plus supportable en tout cas que cette caresse, dont l'infinie douceur la mettait au supplice…

— Vous devriez prendre davantage de précautions à l'avenir. Le soleil peut être extrêmement dangereux.

— Je le sais, répliqua-t-elle d'une voix tendue. Figurez-vous qu'il brille aussi dans le Yorkshire !

Les doigts qui voletaient sur sa peau s'arrêtèrent instantanément.

— Le Yorkshire ? Mais je croyais que vous habitiez Londres !

Carey se mordit la lèvre. Encore un faux pas de ce genre et Drew commencerait à avoir de sérieux doutes sur son identité.

— Je réside en effet à Londres depuis des années, mais j'ai passé toute mon enfance dans le nord-est de l'Angleterre. J'aime beaucoup cette région. Je m'y sens chez moi.

— En somme, résuma-t-il, sarcastique, vous êtes une vraie fille de la campagne.

Camilla, une campagnarde ? Au souvenir des hurlements de terreur qu'avait poussés un jour sa cousine lorsqu'elle avait vu une vache trottiner vers elle, Carey faillit s'esclaffer.

— Si on veut, oui.

Drew la regarda lutter contre le fou rire d'un air suspicieux.

— Qu'est-ce qui vous amuse à ce point ?

— Rien, répondit-elle en débarrassant la table. Rien du tout.

Et, pour cacher son hilarité, elle plongea le nez dans la bassine à vaisselle.

— Je… je crois que je ferais mieux d'aller me coucher maintenant, bredouilla-t-elle lorsqu'elle eut fini de laver les assiettes et les couverts.

Drew se campa devant le rideau de perles qu'elle s'apprêtait à soulever.

— Pourquoi êtes-vous toujours si mal à l'aise quand vous êtes avec moi ?

— Je ne suis pas mal à l'aise. Pas ce soir en tout cas. Je suis juste un peu fatiguée.

— Et terriblement nerveuse, non ? murmura-t-il en scrutant son visage. On dirait que vous n'avez qu'une hâte : me quitter. Craindriez-vous que je ne vous embrasse de nouveau ?

— J'espère bien que vous n'en avez pas l'intention.

— Et que feriez-vous si l'envie m'en prenait ?

— Je vous résisterais.

— Comme hier et cet après-midi ?

— Non. Cette fois-ci, je ne vous laisserais même pas me toucher.

Drew effleura le bras de Carey d'une longue, très longue caresse et, la sentant frissonner sous ses doigts, s'autorisa un sourire qu'elle jugea des plus vexants.

— Qu'étiez-vous en train de me dire, déjà ? interrogea-t-il avec une feinte candeur. Que vous ne me laisseriez pas vous toucher, je crois… Eh bien ! rassurez-vous, je ne vous importunerai pas. Pour conserver tout son attrait, une expérience ne doit pas être renouvelée trop souvent.

— Ah ?

Carey s'aperçut, horrifiée, que sa voix trahissait un certain dépit. Aussi s'empressa-t-elle d'ajouter :

— Tant mieux ! Et, puisque cette question est réglée, pourriez-vous vous écarter ?

— A vos ordres, mademoiselle Cavendish, répliqua-t-il en libérant le passage. Je vais me promener du côté de l'embarcadère pendant que vous vous préparez. Je ne voudrais surtout pas que vous m'accusiez de manquer d'éducation.

Carey le regarda sortir avec un soupçon d'envie. Là-bas, derrière le rideau de palmiers, la mer miroitait au clair de lune comme une nappe de cristal. Le sable devait être divinement frais à cette heure de la nuit et marcher sur la plage lui ferait le plus grand bien, à elle aussi.

Attrapant la lampe à pétrole, elle gagna la porte d'un pas décidé, ouvrit le battant de bois et le referma dans un soupir.

— Impossible ! bougonna-t-elle en pirouettant sur ses talons.

Si elle quittait la hutte maintenant, Drew croirait qu'elle appréciait sa compagnie.

Après s'être déshabillée, elle se glissa dans son sac de couchage et remonta vaillamment la fermeture Eclair, résignée à suffoquer de chaleur jusqu'au matin.

— Réveillez-vous, Carey !

L'esprit embrumé, le corps pesant comme une chape de plomb, elle se frotta les yeux et aperçut, au-dessus de sa tête, le visage moqueur de Drew.

— Que se passe-t-il ? demanda-t-elle d'une voix endormie.

— Vous m'avez bien dit que vous vouliez venir nager avec moi, non ?

— Nager ?

Carey chercha sa montre à tâtons et fixa le cadran, abasourdie.

— Mais il n'est que 6 h 30 !

— Justement. Vous avez beau être habituée au soleil brûlant du Yorkshire, vous risquez d'attraper une insolation si nous ne partons pas dès l'aube.

Elle se redressa, les cheveux en broussailles, et réprima un bâillement.

— Vous ne trouvez pas qu'il est un peu tôt pour persifler ?

Drew l'examina un instant en silence, les paupières mi-closes.

— Etes-vous toujours aussi grincheuse le matin ?

— Non. Sauf quand on me tire du lit aux aurores.

— Désolé d'avoir interrompu votre sommeil. Si vous ne souhaitez pas m'accompagner, dites-le-moi. Je vous laisserai tranquille.

Carey saisit la tasse de thé qu'il avait posée dans la ruelle et la vida d'un trait.

— Je n'arriverai pas à me rendormir, de toute façon.

— Dois-je comprendre que vous avez décidé de venir avec moi ?

— Evidemment. Que puis-je faire d'autre, maintenant que vous m'avez réveillée ?

— Dans ce cas, dépêchez-vous de vous préparer, ordonna-t-il en sortant de la chambre. Et n'oubliez pas de mettre un T-shirt par-dessus votre maillot de bain. Cela protégera votre dos du soleil.

— Dans combien de temps partons-nous ?

— Dans dix minutes exactement. Si vous n'êtes pas sur la plage à ce moment-là, je m'en irai sans vous.

Sans elle, alors qu'il l'avait dérangée au beau milieu d'un rêve ? Carey s'extirpa de son duvet en grommelant, puis s'habilla à la hâte, remplit de fruits son panier en osier et courut vers l'embarcadère.

« Dieu soit loué ! » songea-t-elle quand elle aperçut le bateau. Drew n'avait pas encore largué les amarres. Assis sur le pont, il vérifiait le matériel de plongée.

— Pourquoi une telle précipitation ? questionna-t-il en la voyant sauter dans le dériveur.

— Vous m'avez menacée de me laisser seule sur l'île si j'étais en retard.

— Et vous m'avez pris au mot ?

— Oui. J'ai même cru que vous vous étiez muni d'un chronomètre.

Au coup d'œil furieux qu'elle lui lança, il répondit par un immense éclat de rire.

— Je ne savais pas que vous étiez si pressée de rendre visite à mes amis les poissons. Quand j'ai quitté la chambre tout à l'heure, l'idée n'avait pas l'air de vous enchanter.

— J'étais de mauvaise humeur.

— C'est ce que j'ai vu.

— J'aime me réveiller lentement, expliqua-t-elle en se demandant pourquoi elle éprouvait le besoin de se justifier.

— Comme hier après-midi ? interrogea Drew, espiègle.

Les joues brûlantes, Carey baissa ta tête et feignit de s'absorber dans la contemplation de ses sandales.

— Non, pas de cette manière-là, rétorqua-t-elle au bout d'un long moment.

Et, le regard soudé au pont du voilier, elle attendit le trait d'ironie qu'il n'allait pas manquer de lui décocher.

Mais rien ne vint. Rien d'autre qu'un joyeux :

— En route !

7

La proue hardiment pointée vers le large, le foc gonflé par la brise, le dériveur ouvrait un sillon d'écume dans les eaux encore ensommeillées du lagon. En se penchant au-dessus du bastingage, on pouvait voir des myriades de poissons filer de part et d'autre de l'étrave comme des flèches de lumière.

Après avoir amené les voiles, Drew jeta l'ancre à proximité des bancs de coraux qui composaient la barrière interne du récif, puis sortit d'un sac un gros tube qu'il lança à Carey.

— Enduisez-vous de crème pendant que je règle les fixations des palmes, ordonna-t-il d'un ton impératif.

Elle regarda le ciel de nacre où s'éveillait un soleil paresseux et ébaucha une moue sceptique.

— Vous croyez que c'est nécessaire ? Je ne risque pas grand-chose, à cette heure de la journée.

— Faites ce que vous voulez, mais ne venez pas vous plaindre ensuite si votre jolie peau se met à peler.

Se rappelant un autre conseil qu'elle avait, à tort, refusé de suivre, Carey dévissa le bouchon du tube, puis étala une épaisse couche de crème sur ses bras et sur ses jambes.

— Vous avez déjà terminé ? s'étonna Drew en la voyant se lever.

— Oui.

— Tournez-vous.

— Je vous demande pardon ?

— Il faut que je vérifie si vous avez…

Le fracas d'une lame déferlant sur la barrière de corail noya la fin de la phrase. Déséquilibrée par le brusque tangage qui transforma le dériveur en balançoire, Carey s'agrippa aux épaules de Drew.

— C'est bien ce que je pensais, dit-il après l'avoir forcée à pivoter. Vous avez oublié l'arrière de vos cuisses... Allez, passez-moi la crème !

— Pourquoi ? s'inquiéta-t-elle. Vous ne voulez quand même pas...

Si, manifestement ! Sans lui laisser le temps d'achever, il s'empara du tube et lança le bouchon au pied d'un rouleau de cordages.

— Je peux me débrouiller toute seule, s'écria Carey lorsqu'elle sentit une main se poser sur sa jambe.

— A moins que vous ne souhaitiez être grièvement brûlée, tenez-vous tranquille pendant une minute ou deux,

« Autant dire un siècle ! » traduisit-elle, écarlate. Et. pour ne plus songer aux doigts qui frôlaient le bord de son maillot, elle s'obligea à suivre du regard la course d'un petit nuage vagabond.

— Ça y est, annonça Drew au bout d'une infinité de secondes, j'ai terminé. A présent, veuillez essayer ces palmes. Elles vous permettront de flotter et faciliteront vos mouvements. Quant à ce masque, il protégera vos yeux.

— Que devrai-je faire une fois dans l'eau ? questionna-t-elle en s'équipant.

— Lorsque vous aurez plongé, restez près de moi et ne touchez à rien quoi qu'il arrive. Il y a des tas d'oursins par ici et leurs piquants peuvent causer des blessures très douloureuses. Ne cherchez pas non plus à lier amitié avec une méduse ou une murène. Leur réaction risquerait de vous surprendre... Ah ! un dernier conseil : si vous vous sentez fatiguée, ne vous asseyez pas sur un banc de corail. De nombreux scorpions de mer s'y abritent et vous réserveraient un accueil dont vous vous souviendriez longtemps.

Carey s'approcha du bastingage et, en proie à un soudain vertige, faillit retirer ses palmes.

— Je ne savais pas qu'il était aussi dangereux de se baigner dans le lagon.

— Ce n'est pas dangereux. Il faut juste respecter quelques règles de base.

— Et que se passera-t-il si un requin m'attaque ?

— Soyez tranquille, cela ne se produira pas.

— Comment pouvez-vous en être certain ?

— Les squales qui vivent aux alentours ne sont pas très grands et s'intéressent plus aux poissons qu'aux êtres humains. Si vous n'attirez pas leur attention en cédant à la panique, il y a peu de chances pour qu'ils vous remarquent.

« Et il n'y en aura aucune si je ne quitte pas le bateau », se dit Carey après avoir promené un regard apeuré sur les eaux traîtresses du lagon.

— Je préfère rester ici, tout compte fait. Je m'assiérai à la barre pendant que vous…

Refusant d'écouter la fin de sa tirade, Drew lui lança un tuba, puis plongea élégamment et posa une main sur la coque du voilier.

— Un peu de cran, que diable ! Nous ne sommes pas en plein océan.

Non… Simplement au-dessus d'un immense réservoir de piquants, de venin et de dents prêtes à les déchiqueter.

— Vous me décevez. Je croyais qu'une femme telle que vous était capable d'affronter tous les dangers…

Encore une seconde d'hésitation et il la prendrait pour une poule mouillée ! Rassemblant son courage, Carey sauta du pont, avala une grande gorgée d'eau salée et, à demi étouffée, barbota vers Drew.

— J'espère au moins que vous savez nager ? lui demanda-t-il en la saisissant aux épaules pour l'empêcher de se noyer.

— Bien sûr !

— On ne le dirait pas. Si vous aviez fermé votre bouche, vous n'auriez pas bu la tasse.

— Au lieu de hurler, apprenez-moi donc à me servir d'un tuba.

— Rien de plus simple. Vous glissez ce tuyau entre vos lèvres et vous respirez calmement.

« Calmement ! » s'indigna en elle-même Carey après trois essais infructueux. Il en avait de bonnes !

— Détendez-vous. Sinon nous serons encore là dans dix ans.

— Comment voulez-vous que je me détende en sachant que des hordes de requins tournoient sous mes pieds ?

— Pensez-vous vraiment que je vous aurais laissée plonger s'il y avait le moindre danger ?

— Oh ! vous connaissant, je ne serais pas étonnée que vous m'ayez amenée ici dans le seul but de réaliser une nouvelle expérience. Sans doute aviez-vous besoin d'un appât pour attirer l'un de vos monstres marins et étudier ses réactions.

Une lueur amusée scintilla dans les yeux de Drew.

— Est-ce bien vous qui, tout à l'heure, étiez si pressée de m'accompagner ?

— J'ai changé d'avis.

— Vous auriez préféré rester sur l'île ?

— Oui. Si vous ne m'aviez pas réveillée, je serais dans mon sac de couchage en ce moment et je ne risquerais pas d'être piquée ou dévorée par vos sales bestioles.

— Ce ne sont pas des tueurs à gages, Carey. Respectez les quelques consignes que je vous ai données et il ne vous arrivera rien.

— Vous me le jurez ?

— Solennellement. Il n'y a aucune créature dans ce récif qui s'intéresse à vous… Sauf moi, peut-être.

A ces mots, Carey sentit une étrange émotion l'envahir et dut se faire violence pour ne pas rendre à Drew l'éclatant sourire qu'il lui offrait.

— Allez, l'encouragea-t-il, oubliez votre peur et concentrez-vous sur votre respiration… Voilà ! A présent, laissez-vous flotter en agitant doucement vos palmes… Excellent ! Et maintenant, suivez-moi. Vous verrez que vous ne regretterez pas d'être venue.

Comment l'aurait-elle pu, en effet ? Sous ses yeux éblouis, les coraux dessinaient un paysage insolite où ce qui ressemblait à de gigantesques bois de cerfs côtoyait des massifs de fleurs, des buissons élagués en boule et de longues tables couvertes de chandeliers délicatement ciselés. Parés de toutes les nuances de l'arc-en-ciel, habillés de raies ou de diaprures comme si un styliste de mode avait présidé au choix de leurs tenues, des centaines de poissons dansaient un étonnant quadrille.

Soudain, un ange de mer s'approcha de Carey, observa avec curiosité cette drôle de visiteuse chaussée de caoutchouc noir, exécuta deux ou trois virevoltes, puis s'éloigna dans un tourbillon d'azur et de safran. Charmée par sa grâce, elle joua des pieds pour tenter de le suivre et, bientôt distancée, se laissa escorter par une flottille iridescente jusqu'au périmètre cerné de filin où travaillait Drew.

— C'était fantastique, s'écria-t-elle dès qu'ils eurent rejoint le voilier.

Les yeux encore pleins de couleurs, elle lança son masque par-dessus le bastingage, regarda Drew se hisser sur le pont à la force des poignets et essaya de l'imiter.

— Ne vous fatiguez pas, dit-il en l'attrapant à bras-le-corps. Je vais vous aider.

Quand, après l'avoir soulevée dans les airs comme une plume, il la posa sur la banquette, elle lui dédia un sourire rayonnant.

— Merci de m'avoir emmenée. Jamais je n'aurais imaginé que ce monde dont vous me parliez était si fabuleux.

— Et moi, j'ignorais qu'une simple escapade en mer me vaudrait un tel sourire.

Gênée par l'intensité avec laquelle il la fixait, elle baissa les yeux et lâcha d'une voix hésitante :

— Hier, en nettoyant la hutte, je suis tombée sur un exemplaire du livre que vous avez écrit. Accepteriez-vous de me le prêter ?

— Bien entendu. Vous avez envie de le lire ?

— De le dévorer, plutôt ! Maintenant que je sais à quoi ressemblent les fonds marins, j'ai hâte d'en apprendre davantage. Ce doit être merveilleux de passer son temps à admirer les poissons.

— Je ne fais pas que cela du matin au soir. Il me faut

aussi procéder à des analyses et stocker des quantités de renseignements.

— A force d'explorer ce récif, vous allez finir par en percer tous les secrets, non ?

— J'en doute. Même si je restais des années à l'observer et à étudier les données recueillies, je ne serais pas en mesure d'expliquer pourquoi les différentes espèces animales et végétales qu'on y trouve parviennent à vivre en symbiose.

Carey sortit quelques fruits de son panier et offrit le plus beau à Drew.

— Avez-vous toujours voulu être biologiste ?

— Oui. Quand j'étais enfant, je collectionnais déjà les insectes et je m'amusais à compter les points noirs sur le dos des coccinelles.

— Je parie que vous adoriez également attraper des têtards et les conserver dans une jatte.

Drew tourna vers elle un regard étonné.

— En effet. Comment avez-vous deviné ?

— Oh ! je n'ai aucun mérite. Nous faisions la même chose.

— Qui cela, nous ?

Carey eut une légère hésitation.

— Ma cousine et moi, répondit-elle en pelant une banane. Nous passions nos vacances dans la maison de mes grands-parents… Nous étions plus proches l'une de l'autre que peuvent l'être deux sœurs.

— Vous ressemble-t-elle ?

— Non, pas du tout. Elle est très brillante, très sophistiquée et possède un charme ravageur.

— Comme la Camilla que je m'attendais à rencontrer ?

Carey retint son souffle. Si Drew soupçonnait la vérité et s'apercevait qu'elle était innocente de tout ce dont il l'accusait. Peut-être changerait-il d'attitude envers elle. Peut-être même finirait-il par tomber am… « Stop ! » décida-t-elle en mordant dans sa banane. Elle s'était engagée à interpréter un rôle et elle tiendrait sa promesse jusqu'au bout, quel que soit le prix à payer.

— Avez-vous déjà songé à faire autre chose que de la recherche ?

La question manquait d'originalité, mais tant pis ! L'essentiel était de détourner la conversation avant que Drew ne se demande pourquoi la cousine dont elle venait de lui parler ressemblait en tout point à la Camilla que lui avait décrite Paul Jarman.

— Oui, répondit-il, le visage brusquement rembruni. Quand j'étais plus jeune, mon père voulait que je lui succède à la tête des établissements Tarrant. Et, même si l'idée ne m'emballait pas, j'étais prêt à assumer cette responsabilité par égard pour lui.

Carey essaya d'imaginer Drew en chef d'entreprise submergé de rendez-vous, mais sans succès. Les grands espaces lui convenaient, à l'évidence, beaucoup mieux que les quatre murs d'un bureau.

— Comment se fait-il que vous ayez choisi une autre carrière ?

— Ce n'est pas moi qui ai choisi. Toutes les sociétés qu'avait fondées mon père ont dû être vendues avant qu'il ne prenne sa retraite. Lorsque j'ai terminé mes études, il ne me restait donc plus rien à diriger.

Surprise par l'amertume du ton, Carey observa Drew à la dérobée. Les traits durcis, le regard sombre, il fixait un point invisible à la surface de l'eau. Elle fut tentée de lui demander pour quelle raison il paraissait regretter une existence qu'il n'aurait pas aimée, mais jugea préférable de se taire. Peut-être était-il simplement déçu que lui ait échappé l'héritage auquel il avait droit…

— Il faut que je vérifie quelques mesures. Désirez-vous m'accompagner ?

Tirée de sa méditation, Carey vit Drew ajuster son masque et s'approcher de l'arrière du bateau, un compteur à la main.

— Oh, oui ! répondit-elle en lui emboîtant le pas. Avec plaisir.

— Veillez à toujours rester près de moi, recommanda-t-il dès qu'ils eurent plongé. Là où nous allons, il y a de grosses vagues et vous risqueriez de vous noyer si vous vous écartiez du périmètre que j'ai tracé.

***

Enthousiasmée par le spectacle qui s'offrait à elle, Carey oublia le conseil et se laissa dériver. Ce fut seulement lorsqu'un brusque remous altéra la limpidité de l'eau qu'elle prit conscience du danger. Relevant la tête, elle chercha Drew du regard et aperçut au loin son tuba. Comment avait-elle pu couvrir une si grande distance en l'espace de quelques minutes ?

Pressée de le rejoindre, elle agita ses palmes et essaya de remonter le courant. Mais ses muscles, tétanisés par l'effort, refusèrent de lui obéir. Les poissons qui lui avaient, jusque-là, paru si beaux se firent tout à coup menaçants et elle eut l'impression que les tentacules des anémones de mer se transformaient sous ses yeux en longs doigts crochus.

Quand une ombre jaillit devant elle, elle se redressa dans un sursaut et heurta un amas de coraux hérissé de flèches qui déchirèrent son T-shirt et lui entaillèrent l'épaule. Sous l'effet de la douleur, elle poussa un cri strident puis, rassemblant ses dernières forces, battit des bras pour chercher une prise. Mais, au lieu d'un rocher auquel elle aurait pu s'agripper, ce fut un filin attaché à une bouée que sa main rencontra. La poitrine en feu, elle tira sur la corde, qui se rompit aussitôt et s'enroula autour de ses jambes. « Jamais je ne réussirai à me libérer, songea-t-elle, affolée. Je vais me noyer… Me noyer bêtement. »

— Ressaisissez-vous, bon sang ! lui ordonna une voix au moment où elle allait suffoquer.

L'injonction agit sur ses nerfs comme un détonateur. Le corps secoué de sanglots convulsifs, elle se cramponna à Drew qui recula, surpris.

— Qu'est-ce qui vous arrive ? Vous tenez à ameuter tous les requins des Caraïbes ?

— J'ai eu très peur, avoua-t-elle, espérant entendre en écho quelques paroles de réconfort.

Mais elle n'eut droit qu'à une pluie de remontrances.

— Regardez ce que vous avez fait ! Mon filin est cassé et la balise a été entraînée par le courant. Comment voulez-vous que je travaille dans ces conditions ? Je ne sais même plus où se situe la zone que j'avais délimitée.

Carey ravala ses larmes et ôta son masque pour essuyer ses yeux.

— Vu les dégâts que vous avez causés, lui lança Drew d'un ton rogue, il ne nous reste plus qu'à rentrer. Vous sentez-vous capable de regagner le bateau ?

— Oui.

— Dans ce cas, suivez-moi. Nous allons nager doucement.

Quand ils eurent atteint le voilier, il se hissa le long de la coque, la tira par-dessus bord, puis la laissa s'effondrer sur le pont comme une poupée désarticulée.

— Et maintenant, questionna-t-il, furibond, pouvez-vous m'expliquer ce qui s'est passé ? Je vous avais pourtant ordonné de ne pas vous éloigner de moi.

— Je... j'étais tellement occupée à observer les poissons que je ne me suis pas rendu compte du danger.

— Vous auriez dû m'écouter au lieu de n'en faire qu'à votre tête. Lorsqu'on sait à peine se servir d'un tuba, on ne cherche pas à imiter un plongeur chevronné. On se contente de...

Apercevant une tache rouge sur l'épaule de Carey, Drew interrompit sa diatribe.

— Mais vous saignez ! s'exclama-t-il en se penchant vers elle. Que vous est-il arrivé ?

— J'ai cru voir un requin et je me suis cognée contre un morceau de corail.

Il l'obligea à lever les bras et retira le T-shirt dont elle avait recouvert son maillot.

— Est-ce douloureux ?

— Oui. Ça me brûle.

— L'entaille est moins profonde que je ne le craignais, dit-il après avoir examiné la plaie. Ce corail que vous avez heurté, de quelle couleur était-il ?

— Je n'y ai pas prêté attention. Je ne suis pas biologiste.

— Hélas pour moi ! Si vous l'étiez, vous n'auriez pas saccagé mon travail.

— A vous entendre, on croirait que je me suis blessée exprès pour vous embêter.

— Vous auriez en effet voulu gâcher ma journée que vous n'auriez pas agi différemment. J'ai perdu une matinée entière par votre faute, sans compter les heures que je devrai passer à réparer le filin que vous avez déchiré.

— Vous parlez d'une catastrophe ! La Terre ne va pas s'arrêter de tourner à cause d'un malheureux bout de corde.

Drew leva l'ancre dans un silence de plomb, puis s'installa à la barre, les narines palpitantes.

— Ce malheureux bout de corde, comme vous l'appelez, était cent fois plus important que toutes vos petites préoccupations. Mais cela, bien sûr, vous ne pouvez pas l'admettre. Vous êtes tellement égoïste et vaniteuse que vous vous prenez pour le nombril du monde. Rien n'a de valeur à vos yeux en dehors de vos projets minables. Piétiner les autres et massacrer la nature, c'est tout ce que vous savez faire dans la vie.

Cinglée par l'insulte, Carey retint à grand-peine la réplique mordante qui lui montait aux lèvres et fixa hargneusement l'horizon. Dès que le voilier eut accosté, elle sauta sur le ponton, puis courut vers la hutte où elle réussit tant bien que mal à retirer son maillot. Serrant les dents pour ne pas hurler de douleur, elle souleva son bras engourdi, s'enveloppa dans son sarong, et s'apprêtait à le nouer lorsque Drew pénétra dans la chambre avec une bassine remplie d'eau et une serviette-éponge.

— Sortez immédiatement de cette pièce ! s'écria-t-elle, rouge de colère.

Mais, au lieu d'obtempérer, il posa la cuvette sur le plancher.

— Si je ne nettoie pas votre plaie, elle risque de s'infecter.

— Je m'en moque.

— Ne dites donc pas de bêtises et laissez-moi vous aider.

— Non ! Je ne veux pas que vous me touchiez.

Nullement impressionné par le coup d'œil incendiaire dont elle le gratifia, il saisit les pans de coton qu'elle tenait entre ses doigts crispés et les noua d'une main sûre.

— Je n'attenterai pas à votre précieuse venue, soyez

sans crainte. J'ai autant envie de vous embrasser que vous de retourner nager en compagnie des requins.

Et, désignant le lit, il ajouta d'un ton impérieux :

— Couchez-vous sur le ventre.

— Pourquoi ? Je peux très bien rester debout. Je ne vais pas m'évanouir, vous savez. J'en ai vu d'autres.

— Oh ! mais je ne doute pas de votre bravoure. Seulement, il me sera plus facile de vous soigner si vous êtes allongée. Alors, cessez de discuter et obéissez-moi.

— D'accord, grommela Carey en se laissant tomber sur son duvet. Vous en avez pour combien de temps ?

— Quelques minutes tout au plus. Je dois d'abord laver votre épaule, puis la badigeonner d'un antiseptique.

— Il vous arrive souvent de jouer les infirmiers ?

— Pas très souvent, non. Mais l'année dernière, Paul s'est blessé assez grièvement et, si je n'avais pas eu sous la main tout ce qu'il fallait pour lui venir en aide, il aurait pu mourir. Lorsqu'on vit retiré, mieux vaut posséder un stock de médicaments.

— Vais-je avoir mal longtemps ?

— Jusqu'à ce soir. Ensuite, la douleur disparaîtra, mais vous devrez vous protéger du soleil pendant au moins une semaine.

Dès qu'il eut fini de panser la plaie, Drew referma sa trousse de secours avec un claquement sec et écarta les lanières du rideau.

— A votre place, jeta-t-il avant de s'éloigner, je resterais au lit tout l'après-midi.

Carey enfouit son visage dans l'oreiller et sentit peu à peu se diluer la colère qui bouillonnait en elle. Si, au lieu de négliger les consignes qui lui avaient été données, elle avait fait preuve d'un minimum de prudence, aucune dispute n'aurait assombri la journée et elle n'en serait pas réduite à garder la chambre comme une enfant punie…

Vers 16 heures, les élancements qui lui vrillaient l'épaule s'étant atténués, elle se leva, passa un short blanc et un chemisier à manches ballon puis, coiffée de son chapeau, sortit de la hutte et chercha Drew des yeux. Assis sur le ponton, les jambes à moitié immergées, il était en train de désentortiller le fil d'une canne à pêche.

Après une brève hésitation, Carey gagna le rivage et s'installa près de lui.

— Je suis désolée, murmura-t-elle en ridant la surface de l'eau du bout des pieds. Je me suis conduite comme une idiote.

Il lui jeta un regard pénétrant.

— Vous sentez-vous mieux ?

— Oui. Je n'ai presque plus mal.

Suivit, à peine troublé par le clapotis des vagues, un long silence qu'ils rompirent simultanément.

— Je souhaitais…, lança Carey.

— J'aimerais bien…, commença Drew.

Gênés, ils laissèrent chacun leur phrase en suspens.

— A vous l'honneur ! décida Drew. Que vouliez-vous me dire ?

— Que je vous étais infiniment reconnaissante.

— De quoi ? De vous avoir demandé si vous souffriez moins ?

— Non. De m'avoir montré le récif. C'était féerique et je regrette d'avoir tout gâché.

Il posa sa canne à pêche sur le ponton puis, du plat de la main, lissa la chevelure de Carey.

— Et moi, je voulais vous demander pardon de vous avoir rabrouée. Je suis un peu sur les nerfs actuellement parce que j'ai pris du retard dans mon travail. Paul est absent et l'équipe de volontaires que j'attendais ce mois-ci n'arrivera qu'en mars. Bref, j'ai reporté ma mauvaise humeur sur vous, alors que je suis l'unique responsable de ce qui s'est passé aujourd'hui. Je n'aurais jamais dû vous perdre de vue. La prochaine fois, je m'occuperai mieux de vous.

— La prochaine fois ? répéta Carey d'une voix tremblante. Cela signifie que je pourrai encore vous accompagner ?

— Oui. A condition que vous observiez scrupuleusement les règles de sécurité.

— Oh, je les observerai, soyez-en sûr !

Un sourire arqua les lèvres de Drew.

— N'avez-vous pas envie de savoir ce que je désirais vous proposer ?

« Une balade romantique sous les palmiers, sans doute », se dit-elle, le regard déjà peuplé de rêves.

— Si. De quoi s'agissait-il ?

— D'une partie de pêche !

8

Le soleil avait cessé d'éclabousser le lagon de sa lumière incandescente et, parcourue de longs frémissements, la mer clapotait contre la coque du bateau qui dodelinait, toutes voiles baissées.

Drew montra à Carey comment accrocher un appât à l'hameçon de sa canne à pêche, puis coiffa son panama et s'installa à la poupe, une gaule entre les mains.

— Avec un peu de chance, nous pourrons manger du poisson frais au dîner.

Carey s'accroupit à son tour et, le menton posé au creux de sa paume, s'abîma dans la contemplation du paysage. Vue de loin, Moonshadow Cay paraissait aussi déserte que l'île de Robinson Crusoé. Les huttes dissimulaient leur chapeau de paille derrière la frange de palmiers et le petit sentier qui menait à la plage se perdait dans les dunes. Seul l'embarcadère trahissait la présence d'habitants, et encore ! A cette distance, ses pilotis de bois ressemblaient à des aiguilles enfoncées dans les eaux turquoise du lagon.

Les yeux fixés sur le fragile ponton, engourdie par la tiédeur du jour déclinant, Carey se demanda si elle n'était pas en train de rêver.

— A quoi pensez-vous ?

La question la fit tressaillir. Non, rien de ce qui l'entourait n'était une illusion. Ni le soleil dont le disque orangé basculait peu à peu dans la mer, ni l'étendue bleutée qui encerclait le voilier.

Carey ouvrit les bras comme pour s'approprier l'horizon, puis dédia à Drew le plus éblouissant des sourires.

— Je suis heureuse, répondit-elle simplement.

Heureuse d'être là, près de lui, de sentir son regard peser sur elle et de savoir qu'aucun intrus ne troublerait leur soirée.

— Il est difficile de croire que nous sommes en février, n'est-ce pas ? ajouta-t-elle.

Impossible même d'imaginer que, par-delà l'océan, les gens couraient dans les rues pour échapper aux gifles du vent. Que les vallons du Yorkshire étaient encapuchonnés de neige. Que la glace festonnait le toit de son cottage... Et que, sans Camilla, elle aurait en ce moment un feu de bois pour seul compagnon.

Une violente secousse lui fit brusquement oublier les frimas anglais.

— J'ai l'impression que je viens d'attraper un poisson, s'écria-t-elle en se levant.

— Vite ! Ferrez-le et remontez-le à la surface.

— Je n'y arrive pas. Il est trop lourd pour moi.

Drew s'empara de la ligne, puis tira de toutes ses forces et tourna le moulinet.

— Belle prise ! commenta-t-il après avoir décroché l'hameçon.

Carey se pencha, curieuse.

— Qu'est-ce que c'est ? Une sorte de requin ?

— Non, un lutjanide. On en trouve quelques-uns par ici, mais ils ne sont pas faciles à capturer.

— Vous croyez que sa chair est comestible ?

Drew éclata de rire.

— Allez donc poser la question aux aubergistes de Belize ! Si vous désiriez vendre votre prise, ils se battraient pour vous l'acheter.

— Dommage, alors, que nous soyons loin du continent ! J'aurais pu faire fortune.

Carey redressa la tête et, devant le regard adouci que Drew fixait sur elle, sentit son cœur se mettre à battre plus vite. Seigneur ! pensa-t-elle, les prunelles élargies. Elle n'était tout de même pas en train de tomber amoureuse de ce prétentieux qui la grondait à longueur de journée comme une gamine mal élevée... Bien sûr que non ! Elle le trouvait attirant, certes, était fascinée par le métier qu'il exerçait, adorait l'entendre parler du récif, mais de là à l'aimer…

— Félicitations pour votre talent de pêcheuse ! s'exclama-t-il en lançant le poisson dans un seau. Grâce à vous, nous allons nous régaler et passer une magnifique soirée.

Quand le soleil se fut couché dans un flamboiement d'or et d'améthyste et que le voilier eut regagné son mouillage, Carey gravit d'un pas pesant le sentier qui menait à la hutte puis, une fois seule dans la chambre, renonça à se jouer la comédie plus longtemps. En dépit de tout — du bouquet de sarcasmes qu'il lui avait offert à son arrivée, des injures dont il l'avait ensuite accablée, des reproches qu'il déversait sur elle en permanence —, elle aimait Drew… à la folie.

« Il ne faut sous aucun prétexte le lui avouer », décida-t-elle en s'attablant devant les filets de poisson qu'il avait lui-même fait frire. S'épargner un surcroît de railleries. Ne se bercer d'aucune illusion. Dans moins de deux semaines, elle quitterait Moonshadow Cay, et ce serait avec soulagement qu'il la conduirait à l'aéroport. Une intrigante cupide et ambitieuse, voilà tout ce qu'elle était pour lui !

— Ma cuisine ne vous plaît pas ? questionna-t-il en la voyant manger du bout des lèvres.

— Si, si… Mais je n'ai pas très faim ce soir.

— Quelque chose vous tracasse ?

— Non.

Carey sentit le regard de Drew glisser sur son visage et faillit oublier ses résolutions. Pendant une seconde ou deux, elle hésita, au bord de l'aveu, puis se força à détourner la tête et ravala les mots un peu fous qui se pressaient au fond de sa gorge. Comment pourrait-elle lui dire qu'elle l'aimait alors qu'elle n'avait pas le droit de lui révéler son identité ? Et, même si elle la lui avouait, il n'en tomberait pas pour autant amoureux d'elle. Il avait vu tellement de mariages se briser qu'il refuserait tout engagement avant d'être sûr d'avoir trouvé l'épouse idéale. Or, idéale, elle ne le serait jamais à ses yeux, puisqu'elle l'avait dupé. Non, tout bien réfléchi, il n'y avait aucune place pour elle dans la vie qu'il s'était construite… Aucune.

— Vous avez eu une journée fatigante, déclara-t-il soudain en quittant son siège. Je vais vous laisser seule afin que vous puissiez vous préparer.

— Non, ne partez pas. Je…

Drew, qui s'apprêtait à ouvrir la porte de la cuisine, fit volte-face.

— Qu'y a-t-il ?

— Rien… Rien de grave. Je voulais juste vous dire que j'étais désolée.

— De quoi ?

— De vous obliger chaque soir à attendre ainsi dans l'obscurité que je sois couchée.

— Cela ne me dérange pas, rassurez-vous. Avant votre arrivée, j'allais très souvent me promener sur la plage après la tombée de la nuit.

— C'est bien vrai ? insista Carey, qui l'imaginait mal rêvant sous les étoiles.

— Je vous l'affirme. Mais, si vous ne me croyez pas, accompagnez-moi et vous verrez que je ne vous ai pas menti.

Au lieu d'écouter la petite voix raisonnable qui, au fond d'elle-même, lui conseillait de décliner l'offre et de se glisser dans son duvet, à l'abri des tentations, la jeune femme bondit sur ses pieds et le suivit.

Sans parler, sans se toucher, ils descendirent le chemin qui conduisait à la jetée, puis marchèrent au bord de l'eau. Sous la lueur pâle de la lune, le lagon scintillait tel un lac de diamants et, striée par l'ombre des palmiers, la grève ressemblait à une immense partition d'orchestre.

Drew s'arrêta à l'endroit où le sable faisait place à un tapis de broussailles.

— Je viens jusqu'ici presque chaque soir, murmura-t-il comme pour lui-même. Parfois, je m'aventure dans les fourrés. D'autres fois, je m'allonge sur la plage et j'observe les étoiles. Nous, les scientifiques, nous aimons à croire que, si on nous donnait suffisamment de temps et d'argent, nous pourrions découvrir tous les secrets de la nature. Mais quand nous regardons le ciel la nuit, nous apprenons l'humilité. Il y a beaucoup de choses que l'homme, quels que soient son intelligence et les moyens mis à sa disposition, ne réussira sans doute jamais à expliquer.

Le visage à demi ombré, il s'étendit sur le sable et, d'un geste, invita Carey à l'imiter.

— Connaissez-vous toutes les étoiles par leur nom ? demanda-t-elle d'une voix assourdie, comme si elle craignait de réveiller le firmament.

— Presque toutes, oui. La plus brillante d'entre elles s'appelle Sirius. Elle appartient à la constellation du Grand Chien… L'autre là-bas, celle qui est ceinturée de lumière, c'est Orion. L'apercevez-vous ?

— Oui, répondit-elle, impressionnée par la splendeur de la voûte céleste.

— Un peu plus loin, à gauche, vous avez la constellation du Taureau. Et cette étoile rouge-orangé qui semble s'être échappée d'un feu d'artifice, c'est Aldébaran, l'œil ensanglanté du Taureau.

— Quel drôle de nom ! s'étonna Carey en contemplant l'astre roux qui luisait juste au-dessus du ponton. Savez-vous pourquoi… ?

La fin de la question s'effilocha dans sa tête. Appuyé sur un coude, le visage modelé par un rayon de lune, Drew dardait sur elle un regard brûlant de désir.

— Que souhaitez-vous me demander ? interrogea-t-il tout bas.

— Je… j'ai oublié.

Il y eut un très long silence, que Drew brisa d'une voix rauque.

— J'aimerais vous embrasser. Mais je ne le ferai que si vous me donnez votre accord. Je ne veux pas que vous prétendiez ensuite que j'ai profité de la situation et que je me suis conduit comme une brute. Il est temps que vous soyez honnête envers moi, Carey. Que préférez-vous : que je continue de vous parler des étoiles ou que je vous prenne dans mes bras ?

Carey écouta les palmiers frissonner derrière elle et essaya désespérément de mettre un peu d'ordre dans ses idées. Si elle acceptait ce baiser, elle se le reprocherait sans doute plus tard, quand elle aurait quitté l'île. Mais, si elle le refusait, elle s'en repentirait bien davantage. Même s'il n'y avait aucun avenir possible pour Drew et elle, elle allait le vivre, le savourer, s'en délecter, dut-elle le regretter jusqu'à la fin de ses jours.

— Alors ? questionna-t-il. Avez-vous choisi ?

Elle avala sa salive avec difficulté.

— Oui.

— Que souhaitez-vous ? Que nous discutions d'astronomie ou que je… ?

— Que vous m'embrassiez, confessa-t-elle d'une voix enrouée par l'émotion.

Une lueur indéfinissable éclaira les yeux de Drew.

— C'était bien la réponse que j'attendais, reconnut-il dans un sourire.

Et, prenant le visage de la jeune femme entre ses mains ouvertes en coupe, il abaissa sa bouche vers elle, puis traça sur ses joues de longs sillons enflammés.

Le cœur délirant, l'esprit égaré, elle chercha les lèvres qu'il s'amusait à lui dérober et, les trouvant enfin, chaudes, avides, exhala une faible plainte. Le baiser s'épanouit, feu et velours mélangés, jusqu'à ce que, ivre d'impatience, Carey se cambrât, réclamant d'autres voluptés.

Les doigts de Drew frôlèrent le col très sage du chemisier à manches ballon et s'immobilisèrent sur le premier bouton.

— Veux-tu que je m'arrête ? demanda-t-il, le regard brillant.

Carey se blottit plus étroitement contre lui.

— Non, surtout pas !

Avec une lenteur obsédante, comme s'il souhaitait attiser sa fièvre, il défit une à une les petites perles d'onyx, effleurant des yeux et des lèvres la peau satinée qui s'offrait à ses caresses. Lorsqu'il eut écarté le voile de mousseline et qu'apparurent, balayés par une coulée de lune impertinente, deux globes de chair nacrée, il ne put retenir un gémissement.

— Carey… Oh, Carey !…

Electrisée par ce long soupir qui résonnait à ses oreilles comme une incantation, elle déboutonna la chemise de Drew puis, l'ayant dénudé jusqu'à la taille, promena sur son torse une main fébrile. Sa peau était si douce… Douces aussi, les lèvres qu'il posa sur la pointe érigée de ses seins, allumant en elle mille brasiers.

Les prunelles dilatées par le désir, Carey laissa ses doigts s'envoler jusqu'à la ceinture de Drew et en palpa la lourde boucle de métal.

— C'est à votre… C'est à ton tour d'être honnête envers moi, murmura-t-elle, haletante. Veux-tu que nous en restions là ou bien… ?

D'un baiser, il la réduisit au silence.

— Crois-tu vraiment que nous puissions encore hésiter ? demanda-t-il quand, à regret, leurs bouches se furent quittées.

Pour toute réponse, elle libéra l'ardillon et, enivrée par sa propre audace, dégrafa le jean de Drew. Vite, qu'ils se noient ensemble dans le flot du plaisir ! Elle en mourait d'envie.

Les yeux dans les yeux, le souffle court, ils achevèrent de se déshabiller avec impatience, lancèrent leurs vêtements sur le sable et roulèrent de nouveau dans les bras l'un de l'autre. Rien n'existait que le muet dialogue de leurs deux corps soudés. Rien ne comptait que ce gouffre brûlant dans lequel ils sombraient, les mains et la bouche fiévreuses.

Lorsque Drew marqua un temps d'arrêt, puis vint lentement en elle et accéléra peu à peu son rythme, Carey eut l'impression que les milliers d'étoiles qui luisaient au-dessus de sa tête se mettaient à tournoyer comme un carrousel avant de se fondre en une immense gerbe de feu.

Plus tard, beaucoup plus tard, ils coururent vers le lagon et s'enfoncèrent dans l'eau que la lune moirait de rubans argentés. Là-haut, Sirius, Orion et Aldébaran brillaient d'un éclat presque irréel. « Peut-être tout cela n'est-il qu'un joli rêve dont je vais bientôt m'éveiller », pensa Carey, mi-euphorique, mi-inquiète. Mais, l'attirant dans ses bras, Drew dissipa ses craintes.

— Tu es très belle, chuchota-t-il à son oreille. Si belle qu'ils doivent être nombreux à l'avoir constaté avant moi.

L'amertume qui perçait sous le compliment arracha Carey à son extase. Pendant tout le temps où ils s'étaient aimés, Drew l'avait prise pour Camilla.

— Il faut que je t'avoue quelque chose, commença-t-elle, lasse de se cacher derrière une fausse identité.

Mais aucun des mots qui se bousculaient dans sa gorge ne réussit à franchir ses lèvres. Elle avait promis à sa cousine de ne rien faire qui puisse entraver sa carrière et, quelles que soient les conséquences, elle ne violerait pas ce serment.

— Je t'écoute, murmura Drew. Qu'as-tu de si important à me dire ?

Elle leva la tête et le regarda droit dans les yeux.

— Me croiras-tu si je t'affirme que ce qui s'est passé entre nous ce soir compte énormément pour moi ?

Il lui caressa l'épaule d'un doigt incertain, comme s'il se reprochait tout à coup de ne pas avoir su résister au tourbillon effréné qui les avait jetés l'un vers l'autre.

— Je ne sais plus que penser, rétorqua-t-il au bout d'un instant. J'ai trop souvent vu les ravages que pouvait causer dans la vie d'un homme une femme dénuée de scrupules pour oublier ma méfiance à cause d'un moment de folie au clair de lune.

— Pourquoi ne veux-tu pas essayer ?

— Même si je le souhaitais, j'en serais incapable. Il y a des souvenirs que rien n'efface et les miens sont de ceux-là.

— Qu'allons-nous faire, dans ce cas ?

— Profiter du temps qui nous reste sans nous soucier d'hier ni de demain. Bientôt, tu partiras d'ici et chacun de nous poursuivra sa route. Evitons donc de prendre des engagements que nous ne serions pas en mesure de tenir.

Le cœur serré, Carey n'eut pas la force d'approuver. Au fond d'elle-même, cependant, elle savait qu'il n'y avait pas d'autre issue. Dans moins de deux semaines, elle retournerait en Angleterre. Alors, à quoi bon caresser des rêves ? A quoi bon se nourrir d'illusions ? Jamais Drew ne l'aimerait au point d'oublier ses préjugés. Jamais non plus il ne lui proposerait de partager sa vie. Tout ce qu'il pouvait lui offrir, c'étaient quelques jours de bonheur volés au destin. Quelques jours dont elle devrait, vaille que vaille, se contenter.

— C'est la solution la plus sage, tu ne trouves pas ? interrogea-t-il.

Carey marmonna un vague « si » puis, ébauchant un sourire, ajouta :

— Je suis d'accord avec toi. Il faut que nous profitions au maximum du moment présent.

D'un geste doux, il l'obligea à renverser la tête en arrière et déposa sur ses lèvres un baiser qui la laissa pantelante.

— Je me demande comment nous allons pouvoir tuer le temps d'ici ton départ, chuchota-t-il ensuite, taquin.

— Pourquoi pas de la même façon que ce soir ? suggéra-t-elle en se serrant tout contre lui.

— Dois-je comprendre que tu souhaites passer les deux prochaines semaines à faire l'amour ?

— Oui…

— Hum ! voilà un programme qui ne manque pas d'intérêt. Que dirais-tu si nous nous mettions à l'œuvre sur-le-champ ?

Elle simula l'indignation.

— Crois-tu que ce soit très raisonnable ?

— Au diable la raison ! s'exclama-t-il en l'entraînant vers la plage.

Lorsque Carey se réveilla le lendemain matin, le soleil s'engouffrait par la porte ouverte de la cuisine et, se jouant du rideau de perles, projetait ses rayons jusque sur le plancher de la chambre. Malgré l'heure tardive, elle resta un instant allongée dans son sac de couchage et laissa les images affluer à son esprit : les lèvres de Drew s'égarant sur sa peau, ses mains prenant possession d'elle, la fièvre et l'ivresse, le tournoiement des étoiles sur le velours du ciel… Jamais encore elle n'avait connu une telle plénitude dans les bras d'un homme et, où qu'elle aille, quoi qu'il arrive, elle ne serait plus, ne pourrait plus être la même.

Pressée soudain de quitter cette hutte trop étroite pour contenir son bonheur, elle se glissa hors de son duvet, s'habilla à la hâte et courut en direction de la plage, où elle aperçut Drew qui amarrait le dériveur. Sans doute revenait-il du récif, car le T-shirt qu'il portait était trempé, tout comme ses cheveux sur lesquels le soleil rebondissait en étincelles irisées. Lorsqu'il eut fini d'attacher le cordage au ponton, il se redressa et tourna la tête vers Carey, qui ralentit son allure, brusquement inquiète. Pourquoi, au lieu de marcher à sa rencontre, restait-il planté devant le bateau sans prononcer un mot ? Regrettait-il ce qui s'était passé entre eux ? Ou bien la méprisait-il de lui avoir cédé ?

— Bonjour, lâcha-t-elle timidement quand elle eut franchi la distance qui les séparait.

Un sourire aux lèvres, Drew scruta le visage empourpré qu'elle tentait de dissimuler sous son chapeau.

— Quel magnifique vermillon ! Je ne savais pas que les jeunes femmes comme toi rougissaient après une nuit d'amour.

Et voilà ! songea-t-elle, humiliée. Il se remettait à persifler. Plutôt que de partir à sa recherche, elle aurait bien mieux fait de rester dans la hutte et d'affecter une totale indifférence. Que croyait-il, ce mufle ? Qu'elle allait le laisser se moquer d'elle encore longtemps ?

Aussi raide qu'un soldat congédié par son adjudant, elle pivota sur ses talons et s'apprêtait à remonter le sentier lorsqu'une main agrippa son poignet et l'obligea à se retourner.

— Salut, jolie sirène, murmura Drew en lui encerclant la taille. Comment vas-tu ce matin ?

Et, la question à peine lancée, il planta sur le bout de son nez le plus joyeux, le plus impertinent des baisers.

Les dix jours suivants, parenthèse de bonheur dans un décor de rêve, passèrent vite… Beaucoup trop vite au gré de Carey. Sans que Drew ait eu besoin de le lui demander, elle devint son assistante, apprit à tracer des périmètres dans le lagon, à enregistrer des signaux presque imperceptibles et à se servir d'une caméra sous-marine. Les tâches qu'elle accomplissait étaient épuisantes et répétitives, mais le récif la fascinait tellement qu'elle ne songeait pas à s'en plaindre.

Drew et elles travaillaient ensemble le plus souvent. Tous les matins, un peu avant midi, elle le quittait pour aller préparer le déjeuner et se faisait un point d'honneur de ne jamais utiliser les conserves qu'elle avait empilées dans une paillote à son arrivée. Draw mangerait bien assez de thon en boîte quand elle serait partie !

Partie… Chaque fois que le mot traversait son esprit, elle avait l'impression de recevoir un coup de poignard en plein cœur. Quand Drew l'enfermait dans ses bras, elle fondait de plaisir et, le corps ensorcelé, oubliait qu'il lui faudrait sous peu retourner en Angleterre. Mais, dès qu'elle s'éloignait de lui, elle comptait les jours qui s'étaient déjà enfuis, et de voir ainsi s'émietter son bonheur lui mettait un goût de larmes sur les lèvres. Alors, comme un avare entassant ses écus, elle engrangeait dans un coin de sa mémoire les souvenirs qui, plus tard, adouciraient son chagrin.

Drew lui apprit à plonger et lui fit découvrir l'extraordinaire richesse de la vie sous-marine. A force de l'aider dans ses recherches, elle fut bientôt capable d'appeler par leur nom tous les habitants du récif : les syngnathes aux allures de trompette, les orphies au bec pointu comme une aiguille, les exocets qui, grâce à leurs grandes nageoires, pouvaient sauter hors de l'eau et planer dans l'air tels des oiseaux… Aucun poisson, aucun mollusque, si adroitement camouflé fût-il, n'échappait à l'œil exercé de Drew. Dès qu'il apercevait, à demi enfoui dans le sable ou tapi au milieu des coraux, un animal terrorisé qu'elle n'avait pas encore eu l'occasion d'observer, il le lui désignait du doigt et s'amusait des précautions qu'elle prenait pour s'en approcher.

Les jours où ils ne plongeaient pas, Drew pianotait sur son ordinateur à énergie solaire pendant que Carey lisait l'ouvrage dont il était l'auteur, admirant la clarté de son style et l'élégance de ses descriptions.

Chaque soir, après le travail, ils se promenaient sur la plage ou s'asseyaient sur le ponton pour assister au coucher du soleil. Parfois, ils montaient à bord du voilier et allaient pêcher en haute mer de quoi dîner. Jamais plus Carey ne réussit à attraper autre chose que du menu fretin, mais elle adorait rester près de Drew et le regarder surveiller sa ligne. De temps en temps, il penchait la tête vers elle et répondait au sourire qu'elle lui adressait par un clin d'œil complice.

De retour dans la hutte, ils plaisantaient, riaient et parlaient de tout sauf des sujets qui leur tenaient le plus à cœur. A maintes reprises, Carey faillit avouer à Drew qu'elle ne s'appelait pas Camilla et qu'elle était amoureuse de lui ; mais, craignant de rompre le fragile équilibre qu'ils avaient su trouver, elle rengaina ses confidences.

A aucun moment, au cours de ces dix merveilleuses journées, ils ne firent allusion à l'avenir. Ils se contentèrent, comme ils l'avaient décidé, de savourer le présent, seconde après seconde. Et, lorsque Drew l'entraînait dans un creux de sable pour y réinventer les gestes du bonheur, Carey oubliait jusqu'à son propre nom.

9

Ce fut un mardi que se brisa le sortilège. La nuit, gorgée d'effluves enivrants, était pourtant somptueuse. Allongés sur le sable, avec la voûte étoilée comme ciel de lit, Drew et Carey émergeaient lentement de l'abîme de douceur dans lequel ils avaient glissé et, tout en reprenant leur souffle, se laissaient bercer par le chuchotement du lagon.

— Drew…, commença Carey. Qu'est-ce qui est le plus important, à ton avis : la sincérité ou la loyauté ?

Retirant la main qu'il avait posée sur l'épaule de la jeune femme, il se redressa et fronça les sourcils.

— Pourquoi me demandes-tu cela ?

Carey s'assit à son tour et vit une étoile filante zébrer le firmament d'une éraflure dorée, « Faites que je trouve les mots ! » implora-t-elle en silence. Dans deux jours, il lui faudrait quitter Moonshadow Cay et elle ne pouvait se résoudre à partir sans avoir donné à Drew les raisons de sa conduite. Tôt ou tard, il apprendrait la vérité et, se souvenant de cette conversation au clair de lune, saurait qu'elle ne lui avait pas caché son identité par goût du mensonge.

— Je voulais juste connaître ton opinion.

— Tu la connais déjà.

— Non. Tu m'as dit ce que tu pensais de la sincérité, mais pas de la loyauté.

— Les deux vont de pair, il me semble.

— Pas nécessairement. On peut fort bien être honnête envers quelqu'un et lui dissimuler certaines choses parce qu'un tiers est impliqué.

Une ombre passa sur le visage de Drew.

— Si tu as l'intention de m'avouer que tu es amoureuse d'un autre homme, garde tes confidences pour toi. Je me moque de ce que tu feras quand tu auras quitté l'île. Nous ne sommes pas mariés.

— Et nous n'avons pris aucun engagement, je sais, acheva-t-elle d'une voix sans timbre.

— Encore heureux ! Imagine dans quelle situation nous serions maintenant si j'avais prétendu que je t'aimais. Il n'y a rien de pire que ce genre de tromperie, crois-moi. Pour qu'une relation ait la moindre chance de durer, elle doit être fondée sur une totale sincérité. Les mensonges, les secrets et les faux-semblants peuvent faire autant de mal qu'un coup de couteau.

— C'est de ton expérience personnelle que tu parles ?

— Pas uniquement.

Drew posa ses bras sur ses genoux repliés et regarda un filet de lune effleurer au loin la crête des vagues.

— Mon père était quelqu'un de très riche, expliqua-t-il après un court silence. Les gens disaient de lui qu'il possédait tout ce dont peut rêver un homme : la réussite professionnelle, une épouse aimante et un fils capable de lui succéder. Puis, un jour, sa vie a basculé. Ma mère est morte dans un accident de voiture et, pour oublier son chagrin, il s'est jeté dans le travail à corps perdu.

— Ce n'est pas étonnant. Quand on a connu la chaleur d'un foyer, il doit être difficile de rentrer chaque soir dans une maison vide.

— Oh ! il n'est pas resté seul très longtemps. Après cinq ans de veuvage, il s'est remarié.

— Et sa nouvelle femme ne l'a pas rendu heureux ?

— Non. Kelly a vu en lui la proie idéale, a déployé tout son charme pour le séduire et, une fois le mariage célébré, s'est empressée de dilapider sa fortune et de le tromper. Le pauvre ne s'est aperçu de rien pendant des mois. Il était tellement fou d'elle qu'il lui aurait offert la lune si elle la lui avait demandée. Quand il a enfin ouvert les yeux, il a cru que le monde s'écroulait autour de lui. Et le plus grave, c'est que Kelly n'a pas hésité à nier lorsqu'il a exigé des explications.

— Que lui a-t-elle dit ?

— Qu'il avait tort de l'accuser. Que ses amants étaient de simples connaissances avec lesquelles elle entretenait des relations de pure courtoisie. Qu'elle l'aimait trop pour lui être infidèle… Bref, elle a joué les vertueuses indignées et, comme mon père l'adorait encore, il a fait semblant de gober ses mensonges. Pendant les deux années qui ont suivi, il a essayé de sauver son mariage, mais sans résultat. Quand Kelly a voulu divorcer, il a dû vendre la dernière de ses sociétés afin de payer les indemnités qu'elle lui réclamait. Après cela, il n'a plus jamais été le même. Il avait travaillé toute sa vie pour bâtir un empire qu'il espérait me léguer et, lorsqu'il s'est retrouvé sans un sou, il a eu l'impression de m'avoir dépouillé.

Drew marqua une pause, les yeux au loin, puis enchaîna, ému :

— Personnellement, je n'avais que faire de son argent. Ce qui me désolait, en revanche, c'était de le voir souffrir. Peu avant sa mort, il m'a supplié de lui pardonner. Mais comment moi, qui avais failli tomber dans le même piège que lui, aurais-je pu le blâmer ?

Carey tourna la tête, intriguée.

— Tu veux dire que Kelly et toi avez eu…

— Une liaison ? acheva Drew à sa place. Sûrement pas ! J'ai toujours pris ma belle-mère pour ce qu'elle était : une coureuse et une hypocrite que seule intéressait la fortune des Tarrant. De ma fiancée, par contre, je ne me suis pas méfié.

— Ta fiancée ? Mais je croyais que tu avais le mariage en horreur !

— Pas à cette époque-là. Quand j'ai fait la connaissance de Danielle, j'étais encore très naïf et j'ignorais que, sous des dehors innocents, une jeune femme pouvait cacher un cœur de pierre. Si Kelly ne nous avait pas ruinés, mon père et moi, j'aurais sans doute conservé mes stupides illusions.

— Que s'est-il passé exactement ?

— Quand Danielle a su que l'héritier de l'empire Tarrant auquel elle avait promis un amour éternel n'avait plus un seul penny en poche, elle a aussitôt décampé.

Drew partit d'un rire grinçant.

— J'ai eu de la veine, en fin de compte. Grâce à Kelly et à Danielle, j'ai pu me tourner vers la recherche et j'ai appris à ne pas me laisser berner par la première jolie fille venue. Sans elles, je ne serais pas ici à l'heure qu'il est. Je travaillerais probablement dans un bureau enfumé et j'aurais une ribambelle d'enfants à élever.

Puis, embrassant d'un geste large l'île et le lagon, il ajouta :

— Oui, tout bien considéré, j'ai de la chance.

Carey l'examina en silence et se demanda si les ombres du passé ne ternissaient pas son bonheur plus qu'il ne voulait l'admettre.

— Je suis navrée de ce qui t'est arrivé, déclara-t-elle, le visage grave. Et je comprends mieux maintenant pourquoi tu tiens tant à ce que l'on soit sincère envers toi. Mais tu as tort de généraliser. Ce n'est pas parce que Kelly et Danielle se sont mal conduites que les autres femmes leur ressemblent.

— Même si toutes ne sont pas aussi cupides, rares sont celles qui ne savent pas mentir.

— Ce que tu dis est injuste, Drew.

— Ah oui ? Alors, prouve-le-moi en me certifiant que tu es toujours d'une franchise absolue.

Un flot de sang envahit les joues de Carey. S'il l'avait aimée, elle lui aurait peut-être avoué la vérité en dépit de la promesse faite à Camilla. Seulement voilà ! Il ne l'aimait pas. Le mariage avait à ses yeux la pesanteur d'un boulet. Tout ce qu'il souhaitait dans la vie, c'était conserver son indépendance et poursuivre ses recherches.

— Allez, jure-moi que tu es incapable de proférer un mensonge !

— Désolée, je… je ne peux pas.

— Le contraire m'aurait stupéfié. Pas un seul instant depuis notre « réconciliation » je n'ai oublié à qui j'avais affaire.

Le ton était si blessant que Carey eut l'impression qu'on lui assenait une gifle retentissante.

— Tu me méprises encore, malgré ce qui s'est passé entre nous ?

— Oui. Que croyais-tu ? Que je tomberais amoureux

de toi et que tu pourrais me congédier quand j'aurais cessé de te plaire ? Soyons sérieux, veux-tu ! Ces deux dernières semaines ont été agréables, certes, mais pas au point de m'aveugler. Le traité de paix que nous avons conclu nous obligeait à être courtois l'un envers l'autre. Nous en avons respecté les clauses. Tu n'as donc aucune raison de te plaindre.

Carey se leva et défroissa son sarong.

— Mais je ne me plains pas, rétorqua-t-elle d'une voix étranglée. Je suis heureuse que nous nous soyons bien entendus… Très heureuse, vraiment !

Drew la regarda chausser ses sandales, l'air étonné.

— Où vas-tu ?

— Me coucher. Je suis fatiguée.

Le cœur en mille morceaux, elle regagna la hutte et se glissa dans son duvet. Ces dix jours qui lui avaient semblé magiques n'avaient rien signifié pour Drew… Rien du tout ! Et alors ? s'admonesta-t-elle en fermant ses yeux embués de larmes. Qu'avait-elle espéré ? Qu'il lui jurerait amour et fidélité ?

Quand il rentra de la plage, beaucoup plus tard, et qu'il fit cliqueter les perles du rideau, elle s'obligea à respirer calmement.

— Tu dors, Carey ? Demanda-t-il tout bas.

« Non ! » eut-elle envie de crier, le visage ruisselant de larmes. Elle était bien trop triste pour trouver le sommeil.

Le lendemain matin, lorsqu'elle sortit de la chambre, Drew lui tendit une tasse de thé en silence. D'habitude, le petit déjeuner était un moment privilégié qu'ils ponctuaient de rires et de baisers. Aujourd'hui, le bonheur s'était échappé, la complicité avait disparu. Seul le soleil, dont les rayons entraient à flots dans la cuisine, était encore d'humeur joyeuse.

— Es-tu prête ? jeta Drew dès que le repas fut achevé.

Et, sans plus se soucier d'elle, il ouvrit la porte à toute volée. Carey aurait aimé le suivre, mais c'était impossible. Un geste, un regard, et elle se remettrait à rêver…

— Ne m'attends pas, répondit-elle d'une voix faussement dégagée. Je dois prendre quelques photographies.

— Que tu montreras à ton patron dès que tu seras de retour à Londres ?

— Oui. Je suis venue ici pour travailler, pas pour m'amuser.

Drew la dévisagea froidement.

— Loin de moi l'envie de te distraire ! lança-t-il, les narines pincées. As-tu l'intention de rentrer à midi ?

— Non. Je vais pique-niquer.

— A ce soir, alors. Passe une bonne journée.

— Toi aussi. Je sais que nous devions tracer un nouveau périmètre dans le récif ce matin, mais je ne peux vraiment pas t'accompagner. J'espère que tu y arriveras tout seul.

— Ne t'inquiète pas pour cela. Je n'ai pas besoin de ton aide.

« Ni de mon amour non plus », songea Carey quand il eut dévalé l'escalier.

Après avoir balayé la cuisine, elle enfouit deux bananes et une bouteille de soda dans son panier en osier et se dirigea vers la pointe nord de l'île. Vouloir transformer le lagon en centre touristique lui paraissait une idée si absurde qu'elle s'évertua à relever tous les obstacles que rencontreraient les entrepreneurs au cas où le projet serait accepté.

A midi, elle s'assit à l'ombre d'un palmier solitaire, le regard embué. La veille, à la même heure, Drew et elle avaient déjeuné dans une cocoteraie assoupie au bord de l'eau. Après le repas, elle avait fait semblant de dormir jusqu'à ce qu'il enlace et crible son visage d'une kyrielle de baisers.

« Jamais je ne supporterai de le quitter », songea-t-elle en écrasant la grosse larme qui roulait sur sa joue. Bientôt, pourtant, elle devrait partir et, de son séjour à Moonshadow Cay, il ne lui resterait que des images feutrées de nostalgie... Des images que Drew, lui, rayerait de sa mémoire à la seconde même où elle sortirait de sa vie.

Carey s'essuya les yeux et, d'une main tremblante, souleva le couvercle de son panier. Pourquoi avait-il fallu qu'elle s'éprenne de l'homme le plus borné et le plus arrogant du monde ?

— Quand je pense qu'il me croit aussi insensible qu'un bloc de granit ! s'indigna-t-elle en pelant une banane. Il pourrait tout de même se rendre compte que je suis amoureuse de lui !

S'il avait eu une once de perspicacité, il aurait immédiatement deviné qu'elle n'était pas Camilla et l'aurait forcée à lui dire la vérité au lieu de l'insulter. Mais non ! Monsieur était tellement aveuglé par ses préjugés imbéciles qu'il ne s'était pas posé la moindre question !

Brûlante de colère, Carey resta l'après-midi entier loin de la hutte. Lorsqu'elle se décida enfin à rentrer, le soleil agonisait dans un ciel enflammé. Dès qu'il l'aperçut au pied du terre-plein, Drew se précipita à sa rencontre et la secoua comme un prunier.

— Où diantre étais-tu passée ?

— Je suis allée jusqu'à la pointe nord de l'île, répondit-elle en se dégageant.

— Tu n'aurais pas pu rentrer plus tôt ?

— Non. J'avais beaucoup de travail en retard.

— Et il ne t'est pas venu à l'esprit que je risquais de m'inquiéter à ton sujet ?

— Toi, t'inquiéter ? Tu plaisantes ! J'aurais dormi à la belle étoile que tu n'aurais même pas regretté mon absence.

— Pourquoi aurais-tu voulu que je la regrette ? Je n'ai pas besoin de toi.

— Je le sais. Tu me l'as déjà dit ce matin.

Drew grimpa l'escalier quatre à quatre et poussa d'un poing rageur la porte de la véranda, puis celle de la cuisine.

— Dois-je te rappeler que tu es sous ma responsabilité ? lança-t-il à Carey, qui lui avait emboîté le pas en bougonnant. S'il t'était arrivé quelque chose, j'aurais eu des tas d'ennuis.

— Ah ! c'est pour cela que tu avais tellement hâte de me voir rentrer ? Tu as eu peur qu'on ne t'accuse de négligence… Eh bien, tranquillise-toi ! Je ne me suis pas noyée, je n'ai pas été étouffée par un boa et je ne me suis même pas foulé la cheville. Comme tu peux le constater, j'arrive très bien à survivre sans ton aide.

— Oh, mais je n'en doute pas ! Les filles comme toi sont en général pleines de ressources.

L'heure qui suivit égrena ses minutes dans un silence tendu. Figés de part et d'autre de la table, le nez plongé dans leur assiette, Carey et Drew dînèrent sans échanger un seul regard. Dès que le repas fut terminé, la jeune femme alla chercher sa trousse de toilette dans la chambre et ressortit de la hutte.

— As-tu encore l'intention de travailler demain ? questionna Drew, qui faisait les cent pas devant l'escalier.

— Oui.

— J'ai du mal à croire qu'il te faille deux journées entières pour t'apercevoir que cette île ne pourra jamais être transformée en station balnéaire. Cinq minutes auraient dû te suffire.

— Je t'ai déjà dit qu'il ne m'appartenait pas de décider. Je ne suis venue ici que pour réunir des renseignements.

— Et si ton patron donne son aval à ce projet, tu n'auras aucun poids sur la conscience ?

— Aucun.

— Pourquoi, alors, m'as-tu répété avant-hier que le lagon était un endroit magique et qu'il était primordial de préserver le récif ?

— Parce que je le pensais.

— Dois-je en conclure que tu as changé d'avis ?

— Non, mais j'ai une mission à remplir.

— Comme si je ne le savais pas ! riposta Drew d'une voix dédaigneuse. Ce que tu voulais en arrivant à Belize, c'était que je t'accepte sur l'île afin que tu puisses la mener à bien, cette sacro-sainte mission. Et, pour t'assurer mon concours, tu étais prête à tout, même à te jeter dans mes bras, hein ?

Sous l'insulte, Carey se sentit blêmir.

— J'ai plutôt eu l'impression que c'était toi qui avais envie de me mettre dans ton lit.

— Ah bon ? Explique-moi donc pourquoi tu as tout fait pour me séduire.

— Je n'ai rien fait de spécial.

— Oh, que si ! Tes sourires charmeurs, tes regards insistants, cette façon que tu avais de me tendre tes lèvres, tout cela, ce n'étaient que des manœuvres destinées à me tourner la tête.

— Et ta conduite, tu la trouves irréprochable, peut-être ? Jamais, au cours de ces deux semaines que nous avons passées ensemble, tu ne m'as témoigné le moindre respect. Tu m'as jugée bien avant de me connaître et à aucun moment, par la suite, tu ne t'es départi de ta méfiance. La seule chose qui t'intéresse, c'est ton fichu programme de recherches. Quand tu as su que j'allais venir à Moonshadow Cay, tu as eu tellement peur que je ne réussisse à persuader mon patron de détruire le récif que tu as décidé de tout mettre en œuvre pour m'empêcher de travailler. Tu as même poussé le zèle jusqu'à me faire l'amour, espérant que je quitterais l'île sans avoir pris une note !

— Bravo ! s'exclama Drew en applaudissant. Je ne me doutais pas que tu devinerais mes intentions aussi facilement.

Carey étouffa le sanglot qui lui nouait la gorge. Ne pas pleurer devant ce butor, se dit-elle en serrant les dents. Ne surtout pas lui donner ce plaisir.

— Ton petit stratagème a bien failli marcher, je l'avoue. Mais, hélas pour toi, j'ai découvert à temps qui tu étais vraiment : un égoïste borné et vaniteux incapable de voir ce qui saute aux yeux.

Drew la saisit par la taille et l'obligea à le regarder.

— Qu'entends-tu par là ?

— A toi de trouver ! riposta-t-elle en se dégageant. Tu possèdes tous les éléments dont tu as besoin. Alors, tires-en les conclusions qui s'imposent !

Quand Carey se leva le lendemain matin, le lit de Drew n'avait pas été défait, aucune miette de pain ne traînait sur la table de la cuisine et la bouilloire exhibait tristement sa panse vide sur le réchaud.

« C'est la dernière journée que je passe ici », songea la jeune femme en se forçant à boire un peu de thé. Encore une vingtaine d'heures et il lui faudrait dire adieu à la petite hutte chapeautée de paille que s'amusait à fouetter la brise.

Au ponton dont les poutres mal dégauchies lui avaient plus d'une fois égratigné les orteils. A la plage hérissée de dunes où Drew l'avait aimée et où plus jamais elle ne s'allongerait.

Pour échapper à la ronde infernale de ses pensées, elle épousseta les quelques meubles que contenait la cabane, puis balaya le sol avec frénésie, et, quand il ne resta plus un seul grain de sable entre les lattes du plancher, alla s'adosser à la porte de la véranda.

A peine s'était-elle assise que le bruit d'un moteur la fit sursauter. Une main en auvent, elle se redressa et aperçut un hors-bord qui s'approchait de l'embarcadère à toute vitesse. Après avoir dégringolé l'escalier, elle franchit le terre-plein et s'apprêtait à descendre le sentier qui menait au ponton lorsqu'elle vit Drew déboucher sur la grève au pas de course.

Dès que le hors-bord eut disparu à l'horizon, il examina le paquet de lettres que lui avait remis le pilote, puis enfouit toutes les enveloppes dans la poche de son jean… Toutes sauf une qu'il fixa longuement avant de se diriger vers la hutte à grandes enjambées.

De peur de se trouver face à face avec lui, Carey battit en retraite et, sans avoir eu le temps de se munir de provisions, s'engagea sur un layon qui serpentait entre des touffes d'arbrisseaux.

Ce furent la faim et la soif qui, deux heures plus tard, l'obligèrent à rebrousser chemin. Drew devait avoir fini de lire son courrier et avoir quitté la paillote, se rassura-t-elle en contournant les pilotis. Ils s'étaient séparés en si mauvais termes la veille qu'elle préférait ne pas le revoir de la journée.

Bien décidée à passer l'après-midi de l'autre côté de l'île, elle grimpa l'escalier, traversa la véranda, poussa la porte de la cuisine… et crut que son cœur s'arrêtait. Accoudé à la table, des feuillets étalés devant lui, Drew braquait sur elle un regard glacial.

— Je t'attendais, lâcha-t-il d'une voix si menaçante qu'elle sentit son sang refluer de ses joues.

Pour se donner une contenance, elle versa de l'eau dans une timbale et but à petites gorgées.

— Assieds-toi, Camilla.

L'ordre claqua comme un coup de fouet.

— Qu'y a-t-il ? demanda-t-elle en obéissant.

— Tu détestes que je t'appelle Camilla, n'est-ce pas ?

— Oui. Je… je te l'ai déjà dit.

— Si j'ai bonne mémoire, c'est pourtant sous ce nom-là que tu t'es présentée à moi quand je suis allé te chercher à Belize.

Carey crispa ses mains sur le gobelet.

— En effet. Mais je ne vois pas…

— Peut-être ceci t'aidera-t-il à comprendre, l'interrompit Drew en lançant sur la table le passeport qu'elle avait soigneusement dissimulé au fond de sa valise. Dommage que je n'aie pas pensé plus tôt à jeter un œil sur tes papiers, Carey Louise Cavendish !

— Tu n'avais pas le droit de fouiller dans mes affaires.

— Et toi, tu n'avais pas le droit de venir ici sous une fausse identité. Camilla n'est ni ton nom de baptême ni un quelconque surnom. Personne, pas même les collègues dont tu m'as parlé, ne t'a jamais appelée ainsi, tout simplement parce que Camilla Cavendish et toi êtes deux personnes différentes.

— Comment as-tu deviné ?

— Un ami m'a apporté mon courrier ce matin et, parmi les messages que j'ai reçus, il y en avait un de Paul dans lequel il m'informait qu'il ne serait pas de retour à la date prévue.

— En quoi cela me concerne-t-il ?

Drew tendit à Carey le deuxième feuillet de la lettre.

— Quand j'ai lu ce passage, je n'ai d'abord pas compris pour quelle raison Paul me disait que, Camilla n'étant pas venue, il regrettait d'avoir quitté Moonshadow Cay.

Carey parcourut les lignes que lui désignait Drew et eut l'impression que le sol se mettait à tanguer sous ses pieds.

— Ainsi, il a rencontré Camilla…

— Oui. Il est allé dans le Yorkshire pour rendre visite à un camarade d'enfance qui lui a montré la campagne environnante. Désirant acheter des cartes postales, il est entré dans une boutique et s'est trouvé nez à nez avec celle qu'il s'était ingénié à fuir. Comme il était accompagné de son ami, il n'a pas osé parler à Camilla et a donc décidé de rester quelques jours de plus en Angleterre afin de retourner la voir et de clarifier la situation.

Drew replia tranquillement la lettre de son assistant, puis glissa les feuillets dans l'enveloppe.

— Et maintenant, questionna-t-il avec froideur, peux-tu me dire qui tu es vraiment ?

A la fois soulagée de ne plus avoir à feindre et inquiète des conséquences de son mensonge, Carey prit une profonde inspiration.

— Je suis la cousine de Camilla.

— Et tout ce que tu m'as raconté ces deux dernières semaines était aussi faux que ton identité, j'imagine ?

— Non. Je t'ai seulement caché mon nom.

— Seulement ? releva-t-il en écho. Tu te paies ma tête pendant des jours et tu prétends que ce n'est pas grave !

— Je mourais d'envie de tout t'avouer, mais j'avais juré à Camilla de me taire.

— Tu as dû bien rire de moi depuis ton arrivée.

Carey se pencha en avant.

— Est-ce l'impression que je t'ai donnée ?

Drew passa une main lasse sur son front.

— Pourquoi as-tu fait cela, Carey ?

— Pour aider ma cousine. Elle veut à tout prix réussir dans son métier et présenter un projet d'aménagement de l'île lui a semblé le meilleur moyen d'attirer l'attention de son patron. C'est elle qui était censée venir à Moonshadow Cay, mais elle s'est cassé la jambe sur une piste de ski. Alors, craignant que ses collègues ne lui soufflent l'idée, elle s'est adressée à moi.

— Et tu t'es prêtée à cette comédie ?

— Oui. Avant de débarquer ici, je croyais que tu te ficherais pas mal de connaître mon nom. Ce n'est qu'après t'avoir entendu parler de Paul que je me suis aperçue de mon erreur.

— Pourquoi ne m'as-tu pas détrompé à ce moment-là ?

— Parce que je n'avais pas le droit de trahir Camilla.

— Si je comprends bien, sa carrière t'importait plus que les tiens qui nous unissaient, toi et moi…

Carey ne répondit pas tout de suite. Comment expliquer à Drew ce qui l'avait poussée à mentir ?

— J'ai perdu ma mère l'an dernier, confia-t-elle enfin d'une voix étouffée, et je n'ai personne d'autre dans la vie que Camilla. Chaque fois que j'ai eu besoin d'un coup de main, elle n'a pas hésité à me le donner. Je ne pouvais donc pas la laisser tomber. Qui plus est, ton attitude à mon égard ne m'incitait pas à te révéler quoi que ce soit. Bien avant notre première rencontre, tu avais décrété que j'étais incapable de sincérité.

— Et je n'avais pas tort !

Les mâchoires durcies, Drew fixa l'enveloppe ourlée de bleu et de rouge qu'il tenait encore entre ses doigts.

— Le plus drôle dans toute cette histoire, c'est que je n'ai pas fermé l'œil de la nuit et que, si je n'avais pas reçu la lettre de Paul ce matin, je serais venu te demander pardon et te dire que je t'avais mal jugée.

Il éclata d'un rire sans joie.

— Quelle ironie, n'est-ce pas, que j'aie appris la vérité juste après avoir décidé de t'accorder ma confiance ?

Carey sentit une boule lui obstruer la gorge.

— Je ne trouve pas cela amusant.

— Moi non plus, répliqua-t-il, le regard lointain. Tu m'as démontré que j'avais raison de fuir les femmes comme la peste. Kelly, Danielle, Camilla et toi, vous êtes toutes aussi menteuses les unes que les autres.

Puis, se levant brusquement, il ajouta d'un ton coupant :

— Au lieu de me dévisager ainsi, file dans la chambre et fais ta valise. Je vais te reconduire à Haulover Creek.

— Mais mon avion ne décolle que demain !

— Peu importe ! Tu n'auras qu'à passer la nuit dans un hôtel. En ce qui me concerne, je ne veux plus te revoir.

10

Assise à l'arrière du dériveur, Carey pria pour qu'une tempête plus violente encore que celle dont elle avait conservé le souvenir les oblige à retourner s'abriter dans le lagon. Mais cet après-midi, la mer avait oublié sa fureur et ses caprices. A peine sculptée par le vent, elle dansait sous un soleil radieux. Aucun nuage ne mouchetait l'indigo du ciel.

Quand apparut à l'horizon la petite crique ceinturée de dunes rousses qu'elle avait quittée deux semaines plus tôt sous une pluie diluvienne, Carey crut que son cœur allait se briser. Drew amena les voiles dans un silence lourd de ressentiment, puis s'approcha du débarcadère et, sans même prendre la peine d'amarrer le bateau, lança sur le ponton la valise qu'elle avait posée à ses pieds.

— Descends.

— Je t'en prie, Drew. Nous ne pouvons pas…

— Fiche le camp ! coupa-t-il, le visage fermé.

Des larmes plein les yeux, elle saisit son sac et sauta sur le quai. Quand elle se retourna, le foc était déjà hissé.

— Drew cria-t-elle à tue-tête, incapable de supporter qu'ils se séparent ainsi, comme des ennemis jurés.

Mais, sourd à son appel, il s'éloigna de la jetée. Bientôt, le dériveur ne fut plus qu'un point minuscule oscillant entre le bleu du ciel et celui, plus vif, de la mer.

Carey resta longtemps immobile au bord de l'eau, puis, courbée sous le poids de sa valise, remonta le sentier menant à Haulover Bridge et s'engouffra dans l'hôtel délabré qui somnolait de l'autre côté du pont.

Des heures qui suivirent, elle ne garda que des souvenirs

confus. Rythmée par les mugissements d'une sirène, la nuit se traîna, lugubre, et le vol de Belize à Londres lui sembla ne jamais devoir s'achever.

Lorsqu'elle arriva dans le Yorkshire, la campagne était emmitouflée de neige et le givre enguirlandait la vitrine de son magasin.

— Carey ! s'exclama joyeusement Camilla en l'embrassant sur les deux joues.

Carey jeta autour d'elle un regard étonné.

— Je vois que tu as réaménagé la devanture pendant mon absence. C'est drôlement joli ! Je ne savais pas que tu prendrais autant de plaisir à me remplacer.

— Moi non plus. J'étais persuadée que j'allais m'ennuyer à mourir derrière ton comptoir, mais tout le monde a été tellement gentil avec moi que je n'ai plus envie de rentrer à Londres.

— Ne me dis pas que tu as l'intention de quitter Weatherill Willis !

— Si.

— Et ta carrière ?

Camilla entraîna Carey vers le petit salon jouxtant le magasin et sortit le service à thé du buffet.

— Je m'en moque ! répliqua-t-etle en mettant de l'eau à chauffer. Quand je suis venue te parler il y a trois semaines, je n'avais qu'une idée en tête : obtenir de l'avancement. Mais, depuis ton départ, j'ai eu le temps de réfléchir et de m'apercevoir que je n'étais pas faite pour obéir aux ordres d'un patron. Alors, j'ai décidé de démissionner et d'acheter une boutique comme la tienne.

Carey se laissa tomber dans l'un des deux gros fauteuils qui encadraient la fenêtre.

— Tu veux dire que j'aurais pu éviter d'aller à Belize ?

— Au contraire ! Si tu étais restée ici, je n'aurais jamais découvert ma vocation. Tu n'as donc rien à regretter.

Rien ? Carey prit la tasse en porcelaine que lui tendait sa cousine et, refoulant son chagrin, la porta à ses lèvres.

— Ce que tu es bronzée ! s'exclama Camilla avec envie. Comparée à toi, j'ai l'air d'un cachet d'aspirine.

— Est-ce que Paul Jarman est venu te voir ? lui demanda Carey à brûle-pourpoint.

— Paul ? Oui, je l'ai rencontré pendant que tu étais dans les Caraïbes. Mais qui t'a parlé de celte visite ?

— Ce serait trop long à t'expliquer.

Camilla jeta deux morceaux de sucre dans sa tasse et, tout en remuant son thé, raconta, volubile :

— Figure-toi que j'étais en train de décorer la vitrine lorsqu'il est entré dans le magasin avec un ami ! J'ai été tellement surprise que j'ai failli tomber et me casser l'autre jambe.

— Que t'a-t-il dit ?

— Pas grand-chose ce jour-là. Mais je l'ai revu la semaine dernière et nous avons évoqué le bon vieux temps. Je n'aurais jamais imaginé que notre petite aventure l'avait marqué à ce point.

— Savais-tu qu'il était fiancé quand tu as fait sa connaissance ?

— Bien sûr que non ! Je ne serais pas sortie avec lui si j'avais pu me douter qu'il n'était pas libre.

Carey poussa un soupir de soulagement.

— Encore une chance que Paul n'ait pas été sur l'île quand tu es arrivée ! poursuivit Camilla. Il t'aurait immédiatement démasquée.

— Tu lui as avoué que tu m'avais envoyée là-bas à ta place ?

— Oui. Et il m'a promis de tout expliquer à son chef dès son retour à Moonshadow Cay.

— Ce ne sera pas nécessaire. Drew est déjà au courant.

— Ah bon ! Comment a-t-il réagi quand il a appris la vérité ?

— Très mal.

— Oh ! je suis désolée. Jamais je n'aurais dû te mettre dans une situation aussi embarrassante. Tu ne m'en veux pas trop, j'espère ?

Le regard rivé sur sa tasse, Carey entendit à peine la question. Aux pervenches ornant la porcelaine venaient de se mêler sous ses yeux d'autres fleurs qui, lui avait dit Drew, étaient censées combattre l'oubli.

— Comment as-tu trouvé Moonshadow Cay ?

— Superbe.

— Je savais bien que l'endroit te plairait, s'écria Camilla, triomphante.

Puis, se penchant, la mine curieuse, elle demanda :

— Ce n'était pas un peu gênant de vivre seule avec Drew Tarrant sur une île de cette taille ?

— Non, pas du tout.

— Et lui, est-il aussi séduisant que l'a prétendu mon amie ?

Incapable de répondre, Carey posa sa tasse sur la table basse qui séparait les deux fauteuils et essaya en vain de sourire.

— Que se passe-t-il, Carey ? Pourquoi es-tu si triste tout à coup ?

— Pour rien.

Le « rien » encore au coin des lèvres, elle baissa la tête et fondit en larmes.

— Allez, dis-moi ce que tu as ! ordonna Camilla en lui tendant une boîte de mouchoirs en papier.

Carey se tamponna les yeux, ravala les sanglots qui lui serraient la gorge et, d'une voix éteinte, raconta tout : la façon dont Drew l'avait accueillie, le bonheur qui avait succédé à l'orage, le chaos dans lequel elle vivait depuis son départ de Moonshadow Cay.

— C'est ma faute, s'excusa sa cousine dès qu'elle eut achevé son récit. Si j'avais pensé un peu plus à toi et un peu moins à ma carrière, tu n'en serais pas là aujourd'hui.

Carey essuya les dernières traces de larmes sur ses joues et respira à fond.

— Tu n'y es pour rien, assura-t-elle avec un sourire crispé. Quand tu m'as demandé de te remplacer, tu ne pouvais pas deviner que ton ex-petit ami était devenu l'assistant de Drew et qu'il le préviendrait contre moi.

— Non, mais je n'aurais pas dû t'obliger à cacher la vérité.

— Et moi, j'aurais mieux fait de garder la tête froide au lieu de prendre mes désirs pour des réalités.

— Tu es certaine que Drew n'est pas amoureux de toi ?

— Malheureusement oui. Il me méprise bien trop pour cela. Jamais il ne me pardonnera de lui avoir menti.

La vision de Drew s'éloignant du quai, le dos tourné, frappa Carey de plein fouet.

— S'il m'avait aimée, enchaîna-t-elle, la gorge douloureuse, il ne m'aurait pas chassée de sa vie. Pendant toute la nuit que j'ai passée à Belize, j'ai espéré qu'il m'attendrait à l'aéroport le lendemain matin et m'empêcherait de partir. Mais il n'est pas venu.

Camilla lui encercla les épaules d'un bras affectueux.

— Y a-t-il quelque chose que je puisse faire pour t'aider ?

— Oui. Avant que tu démissionnes, je voudrais que tu remettes au directeur de Weatherill Willis un dossier le décourageant de bâtir un hôtel à Moonshadow Cay. Si le projet est abandonné, Drew pourra continuer ses recherches et mon séjour dans les Caraïbes n'aura pas été inutile.

— Combien de temps te faudra-t-il pour l'établir, ce dossier ?

— Une heure ou deux, pas plus.

— Et des photos, tu en as pris beaucoup ?

— Une centaine au moins. J'espère qu'elles seront réussies.

— Douée comme tu l'es, cela m'étonnerait que tu les aies ratées. Emory Jones m'a montré si peu de clichés que je me demande à quoi ressemble vraiment l'île.

« Au paradis perdu », songea Carey le lendemain en développant les pellicules. Drew était-il en ce moment étendu sur la plage, dans l'un de ces creux de sable où il l'avait si souvent enlacée ? s'interrogea-t-elle, les larmes aux yeux. Pensait-il à elle avec nostalgie ou avait-il déjà oublié les instants de bonheur qu'ils avaient partagés ?

— Quel talent ! s'extasia Camilla à la vue des tirages. Tu ne veux pas garder les négatifs en souvenir ?

— Non.

De toutes les photographies qu'elle avait rapportées de Moonshadow Cay. Carey ne souhaitait conserver qu'une seule, prise à l'insu de Drew. Debout sur le ponton, les mains enfouies dans les poches de son pantalon, il scrutait l'horizon en plissant les paupières pour lutter contre la réverbération du soleil sur les eaux du lagon. La chemise que le vent plaquait sur son torse était celle qu'elle avait déboutonnée le soir où, pour la première fois, ils s'étaient aimés.

Quand Camilla eut regagné Londres, les heures s'écoulèrent lentement sans que rien vînt en rompre la monotonie. Chaque matin, Carey se forçait à ouvrir son magasin, mais elle se sentait détachée de tout, comme si une partie d'elle-même était restée sur l'île. Le carcan de froidure qui emprisonnait le Yorkshire en ce mois de février lui faisait regretter la lumière et la chaleur des Caraïbes. Lorsqu'elle regardait par la fenêtre de sa cuisine, ce n'était pas son jardin saupoudré de givre qu'elle voyait, mais une étendue de sable blond qui chatoyait sous un soleil rieur.

Le dimanche suivant, elle alla se promener dans la campagne pour secouer sa mélancolie. Dès qu'elle aperçut les vallons maquillés de blanc qui se chevauchaient à l'infini, elle eut l'impression de s'éveiller d'un long sommeil. Il était temps, décida-t-elle, de songer à l'avenir. Drew et l'île empanachée de cocotiers où elle avait été si heureuse demeureraient pour toujours au fond de son cœur, mais l'un et l'autre appartenaient à un passé qui n'avait aucune chance de ressusciter. Alors, si sa cousine souhaitait réellement acheter un magasin, elle lui vendrait le sien, partirait à la découverte du monde et ferait de la photographie son métier.

— Merveilleux ! s'exclama Camilla quand elle l'eut mise au courant de ses projets. Le seul problème, c'est que je dois donner un mois de préavis à Weatherill Willis. Arriveras-tu à patienter jusqu'au 31 mars ?

— Oui, affirma Carey.

Mais, en dépit des efforts qu'elle s'imposa pour sourire à ses clients comme si le bonheur était encore là, à portée de sa main, les deux semaines qui suivirent lui semblèrent durer une année. Le vendredi soir, elle ferma son magasin avec soulagement et se réfugia dans son cottage.

Assise par terre devant l'âtre, elle regarda les flammes dévorer les bûches. La chaleur que dispensait le feu lui rappela celle qui, chaque jour à midi, embrasait Moonshadow Cay.

Le soleil était alors si implacable qu'il fallait, pour déjeuner, s'abriter dans le cercle d'ombre que traçait le faisceau de palmes d'un cocotier…

Quand le timbre de l'entrée se mit à carillonner, Carey sursauta, le visage baigné de larmes. Qui pouvait lui rendre visite à une heure pareille ? se demanda-t-elle en essuyant ses joues. Oh ! et puis, quelle importance ! Elle ne répondrait pas, de toute façon. Elle avait trop de chagrin pour soutenir une conversation.

Le deuxième coup de sonnette lui déchira le tympan. Impossible de rester tapie dans l'obscurité plus longtemps ! Le ruban de fumée qui s'échappait de la cheminée trahissait sa présence aussi sûrement qu'une fenêtre éclairée ou le hurlement d'un transistor.

Déterminée à renvoyer l'intrus au plus vite, elle se précipita dans le hall, tira le lourd battant de chêne… et crut que le sol se dérobait sous ses pieds. Immobile sur le seuil, Drew la contemplait. « Je rêve », se dit-elle en plissant très fort les paupières pour savourer l'illusion quelques secondes de plus. Lorsqu'elle ouvrirait les yeux, elle se trouverait certainement face au charmant vieux monsieur qui habitait de l'autre côté de la rue et qui manquait toujours de lait en plein milieu de la soirée.

S'armant de courage, elle souleva lentement la frange de ses cils et sentit son cœur chavirer. L'homme qui, vêtu d'un manteau bleu marine, se tenait devant elle n'avait ni les cheveux blancs ni les joues rebondies de son voisin.

— Drew ? murmura-t-elle, encore incrédule.

Il toussota, gêné.

— Oui. Puis-je entrer ?

Incapable de proférer un son, elle s'effaça pour le laisser passer, puis referma la porte derrière lui et s'adossa au chambranle. Pendant de longues minutes, ils se dévisagèrent sans parler, sans bouger.

— Je ne t'avais jamais vu habillé ainsi, lâcha-t-elle enfin pour rompre le silence.

A côté des mots d'amour qui tourbillonnaient dans sa

tête, cette remarque lui sembla si absurde qu'elle regretta aussitôt de l'avoir prononcée.

— On a rarement besoin d'un pardessus à Moonshadow Cay, rétorqua Drew, amusé.

— Non, en effet.

Le temps d'un soupir, le hall glacé du cottage s'évanouit devant leurs yeux, remplacé par les dunes inondées de soleil d'une petite île tropicale.

— Que fais-tu ici ? questionna sourdement Carey.

— Je suis venu te dire que j'étais désolé de m'être emporté contre toi. Quand j'ai découvert que tu m'avais menti, cela m'a mis dans une telle rage que je n'ai pas mesuré mes paroles.

— Ce n'est pas grave, répliqua-t-elle, déçue qu'il n'ait rien d'autre à lui offrir que des excuses. Je comprends.

— Vraiment ?

Drew s'approcha d'elle à pas lents.

— As-tu la moindre idée de ce que j'ai enduré depuis ton départ ? Sais-tu ce que l'on éprouve quand on vit loin de la seule personne au monde dont on souhaite la présence ?

Les yeux de Carey se noyèrent de larmes.

— Oui, je le sais, répondit-elle en se jetant dans les bras qu'il lui ouvrait. Je pensais ne jamais te revoir.

Il la pressa sur son cœur et enfouit son visage dans les longues mèches brunes qui ondulaient sur ses épaules.

— Je me suis conduit comme un imbécile. Quand je t'ai laissée sur le quai, à Haulover Creek, j'étais si en colère que je ne voulais plus entendre parler de toi. Pendant les jours qui ont suivi notre séparation, j'ai essayé de me persuader que je finirais par t'oublier et que tout rentrerait dans l'ordre. Mais, sans tes éclats de rire, Moonshadow Cay avait perdu son charme.

Redressant le front, Drew essuya les larmes qui coulaient sur les joues de Carey.

— Tu m'as manqué, mon amour, confessa-t-il d'une voix émue. Ce n'est qu'après ton départ que j'ai pris conscience de mes sentiments.

— Moi, je savais que je t'aimais bien avant, de quitter l'île.

Comme s'il avait attendu cet aveu pour l'embrasser, il posa

sa bouche sur les lèvres qu'elle lui offrait et mêla avidement son souffle au sien.

— Tu t'étais quand même aperçu que j'éprouvais pour toi autre chose que de l'amitié ? interrogea-t-elle un peu plus tard, lorsque, les doigts entrelacés, ils s'assirent au coin du feu.

Drew tourna la tête vers elle, le regard illuminé de tendresse.

— Ton comportement me déroutait bien trop pour que j'aie la moindre certitude. Le jour où je suis allé te chercher à Belize, je pensais rencontrer une petite pimbêche sophistiquée et, quand je me suis trouvé en face de toi, j'ai cru qu'il y avait erreur sur la personne. Mais tu m'as affirmé que tu étais Camilla et l'idée ne m'est pas venue que tu pouvais voyager sous un faux nom.

— Tu étais réellement convaincu que c'était moi qui avais eu une liaison avec ton assistant ?

— Oui. Mon expérience m'avait appris à me méfier des jeunes filles au sourire angélique et j'étais bien décidé à ne pas me laisser duper par une copie conforme de Danielle. Mais, plus le temps passait, plus j'avais du mal à me tenir sur mes gardes. Tu correspondais si peu au portrait qu'on m'avait tracé de toi ! Tu étais trop chaleureuse, trop franche, trop naturelle pour avoir intentionnellement gâché la vie de Paul.

Il attira Carey sur ses genoux et la serra contre lui.

— Je ne savais plus du tout où j'en étais. La seule chose dont j'avais conscience, c'était que je te désirais comme je n'avais jamais désiré une femme auparavant. J'avais beau me répéter que, si je tombais dans le même piège que Paul, je m'en repentirais jusqu'à la fin de mes jours, je n'arrivais pas à conserver mes distances. Quand tu m'as demandé si je trouvais que la sincérité était plus importante que la loyauté, j'ai eu l'impression de recevoir un coup de poing dans l'estomac. J'ai pensé qu'un autre homme t'attendait en Angleterre et que notre aventure n'avait été pour toi qu'un agréable divertissement.

— Pourquoi m'as-tu dit ce soir-là que tu me méprisais encore, malgré ce qui s'était passé entre nous ?

— Parce que je refusais d'admettre mes sentiments. Le lendemain, quand tu es partie te promener seule, j'ai été fou d'inquiétude tout l'après-midi. Et, lorsque tu es rentrée à la nuit tombante, j'ai perdu mon sang-froid. Il m'a ensuite fallu des heures pour me calmer et me décider à te faire confiance.

— Et c'est à ce moment-là que la lettre de Paul est arrivée ?

— Oui. Quand je l'ai lue, j'ai éprouvé un choc terrible. J'étais furieux contre toi et je m'en voulais de t'avoir laissée me ridiculiser.

— Je savais que tu réagirais ainsi le jour où tu découvrirais la vérité et j'aurais donné cher pour ne pas avoir à te la dissimuler. Mais je ne pouvais pas manquer à ma parole.

— Ne regrette rien surtout ! Si tu n'avais pas été obligée de jouer le rôle de Camilla, je n'aurais pas eu le bonheur de te connaître et de t'aimer.

Carey déboutonna le manteau de Drew et glissa ses doigts sous le pull-over en cachemire qu'il portait à même la peau.

— Comment as-tu fait pour me retrouver ? questionna-t-elle en frissonnant de plaisir.

— Oh ! cela ne m'a posé aucun problème. Le plus dur a été de patienter jusqu'à ce que Paul revienne à Moonshadow Cay. Quand il a débarqué sur l'île, il m'a raconté son entrevue avec ta cousine et a reconnu qu'il l'avait accusée à tort. C'est une fille épatante, m'a-t-il dit. Mais je ne t'apprends rien, n'est-ce pas ?

— Non. Elle est incapable de blesser quelqu'un délibérément. Lorsqu'elle a rencontré Paul, elle ignorait qu'il était fiancé.

— Je sais. Elle me l'a confirmé.

Carey écarquilla les yeux.

— Tu as parlé à Camilla ?

— Evidemment. Qui d'autre aurait pu me donner ton adresse ?

— Quand l'as-tu vue ?

— Ce matin. Dès que je suis arrivé à Londres, je me suis précipité au siège de Weatherill Willis avec la ferme intention de taper du poing sur son bureau.

— La pauvre ! Elle a dû passer un mauvais quart d'heure.

— Penses-tu ! Lorsque je lui ai reproché de s'être servie de toi, elle m'a répondu que, si j'avais été moins stupide, je me serais immédiatement rendu compte que tu n'avais rien d'une hypocrite.

Carey pouffa de rire.

— Cela ne m'étonne pas d'elle. Elle a toujours considéré l'attaque comme la meilleure forme de défense. Ce qui me surprend, en revanche, c'est qu'elle ne m'ait pas téléphoné pour me prévenir de ta visite.

— Je lui ai demandé de ne pas t'appeler. Vu la façon dont je t'avais expulsée de mon bateau, je craignais en effet que tu ne veuilles pas me revoir.

— Camilla ne t'a donc pas dit que j'étais amoureuse de toi ?

— Non. Elle a sans doute pensé que je méritais une bonne leçon. Ce qu'elle m'a appris, en revanche, c'est que, après avoir lu ton rapport, le directeur de Weatherill Willis avait décidé d'acheter Moonshadow Cay à Emory Jones et de déclarer l'île zone protégée.

Les yeux de Carey s'emplirent d'étoiles.

— Oh, Drew, c'est fantastique ! Tu pourras continuer d'explorer le récif, alors ?

— Oui, grâce à toi. Mais, avant de me remettre au travail, je vais devoir résoudre un gros problème.

— Ah ! lequel ?

— Paul a revu son ex-fiancée pendant son séjour en Angleterre et m'a dit qu'il envisageait de l'épouser. Si bien que, dans un mois ou deux, je n'aurai plus d'assistant.

— Que comptes-tu faire ?

Un sourire effleura les lèvres de Drew.

— Me marier et enseigner la biologie à mon épouse.

— Ma foi, voilà qui me paraît très astucieux. Cela te coûtera moins cher que d'engager un diplômé.

— L'ennui, c'est qu'il n'est pas facile de trouver la candidate idéale. Voudrais-tu m'aider à la chercher ?

— Avec joie. Quelles qualités exiges-tu ?

Tout en caressant la nuque de Carey, Drew fit semblant de réfléchir.

— Il faudra qu'elle soit intelligente, digne de confiance et amoureuse de moi, cela va sans dire. Elle devra aussi être un fin cordon-bleu, savoir plonger et se contenter d'une plage en guise de lit.

— C'est tout ?

— Non. Il est également indispensable qu'elle ait de grands yeux gris, de longs cheveux bruns et le plus franc des sourires. Connaîtrais-tu, par hasard, une jeune personne qui réponde à cette description ?

Carey noua ses doigts derrière le cou de Drew et déversa une pluie de baisers sur son visage.

— Oui ! Et je crois bien qu'elle acceptera ta proposition...

EMMA GOLDRICK

Le temps d'un été

Traduction française de
MONIQUE DE FONTENAY

HARLEQUIN

Titre original :
THE UNMARRIED BRIDE

Ce roman a déjà été publié en 2014

1

Abigail Constance Spencer redressa son dos douloureux, lissa soigneusement sa jupe, et s'assit sur le petit muret de pierre qui entourait le perron de la maison. Derrière elle, par la porte d'entrée restée ouverte, elle pouvait apercevoir le hall et la cuisine rutilants de propreté. Le matin même, au lever du soleil, la maison ressemblait à un champ de bataille ; à présent, elle étincelait, mais Abby, elle, n'en pouvait plus.

La jeune femme posa sa tête sur ses bras repliés, laissant retomber ses longs cheveux, blonds comme les blés, en rideau devant son visage. La tâche avait été rude, mais cela en valait la peine. Son grand-oncle Théodore, après avoir passé quatre-vingts années à se quereller avec tout un chacun, était mort peu de temps auparavant, laissant en héritage à son arrière-petite-nièce la minuscule île d'Umatec et la maison construite dessus.

« Mon île, ma maison et tout ce qu'elle y trouvera, stipulait le testament. Abigail est la seule de ma parenté avec qui j'aie eu un réel plaisir à me chamailler. La seule qui ait quelque chose dans la cervelle et dans le cœur. » De fait, Abby avait toujours éprouvé une réelle tendresse pour le vieil original.

Isolée au pied d'une des collines de l'île dominant les eaux agitées de Norraganset Bay et de l'océan Atlantique, la maison était le refuge idéal pour une jeune femme surmenée. Et surmenée, Abby l'était : même si elle aimait bien son travail de critique littéraire, et prenait plaisir à signer des papiers vengeurs dans le *Washington Sunday Mirror* sous son pseudonyme de « Cicéron », elle devait bien admettre que la vie trépidante de la capitale sapait son énergie.

C'était sa grand-tante Letty qui, la voyant épuisée, lui avait conseillé de venir se réfugier quelque temps dans ce havre de paix.

— Tu es au bout du rouleau, ma fille, ne cessait de répéter la délicieuse vieille dame. Tu n'as pratiquement plus que la peau sur les os. Ta mère, tes frères, ton bourreau de patron, tout le monde te harcèle en permanence. Pars pour Umatec et repose-toi.

Le matin même, Abby avait donc débarqué sur l'île, s'était coupée du reste du monde afin de prendre du repos et… n'avait cessé de travailler, jusqu'à l'épuisement total !

Soudain, quelque chose de doux et de soyeux frôla ses jambes nues. Elle ouvrit les yeux ; Cléo, sa chienne, un colley pure race, se frottait affectueusement contre elle.

— Pure race, mon œil ! l'apostropha Abby. Ta mère l'était, mais elle a fauté avec un vulgaire chien de berger.

Cléo lança à sa maîtresse un regard offusqué et s'éloigna avec une mine de reine outragée. Trop fatiguée pour faire quoi que ce soit d'autre, Abby posa de nouveau sa tête sur ses bras repliés et ferma les yeux. Ayant réussi à fâcher Cléo, il ne lui restait plus qu'à s'endormir. Ce qu'elle fit.

— Qu'est-ce que t'as fait à ma maison ? cria soudain une voix aiguë tout près de son oreille.

Abigail releva la tête et ouvrit un œil. Elle avait choisi de venir jusqu'à Umatec parce qu'elle savait l'île aussi minuscule que déserte. Elle n'avait pas fait tout ce trajet pour se faire apostropher par un gamin inconnu en slip de bain !

— Je suis désolée, jeune homme, riposta-t-elle, mais il se trouve que cette maison est ma maison et que j'ai entrepris de la nettoyer. Mais, toi, que diable fais-tu ici ?

Le visage parsemé de taches de rousseur de son juvénile visiteur se contracta.

— Non, c'est pas ta maison ! C'est la mienne ! J'habite ici avec mon papa.

Soudain, il fronça les sourcils, comme assailli d'un doute.

— Est-ce que papa t'a vendu la maison ?

— Non.

De la main, Abby tapota le muret invitant le garçonnet

à s'asseoir à côté d'elle. Mais il l'examina de haut en bas et de bas en haut, avant de reculer d'un pas, méfiant.

— J'ai hérité cette maison et l'île tout entière de mon grand-oncle Théodore, l'informa Abby. La maison avait grand besoin d'être nettoyée. Maintenant que c'est fait, j'ai bien l'intention de m'y installer.

La lèvre inférieure de l'enfant se mit à trembler.

— Tu peux pas faire ça ! Je vais le dire à mon papa qui te fera arrêter et mettre en prison.

— Où donc est ce papa dont tu me rebats les oreilles ? demanda Abby. Il se cache ?

— Mon papa est le plus fort du monde. Il n'a peur de personne.

Abby se leva lentement. Même sans ses chaussures, elle ne mesurait pas moins de un mètre quatre-vingts. Visiblement impressionné, le garçon recula de quelques pas. Têtu, il répéta néanmoins :

— Mon papa n'a peur de rien ni de personne. Même pas des grandes filles comme toi.

— Oh…

« Quel âge peut-il avoir ? se demanda Abby. Huit, neuf ans ? Hum… difficile à dire ! »

Seule fille d'une famille de garçons — qu'elle avait l'habitude de servir en toutes occasions —, Abby avait une assez bonne idée de ce que pouvait être un mâle dominant. « Il pense que son père pourrait avoir vendu la maison sans l'en informer, se dit-elle. Eh bien, la confiance règne dans la famille ! »

— J'ai soif, je suis fatiguée et très sale, énonça-t-elle. Je vais donc aller prendre un bain dans ma baignoire, jeune homme. Pourquoi ne cours-tu pas rejoindre ton superman de père ?

— Oh… attends de le voir, tu vas trembler de peur !

Le garçon recula encore et faillit trébucher sur Cléo, attirée par les bruits de voix. La chienne était grande ; l'enfant vit ses crocs impressionnants, et en oublia son air doux et pacifique. Ses yeux s'agrandirent de frayeur et il s'enfuit en courant. La chienne lança à sa maîtresse un regard perplexe.

Abby haussa les épaules.

— Moi non plus, je ne comprends rien à ce qui nous arrive, Cléo ! Cette île est si petite qu'une souris ne peut s'y cacher sans qu'on la voie. D'où sort ce gamin et pourquoi parle-t-il comme s'il habitait ici ?

Puisque la chienne ne semblait pas avoir le moindre avis sur la question, Abby rentra dans la maison.

— Je vais prendre un bain, annonça-t-elle, mais je ferais bien de jeter un coup d'œil dans les chambres pour voir si tout est normal. Tu viens avec moi, Cléo ?

Cléo comprenait un certain nombre de mots comme « bain » et « manger ». Si elle adorait le deuxième, elle continuait à se demander quel pouvait bien être l'intérêt du premier. Toutefois, elle était prête à suivre sa maîtresse où qu'elle allât.

L'une suivant l'autre, elles empruntèrent l'escalier qui conduisait aux chambres. Sur une des marches, Cléo trouva sa balle jaune, son jouet préféré, et la prit dans sa gueule. Arrivée sur le palier, Abby fit une pause. La maison était immense et disposait de nombreuses chambres qui, au fil des années, s'étaient rajoutées à la construction initiale. Aussi, les étages ne concordaient-ils pas toujours parfaitement entre eux, ce qui donnait de nombreux escaliers intermédiaires et, parfois même, des paliers légèrement en pente. Mais celui sur lequel elle se trouvait, appartenant à la première étape de construction, était tout à fait normal.

Oncle Teddy avait été tout aussi excentrique que sa maison, sinon plus. Au cours d'une vie aventureuse, il avait gagné et dilapidé successivement quatre fortunes. A la veille de sa mort, il se vantait de s'en être bâti une cinquième, mais personne ne l'avait cru. Abby caressa affectueusement le cou de sa chienne.

— Il est parti trop tôt, Cléo. Il me manque.

Cléo émit un gémissement pouvant passer pour un assentiment. Elles avancèrent de concert et examinèrent les chambres une à une. Abby n'avait pas jugé bon de nettoyer les chambres, à l'exception de celle qu'elle utilisait lorsqu'elle rendait visite à son oncle. Aussi fut-elle surprise de découvrir des traces d'occupation dans deux autres pièces. De toute évidence, quelqu'un de très ordonné s'était installé dans la chambre d'oncle Teddy tandis que quelqu'un d'autre — qui l'était beaucoup moins — s'était approprié celle qui jouxtait la sienne. L'espace d'un instant, la jeune femme eut l'impression de jouer dans une reprise de *Boucle d'Or et les Trois Ours*, le célèbre conte qui avait bercé son enfance.

La salle de bains de l'étage occupait un vaste espace. La baignoire, en marbre de Carrare, était si vaste que deux ou trois personnes auraient pu s'y laver en même temps. Abby se demanda si oncle Teddy n'avait pas rapporté cette idée d'un de ses nombreux voyages au Moyen-Orient.

Comme elle tournait le robinet d'eau chaude, elle entendit, au loin le générateur se mettre en route. Quelques secondes plus tard, l'eau chaude jaillissait.

— Oncle Teddy avait bien des défauts, mais il n'a jamais lésiné sur le confort ! expliqua-t-elle à Cléo.

Celle-ci se coucha sur le carrelage, le museau entre les pattes. Elle trouvait cette habitude qu'avaient les humains de prendre des bains à tout bout de champ absolument ridicule. Abby appuya sur un bouton et une douce mélodie orientale envahit la pièce. Son oncle avait l'habitude de prendre son bain au son de cette musique, une boisson dans une main et un cigare dans l'autre, laissant ses yeux errer, à travers la fenêtre, sur la mer et les bateaux.

Abby ne connaissait rien de plus efficace qu'un bain chaud et parfumé pour se relaxer. Elle en oublia ces mystérieux visiteurs qui semblaient avoir débarqué sur son île et squatté sa maison. « Chaque chose en son temps ! » se dit-elle.

Se décrasser était pour l'instant la priorité des priorités. D'un geste ample et généreux, elle aspergea l'eau de sels de bain. Il y en avait de trois sortes. Elle les utilisa abondamment tous les trois. L'eau se couvrit instantanément d'une mousse colorée dans laquelle Abby s'immergea avec un soupir de bonheur. Une douce chaleur l'enveloppa, détendant ses muscles et ses nerfs noués. C'était tout simplement divin. D'un souffle, elle éloigna une bulle de savon irisée qui lui chatouillait le nez. Puis, elle ferma les yeux et laissa vagabonder ses pensées.

— Cléo, cela ne fait plus aucun doute : je suis tombée amoureuse d'Harry Farnsworth ! lança-t-elle.

Cléo ouvrit un œil puis le referma. Elle était habituée aux folles élucubrations de sa maîtresse, et ne les relevait plus.

Abby sourit. Harry Farnsworth était le personnage principal de la série policière du romancier Selby Jones. Un personnage imaginaire, grand, brun, musclé, avec une cicatrice sur la joue gauche. Fallait-il qu'elle soit bête pour tomber amoureuse d'un personnage qui n'existait pas !

Soudain, le bruit sec d'un claquement de porte en provenance du rez-de-chaussée fit sursauter la jeune femme. Elle n'avait pas fermé la porte de la maison à clé ! Un instant oubliée, sa rencontre avec le garçonnet lui revint à la mémoire. Qui était-il ? Où était ce père dont il n'avait cessé de vanter la force ? A qui appartenaient ces bagages trouvés dans les deux chambres ? A des criminels échappés de prison ?

C'est alors qu'elle entendit distinctement des bruits de pas. Ils résonnèrent sur les marches de bois de l'escalier puis s'étouffèrent sur la moquette du palier. Dieu du ciel ! Abby s'enfonça dans l'eau mousseuse. Que n'aurait-elle donné pour posséder un périscope, une arme ou, mieux encore, les deux à la fois ! Mais, à part les sels de bain, elle n'avait rien sous la main.

— Ah, c'est donc là que tu te caches ! s'exclama le garçon rencontré plus tôt, en pénétrant dans la pièce sans même avoir frappé.

— Je ne me cache pas, je prends un bain ! l'informa Abby. Et, toi, tu n'as vraiment rien à faire chez moi ! Et, d'abord, comment t'appelles-tu ?

— Je m'appelle Harry. Mon père arrive. T'as intérêt à sortir de là en vitesse. Si jamais il te trouve… Bon sang, et s'il me trouve, moi…

Abby s'assit dans le bain. Le garçonnet s'était mis à trembler. De peur ou de froid ? se demanda-t-elle. Il était pieds nus et ne portait toujours rien d'autre que son slip de bain.

— Ton père ne te battra pas ! affirma-t-elle, péremptoire. C'est contre la loi.

— La loi, c'est mon père qui la fait ! S'il me trouve ici, il va me tuer, c'est sûr.

— Je ne le laisserai pas faire. L'Amérique est un pays civilisé et…

— Oui, mais… je… euh… j'ai fait une grosse bêtise… Je lui ai volé les feuilles de papier sur lesquelles il avait écrit pour faire des dessins et il vient juste de s'en apercevoir. Il faut que je trouve un endroit pour me cacher. Il va me tuer, c'est sûr !

— Il n'oserait pas !

A peine avait-elle terminé sa phrase que, au rez-de-chaussée, une porte claqua si violemment que la maison en trembla sur sa base.

— Harry ? Harry ! cria une voix d'homme.

Quelqu'un cherchait effectivement l'enfant. Ils l'entendirent distinctement explorer le salon, la salle à manger, la cuisine, puis se poster au pied de l'escalier.

— Harry Farnsworth, je sais que tu es là-haut. Descends immédiatement ou je monte te donner la fessée de ta vie !

Harry Farnsworth ? Abby tressaillit. Harry Farnsworth n'existait pas : c'était un personnage de roman ! Mais le garçon posté devant elle, lui, était bien réel, et il avait tout l'air de penser que les menaces lui étaient adressées. Son visage exprimait la plus vive inquiétude.

Des pas montèrent l'escalier. Des pas pesants. Le petit garçon lança un regard apeuré autour de lui à la recherche d'un endroit où se cacher. Comme les pas atteignaient le palier, les yeux de Harry se posèrent sur la baignoire et le bain mousseux. Comprenant son intention, Abby se dressa, le corps recouvert de mousse. Elle quitta la baignoire, glissa sur le carrelage et se rattrapa de justesse à la patère où se trouvait suspendu le drap de bain. Elle s'en empara fébrilement afin de couvrir son corps nu. Quant au garçonnet, il plongea tête la première dans le bain ainsi libéré.

— Bon sang, une femme ! s'exclama la voix masculine. Et moi qui pensais que le gamin mentait !

Un homme venait de paraître dans l'embrasure de la porte restée ouverte. Il était grand, brun, et avait une cicatrice sur la joue gauche.

Abby sentit son cœur battre une folle sarabande dans sa poitrine. Mais, pour l'instant, le héros de ses rêves la gratifiait d'un regard qui lui rappelait celui de la Mère Supérieure du collège St Alban, où elle avait été pensionnaire… Abby essuya le reste de mousse qui lui couvrait encore le visage et toisa le nouveau venu d'un air de défi.

— Pouvez-vous m'expliquer ce que vous faites dans ma salle de bains ? demanda-t-elle.

— *Votre* salle de bains ?

— Ma salle de bains ! Contrairement à ce que vous semblez penser, cet endroit n'est pas un hall de gare.

— Votre salle de bains ? répéta-t-il, interloqué.

— Auriez-vous des problèmes auditifs ?

— C'est précisément la question que je me posais.

« Comment mon héros de roman préféré peut-il se trouver dans ma salle de bains ? » se demandait Abby, de plus en plus perplexe.

— Ceci est bien ma salle de bains, répéta-t-elle, au cas où le héros en question n'aurait pas encore tout à fait compris. Mon grand-oncle me l'a laissée en héritage avec le reste de la maison et toute l'île qui l'entoure. Ceci établi, je vous serais infiniment reconnaissante de vous retirer afin que je puisse m'habiller. Mais… que diable faites-vous ?

D'un revers de la main, il l'avait écartée et s'approchait de la baignoire.

— Pouvez-vous m'expliquer à qui appartient cette chose dans votre baignoire ? demanda-t-il en désignant une main qui s'agrippait au rebord. S'il s'agit de la main de mon fils Harry, vous allez avoir des ennuis.

— Non, ne vous approchez pas ! cria Abby.

Cléo — qui avait suivi toute la scène — pensa avoir compris la règle du jeu. Il s'agissait, pour les humains, de prendre un bain chacun son tour. Cléo décida d'aider un peu le dernier arrivé, qui semblait hésiter. Comme l'homme se penchait au-dessus de la baignoire, elle bondit et le poussa.

L'homme tomba la tête la première dans le bain, provoquant un véritable raz-de-marée. L'eau savonneuse passa par-dessus bord et inonda le carrelage. Abby poussa un cri et tint le drap de bain serré contre elle, s'attendant au pire.

— Enfin, je te tiens !

L'homme venait de reparaître, tenant à bout de bras son fils dégoulinant. Il enjamba le rebord de la baignoire et déposa sa prise par terre. A peine les pieds de Harry touchèrent-ils le sol que l'enfant voulut s'enfuir, mais son père le retint fermement. Les yeux écarquillés, Abby contemplait la scène sans bouger.

— Allez vous habiller ! lui lança l'homme, péremptoire.

Abby jeta un regard sur sa tenue. Le drap de bain la couvrait suffisamment pour qu'elle n'éprouvât aucune honte.

— Je tiens à vous faire remarquer que je suis beaucoup plus couverte que vous deux.

L'homme poussa alors son fils vers la sortie.

— Va t'habiller, Harry ! ordonna-t-il.

— Vous pourriez y aller, vous aussi ! s'indigna Abby. Le mouvement qu'elle fit alors provoqua une légère descente du drap de bain, qui découvrit sa poitrine. Les yeux de l'homme se posèrent sur ce spectacle avec un intérêt non dissimulé.

— Ecoutez, madame…

— Mademoiselle ! coupa-t-elle en remontant la serviette. S'il vous plaît, sortez de ma salle de bains !

— Papa…

Le garçon était revenu sur ses pas pour voir le tour que prenaient les événements. Son père le saisit par le bras et l'entraîna derrière lui. Avant de sortir, il se retourna.

— Désolé, mademoiselle…

— Spencer !

— Désolé, mademoiselle Spencer !

Il la gratifia d'un sourire qui illumina son visage et le monde tout autour. Il n'avait plus l'air effrayant du tout, et Abby se demanda si, finalement, c'était une bonne idée de lui avoir demandé de sortir… Frissonnante, elle resserra le drap de bain autour de son corps. Décidément, cet inconnu lui faisait un drôle d'effet !

Refermant la porte, elle examina les dégâts après la tornade. Il y avait plus d'eau à l'extérieur de la baignoire qu'à l'intérieur. Par chance, elle s'aperçut que le surplus s'écoulait dans un des coins de la pièce : le sol était légèrement en pente, et un système d'évacuation très performant avait été prévu.

— Oncle Teddy, je t'adore ! lança-t-elle, ravie de ne pas avoir à éponger.

Au rez-de-chaussée se déroulait une discussion animée. Non, pas vraiment une discussion — le père parlait et l'enfant écoutait, semblait-il. Abby avait un défaut majeur : la curiosité. Il lui fallait impérativement savoir ce qui se passait entre ces deux-là. Se séchant en chemin, elle s'empressa de rejoindre sa chambre afin de s'habiller. Sans perdre de temps, elle revêtit une robe de chambre qui lui descendait jusqu'aux pieds. Pourquoi faire des frais de toilette ? Dans quelques minutes, les intrus auraient quitté la maison. Elle ne prit même pas la peine de sécher ses cheveux. Suivie de sa fidèle Cléo, elle rejoignit le salon où se déroulait l'entretien.

Quel toupet ! Les deux intrus semblaient parfaitement à l'aise, se conduisant comme s'ils étaient chez eux. La maison ne possédant pas l'électricité, la pièce était éclairée par des lampes à pétrole. L'adulte semblait être parvenu au bout de ses arguments. Toujours mouillé et en caleçon de bain, il frottait vigoureusement l'enfant pour le sécher et le réchauffer.

— Tu devrais enlever tes chaussures, papa, observa Harry. Tu es le seul de nous quatre à en porter.

— Nous quatre ?

— Toi, moi, elle et le chien.

L'homme se retourna et vit les nouvelles arrivantes.

— Je ne peux pas enlever mes chaussures, fils, car cette demoiselle va devoir partir et il va falloir que je la raccompagne. Cela fait partie des règles élémentaires de politesse. Les hommes raccompagnent toujours les femmes, souviens-t'en.

Abby se dirigea vers le divan sur lequel elle prit place, cachant ses pieds sous elle. On allait voir ce que l'on allait voir !

— Bon, dit-elle, la plaisanterie a assez duré, monsieur…

— Farnsworth ! répondit-il aussitôt. Selby Farnsworth. Et voici mon fils.

— Je m'appelle Harry, l'interrompit le garçonnet. Harry Farnsworth. Je vous l'ai dit tout à l'heure.

« Une belle paire de menteurs ! » songea Abby, amusée. Comment cet homme avait-il pu obtenir une telle complicité de la part d'un enfant ? Harry Farnsworth n'existait pas. C'était un personnage de fiction inventé par le romancier Selby Jones. Qui mieux qu'elle le savait ?

Selby Jones avait écrit trois romans. Elle avait descendu en flamme les deux premiers, mais devait reconnaître que le troisième était presque parfait. Elle l'avait adoré.

— Farnsworth ! répéta-t-elle, ironique. C'est exactement le nom que je choisirais si je devais me cacher. Dites-moi, monsieur… Farnsworth, depuis combien de temps êtes-vous sur cette île ? J'ai passé la journée entière à nettoyer cette maison sans vous apercevoir. Umatec est minuscule. Je ne puis croire que vous ayez passé la journée sans revenir à la maison.

— Mon fils et moi sommes sur cette île depuis trois semaines mais, aujourd'hui, nous nous sommes rendus à Hyannis pour y faire quelques courses indispensables. Je puis vous assurer que j'ai un contrat de location pour cette maison en bonne et due forme, pour une durée de six semaines, qui se termine le 15 septembre.

— Impossible ! Je n'ai aucun souvenir d'avoir signé un tel contrat avec vous. Vous avez intérêt à faire vos valises et à quitter cette maison aussi rapidement que possible. Vous n'avez qu'à utiliser le bateau qui vous a servi pour vous rendre à Hyannis.

— Je n'ai pas de bateau. Nous avons passé un accord avec un passeur qui est venu nous chercher et nous a ramenés. J'ai de nouveau rendez-vous avec lui le 15 septembre. Quant au contrat que j'ai signé, il est tout à fait légal, je m'en suis assuré.

— Mon père est…

— Harry !

Le garçon porta la main à sa bouche.

— Zut, c'est vrai, c'est un secret !

— Je suis juriste, énonça l'homme, et jamais je ne signe un contrat sans l'étudier minutieusement.

Abby observa attentivement le soi-disant juriste.

— Et quel était le nom du bailleur sur ce fameux contrat ? demanda-t-elle.

— Une certaine Mlle Spencer.

— A.L. Spencer ?

— C'est cela même.

— Une délicieuse vieille dame d'un mètre cinquante tout au plus, gaie comme un pinson et bavarde comme une pie ?

— C'est tout à fait ça. Qu'essayez-vous de me dire ?

Abby laissa échapper un profond soupir.

— La dame dont vous parlez est ma grand-tante Amarylis Letitia. Elle adore jouer aux courses. Je crains fort qu'à l'heure actuelle elle ne soit en Floride avec votre argent, ou en tout autre endroit où se déroule une course importante.

— Vous… vous voulez dire que…

— Que ma tante s'est servie du fait que nous avions les mêmes initiales pour vous établir un contrat. C'est moi et moi seule qui ai hérité de cet endroit. Cette île, cette maison m'appartiennent.

— Et le trésor aussi ?

— Quel trésor ?

— Chaque île a son trésor, non ?

Elle sourit.

— Dans les romans, sans doute.

Un coup de tonnerre gronda dans le lointain. Se levant, Abby se dirigea vers la fenêtre.

— Ecoutez, il se fait tard et un orage se prépare. Vous feriez bien de réfléchir à l'endroit où vous voulez aller, tous les deux.

— Vous plaisantez ! Vous — ou votre famille, peu m'importe — me devez encore trois semaines de location de cette maison, et je suis bien décidé à en profiter.

— Faites-moi un procès ! le défia-t-elle.

— C'est mon intention, en effet. Mais, en attendant, Harry et moi ne quitterons pas cette maison avant le terme échu.

Un nouveau roulement de tonnerre ébranla la demeure. L'orage se rapprochait. Abby se dirigea vers la fenêtre. De gros nuages noirs s'amoncelaient dans le ciel et le vent courbait le faîte des arbres. Elle laissa retomber le rideau et poussa un nouveau soupir.

— C'est un temps à ne pas mettre un chien dehors… Bon ! Vous pouvez passer la nuit ici. Il y a suffisamment de chambres pour tous.

— Le bateau ne reviendra pas me chercher avant le 15 septembre, répéta-t-il, têtu. Nous resterons ici jusqu'à ce moment-là.

Abby se laissa tomber sur l'un des fauteuils et le regretta aussitôt. Il semblait avoir été rembourré avec des cailloux.

— Je vous reconduirai sur le continent dès demain matin, dit-elle. Je possède un petit bateau à moteur et…

— Un bateau blanc avec une rayure jaune ? demanda aussitôt le garçonnet.

— Oui. Tu l'as vu ?

— Euh… oui… je l'ai vu. Il dérivait dans la baie.

Abby se dressa d'un bond sur ses pieds.

— Comment ça, il dérivait ?

— Ce bateau a dû être mal attaché, c'est sûr. Quand je l'ai vu, il y a une demi-heure, la mer l'entraînait vers le large.

Abby aspirait à une vie calme et tranquille. Une vie dans laquelle les bateaux ne rompaient pas leurs amarres et ne dérivaient pas vers le large — surtout lorsqu'ils étaient son seul lien avec le monde extérieur. Une vie dans laquelle des inconnus ne surgissaient pas les soirs d'orage en affirmant être des personnages de fiction. A vingt-neuf ans, Abby n'avait aucune envie de se retrouver seule sur une île déserte avec un gamin et un pirate, même et surtout si celui-ci était grand, brun, et avait une cicatrice sur la joue gauche.

Tandis qu'elle se perdait dans ces sombres pensées, le père lança à son fils un regard soupçonneux.

— Dis-moi la vérité, fils. Ce bateau, il a vraiment dérivé tout seul ?

— Euh… la corde s'est détachée et il a dérivé.

Abby fronça les sourcils.

— J'ai pour habitude de solidement amarrer mes bateaux. Ce bateau ne s'est pas détaché tout seul.

— Harry ! interpella son père d'un ton accusateur.

Le petit garçon rougit et baissa la tête, concentrant toute son attention sur le bout de ses orteils.

— Euh… je voulais juste voir quel type de bateau c'était. Il possédait un moteur et… euh… j'ai pensé… que je pourrais aller faire un petit tour, mais…

— Mais quoi ? demanda son père, du ton utilisé au tribunal pour demander au présumé coupable de se justifier avant de l'asseoir sur la chaise électrique.

Abby se sentit immédiatement solidaire de l'enfant. Elle percevait d'instinct qu'il avait un grand besoin d'être reconnu, aimé ; or son père ne semblait pas très doué pour gérer ce genre de problème.

— Le moteur n'a jamais voulu démarrer, geignit Harry. J'avais détaché l'amarre et ce satané moteur ne voulait pas démarrer. C'est votre faute, madame ! On ne garde pas un bateau dont le moteur ne veut pas démarrer ! Papa, tu devrais proposer une loi pour punir ce genre de choses.

Un sourire amusé fleurit un instant sur les lèvres de l'interpellé.

— Il y en a probablement déjà une, fils. Aujourd'hui, il semble y avoir plus de lois que de gens sur la terre. Qu'as-tu fait ensuite ?

— J'ai sauté à l'eau ! dit Harry, comme si cela allait de soi. Et puis, j'ai nagé jusqu'à la rive. C'est à cause de ce foutu moteur. Il n'a pas voulu démarrer.

— Bon sang, mais tu aurais pu te noyer !

« Sur ce point, au moins, il a raison ! » pensa Abby.

— Eh bien, mademoiselle Spencer, la situation a au moins le mérite d'être claire, poursuivit Farnsworth. Sans bateau, personne ne peut quitter cette île. A l'heure actuelle, votre bateau a sans doute déserté la baie et vogue vers le large, et le nôtre ne reviendra pas avant trois semaines. A moins que vous ne possédiez un appareil magique pour appeler à l'aide, nous sommes tous condamnés à rester ici.

— Attendez une minute ! protesta Abby. J'ai accepté de vous loger cette nuit, mais…

— Si vous ne respectez pas le contrat qui me donne le droit d'occuper cette maison jusqu'au 15 septembre, dès mon retour sur le continent je ferai un procès à votre tante, pour au moins deux motifs. Le premier — publicité mensongère — peut lui valoir dix années derrière les barreaux. Le deuxième — détournement de fonds — lui vaudra bien encore une dizaine d'années supplémentaires.

— Non, vous ne ferez pas ça ! Tante Letty est une délicieuse vieille dame…

— … qui sera beaucoup plus vieille encore à sa sortie de prison, je puis vous le garantir. Peut-être, d'ailleurs, sortira-t-elle dans un cercueil.

— Vous êtes un monstre !

— Il ne tient qu'à vous qu'une telle chose ne se produise pas.

— Très bien. Vous pouvez rester ici.

— Comme c'est gentil à vous ! ironisa Farnsworth. Tu te rends compte, Harry, la dame nous demande de rester.

— Euh… je ne suis pas certain que ça lui plaise vraiment, rétorqua l'enfant.

— Mais si, je t'assure, elle est ravie. Et maintenant, chère madame, puisque nous allons vivre ensemble, que penseriez-vous de nous faire un bon repas ?

Longtemps, la cuisine avait été réservée à la gent féminine, mais depuis quelques décennies les choses avaient beaucoup évolué… Sans doute ce Selby Farnsworth ne le savait-il pas encore ? Il était temps qu'il l'apprenne.

— Je n'ai pas faim et vous n'êtes pas mes invités, décréta Abby d'un ton ferme et définitif. Si vous voulez dîner ce soir, la cuisine est au bout du couloir.

— Depuis trois semaines, Harry et moi avons vécu essentiellement de sandwichs au beurre de cacahuète. Nous aurions été heureux de manger autre chose.

— Vous n'avez rien apporté d'autre ? demanda-t-elle, horrifiée.

— Si, des boîtes de conserve. Mais comme nous n'aimons pas faire la vaisselle…

— J'adore les sandwichs au beurre de cacahuète, intervint alors Harry.

— Eh bien, bon appétit, messieurs !

Là-dessus, Abby quitta la pièce et grimpa les marches

quatre à quatre, suivie de sa fidèle Cléo. Elle put alors entendre le rire des deux compères restés dans le salon. Un rire qui la poursuivit jusque dans sa chambre. Elle avait pensé que le père allait donner une fessée à son fils. Au lieu de cela, complices, ils riaient à ses dépens.

Elle fit claquer la porte derrière elle, manquant amputer Cléo de la moitié de sa queue, puis se laissa tomber sur le lit. Elle pouvait, à la rigueur, comprendre l'attitude du garçon. Il y en avait dix comme lui dans la classe qu'elle animait, le samedi matin. Mais le père… un juriste ! Quelle terrible engeance !

« Il ne s'agit que de trois petites semaines ! » se rassura-t-elle. Juste le temps nécessaire pour lui donner une leçon, lui rabattre un peu son caquet, comme elle le faisait avec les écrivains trop présomptueux dans sa rubrique.

Sur sa liste des gens à fuir comme la peste, les juristes arrivaient juste après les politiciens. Ces deux professions étaient très habiles à manipuler le mensonge. Cette pensée ramena un sourire sur ses lèvres. N'était-elle pas, elle-même, assez douée dans ce domaine ? Peut-être, après tout, allait-elle bien s'amuser. A menteur, menteur et demi !

Riant sous cape, Abby se pencha pour prendre une mallette de cuir dans laquelle se trouvaient son téléphone portable, la batterie de celui-ci, et un système radio qui lui permettait de communiquer avec le monde entier si elle le voulait. Elle vérifia que tout était éteint et rangea soigneusement la mallette dans le placard, sous une couverture. Alors, l'esprit en paix, elle prit une orange dans le panier près de son lit et, dans son sac, un des manuscrits que le journal lui avait confiés. Puis, se glissant voluptueusement dans les draps, elle lança :

— A partir de dorénavant, c'est moi qui mène la danse, M. Selby Farnsworth !

2

En revenant des toilettes, Abby passa devant la chambre de Selby et entendit un bruit familier : « tap, tap, tap ». Un rai de lumière filtrait sous la porte, et quelqu'un dans la pièce se servait d'une machine à écrire.

« Selby Farnsworth, je commence à penser sérieusement que vous êtes Selby Jones, le créateur de mon héros préféré, songea Abby. Je suppose que vous êtes venu vous réfugier ici, loin du monde, pour écrire, et que vous désirez garder l'anonymat… Mais qui êtes-vous exactement ? Un juriste ? Un écrivain ? Les deux ? »

Sur la pointe des pieds, Abby regagna sa chambre et referma soigneusement la porte derrière elle. Cléo s'était roulée en boule sur le tapis ; elle dut l'enjamber avant de pouvoir se glisser entre les draps, persuadée qu'elle ne trouverait jamais le sommeil. Il était beaucoup trop tôt pour dormir et, surtout, de trop nombreuses questions lui trottaient dans la tête ! Pourtant, alors qu'elle ressassait indéfiniment les événements de la journée, le sommeil la prit par surprise ; quelques secondes plus tard, elle dormait à poings fermés.

Un bruit la réveilla. Des sanglots étouffés. Quelqu'un pleurait, quelque part. Réveillée, elle aussi, Cléo reniflait derrière la porte. Abby se glissa silencieusement hors du lit. La maison abritait-elle des fantômes ? Impossible ! Jamais oncle Teddy ne leur aurait permis de s'installer chez lui.

Elle ouvrit la porte sans faire de bruit. Le petit Harry Farnsworth se tenait assis sur la dernière marche de l'escalier, les bras passés autour du pilier qui soutenait la balustrade. Il pleurait à chaudes larmes, la tête posée sur son bras replié.

L'espace de quelques secondes, Abby hésita, puis elle s'avança à pas feutrés et s'assit à côté de l'enfant sur la marche. Percevant sa présence, il se poussa légèrement afin de lui faire de la place. Comme elle entourait ses épaules de son bras, il abandonna le support du pilier pour s'appuyer contre elle. Abby n'osait plus bouger, ni même respirer. Un enfant, terrassé par un gros chagrin, lui demandait protection !

— Qu'est-ce qui ne va pas ? souffla-t-elle.

— Je ne sais pas. Je rêvais que ma maman... Oh, cela n'a pas d'importance. Tu n'es pas obligée de rester là, tu sais. Tu peux aller te recoucher. Je peux très bien me débrouiller tout seul.

— Je n'en doute pas une seconde.

Elle ouvrit plus grand ses bras afin qu'il puisse se blottir contre elle. Peu à peu, les sanglots s'espacèrent.

— Tu veux que j'appelle ton papa ?

— Oh, non ! Il serait furieux.

Il ne pleurait plus. Il essuya son nez d'une main, se frotta les yeux de l'autre, mais resta au chaud dans les bras d'Abby. Elle sentait le petit corps crispé se détendre. Un profond silence s'installa, rompu de temps à autre par le roulement du tonnerre dans le lointain. Comme l'horloge de la salle à manger sonnait trois coups, il releva la tête.

— On est bien contre toi, murmura-t-il. Tu es toute douce. Un papa, ce n'est pas pareil. Ma maman était douce, comme toi.

L'estomac noué, Abby lui caressa doucement les cheveux et attendit. Un quart d'heure plus tard, Harry s'était rendormi.

— Et, maintenant, soupira-t-elle, qu'est-ce que je fais ?

— Vous le prenez dans vos bras et vous le portez jusqu'à sa chambre.

Abby leva des yeux effarés vers l'ombre qui venait soudain de paraître à son côté : Selby Farnsworth avec, pour tout vêtement, le pantalon de son pyjama ! Il contemplait le tableau qu'elle formait avec son fils, une profonde tristesse au fond des yeux.

— Je ne peux pas le porter ! chuchota-t-elle. Il est trop lourd.

Il descendit alors de quelques marches afin de se trouver à leur hauteur et de pouvoir prendre son fils dans ses bras. Ce faisant, sa main effleura la poitrine d'Abby, qui réagit comme si elle venait de recevoir une décharge électrique. Par bonheur, il ne s'en aperçut pas. Elle se leva pour les suivre.

Parvenu dans la chambre d'Harry, Selby déposa délicatement son fils sur le lit, arrangea le drap et les couvertures et vérifia que la fenêtre était fermée. Puis il quitta la chambre sur la pointe des pieds. Abby s'attarda près de l'enfant, le regardant dormir. Prise d'une soudaine impulsion, elle se pencha pour déposer un baiser sur son front. Harry soupira de bonheur.

— Bonne nuit, maman, murmura-t-il.

Abby s'empressa de quitter la pièce et, dans l'obscurité, heurta Selby. Il l'emprisonna de ses bras pour l'empêcher de tomber.

— Merci de votre aide, dit-il.

Elle se dégagea de son étreinte, presque à regret.

— Est-ce qu'il se réveille souvent la nuit ? demanda-t-elle.

— Je croyais avoir réussi à calmer ses angoisses, mais…

Il laissa échapper un soupir.

— Merci encore.

— Ce que j'ai fait est naturel. Aucune femme ne peut rester insensible à la détresse d'un enfant.

— Je n'en suis pas si sûr. Sa mère, elle, l'aurait laissé pleurer.

Sur ces mots, il la quitta pour rejoindre sa chambre. Abby le suivit du regard jusqu'à ce qu'il disparaisse, serrant les poings au fond de ses poches, luttant contre une envie irraisonnée de courir derrière lui pour le sommer de s'expliquer plus en détail. Mais sa mère à elle lui avait inculqué un certain nombre de principes. Aussi se contenta-t-elle d'étouffer un juron avant de rejoindre sa propre chambre.

Cette fois, le sommeil tarda à venir, et lorsqu'elle s'endormit enfin, elle fut la proie de rêves agités qui durèrent jusqu'au petit matin. Toute la nuit, elle poursuivit Selby Farnsworth afin de le faire parler. Chaque fois qu'il était sur le point de tout avouer, le rêve s'arrêtait brutalement et tout était à recommencer. C'était épuisant et… terriblement frustrant.

Lorsque enfin, au matin, elle ouvrit les yeux, elle constata que le soleil était déjà haut dans le ciel. Il était temps de se lever ! Elle éprouva toutes les peines du monde à se débarrasser des draps enroulés autour de ses jambes, souvenirs de la folle nuit qu'elle venait de passer.

« Des sandwichs au beurre de cacahuète ! » Ses locataires s'étaient contentés de cela les jours précédents, se rappela-t-elle. Pas question qu'elle les imite !

Se glissant hors du lit, les yeux encore embués de sommeil, elle se dirigea vers la fenêtre et l'ouvrit. Une brise agréable soufflait de l'est. Des mouettes poursuivaient en piaillant les bateaux qui, au nord, faisaient la navette entre Woods Hole et Martha's Vineyard. Depuis longtemps, les oiseaux voraces avaient compris qu'il y avait de la nourriture à glaner autour de ces navires.

Affamée elle aussi, et bien décidée à se préparer un copieux petit déjeuner, Abby revêtit sa robe de chambre, prit ses vêtements sous son bras et se dirigea vers la salle de bains. Aucun signe de vie ne lui parvint des deux autres chambres. Ce qui était aussi bien : après son bain mouvementé de la veille, elle avait envie d'un peu d'intimité pour prendre sa douche.

Le plus silencieusement possible, elle se faufila dans la salle de bains et ouvrit les robinets. L'eau chaude ruissela aussitôt sur son corps. C'était délicieux. Mais un bruit, de l'autre côté de la porte, la fit se hâter. Elle se sécha et revêtit un jean et un T-shirt. Comme à leur habitude, ses cheveux se montrèrent indomptables et elle finit par les laisser retomber en cascade sur ses épaules. Elle était prête à affronter ses pensionnaires.

Elle rassembla ses affaires et sortit dans le hall. Cléo l'attendait, sa balle jaune dans la gueule.

— Allez, viens, nous allons préparer le petit déjeuner mais, pour l'amour du ciel, dépose cette satanée balle, sinon, tu ne pourras pas manger !

Manger ! Le mot magique. La chienne dressa les oreilles

et se précipita vers l'escalier. Se retournant pour voir si sa maîtresse la suivait, elle laissa échapper sa balle, qui rebondit sur les marches. Cléo voulu s'élancer à sa poursuite, mais Abby la saisit par le collier et l'obligea à la suivre. Il y avait un temps pour tout et ce n'était vraiment pas celui de jouer à la balle.

« Manger... », répéta Abby, cette fois pour elle-même. C'était une bonne idée, mais... manger quoi ? La nourriture apportée dans l'île pourrait alimenter une personne pendant dix jours, mais certainement pas trois pendant trois semaines ! A moins de lancer un appel de détresse, les vivres allaient sérieusement manquer d'ici peu.

La cuisine était équipée d'un réfrigérateur à gaz. A son arrivée, la veille, Abby y avait rangé les denrées périssables. Elle ouvrit la porte pour inventorier son trésor : deux douzaines d'œufs, des tranches de bacon, des saucisses, du pain en tranches. Elle tenta de faire griller ces dernières sur les braises moribondes dans la cheminée, mais y renonça. Elle se passerait de toasts !

Elle en était là de ses pensées lorsque Harry pénétra dans la cuisine. A la vue de Cléo, il s'arrêta, intimidé. Abby lui sourit.

— Tu vas préparer le petit déjeuner ? demanda le garçonnet, les yeux brillants.

Cléo s'avança vers lui. Il recula.

— Euh... il est à toi, ce chien ?

— C'est une chienne. Elle s'appelle Cléo. Et... oui, elle est à moi.

— Elle ne va pas me manger ?

— Te manger ! Cléo n'a jamais mangé mes amis. Elle ne mange que mes ennemis, nous avons passé un accord à ce sujet, toutes les deux. Mais je te remercie. Grâce à toi, je viens de me rappeler qu'elle n'a rien avalé depuis hier matin. Elle doit mourir de faim.

Harry contempla un instant le bout de ses chaussures, puis releva la tête.

— Est-ce que je peux devenir ton ami ?

— Eh bien... peut-être, pourquoi pas ? Ça dépend...

— De quoi ?

— De la manière dont tu te conduis avec moi. Entre eux, les amis se conduisent d'une certaine façon.

— Si je nourris ta chienne, est-ce que je deviendrai son ami ?

— C'est probable.

Les mains derrière le dos, le garçon avançait centimètre par centimètre en direction de Cléo. Celle-ci l'observait attentivement. Lorsqu'il fut tout près, elle se redressa brusquement et gronda. Harry lança à Abby un regard de détresse. Abby s'approcha et caressa la tête de l'animal.

— Tout doux, ma belle, c'est un ami.

Cléo se calma instantanément.

— Maintenant, Harry, tends la main vers elle, sans la toucher.

L'enfant retint sa respiration et, lentement, avança sa main vers le museau de Cléo. La chienne la renifla, puis la lécha consciencieusement.

— Et voilà, dit Abby, elle vient de t'identifier comme mon ami. Tu es donc également le sien. OK ?

— OK ! Je serai heureux d'être votre ami à toutes les deux. Par quoi tu commences, par le déjeuner de Cléo ou par le nôtre ?

— Ecoute, voilà ce que je te propose : je prépare notre petit déjeuner et toi, tu montes jusqu'à ma chambre et tu rapportes le sac de nourriture pour chien qui s'y trouve. D'accord ?

— D'accord !

— Lorsque tu seras de retour, tu verseras les croquettes dans sa gamelle et tu mettras de l'eau dans son bol. En faisant ça, tu deviendras vite le meilleur ami de Cléo. Pour gagner son cœur, le plus court chemin passe par son estomac.

Tandis qu'Harry grimpait quatre à quatre les marches de l'escalier, Abby sortit la boîte d'œufs du réfrigérateur. La gazinière s'alluma sans problème et, en quelques minutes, elle prépara quatre œufs au plat, dorés à point, ce qui était amplement suffisant pour deux. La poêle à la main, elle se retourna et… se retrouva nez à nez avec Selby Farnsworth, assis à table, un large sourire aux lèvres et lorgnant d'un air gourmand du côté de la poêle à frire !

— Vous ! s'exclama-t-elle. Que faites-vous ici ? Pourquoi ne vous ai-je pas entendu arriver ?

— Je n'ai pas fait de bruit de peur de vous effrayer. Il aurait été dommage que vous ratiez ce que vous étiez en train de faire. Ça a l'air si appétissant !

— Et si elle laisse tomber ce qu'elle tient à la main, nous passerons à côté d'un super petit déjeuner ! intervint Harry, inquiet, en pénétrant dans la cuisine avec le sac de nourriture pour Cléo.

— Harry et moi avons passé un contrat, expliqua Abby à l'adresse de Selby. Il s'occupe de nourrir Cléo et, en contrepartie, je lui prépare son petit déjeuner. Les autres se débrouillent.

Sur ces paroles sans ambiguïté, elle servit les œufs et les saucisses dans son assiette et celle préparée pour Harry tandis que ce dernier s'appliquait, de son côté, à respecter sa part du contrat. Ayant découvert la gamelle marquée « Cléo », il la remplissait consciencieusement de croquettes quand, soudain, une sorte de bulldozer le poussa sur le côté. L'odeur de la nourriture venait de faire oublier à Cléo l'essentiel de ses bonnes manières.

Harry la regarda engloutir son repas.

— J'espère être devenu son ami, lança-t-il, inquiet, à l'adresse d'Abby.

« Comme il a besoin d'être rassuré ! » pensa celle-ci, le cœur serré.

— Cléo t'a définitivement adopté, Harry, affirma-t-elle. Quant à moi, je tiens à te remercier. J'avais oublié combien le sac était lourd. Tu es très fort.

L'enfant se redressa de toute sa hauteur, fier de lui. Il aimait beaucoup cette Abby. Le fait qu'elle possédât un chien y était sans doute pour quelque chose : le garçonnet adorait les animaux.

— Assieds-toi, dit la jeune femme. Le petit déjeuner est prêt.

Tandis qu'il s'installait, Abby retourna à la gazinière pour y faire frire le bacon. Lorsque, quelques minutes plus tard, elle revint à la table, les deux assiettes étaient vides. Elle les regarda tour à tour d'un air furieux.

— Lequel de vous deux a mangé ce qu'il y avait dans mon assiette ? demanda-t-elle.

— Pas moi ! répondit aussitôt Harry. Jamais je n'aurais pu faire une chose pareille.

Il baissa les yeux, évitant de regarder son père.

— Harry étant innocent, je suis forcément le coupable, dit ce dernier.

Abby mit ses mains sur les hanches et le fusilla du regard.

— Vous avez un sacré toupet ! Vous envahissez ma maison, vous me menacez de sandwichs au beurre de cacahuète et, en plus, vous attendez de moi que je vous fasse la cuisine !

— C'est le rôle des femmes, non ?

Des étoiles brillaient au fond des yeux couleur d'or fondu et, entièrement sous le charme, Abby en oublia sa colère. C'est alors qu'Harry poussa un cri :

— Le bacon !

Abby se retourna. Elle avait laissé les tranches de bacon non utilisées sur une assiette, sur la table de travail, près de l'évier. Tandis que les humains s'affrontaient, Cléo s'était glissée subrepticement derrière eux et venait d'attraper les tranches dans sa gueule. Elle avait une théorie : la nourriture pour chien, c'était parfait, à condition de ne rien avoir d'autre à se mettre sous la dent. L'odeur du bacon était un appel auquel Cléo n'avait jamais été capable de résister. Des tranches laissées sans surveillance étaient une occasion qu'un chien digne de ce nom ne pouvait laisser passer.

Abby poussa un profond soupir de découragement.

— Pourquoi ai-je la curieuse impression que la terre entière se ligue contre moi ?

A l'école, Abby avait choisi option théâtre. Elle possédait des dons indéniables dans le domaine de la comédie et, surtout, elle arrivait à pleurer à volonté. Cela produisait toujours une forte impression sur son auditoire. C'était le moment ou jamais de mettre ce don en pratique. Elle s'affala sur une chaise, ferma les yeux et s'efforça de penser à quelque chose de très triste.

Plusieurs scènes se présentèrent à son esprit, qu'elle rejeta successivement jusqu'à ce qu'elle trouve enfin celle qui convenait. Elle se revit, enfant, sur la colline de la ferme de son grand-père, un après-midi d'automne, lorsque son poney s'était cassé une patte. Il avait fallu l'abattre. Elle se souvenait de tout : du bruit du vent, des bêlements des moutons… du coup de fusil. Les larmes lui montèrent aux yeux. De vraies larmes, qui roulèrent sur ses joues.

— Oh…, s'exclama Harry, regarde ce que tu as fait, papa !

— Ne t'inquiète pas, fils, les femmes pleurent souvent sans raison.

— Mais elle a une raison ! Je te l'ai dit, celle-là est gentille ! Tu n'avais pas le droit de la faire pleurer.

— Euh… je ne pensais pas que le fait de lui voler son petit déjeuner déclencherait une telle réaction. Il faut dire que la chienne en a rajouté. Je vais essayer de la consoler.

— Oh, oui, papa, fais ça !

Au grand dam d'Abby, l'enfant se mit à pleurer à son tour. Soudain, il se précipita dehors, la laissant seule avec Selby. Les choses ne se déroulaient pas du tout comme elle l'avait espéré. Elle sanglota de plus belle. Un bras lui entoura les épaules. Elle entrouvrit un œil. Selby s'était agenouillé auprès d'elle et cherchait un mouchoir dans sa poche.

— Je ne comprends pas, dit-il. Une grande fille comme vous qui pleure !

« Pas si grande que ça ! » pensa-t-elle en se laissant aller contre lui. Il sembla apprécier cet abandon et la serra plus étroitement. Un frisson parcourut Abby lorsque la main de Selby effleura par mégarde l'un de ses seins.

— Non…, murmura-t-elle.

— Non ? répéta-t-il.

La main qui, jusqu'alors, s'était contentée de soutenir sa poitrine, se mit soudain à la caresser.

— Non !

Cette fois, elle le repoussa fermement. Il l'aida à se relever.

— Dommage ! dit-il. Je trouvais cela très agréable !

— Je vous interdis de me toucher !

Sans doute aurait-elle protesté plus longtemps encore si Harry n'était entré de nouveau dans la cuisine.

— Je m'ennuie, gémit-il. Je n'ai rien à faire !

Son père fronça les sourcils.

— Ce n'est pas mon cas ! Par ta faute, je dois réécrire des dizaines de pages. Qu'est-ce qui t'a pris de les colorier ? Demande à Abby si…

— Désolée, mais je ne suis ni cuisinière ni monitrice de colonie de vacances ! J'ai, moi aussi, du travail. Beaucoup de travail.

Il lui adressa un sourire ravageur.

— Le travail d'une femme n'a-t-il pas toujours été de garder les enfants ?

Le sang d'Abby ne fit qu'un tour. Elle cherchait une réponse cinglante lorsque l'expression douloureuse de Harry l'arrêta. Harry semblait habitué à ce type de querelles à son sujet.

— Je n'ai besoin de personne, intervint-il, la lèvre tremblante. Je vais aller pêcher. Allez travailler, vous deux. Je me débrouillerai seul.

Sans attendre leur réponse, il tourna les talons et quitta la cuisine. Abby foudroya Selby du regard.

— Pourquoi avez-vous amené votre fils sur cette île coupée du monde, si c'est pour ne pas vous en occuper ? demanda-t-elle d'une voix cinglante.

— J'ai passé toute la journée d'hier avec lui, se défendit-il.

— Et vous pensez que cela suffit ? Qu'avez-vous fait durant les trois semaines précédentes ?

— Des foules de choses, mais un garçon ne doit pas être constamment accroché à son père. Pour grandir, il doit faire ses propres explorations.

— Si vous êtes vraiment sur cette île depuis trois semaines, il ne doit plus rester grand-chose à explorer.

Sans qu'elle pût s'expliquer pourquoi, cet enfant l'émouvait de plus en plus.

— Je travaillerai demain, décida-t-elle impulsivement. Je vais aller pêcher avec Harry.

— C'est vraiment très gentil à vous, reconnut Selby.

Harry ignore tout de la pêche, ce sera donc pour lui une grande découverte. Et puis, si vous attrapez des poissons, cela améliorera notre ordinaire. Harry et moi adorons le poisson grillé.

Elle résista à l'envie de reprendre la poêle à frire et de la lui fracasser sur la tête. Non seulement il lui confiait la garde de son fils, mais également la charge de rapporter de quoi les nourrir ! Cet homme n'était rien moins qu'un esclavagiste, qui se souciait comme d'une guigne du travail qu'elle avait à faire. Elle allait prendre du retard dans ses articles et se faire agonir d'injures par son rédacteur en chef.

— Et vous, qu'allez-vous faire ? demanda-t-elle, curieuse.

— Je dois réécrire les pages que les talents de peintre de mon fils m'ont fait perdre.

— J'ai entendu le bruit d'une machine à écrire, la nuit dernière. Il semble que les travaux d'écriture prennent beaucoup de votre temps. Vous pensez publier vos écrits ?

— Publier ! Vous n'y pensez pas ? Je prépare un dossier pour un procès que j'aurai à plaider. Je vais suer sang et eau pendant que vous deux prendrez du bon temps.

« Bien joué ! pensa Abby. Il devient le martyr sacrifié sur l'autel du travail pendant que les autres ne pensent qu'à se divertir. » Une stratégie digne de ces politiciens pour lesquels elle avait la plus grande aversion…

— Vous… vous allez vraiment aller à la pêche avec Harry ? demanda-t-il soudain, une pointe d'incertitude dans la voix.

— Evidemment ! Pour moi, une promesse est une promesse. Je ne reviens jamais sur la parole donnée. Surtout si elle est donnée à un enfant. Nous serons de retour vers midi. Puisque vous êtes celui qui reste à la maison, vous préparerez le déjeuner. Et, surtout, pas de sandwichs au beurre de cacahuète ! Vous devrez également dénicher la balle de Cléo. Elle va se lamenter toute la journée si on ne la trouve pas.

— Tu as entendu, Harry ? cria Selby.

— Oui, j'ai entendu ! répondit l'enfant, resté à proximité. De toute façon, je ne serais pas allé à la pêche sans Cléo.

— Tu l'aimes beaucoup, n'est-ce pas ? demanda Selby

d'une voix soudain tout attendrie. Quand j'étais petit, j'avais un chien, moi aussi. Il s'appelait Sam.

Abby découvrait soudain un aspect de la personnalité de Selby qu'elle ne soupçonnait pas et qui la touchait profondément. Cet homme aimait son fils, c'était évident, mais il ne semblait pas toujours savoir comment le lui montrer.

— Tu chercheras sa balle, n'est-ce pas, papa ? dit Harry.

Puis, tout excité, il ajouta :

— Je suis heureux d'aller à la pêche avec Abby.

— Bien ! dit cette dernière. Mais nous ne pouvons y aller sans nous organiser. Nous avons besoin de deux cannes à pêche, d'hameçons et d'appâts. Vous avez apporté des appâts, monsieur Farnsworth ?

— Des appâts ! Mais de quoi diable parlez-vous ?

Abby poussa un soupir à fendre l'âme.

— Vraiment, vous me surprenez, monsieur Farnsworth ! Parfois, vous passez pour un parfait érudit et, parfois, vous semblez ignorer les choses les plus élémentaires !

— Eh oui… c'est mon problème. Un défaut dans mon système d'éducation, sans doute. Harry, je pense avoir aperçu des cannes à pêche dans la cabane derrière la maison. Veux-tu aller voir si elles y sont vraiment ?

Le garçon se redressa, les yeux brillant d'excitation, et se précipita dehors. Abby fronça les sourcils.

— Vous cherchez à vous débarrasser de lui ou quoi ?

— Asseyez-vous ! ordonna-t-il. Il est des choses dont je souhaite vous parler.

— Je ne suis pas certaine d'avoir envie de vous écouter.

— Abigail, il s'agit de mon fils.

— Que souhaitez-vous me dire à son sujet ? Qu'il se lève la nuit pour pleurer toutes les larmes de son corps ?

— Oui. Hélas, cela lui arrive souvent. Il erre alors dans toute la maison à la recherche de…

— De quoi ?

— De sa mère ! Je ne vous remercierai jamais assez pour ce que vous avez fait la nuit dernière. Mon fils est perturbé et j'avoue ne pas toujours savoir quoi faire. Au moment de notre divorce, il y a cinq ans, il a été confié à sa mère. Mais elle ne s'en est jamais vraiment occupée. Après un long combat, j'ai obtenu de l'avoir pour de longues périodes avec moi. Nous n'avons pas eu beaucoup de temps pour apprendre à nous connaître. J'ai désespérément besoin de votre aide, Abby. Allez-vous me la donner ?

3

Repoussant sa chaise, Abby se leva.

— Il n'est nul besoin d'être diplômé en psychologie pour élever un enfant, dit-elle. Vous devez l'aimer et le lui montrer, c'est tout. Et, bien sûr, être avec lui lorsqu'il a besoin de vous. Autrefois, on appelait cela « être parents », tout simplement. Cette notion ne semble pas vous être très familière.

— Je manque de pratique, en effet. De l'amour ? De la tendresse ? C'est… c'est vraiment tout ce dont il a besoin ?

— De l'amour, de la tendresse, de la patience et de la disponibilité. Bon, il faut que j'y aille ! Pendant notre absence, faites la vaisselle, nettoyez l'évier et rangez la maison. Nous serons vite de retour.

— Tout ça parce que vous emmenez Harry à la pêche !

— C'est un juste partage des tâches, non ? Je ne vois pas pourquoi, moi, je le ferais, en plus de la partie de pêche.

— Mais j'ai du travail !

— Moi aussi ! N'oubliez pas : vous avez juste besoin d'amour, de tendresse, de patience, de disponibilité… et d'un torchon pour essuyer la vaisselle.

— Eh, une minute…

Comme elle passait devant lui, il attrapa son bras et l'obligea à s'arrêter pour lui faire face.

— Que voulez-vous encore ? s'indigna-t-elle.

— Un exemple, des instructions précises.

— A quel sujet ?

Il l'emprisonna de ses bras.

— Vous parlez d'amour et de tendresse en experte. Je veux apprendre.

Un doigt sous son menton, il l'obligea à lever son visage vers lui. Puis, se penchant, il effleura ses lèvres d'un baiser.

— De l'amour... de la tendresse..., murmura-t-il contre sa bouche.

— Oui... mais pas...

— Vous allez m'apprendre. Je suis certain qu'avec votre aide je peux faire des progrès.

Le baiser s'approfondit. Abby oublia le monde autour d'eux. Au lieu de le repousser, elle s'ouvrit à lui comme une fleur s'ouvre à la caresse du soleil du matin. Elle se sentait si bien, si rassurée, au creux de ses bras forts et puissants ! Quand, finalement, il rompit le contact, elle faillit crier sa frustration.

— Hé, je ne me débrouille pas si mal que ça ! dit-il.

Abby le repoussa, simulant le courroux.

— Je crains fort que vous ne soyez en train de mélanger les genres, monsieur Farnsworth. Sachez que je ne suis pas prête à vous donner des cours de flirt. Vous semblez ne rien avoir à apprendre dans ce domaine.

Sur ces mots, elle s'enfuit, faisant claquer la porte derrière elle. Selby resta planté au beau milieu de la cuisine.

— Amour, tendresse, patience, disponibilité, répéta-t-il.

Ces mots résonnaient agréablement à ses oreilles, mais il était surpris. Quelque chose d'inattendu venait de se passer. Il avait accumulé un certain nombre d'expériences avec les femmes, mais pour une raison qu'il ne s'expliquait pas, le baiser échangé avec celle-ci était différent de tout ce qu'il avait connu jusqu'alors. Secouant la tête, il se dit qu'il était grand temps de reprendre la situation en main. Mais, tout en montant les marches pour regagner sa chambre, il continuait de se demander ce qui lui arrivait.

Dehors, sur le perron, Abby rencontra Harry qui revenait, chargé comme un baudet. Il avait trouvé les cannes à pêche. Ils se partagèrent l'équipement, et partirent en direction du nord de l'île, vers la jetée.

Ils avaient marché une centaine de mètres lorsque Harry demanda tout de go :

— Tu as embrassé mon père ?

— Je n'ai pas embrassé ton père, c'est ton père qui m'a embrassée ! Y a-t-il autre chose que tu désires savoir ?

— Euh… oui. Par exemple, j'aimerais bien savoir si tu es mariée ou fiancée ou si tu sors avec un autre homme, parce que… je ne voudrais pas que mon papa se lance dans une aventure glauque. Il ne sait pas très bien gérer les femmes.

Abby sourit.

— Tandis que toi…

Il lui lança un regard furieux.

— Non ! C'est des histoires de grands, ça m'intéresse pas.

Et comme si, pour lui, le sujet était clos, il demanda :

— Où allons-nous pêcher ?

— A l'extrémité nord de l'île. Tu sais, là où était amarré le bateau avec le moteur qui ne voulait pas démarrer ?

— Euh… tu n'as pas oublié ?

— Non, je n'ai pas oublié. Sans doute se passera-t-il beaucoup de temps avant que j'oublie. Mais, pour l'instant, n'en parlons plus. Nous allons pêcher et c'est tout ce qui compte. Nous nous installerons au bout de la jetée. C'est le seul endroit suffisamment profond pour que nous puissions espérer attraper des poissons, des thons en particulier.

— Tu en sais des choses ! dit Harry, admiratif. Comment as-tu appris tout ça ?

— Oh, le plus simplement du monde. Lorsque j'ai loué le bateau à Woods Hole, je me suis renseignée.

Il sourit.

— Ce n'est pas bête.

— Merci. Maintenant que l'on sait où se cache le poisson, il nous reste à trouver des appâts pour l'attraper. Tu en as ?

— Des appâts ? Bien sûr que non. Je ne sais même pas ce que c'est.

— Tu n'es donc jamais allé à la pêche ?

— Jamais !

— Ton père ne t'y a jamais emmené ?

— Non.

— Ce sera donc une grande première ! Tu as de la chance, j'adore pêcher. J'avais même apporté une boîte d'appâts, mais elle est restée… dans le bateau avec le moteur qui ne démarrait pas.

— Zut ! s'exclama-t-il, triste et abattu.

Elle lui sourit.

— N'y pensons plus. Nous allons nous en procurer d'autres.

Ils étaient arrivés devant un lopin de terre autrefois cultivé par son oncle. Elle avait pris une bêche ; ils allaient pouvoir chercher des vers de terre. Elle tendit l'outil à Harry.

— Toi, d'abord, dit-elle.

— Euh… oui.

Sous le poids du garçonnet, la bêche ne s'enfonça que de quelques centimètres. La terre avait durci et la bêcher allait se révéler difficile. Après plusieurs tentatives, toutes aussi inefficaces, Harry se retourna vers Abby, découragé.

— Je n'y arrive pas, gémit-il.

— Effectivement. Il nous faudrait un homme fort comme ton père. Laisse-moi essayer.

La bêche s'enfonça un peu plus profondément, mais lorsque Abby retourna la motte de terre, celle-ci ne recelait aucun vers. Dix minutes plus tard, après avoir essayé chacun à leur tour, ils s'avouèrent vaincus. Les vers n'étaient pas au rendez-vous. D'un revers de main, Harry essuya la sueur qui perlait à son front.

— Et maintenant, qu'est-ce qu'on fait ? demanda-t-il, inquiet.

— On va essayer autre chose.

Abby sortit de sa poche deux vieux croûtons de pain qu'elle avait ramassés dans la cuisine avant de partir.

— Ne me dis pas que nous allons attraper des poissons avec du pain ! s'exclama Harry, médusé.

Elle lui sourit.

— On peut toujours essayer.

Arrivés à la jetée, il lui demanda, tout excité :

— Et, ça, c'est quoi ?

— C'est un mât. Mon oncle Théodore avait participé à la Seconde Guerre mondiale. De retour dans son île, il avait pris l'habitude de hisser le drapeau tous les matins.

Harry désigna l'objet qui se tenait à côté du mât.

— Il… il tirait également des coups de canon ?

— Oui. Mais, non, tu ne tireras pas !

A côté du mât se trouvaient effectivement un vrai canon et de vrais boulets. Oncle Teddy ne reculait devant rien.

— Ce n'est pas un jouet ! expliqua Abby d'une voix ferme. Allez, viens !

Harry serait bien resté plus longtemps près du canon, qui le fascinait, mais elle le prit par la main et l'entraîna à sa suite. Ils s'installèrent au bout de la jetée, et elle lui montra comment accrocher le pain au bout de l'hameçon. Ceci fait, elle lui donna des consignes :

— Nous allons nous installer l'un à côté de l'autre, mais nous ne devons surtout pas emmêler nos lignes, sinon la partie de pêche sera terminée. D'accord ?

— D'accord !

Abby s'installa, laissa tomber son fil dans l'eau et Harry fit de même. Un grand calme s'établit, troublé seulement par le passage au loin d'un bateau chargé de touristes qui leur firent des signes joyeux de la main.

Ils péchaient depuis quelques minutes lorsque Harry se tourna vers elle.

— Tu sais quoi ? dit-il.

— Non.

— Quand je serai grand, si je rencontre une fille comme toi, je me marierai avec elle.

— Oh… ça me fait vraiment plaisir. Merci, mon grand !

Selby Farnsworth les observait depuis une fenêtre du premier étage. Ils semblaient s'entendre parfaitement. Ils avaient disparu un instant de sa vue lorsqu'ils s'étaient mis à creuser pour trouver des vers, puis ils étaient réapparus et il les avait vus atteindre la jetée et s'asseoir l'un à côté de l'autre, pour pêcher. Ils allaient si bien ensemble, cette jeune femme et son fils ! Selby ne pouvait se résoudre à les quitter du regard. Aussi continua-t-il à les regarder en train de pêcher, de converser et de rire.

« J'ai amené Harry dans ce lieu retiré du monde pour

tenter de mieux le comprendre et me rapprocher de lui, se dit-il, songeur. Je pensais que si nous étions seuls, tous les deux, nous apprendrions enfin à nous connaître. Depuis qu'il est né, nous n'avons pas passé beaucoup de temps ensemble. Quand je l'ai récupéré, j'ai pensé que nous serions bien, tous les deux, sans femme. Mais Harry est toujours la proie de ces affreux cauchemars, la nuit. Et puis, voilà que cette femme — Abby — surgit dans notre vie. Elle n'est vraiment pas comme les autres. Jamais je n'ai rencontré quelqu'un comme elle. Lorsqu'elle sourit à mon fils, mon cœur fond. Et, lui, il lui sourit en retour… Je n'avais pas vu un tel sourire sur ses lèvres depuis des lustres. Mais développer une relation uniquement pour le bien d'Harry serait pure folie. »

Cette pensée fut immédiatement chassée par une autre.

« Seulement pour Harry ? Tu oublies le plaisir que tu as pris à l'embrasser ! Elle est juste à la bonne hauteur. Tu n'as même pas besoin de te baisser. Elle a la taille idéale. Et sa poitrine, si douce et si ferme à la fois… »

A ce souvenir, il fut parcouru d'un petit frisson. Il n'avait plus qu'un désir : la prendre de nouveau dans ses bras, sentir la douceur de son corps contre lui.

« Harry se plaît vraiment en sa compagnie ! Je ne l'ai jamais vu s'ouvrir aussi facilement à une étrangère. Cette femme a un don avec les enfants. Elle sait écouter… Mais qui est-elle exactement ? Que fait-elle dans cette île ? Pourquoi est-elle là, à cette époque de l'année ? »

La curiosité avait toujours été le défaut majeur de Selby. Dans un élan impulsif, il se retrouva devant la porte de la chambre de la jeune femme. Elle était ouverte. Tel un voleur, il pénétra dans la pièce. Le désordre était indescriptible. Le lit était défait, et les affaires d'Abby étaient éparpillées dans toute la pièce. Sa chemise de nuit — à moitié transparente — gisait en tas sur le tapis, au pied du lit. L'espace d'un instant, il l'imagina nue devant lui, mais il s'empressa de chasser cette image peu convenable de son esprit.

« Par tous les saints de l'enfer, tu dois absolument te reprendre, Selby ! se morigéna-t-il. Tu es ici pour le bien de ton fils, non pour faire des rêves érotiques éveillé. »

Il regagna sa chambre. Cette dernière était méticuleusement rangée. Pas un objet qui ne soit à sa place. Son monde était ainsi : bien rangé et sans grand intérêt.

Se dirigeant vers son placard, sur la dernière étagère, cachée sous une couverture, il trouva la mallette qui contenait son téléphone portable.

« Si Abby connaissait l'existence de cet engin magique, elle appellerait un bateau, c'est sûr, se dit-il. J'espère que jamais elle ne le trouvera ! »

Il s'assit sur le lit et composa un numéro. A l'autre bout du fil, on décrocha aussitôt, et il se détendit en reconnaissant la voix qu'il espérait.

— Le bureau du député Farnsworth, j'écoute, dit Peggy Format, sa secrétaire.

— Peg, c'est moi !

— Oh, Seigneur, parlez doucement !

— Pourquoi, que se passe-t-il ?

— C'est affreux…

La voix de Peggy était plus haut perchée que d'habitude.

— Les rumeurs vont bon train, monsieur Farnsworth. Quelqu'un a affirmé que, si l'on ne vous trouvait pas, c'était parce que vous vous cachiez quelque part avec l'une de vos nombreuses maîtresses. Le secrétaire de votre parti vous cherche partout.

— Je comprends qu'il me cherche : il a impérativement besoin de ma voix pour faire passer l'amendement sur l'agriculture. Mais les rumeurs… Qui a bien pu lancer cette idée ridicule ?

— Je n'en suis pas certaine mais… votre ex-femme est en ville. Elle est même venue jusqu'ici pour tenter de m'extorquer votre adresse actuelle. Non, elle ne m'a pas dit ce qu'elle voulait. J'espère que la rumeur ne parviendra pas aux oreilles de vos électeurs, sinon…

Selby laissa échapper un profond soupir.

— Je sais, Peg, je ne donnerais pas cher, alors, de ma carrière. Ecoutez, je ne pourrai pas venir demain comme prévu.

— Alors vous êtes perdu ! Qu'attendez-vous de moi ?

— Que vous m'aidiez. Je veux que vous téléphoniez à la compagnie de bateaux qui devait venir me prendre pour leur dire que c'est annulé… pour l'instant.

Il dut éloigner le téléphone de son oreille afin d'éviter que le cri de protestation de Peggy ne lui perce le tympan.

— Peg, supplia-t-il, calmez-vous, je vous en prie ! J'ai entrepris quelque chose de très important, ici, avec Harry, et je suis sur le point de réussir.

— J'espère vraiment que cette absence est pour le bien de votre fils, monsieur Farnsworth, car, vous le savez, les électeurs supportent de moins en moins les frasques amoureuses de leurs élus.

— Vous me connaissez suffisamment pour savoir que je ne mange pas de ce pain-là, Peg. Décommandez le bateau, c'est tout ce que je vous demande. Je vous rappellerai la semaine prochaine, d'accord ?

— D'accord ! Mais pourquoi ne pas révéler à tous que vous vous êtes provisoirement retiré du monde pour vous occuper de votre fils ? Les électeurs adorent ce genre d'histoires. Cela pourrait vous apporter des voix. Oh, doux Jésus, voici de nouveau votre femme ! Au revoir.

Sans plus attendre, elle raccrocha. Selby raccrocha à son tour. Son ex-femme ! Que pouvait-elle bien lui vouloir ? Il ne pourrait le savoir qu'en lui posant la question. Et, cela, il s'y refusait. Il rangea le téléphone dans la mallette, remit celle-ci dans le placard, la cacha sous la couverture puis s'assit à la table, devant sa machine à écrire, afin de poursuivre l'écriture du roman commencé.

Une heure plus tard environ, il entendit des voix. Par la fenêtre, il vit Abby et Harry qui revenaient de leur partie de pêche. Ils descendaient de la colline en se tenant par la main. Cela ne manqua pas de le surprendre. Jamais Harry n'avait, jusque-là, accepté de donner la main à une femme. Pas même à sa mère ! Il se trouvait en haut de l'escalier lorsque les deux pêcheurs se présentèrent à la porte d'entrée.

— Papa, cria Harry en l'apercevant, j'espère que tu as

retrouvé la balle de Cléo car, nous, nous avons attrapé un poisson.

— Euh, fils, je n'ai pas…

Il atteignait la troisième marche lorsque son pied se posa sur quelque chose de mou. Après avoir tenté vainement de conserver son équilibre, il tomba et descendit le reste des marches sur le derrière. La chose molle sur laquelle il avait glissé se révéla être la balle de Cléo qui, après avoir rebondi à sa suite sur les marches, vint finalement atterrir dans sa main.

Harry accourut aussitôt vers lui.

— Tu t'es fait mal, papa ?

— Non. Vous m'aviez demandé de retrouver la balle de Cléo, la voilà !

Harry se retourna vers Abby.

— Tu vois, je te l'avais bien dit ! Mon papa, il est formidable, il sait tout faire.

— Hum, je vois, en effet ! Dommage qu'il ne soit pas venu avec nous à la pêche. Nous aurions alors attrapé un poisson plus gros que ça.

Ignorant sa douleur, Selby se remit sur ses pieds. Les héros n'ont jamais mal. Il examina la prise et émit un sifflement admiratif.

— C'est un beau poisson ! Qu'est-ce que c'est ?

— Un thon, et nous l'avons attrapé avec du pain ! répondit Harry, tout excité. Tu sais, papa, Abby connaît tout sur la pêche. Tu aurais dû venir avec nous, c'était vraiment super !

— C'est sûr, vous auriez dû venir ! surenchérit Abby. Sans doute, alors, aurions-nous attrapé une baleine. Mais la seule chose qui nous importe désormais est de savoir comment vous allez faire cuire cette belle prise que nous rapportons, n'est-ce pas, Harry ? Pour commencer, vous allez devoir montrer à votre fils comment vider ce thon.

— Le vider ! Cette tâche est généralement réservée au pêcheur, non ?

— Pas cette fois. J'appartiens à un syndicat très puissant qui interdit formellement à ses adhérents de vider les poissons qu'ils pêchent.

Selby laissa échapper un long soupir.

— Viens avec moi, Harry. J'ai bien peur que nous ne soyons devenus des esclaves.

— Est-ce que ça n'a pas toujours été comme ça ?

— Ça empire, fils. Ça empire !

4

Ils étaient assis autour de la table pour le repas du soir, entièrement cuisiné par Selby. Son assiette vidée jusqu'à la dernière miette, Abby reposa sa fourchette.

— Je me suis vraiment régalée ! s'exclama-t-elle, sincère. Cela faisait longtemps que je n'avais pas si bien mangé. Il semble que je doive ajouter le talent de cuisinier à vos nombreuses autres compétences, Selby !

— Je te l'avais dit, Abby, mon papa sait tout faire, affirma Harry.

La fierté se lisait sur le visage de l'enfant. Son père sourit.

— Ne dit-on pas que la vérité sort de la bouche des enfants ?

Abby sourit à son tour.

— Quelle sorte de viande était-ce ? s'enquit-elle.

Selby fit un geste évasif de la main.

— Une viande que l'on trouve dans la région.

— C'était du lapin sauvage, tint à préciser Harry, heureux de donner un aperçu de ses connaissances.

Abby porta la main à sa bouche, submergée par une soudaine nausée. Elle avait trouvé cette viande succulente mais, enfant, elle avait eu, comme compagnons de jeux, deux lapins adorables qu'elle n'avait jamais pu oublier. La simple idée d'avoir dégusté un de leurs congénères, même sauvage, la rendait malade. Elle adressa une prière au ciel pour que la conversation dévie sur un autre sujet, mais les dieux devaient être occupés ailleurs, car Selby se mit en devoir d'expliquer :

— Les lapins sauvages pullulent, sur l'île. J'ai appris à Harry à fabriquer des pièges et nous en avons capturé deux.

— J'ai écorché le deuxième, annonça fièrement le garçonnet. Mon papa m'a montré comment faire.

Abby trouva un mouchoir dans sa poche et l'appuya sur ses lèvres. Totalement inconscients de ce qu'elle éprouvait, ses deux compagnons poursuivirent joyeusement leur conversation sur la chasse et les différentes façons de capturer les malheureuses bêtes.

— Mon père m'a appris à chasser et, à mon tour, j'apprends à mon fils, expliqua Selby. Ainsi va la vie.

Il y eut une pause dans la conversation dont Abby profita aussitôt.

— Cléo s'agite, fit-elle remarquer. Elle a besoin de prendre un peu d'exercice. Harry, pourquoi ne vas-tu pas jouer à la balle avec elle dehors ? Elle n'attend que ça.

Le garçonnet fronça les sourcils.

— Je n'ai jamais joué à la balle avec un chien.

— Cela ne demande pas un très long apprentissage, le rassura Abby. Tu n'as qu'à ramasser sa balle et Cléo te suivra. Il y a un jeu qu'elle aime particulièrement : tu lances la balle et elle te la rapporte. Cela peut durer des heures sans qu'elle se lasse.

— Voilà une excellente idée ! acquiesça Selby. Un peu d'exercice vous fera du bien à tous les deux. Mais, pour l'amour du ciel, Harry, ne va pas jouer près de l'eau !

— C'est promis !

Tout excité, le petit garçon sauta de sa chaise et se précipita vers la porte, Cléo sur ses talons.

— Encore un peu de café ? demanda Abby à l'adresse de Selby dès qu'ils furent seuls.

Il lui tendit sa tasse. Elle la lui remplit et il la remercia. Tandis qu'il buvait, elle l'examina à la dérobée. Elle remarqua que ses sourcils remontaient légèrement à leur extrémité. Elle sourit en les désignant.

— Le signe de Lucifer, je suppose ?

Il lui sourit en retour.

— Un héritage de famille. Mon père avait exactement les mêmes sourcils que moi et mon grand-père avant lui. Pensez-vous qu'il y ait quelque chose de diabolique en nous ?

— Dieu seul le sait.

Dehors retentissaient les cris et les rires d'Harry, auxquels se mêlaient les aboiements joyeux de Cléo.

— J'ai l'impression que tout cela est nouveau pour Harry, dit Abby. Est-ce que je me trompe ?

Selby reposa sa tasse sur la table. Il était visible que sa question le perturbait. D'un geste nerveux, il repoussa la mèche de cheveux qui lui tombait sur le front.

— Harry n'a pas eu une enfance ordinaire, expliqua-t-il d'une voix empreinte de tristesse. Mais peut-être cela ne vous intéresse-t-il pas de savoir…

— Au contraire ! coupa-t-elle.

Elle s'installa en face de lui, posa ses coudes sur la table et sa tête dans ses mains.

— Racontez-moi, dit-elle.

— Dès le départ, ma femme et moi avons entretenu une relation, disons… difficile. Malheureusement, Harry a assisté à de nombreuses scènes — nous ne cessions de nous entre-déchirer. Nous avons fini par divorcer. Bien que dépourvue de la moindre fibre maternelle, ma femme a obtenu la garde de l'enfant. Dans sa perversion, connaissant mon attachement pour mon fils, elle me privait souvent de mon droit de visite. Harry et moi n'avons guère passé de temps ensemble. C'est pourquoi ce séjour loin du monde est si important pour lui comme pour moi. Il est temps que je lui apprenne à devenir un homme.

— Il apprend vite.

— Oui, il apprend vite. Il est très brillant en classe. Son QI est impressionnant… Il est particulièrement doué pour les mathématiques.

— Je ne vois rien d'alarmant dans tout ça.

Il tapa du poing sur la table.

— Harry sait des tas de choses sur les chiffres et les figures géométriques, mais ignore tout des choses de la vie. A son âge, l'occupation normale d'un enfant est le jeu, non ?

— Euh… oui, c'est évident.

— Un autre sujet me préoccupe : alors que sa mère ne

lui a jamais manifesté aucune affection, il ne rêve que de nous voir réconciliés…

— Est-ce une chose impossible ?

— Irrémediablement et définitivement impossible !

Abby porta ses mains à son cœur. Sans qu'elle comprît pourquoi, il s'était mis à battre une folle sarabande dans sa poitrine.

Peut-être Selby pourrait-il trouver à son fils une maman de substitution ? songea-t-elle. Les mots lui montèrent aux lèvres mais elle les ravala.

— Et si nous sortions profiter du coucher de soleil ? proposa soudain Selby.

Ils se levèrent d'un même mouvement.

— Laissez la vaisselle, poursuivit-il. Harry et moi la ferons plus tard.

— Je rêve…

Ils sortirent en se tenant par la main.

Il y avait un vieux banc de bois derrière la maison. Abby y prit place ; Selby s'assit à son côté. Sa cuisse frôla la sienne. A l'école où Abby avait fait ses études, aucun professeur ne lui avait jamais enseigné que faire dans une telle situation. Les nuages de pluie s'éloignaient, laissant derrière eux, sur le ciel délavé, un immense arc-en-ciel. Selby et elle restèrent longtemps sans parler, savourant le plaisir d'être ensemble. Ils étaient bien. Trop Bien. Abby éprouva le besoin de réagir.

— Il faut que je rentre, dit-elle. J'ai du travail.

— Oh…

Avant que Selby n'ait eu le temps d'argumenter, l'enfant et le chien revinrent vers eux, à bout de souffle.

— Que penserais-tu d'une partie d'échecs, fils ? proposa Selby.

— Super ! s'écria Harry en battant des mains. J'adore les échecs. Abby, tu viens nous regarder ?

— Non, pas ce soir ! Je suis désolée, mais j'ai du travail. Je dois subvenir à mes besoins, tu sais. Personne ne le fait pour moi.

Elle les regarda s'éloigner. Le père et le fils. Il leur manquait une femme. Mais quelle femme ? La mère de l'enfant, une nourrice ? A cette pensée, son cœur se serra.

« Mais, enfin, pourquoi est-ce que je réagis ainsi ? Après tout, ça ne me concerne en aucune façon ! se morigéna-t-elle. Je n'ai aucun lien avec cet homme. Ce n'est pas parce qu'il m'a pris la main que je dois me faire des idées. Il avait besoin d'un peu de chaleur humaine, c'est tout ! »

Elle regagna sa chambre et se mit au travail, mais le cœur n'y était pas.

Quand Abby descendit, le lendemain matin, elle eut la surprise de trouver Cléo qui attendait impatiemment, assise sur son derrière, devant la porte d'entrée. Les pensionnaires étaient donc sortis… Au moment même où elle se faisait cette réflexion, ils entrèrent, portant des cartons. La chienne se précipita sur Harry, comme s'il était devenu son ami le plus cher.

— Eh bien, on dirait qu'on m'a même volé ma chienne ! bougonna Abby.

Harry secoua la tête.

— Je ne te l'ai pas volée, Abby, juste empruntée. Lorsque je vais rentrer chez moi, je ne pourrai pas l'emmener car, dans ma maison, les animaux sont interdits. C'est nul, hein ? J'aimerais habiter à la campagne et avoir plein d'animaux. Ce serait super, pas vrai, papa ?

— Super, en effet. Hélas, actuellement, mon travail exige que j'habite en ville.

— Je sais. Tu devrais en changer ! Beaucoup de gens seraient heureux de prendre ta place.

— Tu as raison, mais en attendant, jeune homme, nous allons nous occuper de ton poisson.

— Il en a attrapé un ? s'exclama Abby, ébahie.

Ils déposèrent les cartons qu'ils portaient. Harry plongea la main dans le sien et en retira un poisson d'au moins deux kilos, évidé et prêt à cuire.

— Une belle prise, non ? demanda-t-il d'un air triomphant.

— Magnifique ! reconnut Abby. Décidément, on n'arrête

pas le progrès. Pêcher des haddocks tout prêts à cuire ! Sans doute une nouvelle race, obtenue par manipulation génétique.

— Nous avons été obligés d'en rejeter deux à la mer parce qu'ils n'avaient pas la taille adéquate, dit Selby.

— Bravo !

— Je ne vous le fais pas dire ! Bon, Harry, emmène ton poisson dans la cuisine, mets-le dans l'évier et file dans la salle de bains prendre une douche.

Harry obéit sans discuter. Dès qu'il eut disparu, Abby s'exclama :

— A côté de vous, le baron Munchausen n'était qu'un apprenti.

— Le baron qui ?

— Munchausen, réputé pour ses mensonges…

Selby la gratifia d'un délicieux sourire.

— Mentir est un art. Il développe l'imaginaire et la complicité. Vous avez observé Harry ? Je ne l'ai jamais vu aussi heureux.

Elle lui sourit à son tour.

— C'est vrai. Votre complicité faisait plaisir à voir. Finalement, vous ne vous y prenez pas si mal avec votre fils, monsieur Farnsworth ! Rien ne vaut une bonne improvisation. Oublions tous ces livres, ces méthodes soi-disant innovantes, ces projets modernes d'éducation proposés par nos députés véreux…

Son interlocuteur tressaillit et sa bouche se tordit en une affreuse grimace. Qu'avait-elle donc dit pour provoquer une telle réaction ? Etait-ce l'expression « député véreux » qui l'avait fait tiquer ? Pourtant, elle ne voyait meilleur adjectif pour qualifier les politiciens, qu'elle détestait tous en bloc. Elle poussa Selby vers la cuisine tandis qu'elle faisait un détour par la salle de bains du rez-de-chaussée. Elle y trouva Harry, qui s'amusait à produire des geysers d'eau.

— J'exige que tout soit parfaitement propre, même derrière les oreilles ! clama-t-elle, péremptoire.

Harry voulut l'asperger d'eau, mais elle avait déjà refermé la porte. Dans la cuisine, Selby avait vidé les cartons. Abby poussa un soupir à fendre l'âme.

— Nous n'avons plus de pain, plus de bacon ! Je ne sais que faire pour le petit déjeuner.

— Et mon poisson ? dit Harry en pénétrant dans la cuisine.

Se penchant sur l'évier, Abby prit l'animal dans ses mains. Elle le reposa aussitôt et souffla sur ses doigts.

— Je crains que nous ne soyons obligés de le garder pour le repas de ce soir, il est congelé. On pêche vraiment de drôles de bestioles, dans ces eaux !

Elle se dirigea vers le réfrigérateur, ouvrit la porte afin de vérifier ses maigres restes et poussa une exclamation de surprise. Le réfrigérateur regorgeait de marchandises de toutes sortes. Elle se retourna.

— Le Père Noël est en avance, cette année.

— Euh… nous avons trouvé ces légumes dans le jardin, fit Selby, des étincelles taquines au fond des yeux.

— Et vous avez rencontré une vache qui a fort aimablement accepté de vous fournir du lait homogénéisé ?

— Je te l'avais dit, papa, intervint Harry. Il y a des choses qu'on n'arrivera pas à lui faire croire !

— Essayons autre chose. Nous avons hélé un bateau qui passait et il a accepté de nous vendre de la marchandise.

Elle sourit.

— C'est déjà mieux. Plus simplement encore, vous avez passé un arrangement avec une compagnie chargée de ravitailler les îles, n'est-ce pas ?

— Et le bateau va revenir tous les jours jusqu'à la fin de notre séjour, précisa Harry.

— Aucun de nous ne mourra de faim et vous pourrez continuer à nous concocter ces délicieux petits déjeuners dont vous avez le secret, ma chère Abby…

Cette dernière fit la grimace.

— Et vous m'avez laissée croire que nous étions coupés du monde !

— Tu n'es pas fâchée, Abby ? demanda Harry, soudain inquiet.

Haussant les épaules, elle se dirigea vers la porte.

— Abby ! cria Harry en se précipitant derrière elle.

Abby se retourna et vit des larmes dans les yeux de

l'enfant. Elle lui prit la main et ils sortirent, refermant la porte derrière eux.

— Tu… tu ne vas pas nous quitter ? demanda Harry.

— Comment le pourrais-je ? Je n'ai plus de bateau.

— Si tu l'avais encore, tu partirais ?

— Je ne sais pas.

C'était vrai.

— Il ne faut pas en vouloir à mon papa, Abby. C'est un type bien.

— Ah oui ! Qui d'autre que toi peut en témoigner ? Ta mère ?

— Je… je ne sais pas. Je ne comprends pas toujours le comportement des grands. Mais, mon papa, c'est un type bien, ça, j'en suis sûr.

— Bon, d'accord, je veux bien te croire !

— Son problème, c'est qu'il fait beaucoup trop de choses. Il travaille jour et nuit. Et lorsqu'il a un peu d'argent, maman vient nous le prendre.

« Tiens, un renseignement intéressant ! » songea Abby. Voilà donc ce qui poussait Selby Farnsworth à tant travailler : la pension alimentaire qu'il versait à son ex-femme…

— Où habite ta maman, Harry ?

— Dans notre maison de Palm Beach. Au moment du divorce, c'est elle qui l'a gardée, mais mon papa doit continuer à payer toutes les factures.

— Oh… ça, c'est ennuyeux ! reconnut Abby. Hélas, il n'y a vraiment rien que je puisse faire pour vous aider dans ce domaine, mon pauvre Harry. Je gagne à peine de quoi subvenir à mes propres besoins. En revanche, peut-être que, toi, tu peux faire quelque chose. Réconcilier tes parents, par exemple.

L'enfant secoua vigoureusement la tête et ses yeux exprimèrent une profonde tristesse.

— J'ai essayé, mais ça ne marche pas. Ils se détestent, et rien ni personne ne pourra faire qu'ils revivent ensemble.

Un intense soulagement submergea Abby. Elle se reprocha aussitôt cette réaction : comment pouvait-elle se réjouir de ce qui rendait Harry si triste ?

— Je voudrais vraiment t'aider, tu sais, mais je ne crois pas qu'il soit en mon pouvoir de te ramener ta maman.

« Et si tu l'avais, l'exercerais-tu ? » demanda une petite voix au fond d'elle-même. Honteuse de la réponse qui lui venait à l'esprit, Abby lança :

— Je suis désolée, mais je vais devoir te quitter, Harry. J'ai un travail à terminer et je vais être en retard.

Se penchant, elle déposa un baiser sur le front de l'enfant. Tout en se dirigeant vers l'escalier, elle se demanda si elle avait bien compris ce qu'il avait marmonné entre ses dents tandis qu'elle l'embrassait. « J'aimerais que tu sois ma maman », avait-elle cru entendre, mais ses oreilles lui jouaient sûrement des tours…

Abby s'assit sur le lit, juste en face de la pile de livres dont elle avait à faire la critique. Il y en avait cinq. Ses notes et commentaires, préparés la veille, étaient prêts. Elle n'avait plus qu'à les relire et à les corriger sur son ordinateur avant de les transmettre à Washington. Deux des cinq romans étaient terrifiants de nullité. Pendant des heures, elle avait cherché à écrire des propos intelligents à partir d'histoires qui ne l'étaient pas. L'exercice avait été d'autant plus difficile que Selby Farnsworth et son sourire hantaient son esprit. Les trois autres romans n'étaient pas inintéressants et les mots s'étaient formés facilement sous ses doigts.

Du rez-de-chaussée lui parvinrent des cris de joie, puis elle entendit claquer la porte d'entrée. Elle se précipita à la fenêtre. Harry courait sur la pente de la colline, jouant à la balle avec Cléo et… son père !

« Vous feriez bien de faire attention, monsieur Farnsworth ! maugréa-t-elle. A courir comme vous le faites, vous pourriez être victime d'une crise cardiaque ! »

Tout en continuant à bougonner, elle retourna s'installer devant son ordinateur portable, mais sans grande conviction. Son esprit était ailleurs — avec les Farnsworth et Cléo sur la colline. Elle aurait donné cher pour pouvoir les rejoindre… Malgré tout, elle s'attela à son travail et s'y plongea jusqu'à ce qu'il soit terminé, une heure plus tard. Abby se dirigea alors vers le placard dans lequel elle avait caché son téléphone portable : connecté à son ordinateur, il allait lui permettre de transmettre les données au *Mirror* à Washington.

Une fois la transmission achevée, elle réceptionna le reçu en provenance du journal et déconnecta la ligne. Au rez-de-chaussée, la porte d'entrée claqua de nouveau. Selby, Harry et Cléo étaient de retour.

« Il est temps de redescendre ! » pensa-t-elle.

— Au fait, qui a gagné la partie d'échecs, hier ? s'enquit-elle.

— Devinez ! lui répondit Selby. J'aurais mieux fait de jouer contre le chien.

— Tu ne protèges pas assez ta reine, intervint Harry. Même Cléo t'aurait battu.

Selby laissa échapper un soupir.

— Faites des enfants, voilà comment vous serez récompensé !

Abby pouffa.

— Je m'occupe du poisson, annonça-t-elle. Toi, Harry, tu grattes les carottes, et ton père épluchera les pommes de terre.

— Nous voilà, une fois de plus, revenus au temps des esclaves ! protesta Selby.

Il se mit toutefois au travail, imité par son fils. Abby enveloppa les filets de poisson dans du papier aluminium avant de les mettre au four. Tandis que le repas cuisait, Selby se mit à siffloter un air connu. Il semblait heureux. En fait, ils semblaient tous les trois heureux, comme… « comme une famille ! » pensa Abby avant de chasser cette idée farfelue de son esprit.

Le repas était délicieux. C'est du moins ce qu'affirma Harry. Abby fixa son regard sur Selby, espérant qu'il renchérisse, mais il avait la bouche pleine et ne dit mot.

Le dîner, alimenté par l'imagination fertile d'Harry, ne manqua pas de piquant. Téléspectateur assidu de la série Star Trek, il eut tôt fait de transformer la table en vaisseau spatial. Ils étaient tous à bord de l'*Enterprise*. Le repas se termina dans un immense éclat de rire. Par habitude, Abby se leva pour laver la vaisselle.

— Laissez ! dit Selby. Nous allons nous en occuper, Harry et moi.

— Retenez-moi, je vais m'évanouir ! s'exclama Abby.

Elle fit mine de tomber et Selby la rattrapa, la souleva de terre et la serra contre lui. Elle posa sa tête sur son épaule et lui sourit.

« Cette fille est vraiment superbe ! » se dit Selby qui se sentait tout à coup aussi heureux qu'un gamin dans un magasin de bonbons.

— Attention, lui recommanda son fils, ne la fais pas tomber !

— Merci de ta confiance, mon grand !

Avec mille précautions, il transporta son précieux fardeau jusque dans le salon, où un feu crépitait joyeusement. Puis il déposa délicatement Abby au creux d'un fauteuil. Il plaça un pouf sous ses pieds et, se penchant, effleura son front d'un baiser.

— Pour quelle raison, tout ça ? demanda-t-elle.

— Doit-il absolument y avoir une raison ?

Elle approuva d'un signe de tête.

— Alors, disons que c'est en remerciement d'un fabuleux repas.

Le sourire s'évanouit sur les lèvres de la jeune femme. Quant à Selby, il ne fut pas certain d'avoir donné la bonne réponse. Il n'avait pu résister au désir de la prendre dans ses bras, tout simplement. Quel nom donner à ce qu'il éprouvait ? Etait-ce de l'amitié ou bien… Non, toutes ces histoires de coup de foudre au premier regard n'étaient que billevesées.

Il l'embrassa de nouveau, cette fois sur la joue. Au moindre signe de sa part, il l'aurait de nouveau prise dans ses bras, serrée contre lui, il aurait caressé sa magnifique poitrine et même… Mais elle ne lui en donna aucun. Il se força donc à se relever et à ôter ses mains de ses épaules. Ce fut difficile.

De retour dans la cuisine, il trouva Harry assis exactement à la même place.

— Eh, tu attends que la vaisselle se fasse toute seule ? demanda-t-il.

— L'évier est trop haut pour moi. Et puis, c'est toi qui as promis, pas moi !

— Comment ça, trop haut pour toi ? Tu vas monter sur une chaise s'il le faut, mais tu vas participer ! Je lave et tu essuies.

— Bourreau d'enfant ! bougonna Harry en rapprochant sa chaise de l'évier.

Au salon, Abby s'enfonça plus profondément dans son fauteuil et se laissa envahir par la douce chaleur diffusée par le feu dans la cheminée. Elle ferma les yeux et se laissa bercer par ses rêves. Des rêves non pas en noir et blanc mais en Technicolor… Selby Farnsworth. Un homme terriblement séduisant. Pourquoi son mariage n'avait-il pas fonctionné ? Pourquoi…

Avant qu'elle pût explorer plus avant la question, l'objet de ses pensées fit brusquement irruption dans la pièce, suivi de son fils.

— La vaisselle est terminée et le pilote de l'*Enterprise* commence à montrer des signes de fatigue. Qu'y a-t-il au programme ?

— Un bon bain et au lit ! répondit spontanément Abby.

— Un bain, encore ! protesta vivement Harry. A l'école, on m'a appris que notre peau se renouvelle tous les sept ans. Je doute que la mienne dure aussi longtemps si je la lave autant.

— Désolé, fils, mais on ne discute pas ! Allez, ouste, direction la salle de bains ! Abby, vous voulez contrôler l'opération ?

— Attends une minute, protesta Harry. Tu ne vas tout de même pas m'obliger à prendre un bain en présence d'une fille ! Plutôt mourir !

— Ta mère te donnait ton bain, non ? dit Selby.

— D'abord, Abby n'est pas ma mère et ensuite, j'ai grandi depuis.

— Je ne voudrais surtout pas être une cause de conflit au sein de la famille Farnsworth, intervint Abby, en riant. Pourquoi ne vous arrangez-vous pas entre hommes ? Je vous retrouverai lorsque l'orgie sera terminée.

Harry et Selby sortirent en se tenant par la main.

— Qu'est-ce que c'est, une orgie ? entendit-elle le garçonnet demander à son père alors qu'ils montaient l'escalier.

Elle tendit l'oreille, mais ne perçut pas la réponse. Dommage ! Elle aurait bien aimé savoir comment Selby se tirait de ce mauvais pas…

Dans la salle de bains, Selby se retrouva confronté à de nombreux robinets. Lequel correspondait au bain ? Pour le savoir, il dut expérimenter chacun d'eux. Il se penchait sous la douche quand il sut qu'il venait de découvrir le robinet qui lui correspondait : un jet d'eau froide venait de lui asperger la tête, au grand amusement du garçon, qui se tordait de rire.

— Eh, s'écria Selby, indigné, je te prierais de ne pas te moquer ! Un peu de respect, bon sang, je suis ton père !

— Tu es le Père Mouillé ! Dommage qu'Abby ne puisse te voir ainsi…

— Hum… tu l'aimes bien, n'est-ce pas ?

— Elle est super ! Si j'étais plus grand, je l'épouserais, et toi ?

— Euh… ces choses-là ne se décident pas ainsi, mon grand !

— En tout cas, elle est dix mille fois mieux que cette fille avec qui t'étais l'autre fois !

— Allez, ouste, sous la douche ! Je n'ai que faire des critiques des novices de ton acabit.

Pendant les dix minutes qui suivirent, la salle de bains résonna de leurs rires. Puis Selby fit sortir son fils de l'eau, le sécha consciencieusement et lui donna son pyjama pour qu'il s'habille.

— Alors, n'est-ce pas une bonne idée de se laver tous les soirs ?

— Ah, non, pas tous les soirs ! s'indigna Harry.

— Tous les soirs ! répéta Selby. Ainsi en a décidé Mlle Spencer. Et, maintenant, au lit !

Harry fit la grimace.

— Je sais pourquoi tu fais ça ! C'est pour lui plaire. Tu es un traître. On devrait plutôt s'acheter un chien, non ?

Selby lui donna une claque amicale sur les fesses.

— Au lit, monsieur le rouspéteur !

— J'y vais, j'y vais ! grommela Harry en courant joyeusement jusqu'à sa chambre.

Abby les y attendait.

— Je ne l'ai pas vu aussi heureux depuis longtemps, lui glissa Selby à l'oreille. Ça me fait chaud au cœur. On dirait que votre présence accomplit des miracles.

— Je veux une histoire ! réclama Harry, qui s'était mis au lit.

— Je n'en connais pas, confessa Selby, penaud. Boucles d'Or, peut-être, mais j'ai oublié la fin.

Abby s'assit sur le bord du lit.

— Dans le désert égyptien se trouve une immense statue de pierre, dit-elle. Elle s'appelle le Sphinx. Son histoire t'intéresse ?

— Oh, oui ! Raconte.

— Il était une fois, il y a quatre mille soixante-trois ans, au printemps — probablement au mois de mai —, un vilain petit lapin qui s'appelait Peter Popodopolis…

— Un lapin, t'es sûre ? demanda Harry, incrédule.

— Chut ! dit Abby. Moi, je raconte et, toi, tu écoutes.

— D'accord, d'accord !

Il se rapprocha de la conteuse de façon à être tout contre elle.

— Ce Peter Popodopolis n'était pas un lapin ordinaire, tu peux me croire. La famille Popodopolis était connue de tous, non pour sa beauté, mais pour sa capacité à se tirer de toutes les situations, même les plus inextricables.

De l'autre côté du lit, Selby écoutait avec la même attention que son fils.

— Peter avait perdu ses parents et vivait à Memphis, une ville d'Egypte. Pour subvenir à ses besoins, il ne pouvait compter que sur lui-même. Il entra chez un tailleur de pierre comme apprenti et, pendant deux longues années, vécut sous une tente, taillant des pierres pour les pyramides. Le dernier jour de son apprentissage, il fut conduit devant le maître tailleur de pierres qui lui remit son diplôme, lui souhaita bonne chance et lui conseilla de partir s'installer le plus loin possible. « Ce garçon n'est pas doué, dit-il à son contremaître. Je ne veux jamais l'avoir dans mes équipes ! »

« Muni de son diplôme, Peter Popodopolis se présenta au palais du pharaon qui, comme tu le sais, était le roi de l'Egypte. Le pharaon était un grand constructeur et Peter Popodopolis espérait bien trouver du travail sur un de ses chantiers. Le responsable des grands travaux le reçut et lui dit : « Pour l'instant, mes équipes sont complètes. Mais il y a une pierre énorme, près d'une des pyramides, dont personne ne sait que faire. Cette pierre est à toi. Essaie d'en faire quelque chose sinon, personne, jamais, ne te donnera de travail. En revanche, si tu réussis, tu recevras tous les honneurs et tu resteras dans l'Histoire. Acceptes-tu ce défi ? »

« Jamais un Popodopolis n'avait reculé devant une tâche à accomplir, si difficile fût-elle. Peter accepta. « Je te conseille de te procurer les meilleurs ciseaux qui soient, lui dit le maître des travaux. Cette pierre est particulièrement dure à travailler. » Donc, Peter Popodopolis…

Abby s'arrêta soudain de parler.

— Il s'est endormi, chuchota Selby.

— Le pauvre était mort de fatigue.

— Je crois plutôt que c'est votre talent de conteuse qui a opéré, dit Selby en la suivant dans le hall.

— Peut-être. Je ne manque pas de pratique. J'ai plus de dix neveux et nièces et j'ai eu maintes fois l'occasion de leur raconter des histoires.

— Ne m'abandonnez pas, Abby ! Racontez-moi la fin de cette histoire. Qu'est-il arrivé à Peter Popodopolis ?

— Désolée, Selby, mais vous allez devoir attendre jusqu'à demain.

— Oh, non ! Pourquoi ?

Elle éclata de rire.

— Parce que j'invente l'histoire au fur et à mesure et je ne sais pas moi-même ce qui va arriver à mon héros.

— Bon sang, quelle imagination !

Ils descendirent l'escalier l'un derrière l'autre et, sans même avoir besoin de se consulter, sortirent dans la nuit douce et tranquille. Des milliers d'étoiles brillaient au-dessus de leurs têtes.

— Regardez ces lumières qui dansent sur l'eau, dit Abby. C'est un bateau de pêche qui rejoint son port d'attache. C'est un dur métier que celui de pêcheur !

Elle s'appuya contre lui et il entoura ses épaules de son bras. Abby poussa un soupir ; elle était bien, merveilleusement bien. Il lui caressa les cheveux.

— Magnifique ! murmura-t-il.

— Mes cheveux ?

— Et tout le reste. Vous êtes magnifique, Abby.

Ses lèvres effleurèrent sa nuque puis, lentement, il l'obligea à tourner son visage vers lui. Il l'embrassa alors sur la bouche. Abby s'abandonna aussitôt à son baiser. Lorsque, à bout de souffle, ils se séparèrent, Selby sourit.

— Voilà, murmura-t-il. Je vous l'avais bien dit.

— Vous m'aviez dit quoi ?

— Je vous ai dit… à moins que j'aie oublié ? Excusez-moi, je dois absolument vous le dire…

Il la prit de nouveau dans ses bras et, une fois encore, plus rien n'exista que ses lèvres brûlantes sur les siennes.

— Cette fois, je suis certain de vous l'avoir dit !

— Hmm, moi, je ne suis pas sûre d'avoir bien entendu. Répétez-le-moi encore une fois !

Ce qu'il fit aussitôt.

5

Dimanche matin, Abby dormait à poings fermés lorsque Cléo manifesta bruyamment son désir de sortir en se jetant contre la porte fermée et en aboyant. Abby maugréa, s'étira, réussit à ouvrir un œil, et tança vertement sa chienne.

— Tu vas te taire, oui ?

Cléo s'approcha du lit, lécha affectueusement le visage de sa maîtresse, puis s'élança de nouveau en aboyant vers la porte. Son attitude était sans équivoque. Elle avait vraiment envie de sortir. Abby comprit pourquoi. En provenance du rez-de-chaussée leur parvenaient des bruits de voix et des rires qui laissaient à penser qu'il devait se passer des choses fort excitantes en bas.

— Continue comme ça, Cléo, et je t'échange contre un bocal de poissons rouges !

La chienne poussa un gémissement à fendre l'âme et resta plantée devant la porte, qu'elle gratta avec sa patte. Abby se glissa péniblement hors du lit, marcha en traînant les pieds jusqu'à la porte, et l'entrouvrit juste assez pour que la chienne puisse se faufiler dehors.

— Allez, vas-y !

Elle n'était vraiment pas réveillée. Refermant la porte, elle hésita. Allait-elle se remettre au lit ? Le soleil brillait à travers les persiennes. Un pâle soleil de septembre qui annonçait que l'hiver approchait... Mais, en bas, retentissaient des rires chaleureux. La vie, en quelque sorte. Elle n'allait tout de même pas se priver de ça ! Sans plus hésiter, elle troqua sa chemise de nuit contre ses vêtements habituels : jean et chemisier blanc.

Au rez-de-chaussée, l'effervescence semblait s'être calmée. En fait, elle s'était transportée hors de la maison. Se tenant à la rampe — elle avait encore du mal à garder les yeux ouverts —, la jeune femme descendit l'escalier. Selby Farnsworth se tenait dans l'encadrement de la porte d'entrée, un sourire aux lèvres. Cléo et Harry se poursuivaient sur la colline avec force cris et aboiements.

— Quelqu'un pourrait-il me dire ce qui se passe ici ? demanda Abby en se frottant les yeux.

— Oh, voici la Belle au bois dormant en personne ! s'exclama Selby. Quel bonheur de vous voir enfin réveillée !

— Avec ce vacarme, je ne vois pas qui pourrait dormir. Que se passe-t-il ?

— Une chasse au trésor. Vous vous souvenez ? L'autre jour, nous avions parlé de ce fameux trésor caché dans l'île.

— Cette fable ridicule ! Qui a pu vous raconter une histoire aussi absurde ?

— Hesselmeyer, le loueur de bateaux de Woods Hole.

Abby recula d'un pas. Hesselmeyer était une sorte de colosse barbu et sale qui ressemblait à un pirate. Il la terrifiait depuis la première fois où elle s'était trouvée en face de lui, à l'âge de six ans.

— Il est persuadé que votre oncle cachait un trésor sur son île.

Abby haussa les épaules. Il n'y avait que les romanciers et les enfants pour croire à ces balivernes…

— Harry s'est levé très tôt ce matin, raconta Selby. En fouillant dans les tiroirs du buffet de la cuisine, à la recherche de quelque chose à grignoter, voilà ce qu'il a trouvé.

Il lui tendit un morceau de papier sale et chiffonné.

— Dieu du ciel, qu'est-ce que c'est ?

— Une carte. La carte du trésor. Regardez, c'est évident, non ?

— Je ne vois pas ce qu'il y a de si évident. C'est une carte de l'île, point final.

— Une carte de l'île, en effet, mais annotée. Regardez…

De son doigt, il indiquait un point sur la carte.

— Voici la maison où nous nous trouvons et, là, sur la

droite, un endroit marqué d'une croix… l'emplacement du trésor !

— Libre à vous de croire à cette histoire abracadabrante ! Moi, je vais prendre mon petit déjeuner.

— Et, moi, je vais aider Harry. Cela ne vous ennuie pas que l'on organise une chasse au trésor sur votre île ?

— Ce sera certainement moins cruel que la chasse aux lapins. Mais, attention, si vous trouvez quelque chose, vous devrez le partager avec moi.

— Quelle femme d'affaires redoutable vous faites, Abby !

Elle le regarda s'éloigner et rejoindre Harry qui tournait en rond, cherchant visiblement quelque chose sur le sol. Selby s'approcha et lui entoura les épaules de son bras. Ces deux-là étaient vraiment trop attachants ! Au lieu d'aller dans la cuisine comme elle l'avait annoncé, elle sortit les rejoindre.

— Je suis certain de ne pas me tromper, disait Harry, tout excité. Regardez, il y a cette cabane là-bas, et plus loin cet arbre. La croix indique l'endroit où nous sommes, juste entre les deux.

— Superbe déduction, mon grand ! Il ne nous reste plus qu'à creuser.

— Il y a des pelles dans la cabane, avec le matériel de pêche, indiqua Abby.

L'enfant partit comme une flèche. Abby croisa ses bras sur sa poitrine.

— Vous savez qu'il n'y a pas de trésor, n'est-ce pas ?

— Qu'il y en ait un ou pas n'a guère d'importance. Harry s'est trouvé un but et une occupation, et c'est ce qui compte. Et moi, je vais l'aider. Les pères sont faits pour ça, non ?

— Je vous dois des excuses, Selby. Vous êtes un bien meilleur père que je pensais.

Il l'enveloppa d'un long regard avant de lancer :

— C'est un très joli corsage que vous portez ce matin, Abby !

Depuis leur rencontre, il n'avait jamais fait un seul commentaire sur sa façon de se vêtir. Déstabilisée, elle ne sut que répondre.

— Euh… C'est une très belle chemise que vous portez, aujourd'hui, Selby, dit-elle.

Il esquissa une grimace amusée.

— Je portais déjà la même hier, Abby. Les laveries ne sont pas légion dans le coin. Allez-vous rester avec nous pour nous aider à creuser ?

— Non, mais une promenade me ferait le plus grand bien. Je vais aller marcher avec Cléo jusqu'à la jetée avant de prendre mon petit déjeuner. Avez-vous pris le vôtre ?

— Non, pas encore. Nous étions bien trop excités !

— A mon retour, je vous préparerai quelque chose, promit Abby.

Elle les observa un instant alors qu'ils commençaient à creuser, le père avec une grande pelle et le fils avec une petite, tout aussi enthousiastes l'un que l'autre. Elle sourit et s'éloigna. Les souvenirs de sa propre enfance, au milieu de ses cinq frères, lui revenaient à la mémoire. « Un jour viendra peut-être où je rencontrerai, moi aussi, celui qui me conviendra », pensa-t-elle. Elle en doutait. Ses frères étaient loin d'être des maris modèles. Et ce Selby Farnsworth, déjà divorcé, ferait-il un bon compagnon ? Dieu seul le savait ! Elle siffla sa chienne qui accourut aussitôt.

— Nous allons faire une promenade…

Cléo aboya joyeusement. Avec « manger », « promenade » faisait partie des quelques mots qu'elle aimait entendre dans la bouche de sa maîtresse. L'une précédant l'autre, elles contournèrent la colline pour se diriger vers la jetée. Quelques minutes plus tard, elles parvenaient à l'endroit où se trouvaient le mât et le canon, souvenirs de guerre du vétéran Théodore Spencer. Abby leva les yeux vers le sommet du mât. Les choses n'étaient plus ce qu'elles étaient du temps de son oncle. Les couleurs du drapeau avaient passé et les cordes s'étaient emmêlées. Elle allait devoir demander à un homme grand et fort de grimper au mât pour les démêler. Justement, elle en avait un sous la main. A l'idée de Selby Farnsworth grimpant au mât, elle ne put retenir un petit rire.

Abby laissa son regard errer sur la mer. Un bateau semblait se diriger droit sur l'île. Il battait pavillon américain et ralentissait comme s'il voulait accoster. Il avait intérêt à changer d'idée, car les eaux d'Umatec n'étaient pas assez profondes pour un aussi gros bateau…

Le capitaine devait connaître son affaire, car le navire s'arrêta à quelques encablures et jeta l'ancre. Un homme mit un canot à la mer. De toute évidence, elle allait avoir une visite. L'homme, dans le canot, n'était pas un expert. Il ramait plus mal qu'elle, ce qui n'était pas peu dire. Il parvint toutefois au débarcadère, amarra le canot et sauta sur le sable.

— Bonjour ! lança-t-il, joyeux, à l'adresse de la jeune femme.

L'homme était petit, rondouillard, et n'avait plus beaucoup de cheveux sur le crâne.

— Bonjour ! répondit Abby. Que se passe-t-il ? Vous avez un problème ?

— Pas du tout. Je viens pour une petite visite.

— Oh… je crains que ce ne soit pas possible. Cette île est une propriété privée et personne ne peut y débarquer sans autorisation préalable.

— Sauf moi. Je suis journaliste. Du journal *La Gazette.*

— Oh… je ne lis pas ce type de journal. Et que venez-vous faire sur mon île, monsieur le journaliste ? Un documentaire sur les oiseaux ?

— Euh… non… pas tout à fait. Nos lecteurs s'intéressent plutôt aux mœurs du député Farnsworth.

Abby réfléchit à la vitesse d'un éclair. Selby, député ! Et les journalistes le traquaient. Depuis quelque temps, les journaux s'intéressaient davantage à la vie privée des hommes politiques qu'à leurs projets pour le pays. Les lecteurs semblaient être devenus friands d'histoires salaces. A moins que ce ne soient les journalistes qui les aient ainsi conditionnés. Dégoûtant !

En un éclair, Abby comprit qu'elle ne laisserait personne faire du mal à Selby Farnsworth. Non, personne ne toucherait à un cheveu de l'homme qu'elle aimait ! Car cela ne faisait désormais plus aucun doute. Elle était tombée éperdument amoureuse du locataire imposé par sa tante. Peu lui importait qu'il mente, qu'il triche, — comme, à son avis, le faisaient tous les députés —, elle l'aimait à la folie.

Regardant le journaliste rondouillard droit dans les yeux, elle secoua vigoureusement la tête.

— Le député Farnsworth ? Connais pas.

— Oh, allez, ne vous fatiguez pas ! Nous savons tous qu'il est ici. Avec son fils. Et… avec vous, apparemment !

Tandis qu'Abby cherchait désespérément une réponse adéquate, le reporter la rejoignit sur la jetée.

— Désolée, mais vous faites erreur, dit Abby. Je suis ici parce que cette île m'appartient et votre député Machin doit sûrement se trouver à Washington.

— Non, justement, il ne s'y trouve pas ! Il a tout simplement disparu depuis un mois. Il se cache, c'est sûr ! Il y a sûrement une femme derrière tout ça ! Et cette île du bout du monde est l'endroit idéal pour abriter des amours coupables.

Il s'en léchait presque les babines ! Sordide !

— Il n'est pas ici ! répéta fermement Abby. Ceci est une propriété privée et je vous conseille de la quitter avant qu'il ne vous arrive des ennuis.

— Ecoutez, on peut parvenir à un accord ! Toute information sur Farnsworth vaut de l'or. On pourrait partager et…

Abby recula d'un pas. Cet homme venait de l'insulter.

— Je vous avertis, lança-t-elle, si vous faites un pas de plus, je lance mon chien sur vous.

L'envoyé de *La Gazette* fit un pas de plus.

— Vas-y, Cléo, attaque !

Le mot « attaque » ne faisait pas partie du vocabulaire connu de la chienne, mais le ton de sa maîtresse, lui, était facile à décoder. Cet étranger la menaçait et elle l'appelait à l'aide. Elle retroussa ses babines, montra ses crocs et avança vers le rondouillard d'un air menaçant. Ce dernier ne prit pas ses jambes à son cou comme l'espérait Abby. L'appât du gain donne, à certains, un courage extraordinaire. Il fallait trouver quelque chose de plus convaincant.

En reculant, la jeune femme heurta le métal froid de la gueule du canon d'oncle Teddy. Comme arme, il n'était guère efficace, mais il faisait beaucoup de bruit. Elle prit une profonde inspiration afin de se donner du courage. A côté du canon, se trouvait la boîte en métal qui contenait la poudre. Elle avait vu si souvent oncle Teddy opérer qu'elle était capable de répéter, par cœur, tous ses gestes.

— Si vous ne quittez pas cette île sur-le-champ, l'avertit-elle, je vais pointer ce canon sur votre bateau et tirer.

L'homme eut un sourire ironique.

— Vous n'oseriez pas...

— Ah oui ?

La jeune femme se pencha pour ramasser un boulet et le mit dans la gueule du canon, qu'elle pointa résolument en direction du bateau ancré au large.

— Hé, ça va pas, vous êtes complètement folle ! cria le reporter, soudain nerveux. Vous n'allez pas...

— Si ! Je compte jusqu'à dix. Si vous n'êtes pas parti d'ici là, je tire. Un, deux, trois...

Il avança vers elle. Cléo grogna.

— Quatre, cinq !

Du bateau leur parvint un appel de corne de brume comme si quelqu'un suivait les événements à la jumelle.

— On vous rappelle ! dit Abby. Six, sept, huit...

Les yeux exorbités, l'homme fixait le doigt d'Abby, crispé sur une sorte de gâchette qui devait mettre le canon en action.

— Neuf, dix !

Abby libéra d'un coup sec la gâchette et ferma les yeux. Tout d'abord, il n'y eut aucune réaction. Un certain nombre de secondes s'écoulèrent avant que la poudre ne s'enflamme. Lorsqu'elle le fit, il y eut un bruit énorme, assourdissant, qui fit s'envoler tous les oiseaux de l'île en piaillant. Abby fut encore plus impressionnée que les oiseaux. Elle regarda, effarée, la fumée s'échapper de la gueule du canon et, terrifiée, Cléo s'aplatit sur le sol et cacha sa tête dans ses pattes.

Mais le bruit ne fut rien par rapport à ce qui suivit. La tige qui permettait de tenir le canon pointé dans une certaine direction, sans doute rongée par la rouille, se cassa dans l'explosion. Juste avant la mise à feu, Abby avait pointé le canon vers le ciel mais, privé de son support, il plongea lentement vers le sol. Le journaliste sembla soudain transformé en statue et Abby, les mains sur ses oreilles, ferma de nouveau les yeux.

Le canon expulsa le boulet. Projeté au ras du sol, celui-ci arriva jusqu'au bord de la jetée, sembla hésiter un instant puis plongea, disparaissant à leur vue.

— Par tous les démons de l'enfer ! jura le journaliste en se précipitant vers l'endroit où il avait amarré son canot.

Là, il sembla s'arracher le peu de cheveux qui lui restaient encore.

— Vous êtes vraiment folle, hurla-t-il. Vous avez coulé mon canot !

— Parfait ! rétorqua Abby. J'espère que vous savez nager !

Il savait. Alors qu'elle s'approchait de lui, sans demander son reste, il plongea dans les flots bleus et commença un crawl qui aurait pu lui valoir une médaille d'or aux jeux Olympiques.

Selby ! songea Abby. Il devait avoir entendu le bruit du canon et, s'il venait la rejoindre, les occupants du bateau n'allaient pas manquer de le repérer… Or cela, il ne le fallait à aucun prix ! Prenant ses jambes à son cou, la jeune femme partit en direction de la colline, sa fidèle Cléo sur les talons.

Au bruit du canon, Selby et Harry s'arrêtèrent de creuser.

— Bon sang, dit Selby, on dirait un coup de canon !

— C'est Abby, s'écria aussitôt Harry. Elle en a un près de la jetée. Je l'ai vu !

— Un canon ! Seigneur… allons vite voir ce qui est arrivé, fils.

Selby planta sa bêche dans la terre et se mit à courir. Harry fit de même. Mais ils avaient à peine parcouru cinquante mètres qu'Abby leur coupa la route. Courant à perdre haleine, les yeux fixés sur le sol, elle heurta Selby de plein fouet; celui-ci perdit l'équilibre. Ils se retrouvèrent au sol, allongés l'un sur l'autre.

— Aïe ! s'exclamèrent-ils avec un bel ensemble.

Il leur fallut près d'une demi-minute pour récupérer.

— Surtout, n'allez pas là-bas ! l'avertit Abby. Ils vous cherchent.

Et elle éclata en sanglots. Selby la serra contre lui. Ses cheveux lui caressaient le visage ; elle sentait merveilleusement bon. Décidément, cette femme lui faisait plus d'effet que toutes celles qu'il avait connues avant elle…

— Calmez-vous, Abby, dit-il et expliquez-moi ce qui se passe.

Prenant soudain conscience de l'inconfort de leur position, Abby se dégagea.

— C'est… c'est ce journaliste ! Il m'a dit être à la recherche du député Farnsworth. Vous le connaissez ?

— Euh, c'est… c'est moi ! reconnut Selby, penaud.

— Pourquoi ne pas me l'avoir dit ?

— Je suis ici incognito. Personne ne devait connaître mon identité. A cause, précisément, des journalistes… Qu'est-ce qu'il voulait ?

— Savoir pourquoi vous vous cachez.

— Et surtout avec qui, n'est-ce pas ?

Elle fit un signe affirmatif de la tête.

— Il paraît que cette information vaut de l'or ! précisa-t-elle.

— Pour ces charognards, certainement ! Et que lui avez-vous fait ? Vous lui avez tiré dessus avec le canon ?

— Euh… je voulais juste lui faire peur. J'ai tiré en l'air, mais par un malencontreux hasard, la gueule du canon s'est dirigée vers le sol, le boulet est parti et…

— On a vraiment manqué quelque chose ! s'exclama Harry en se tenant les côtes.

— Que s'est-il passé alors ? demanda Selby, quelque peu inquiet.

— Le boulet est tombé sur le canot du type et l'a coulé.

— Coulé ! Bon sang, nous devons immédiatement porter secours au naufragé !

— Sûrement pas ! Il sait nager. J'ai vérifié. A l'heure qu'il est, il a sûrement déjà rejoint le bateau ancré à une centaine de mètres de la jetée. Mais d'autres viendront.

Elle prit place sur un rocher et, à l'expression de son visage, Harry comprit qu'il y avait de l'orage dans l'air. Il prit sa bêche et retourna creuser. Les disputes entre adultes, il n'en avait que trop connu ! A sa grande joie, Cléo le suivit.

— Abby, je… euh… je crois que nous sommes dans de sales draps ! annonça Selby.

— Je le crois aussi. Vous n'avez cessé de me mentir !

— Je dois avouer que notre relation n'a pas débuté sur des bases très saines.

— C'est un euphémisme !

— Mon père avait l'habitude de dire que la vérité est une perle rare.

— Oui, et alors ?

— Une perle rare ne s'utilise pas à tout bout de champ, mais seulement lorsque cela en vaut la peine.

— C'est avec de tels principes que vous avez été élu député ?

— Peut-être. Allez-vous appeler les journalistes et leur vendre l'information ?

— Non. Je veux pouvoir continuer à me regarder dans une glace sans avoir honte de moi.

— Si j'ai votre appui, nous pourrons peut-être échapper à ces rapaces. En attendant, venez, allons apporter notre soutien à notre chercheur de trésor.

Il se leva et lui tendit les mains pour l'aider à se relever. Puis, son bras passé autour de sa taille, il l'entraîna vers le trou creusé par Harry. Elle sentait la chaleur de son corps contre le sien, et c'était délicieux ; en quelques secondes, elle oublia ses griefs contre Selby.

— Ah, vous voilà ! dit Harry, heureux de les voir réconciliés. Regarde, Abby, ce que nous avons trouvé !

— Deux boîtes de conserve rouillées, des os, des papiers gras, et deux bouteilles vides et poussiéreuses, annonça Selby.

— Un fabuleux trésor ! ironisa Abby, luttant contre le fou rire qui la gagnait. Attendez, donnez-moi la carte…

Harry la lui tendit. Abby l'examina attentivement.

— Oh… j'ai trouvé !

— Quoi ? demandèrent en chœur le père et le fils.

— Je suis vraiment désolée de vous ôter vos illusions, mais vous venez de mettre au jour l'ancienne décharge d'oncle Teddy.

— L'ancienne décharge ? répéta Harry.

— Eh oui ! Dans cette île, les éboueurs ne passent pas. Nous n'avons pas d'autre moyen de nous débarrasser de nos ordures que de les enterrer. Oncle Teddy avait creusé un trou à cet emplacement. Lorsqu'il a été plein, il l'a recouvert, marqué l'endroit d'une croix, puis il est allé creuser à un autre endroit, que nous utilisons d'ailleurs encore actuellement.

— Harry, le trésor était… une poubelle ! dit Selby, qui semblait aussi déçu que son fils.

— Allez, les gars, haut les cœurs ! lança Abby en riant. Rentrons à la maison, je vais vous préparer le petit déjeuner le plus succulent de toute votre vie.

— Je… je ne suis pas certain d'avoir envie de manger, gémit Harry.

— Veux-tu bien te taire ! dit Selby en lui enfonçant sa casquette jusque sur les yeux. Moi, je suis affamé. Nous vous suivons, Abby !

Aux environs de 20 heures, ce soir-là, Selby envoya son fils au lit. Le garçon passa chercher Abby dans la cuisine.

— Est-ce je pourrais avoir la fin de l'histoire de Peter le Lapin ? demanda-t-il.

— Bien sûr ! Tu montes, tu te laves les mains et les oreilles…

— Je l'ai déjà fait quatre fois aujourd'hui ! protesta Harry.

— Et tu le feras encore des milliers de fois au cours des soixante ans qui viennent. Allez, ouste, tu y vas, sinon pas d'histoire !

Harry se précipita hors de la cuisine. Abby examina la pile d'assiettes sales dans l'évier. « Ne fais jamais aujourd'hui ce que tu peux faire demain, » se dit-elle en quittant son tablier. Elle trouva Selby dans le hall, qui essayait d'ouvrir la porte de la pièce attenante à la cuisine.

— Qu'y a-t-il ici, Abby ?

— Je n'en ai pas la moindre idée. J'ai toujours vu cette porte close. Ouvrez-la.

— Elle est fermée à clé. C'est étrange, car c'est la seule qui le soit dans toute la maison.

— Hum… étrange, en effet ! Sans doute est-ce une pièce que mon oncle souhaitait garder pour son usage strictement personnel. C'était un vieil original, très secret, et il n'aimait guère être envahi. Toutes les clés de la maison sont pendues sur un tableau dans la cuisine. Pouvez-vous aller les chercher ?

Quelques secondes plus tard, il était de retour, un sourire enfantin sur les lèvres, ce qui était suffisant pour faire battre le cœur d'Abby plus fort.

— Bon, voyons ce que l'on peut faire…

Pendant une dizaine de minutes, ils se tinrent l'un à côté de l'autre, essayant chacune des clés. Un appel leur parvint alors du haut de l'escalier.

— Eh, et mon histoire ?

— J'arrive ! cria Abby.

Selby trouva enfin la bonne clé. La porte s'ouvrit, en gémissant, sous leur poussée. Abby appuya sur l'interrupteur et la lumière jaillit. C'était incontestablement le centre de l'univers d'oncle Teddy. Un refuge. La pièce était remplie de livres soigneusement rangés dans des bibliothèques qui couvraient trois des murs. Un bureau, immense, trônait au centre, et, contre le quatrième mur était adossé un meuble rempli de dossiers.

— A défaut de trésor, nous venons de découvrir le bureau de mon oncle ! annonça Abby.

— Qui sait si un trésor ne s'y trouve pas caché ? s'exclama Selby, tout excité. On cherche ?

— Certainement pas ! Avoir exhumé une décharge ne vous suffit donc pas comme émotion forte pour la journée ? J'ai promis à votre fils de lui raconter une histoire et je tiens toujours mes promesses. Vous venez avec moi ou vous restez ici ?

— Je viens, mais lorsqu'il sera endormi, nous pourrions revenir et…

— A chaque jour suffit sa peine. Lorsqu'il sera endormi, nous irons dormir, nous aussi.

Poussant un soupir à fendre l'âme, il la suivit. Harry

était au lit, et son corps avait une forme suspecte sous les couvertures.

— Pourquoi remues-tu ainsi les pieds, Harry ? lui demanda Abby.

— Je ne les remue pas !

— Ah, bon ! Cléo, sors de ce lit, immédiatement !

Il y eut un fort mouvement sous les couvertures et la chienne sauta hors du lit.

— Maintenant, nous pouvons raconter la suite de l'histoire de Peter Popodopolis et apprendre pourquoi le Sphinx fut ainsi nommé. Tu te souviens du début de l'histoire, Harry ?

— Bien sûr, et j'ai hâte de savoir ce qui est arrivé à Peter Popodopolis, le lapin tailleur de pierre.

— Donc, Peter avait terminé son apprentissage et s'était vu confier une pierre gigantesque, à côté de la pyramide, par le grand Pharaon Hohumhotep.

— Hohum… qui ?

— Hohumhotep, qui fut l'un des très grands pharaons d'Egypte. Un jour que Peter se tenait debout à côté de son bloc de pierre, le pharaon, suivi de tous ses dignitaires, de ses chevaux et de ses chiens, arriva. Tous s'arrêtèrent devant Peter, et pharaon s'exprima ainsi :

« — Eh bien, tailleur de pierre ? — Oui, Votre Majesté ? — Qu'avez-vous l'intention de faire avec ce bloc qui vous a été confié ? Peter, qui n'en avait pas la moindre idée, lui adressa son sourire le plus engageant. — Je vais en faire un mémorial pour la plus haute personnalité du royaume, inventa-t-il sur-le-champ. — Ah ! dit Hohumhotep, flatté. Je pensais justement que seul ce monumental bloc de pierre serait digne de transmettre les traits de mon visage à la postérité. J'espère que votre savoir-faire sera à la hauteur de la tâche. — Certainement, Votre Majesté !

« Peter n'avait aucune idée de la façon dont il fallait s'y prendre pour tailler un visage dans la pierre, lui qui n'avait jamais fait que tailler les pierres en rectangle pour la pyramide et, encore, sans vraiment réussir. — Bien, dit Hohumhotep, je vous accorde quinze jours. — Quinze jours ! — Pas un de plus. Maître des travaux, rédigez le contrat !

« Derrière lui, sur son char, le maître des travaux sortit un rouleau de papyrus flambant neuf et inscrivit les instructions. Après quoi, le grand pharaon poursuivit sa route.

« Peter s'assit sur un morceau de rocher pour réfléchir. Tailler la tête du Grand Pharaon en quinze jours, il venait d'hériter d'un sacré problème ! C'est alors que des joggers parurent dans son champ de vision. Peter ne sut à qui il avait affaire que lorsqu'ils parvinrent à sa hauteur. Il s'agissait, en fait, de l'épouse du pharaon, qui avait tendance à prendre de l'embonpoint, et qui courait ainsi tous les matins, suivie de son escorte. Tous s'arrêtèrent en face de Peter et du bloc de pierre.

« — Oh, magnifique ! s'extasia l'épouse du pharaon. Je sais ce que vous allez faire avec cette pierre superbe : un corps de lion. C'est l'emblème de ma tribu.

« Peter eut du mal à comprendre ce que disait Sa Grande Altesse Royale car celle-ci avait un cheveu sur la langue et un très mauvais caractère. Tandis que Peter cherchait désespérément une réponse adéquate, une des esclaves de la suite laissa tomber le parasol royal. — Qu'on lui coupe la tête ! ordonna Son Altesse.

« Ce qui fut accompli sans délai. Peter se dit alors que faire répéter à Son Altesse ses instructions serait du plus mauvais goût, aussi s'inclina-t-il devant elle en disant : — Les désirs de Sa Majesté sont des ordres que j'aurai à cœur d'exécuter. — Je te donne quinze jours, précisa Sa Très Gracieuse Majesté. Pas un de plus. » Sur ces mots, la reine et sa cour repartirent et disparurent à sa vue.

« Peter venait d'hériter d'un deuxième gros problème : produire deux statues dans le même bloc de pierre. Mais les problèmes, si compliqués soient-ils, n'avaient jamais arrêté Peter Popodopolis. Il se procura une immense toile dont il recouvrit sa future œuvre et, tap, tap, tap, il se mit sans tarder au travail, commençant par la tête à l'avant de la pierre et — lorsqu'il en avait assez — passant au corps du lion, à l'arrière.

« Au bout des quinze jours, Peter avait terminé son ouvrage. Il n'avait aucune idée de l'aspect final de son œuvre, n'ayant jamais eu le temps ni le recul nécessaires pour la voir dans son ensemble. C'est alors que le pharaon arriva, au son des tambours et des trompettes, et accompagné de sa suite.

« — Ha ! dit le pharaon, j'espère pour toi que tu as terminé la statue de Hohumhotep Le Grand. — Je l'ai terminée, Votre Altesse, et j'ai construit cette estrade afin que vous et votre suite puissiez l'admirer tout à votre aise. — Parfait, parfait ! dit Hohumhotep en descendant de son char. Mais un de ses serviteurs, censé soulever la traîne de son manteau pour lui faciliter la manœuvre, rata son coup et le pharaon fut immobilisé dans son mouvement. — Qu'on lui coupe la tête ! ordonna-t-il.

« Ce qui fut fait sur-le-champ. Peter Popodopolis déglutit avec peine. Et voilà que, pour corser le tout, arriva l'épouse du pharaon, en compagnie de sa suite, tous à dos d'éléphant.

« — Avez-vous terminé ma statue ? demanda l'épouse de Pharaon. Peter Popodopolis s'inclina devant elle et dit : — Oui, Votre Très Belle et Très Gracieuse Majesté, j'ai terminé votre statue et j'ai construit cette estrade afin que vous et votre suite puissiez l'admirer tout à loisir.

« Sans s'en rendre compte, Peter avait imité le handicap de la reine et zozoté. — Vous moqueriez-vous de moi, jeune homme ? demanda Son Altesse, les sourcils froncés. — Pas du tout, pas du tout ! se défendit aussitôt Peter. Il se trouve qu'un éclat de pierre m'a blessé et depuis, j'ai du mal à parler.— Vous avez de la chance, rétorqua Son Altesse. Aujourd'hui, je suis d'humeur excellente et disposée à vous croire, ce qui n'aurait pas été le cas en temps normal.

« Sa Très Gracieuse Majesté monta les marches de l'estrade, avec sa suite, et s'assit en face de son époux. A cette étape de l'histoire, il est important de savoir que le pharaon et sa femme ne s'aimaient guère et ne se parlaient presque plus. Aussi restèrent-ils assis l'un en face de l'autre, à se jeter des regards noirs, tandis que Peter courait prendre les coins de la tente. Après avoir adressé une prière au dieu des tailleurs de pierre, comme le voulait la coutume, sans plus hésiter, il découvrit la statue.

« — Ma très gracieuse tête sur un corps de lion ! s'écria le pharaon. Superbe, absolument superbe ! — Quelle horreur ! s'écria son épouse. Qu'avez-vous fait, sculpteur ? Je vous avais ordonné de sculpter mon emblème tribal, un corps de lion !

« Peter recula lentement vers le tunnel qu'il avait eu la sagesse de creuser et qui conduisait au Nil. — C'est ce que j'ai fait, Votre Très Gracieuse Majesté. Vous ne m'aviez donné aucune instruction quant à la tête.

« La reine se leva, ivre de rage. Sa colère accentua encore son handicap. — C'est un… c'est un… sphinx ! crachota-t-elle.

« Personne ne sut jamais ce qu'elle voulait dire par là. Peut-être, tout simplement, avait-elle éternué. Il y avait beaucoup de rhumes, en cette saison, en Egypte.

« Quant au pharaon, il ne s'était jamais autant amusé de sa vie. Gravée à jamais dans la pierre, sa royale tête dominait le corps de lion, censé représenter sa femme. — Sphinx sera donc le nom qui sera donné à cette œuvre d'art, annonça-t-il. — Qu'on coupe la tête du sculpteur ! hurla la Reine. — Ah non ! s'indigna Pharaon. C'est à moi qu'il revient de donner cet ordre. Qu'on coupe la tête du sculpteur !

« La Très Gracieuse Epouse Royale frappa son mari de son parasol et une bataille générale s'ensuivit. Dans un fracas épouvantable, l'estrade s'effondra et les éléphants de la reine chargèrent et piétinèrent tout le monde, sauf… Peter Popodopolis. Comme annoncé au début de cette histoire, notre héros possédait la faculté de pouvoir se sortir de n'importe quelle situation, même la plus inextricable. Pendant que le pharaon, son épouse et leurs suites respectives se faisaient piétiner, le tailleur de pierre parvenait, sain et sauf, au fleuve Nil. Il fut aperçu pour la dernière fois se dirigeant vers l'est. Et, depuis ce jour, l'étrange statue qui trône aux pieds des pyramides, mi-pharaon, mi-lion, face au soleil et au désert, s'appelle le Sphinx. »

Dans le silence qui suivit, Abby et Selby reportèrent leur regard sur Harry. Un sourire béat sur les lèvres, l'enfant s'était endormi, Cléo roulée en boule à son côté.

— Bon sang, quelle histoire horrible ! murmura Selby dans un souffle.

— C'est une histoire vraie, se défendit Abby. Vous pouvez

vérifier : sur n'importe quelle carte d'Egypte, le Sphinx est toujours là.

Selby se tenait debout derrière elle. Il glissa son bras autour de sa taille. Elle était bien. Elle leva les yeux vers lui et il effleura ses lèvres d'un baiser en murmurant :

— C'est l'histoire la plus extraordinaire que j'aie jamais entendue. Mais, si j'avais été à la place de Hohumhotep… à propos, où diable avez-vous pris un nom pareil ?

— Sur la liste des pharaons d'Egypte. Celle qui est gravée sur le fronton du temple, à Memphis. Vous ne l'avez jamais lue ?

— Je ne vais plus à Memphis depuis qu'ils ont abandonné le jazz.

Elle voulut lui préciser qu'il ne s'agissait pas de ce Memphis-là, mais il l'embrassa de nouveau et elle changea d'avis.

6

En Nouvelle-Angleterre, septembre est un de ces mois intermédiaires entre deux saisons. Finies les chaudes journées de l'été faites pour le farniente sur la plage ; mais les chatoyantes couleurs de l'automne ne sont pas encore au rendez-vous. « Les jaunes éclatants, les rouges, les orange n'embraseront les arbres que le mois prochain », pensa Abby.

La nature suivait méthodiquement le calendrier. A peine le mois de septembre commencé, de petites tempêtes se levaient çà et là avec leur cortège d'humidité, de brouillard et de froid. Pas le froid glacial de l'hiver, mais un froid qui incitait tout de même à rester au chaud, à la maison.

Ce lundi était jour de tempête sur Umatec. Il était midi, et Abby se tenait dans sa chambre à côté de la fenêtre, regardant, fascinée, les rafales de vent courber la tête des arbres et les vagues furieuses se briser sur la plage en immenses gerbes d'écume. Même les oiseaux s'étaient mis à l'abri.

Mille pensées assaillaient l'esprit d'Abby. Les quelques jours passés sur l'île en compagnie de Selby Farnsworth et de son fils Harry avaient passé à toute vitesse. Elle avait été prise dans un tourbillon, et il était grand temps pour elle de remettre un peu d'ordre dans ses pensées.

Selby Farnsworth. Qui était vraiment cet homme ? Au fil des jours, elle avait tour à tour découvert qu'il était juriste, romancier et, enfin, député. C'était beaucoup pour un seul homme. Et le pire, c'est qu'elle avait appris tout cela par hasard, car l'intéressé ne parlait guère de lui-même. Il fallait presque le torturer pour obtenir une information. Qu'avait-il dit à propos de la vérité ? Qu'elle était une perle précieuse dont on ne devait se servir qu'à bon escient. Seigneur, comment faire confiance à un tel homme ?

« Abby, tout cela ne te concerne pas, lui rappela la petite voix au fond d'elle-même. Cet homme et son fils ne sont là qu'en transit ; dans quelques jours, ils ressortiront de ta vie. »

La petite voix avait raison, bien sûr. D'ici peu, elle serait de nouveau assise à son bureau au *Mirror* et lui retournerait à ses fonctions officielles…

Abby secoua la tête, découragée. C'était loin d'être aussi simple que cela ! En fait, en quelques jours, Selby Farnsworth avait pris une grande place dans sa vie et ses pensées. Une trop grande place. Il lui suffisait de fermer les yeux pour qu'il soit là, avec elle, partout et tout le temps. Ses yeux, son visage, son sourire, sa haute stature, ses intonations de voix… tout en lui lui plaisait. Sans parler de la chaleur de son corps contre le sien et du feu de ses baisers…

La petite voix tenta encore de lui faire entendre raison mais finit, de guerre lasse, par abandonner le combat. Abby était bel et bien tombée amoureuse du locataire imposé par sa grand-tante Letty.

Du rez-de-chaussée lui parvinrent, une fois encore, rires et bruits de voix. Comme tout cela allait lui manquer ! Pourquoi ne pas en profiter encore pendant les deux ou trois jours qui restaient avant de retrouver les affres de la solitude ? Cléo semblait partager cet avis. Elle vint vers elle, lui lécha la main, gémit, puis se dirigea vers la porte. Le message était clair : elle aussi voulait rejoindre les autres, qui paraissaient bien s'amuser à l'étage inférieur.

Abby et sa chienne descendirent donc l'escalier. Les bruits semblaient provenir du salon. A travers la porte restée ouverte, Abby aperçut les Farnsworth penchés au-dessus d'un échiquier. Toute l'attention d'Harry était focalisée sur le jeu ; Selby, lui, regardait son fils. Il n'était nul besoin d'être expert en psychologie pour déceler l'amour et l'affection dans les yeux de Selby. Elle les regarda jouer un moment sans qu'ils remarquent sa présence. « Comment sa femme a-t-elle pu se priver de ça ? » se demanda-t-elle. Comment, elle-même, allait-elle pouvoir continuer à vivre sans eux ?

Répugnant à les déranger, elle poursuivit son chemin et ouvrit la porte du bureau découvert la veille. Ne possédant aucune fenêtre vers l'extérieur, la pièce était dans l'obscurité totale, mais disposait de trois lampes, qu'Abby alluma l'une après l'autre. C'était vraiment un endroit magnifique, la plus belle pièce de la maison.

Elle avait toutefois un sérieux besoin d'être dépoussiérée. Abby fit courir son doigt sur le dos d'un des livres sur une étagère et le ramena noir de poussière. La plupart des livres dataient de la fin du siècle dernier. Abby ne pouvait croire que son grand-oncle ait pu s'intéresser à ce type de livres, même s'il était né à l'époque où ils avaient été imprimés. Que cachait ce désir de collectionner ces œuvres ? Elle qui se targuait de connaître son grand-oncle prenait soudain conscience qu'elle ignorait énormément de choses. Pendant toutes ces années où elle lui avait rendu visite, elle ne l'avait jamais vu lire et il ne lui avait jamais montré cette cachette. Cette pensée la perturbait.

Soudain, un cri de triomphe lui parvint du salon.

— Echec et mat !

C'était la voix d'Harry.

— Je ne joue plus avec toi ! déclara Selby.

Une chaise racla le sol et Selby parut dans l'embrasure de la porte du bureau.

— Ainsi, c'est là que vous vous cachiez ! dit-il.

— Je ne me cache pas. Je réfléchis.

— Oh, oh ! Et puis-je savoir quel est l'objet de votre réflexion ?

— Vous !

Il pénétra dans la pièce et referma la porte derrière lui.

— Je mérite réflexion, en effet.

Il s'avança vers elle et tourna son fauteuil de telle sorte qu'il puisse voir son visage éclairé par une des lampes.

— Et alors ? demanda-t-il.

— Dommage que tante Letty ne soit pas ici, à mon côté. Elle aurait su comment vous parler. Pas moi.

Il n'y avait pas d'autre siège dans la pièce. Il s'assit sur le coin du bureau et se pencha vers elle.

— Essayez tout de même.

— Tante Letty aurait dit une chose du genre : « Eh bien, jeune homme, où en êtes-vous avec ma nièce ? Quelles sont vos intentions ? »

— Touché ! dit Selby en se levant pour arpenter le bureau.

Il ne souriait plus.

— Dans quelques jours, vous vaquerez de nouveau à vos occupations et moi aux miennes, énonça Abby.

— Je sais. Ce que je ne sais plus, en revanche, c'est ce que je dois faire. Je suis perdu, Abby. Les femmes ont toujours représenté pour moi un mystère. J'en ai épousé une, nous avons fait un enfant merveilleux et, après toutes ces années, je ne sais toujours pas ce qui n'a pas marché.

— C'est elle qui vous a quitté ?

— Oui, en vidant mon compte en banque et en emportant la voiture que je venais d'acheter. Pendant six mois, je n'ai eu aucunes nouvelles. Puis, un jour, par la poste, j'ai reçu une demande de divorce.

— Elle vous manque ?

Selby passa une main nerveuse dans ses cheveux.

— Je… je ne sais pas. Si vous m'aviez posé la question il y a quatre ou cinq mois, je vous aurais répondu : « Oh, oui, elle me manque ! » Mais, pendant toutes ces journées passées ici, dans cette île, elle ne m'a pas manqué une seule seconde.

— « Pourquoi pleurer ce qui est loin alors que l'on a ce qu'il faut sous la main ? » C'est un principe cher aux hommes, non ? ironisa Abby, non sans amertume.

— Vous pouvez vous moquer, Abby, mais sachez que j'ai passé, auprès de vous, des moments merveilleux. Vous êtes une femme comme on n'en rencontre peu dans sa vie…

— Sans doute est-ce la raison pour laquelle, à vingt-neuf ans, je ne suis toujours pas mariée, soupira Abby. Un bateau viendra me prendre dans trois jours mais, vous qui semblez avoir tous les pouvoirs, vous pouvez peut-être en faire venir un plus tôt, reprit-elle d'une voix découragée.

— Et perdre ainsi les instants précieux qu'il me reste à passer auprès de vous ? Certainement pas !

Les larmes envahirent soudain les yeux couleur d'émeraude d'Abby, au grand dam de la jeune femme, qui tenta désespérément de les refouler. En vain. Deux d'entre elles roulèrent sur ses joues.

— Abby, non !

Il la prit contre lui et la serra à l'étouffer. Elle enfouit son visage dans sa chemise. Elle voulut prendre appui contre le bureau mais, ce faisant, fit tomber une bouteille de vin vide posée dessus, et qu'elle n'avait pas remarquée jusqu'alors. Elle roula sur le sol. Selby se pencha pour la ramasser et lut machinalement l'étiquette.

— Ça alors ! s'exclama-t-il.

— Qu'y a-t-il ? demanda Abby.

— Cette bouteille valait une fortune, Abby ! Elle ne renfermait pas un vin, comme je l'ai cru tout d'abord, mais un excellent cognac.

— Et alors ?

— Cet alcool, fabriqué en France, prend une très grande valeur en vieillissant. Or, cette bouteille date de 1872 !

Il se précipita sur une autre bouteille posée à côté de la première, et nettoya vigoureusement son étiquette. Son excitation allait croissant.

— 1870 ! déchiffra-t-il. Abby, si la maison abrite d'autres bouteilles de cet acabit, je ne suis pas loin de penser que vous êtes à la tête d'un trésor ! Une bouteille comme celle-ci vaut au moins cent cinquante dollars, sur le marché.

Cent cinquante dollars ! Pour une seule bouteille ! La dépense la plus exorbitante jamais consentie par Abby dans ce domaine était de huit dollars, pour une bouteille de vin californien.

— Si votre grand-oncle avait possédé d'autres bouteilles telles que celles-ci, où les aurait-il cachées ?

— Je n'en ai pas la moindre idée, répondit Abby. A ma connaissance, la maison ne possède pas de cave.

— Pas de cave !

Selby semblait profondément déçu. C'est le moment que choisit Harry pour pénétrer dans la pièce.

— Vous vous disputez ? demanda-t-il.

— Pas du tout ! dit Selby. Nous avons peut-être trouvé le trésor de l'oncle d'Abby.

— Le trésor !

Le visage de l'enfant s'éclaira.

— Où est-il ?

— Nous ne le savons pas encore. Quelque part dans la maison.

— Peut-être même dans cette pièce, intervint Abby. Il semble que ce soit l'endroit que mon oncle s'était réservé et qu'il a tenu secret jusqu'à sa mort.

— Dans cette pièce ! répéta Selby, les sourcils froncés. Elle n'a qu'une porte par laquelle nous sommes entrés et qui donne sur le couloir…

— Si le trésor est dans cette pièce, dit Harry, nous le trouverons !

Le père et le fils avaient l'air si sûrs d'eux qu'Abby repoussa son fauteuil dans un coin et s'installa confortablement afin de les observer. Les rayonnages couvraient entièrement trois murs et descendaient jusqu'au sol. Ils étaient intégralement remplis de livres datant de la fin du siècle dernier, comme put le constater Selby en faisant le tour de la pièce.

— Tout cela est pour le moins bizarre, dit-il. Votre oncle aimait donc tant ce type de lecture ?

— Le plus étrange, c'est que je ne l'ai jamais vu un livre à la main. Tout ce qu'il lisait, c'était le *Wall Street Journal* et le *Daily Racing Form.*

— Il ne lisait pas, mais il a rempli sa pièce préférée de livres qui datent des mêmes années que les bouteilles de cognac retrouvées dans sa décharge. Ne serait-ce pas un indice qu'il aurait voulu laisser ? Une sorte de clin d'œil. Cela me rappelle une intrigue policière connue : la meilleure façon de cacher quelque chose est de la mettre devant les yeux de tous.

— « Devant les yeux de tous » répéta Abby, sceptique. Voilà bien une idée de romancier ! Comptez-vous l'utiliser dans votre prochain roman, Selby ?

— Pardon ?

— Je me demandais si vous comptiez…

« Oups ! Je ne suis pas supposée savoir qu'il écrit des romans ! se dit Abby, paniquée. Seigneur, s'il venait à apprendre que c'est moi, Cicéron, qui ai assassiné son premier roman dans les pages littéraires du *Mirror*, il me tuerait, c'est sûr ! »

— Qui vous a dit que j'écrivais des romans ?

— Je… euh… personne ! C'est une simple supposition. Avec l'imagination dont vous faites preuve, avec ces histoires de trésors, vous pourriez tout à fait en écrire…

Il lui lança un regard pour le moins dubitatif et s'apprêtait à dire quelque chose lorsque Harry s'écria :

— Papa, Abby, regardez !

Les deux adultes se retournèrent. Méthodiquement, l'enfant avait enlevé tous les livres qui se trouvaient à sa hauteur dans l'une des bibliothèques et, là, devant leurs yeux, leur faisant la nique, se trouvait une poignée de porte.

— C'est moi qui tourne la poignée, papa, dit Harry, tout excité.

— Je crois, en effet, que tu viens d'acquérir ce droit, acquiesça Abby.

Harry se dressa sur la pointe des pieds, tourna la poignée et tira de toutes ses forces. Avec d'horribles grincements, ce qui n'avait tout d'abord paru n'être qu'une simple bibliothèque s'avança, découvrant, derrière elle, une sorte de trou noir creusé dans la terre.

Abby, venez voir ça ! dit Selby.

Soigneusement rangées dans des casiers s'alignaient des centaines de bouteilles. Des œuvres littéraires de la fin du siècle côté pile cachaient des bouteilles de cognac de la même époque côté face, ces dernières étant, pour oncle Teddy, certainement beaucoup plus précieuses que les premières. Selby allongea la main et s'empara d'une des bouteilles.

— 1872, lut-il sur l'étiquette après l'avoir dépoussiérée.

— Qu'avons-nous trouvé ? demanda Harry. Des vieilles bouteilles de Coca ?

— Non, fils. Nous avons trouvé quelque chose de beaucoup plus précieux. Un vrai trésor que tu vas m'aider à comptabiliser.

Il leur fallut plus d'une demi-heure pour compter toutes

les bouteilles. Lorsque cela fut fait, Selby s'approcha d'Abby, qui se tenait immobile dans son fauteuil, comme tétanisée, doutant encore de ce qui était en train de se passer.

— Ma chère Abby, vous voici à la tête de quatre cent vingt-cinq bouteilles de cognac français qui ont toutes plus de cent ans d'âge.

Abby resta la bouche ouverte, incapable d'articuler le moindre mot.

— Est-ce que ça vaut beaucoup d'argent, papa ? demanda Harry, pragmatique.

— Une véritable fortune ! Mlle Abby Spencer ici présente est une très riche héritière.

— A cause de ces vieilles bouteilles ?

— Que nous n'avons pas eu à déterrer ! lui rappela son père.

— Ç'aurait été bien plus drôle ! protesta Harry.

— Bon, sachons raison garder, intervint alors Abby. Comme nous ne pouvons pas boire toutes ces bouteilles, je propose que nous remettions tout soigneusement en place et que nous allions déjeuner.

Ils étaient tous assis autour de la table à déguster l'omelette aux champignons préparée par Abby. Elle était baveuse et savoureuse à souhait.

— Vous êtes une très bonne cuisinière, Abby ! dit Selby.

Elle rougit sous le compliment.

— Disons que je sais cuisiner, sans plus. Ma mère, elle, est vraiment un cordon-bleu.

— Dis, Abby, si tu te maries avec mon papa, ta maman pourra venir habiter avec nous ?

— Bien manger, c'est donc tout ce qui t'intéresse, Harry ! s'indigna Abby, devenue aussi rouge qu'une tomate. Et puis, où as-tu péché cette idée que j'allais épouser ton père ?

Elle sentait le regard de Selby posé sur elle et aurait donné cher pour connaître ses pensées. C'est à ce moment-là que des coups furent frappés à la porte, les prenant tous trois par surprise.

— Tu attends quelqu'un, Abby ? demanda Harry.

— Non.

Avant qu'elle ait pu dire un mot de plus, Harry était à la porte, imitant le bruit d'une sirène de pompiers. En deux temps, trois mouvements, il ouvrit grand la porte. Trois hommes en cirés jaunes dégoulinants de pluie se tenaient sur le seuil.

— Venez vous mettre à l'abri, proposa spontanément Abby.

Ils entrèrent.

— Bonjour, madame, dit l'un d'eux.

Il devait avoir vingt-deux ou vingt-trois ans et était assez beau garçon. Celui qui se trouvait à côté de lui pouvait être son père. Quant au troisième, il était caché par les deux autres.

— Bonjour, répondit Abby. Que puis-je pour vous ?

— Nous sommes les gardes-côtes, madame, poursuivit celui qui avait pris la parole. Je suis le lieutenant Janus et voici le sergent Franklin. Nous avons…

Il se tourna vers Selby.

— Etes-vous le propriétaire de cette île ?

Abby réprima un sourire. Pour le jeune lieutenant, il ne faisait aucun doute que l'homme du groupe était forcément le propriétaire.

— C'est à moi que l'île appartient, dit-elle d'une voix forte.

Le jeune garde-côte rougit.

— Euh… excusez-moi, madame. Nos collègues de Cutty Hunk nous ont informés qu'ils avaient récupéré un bateau à moteur à la dérive en provenance d'Umatec. Nous ne savons pas s'il y avait des passagers à bord. Pouvez-vous nous donner des informations à ce sujet ?

— Tout à fait. Il s'agit du bateau que j'ai loué il y a quinze jours. Il s'est détaché et nous n'avions aucun moyen de le récupérer.

— Vous n'avez pas d'autres bateaux ?

— Non.

— Pas de téléphone ?

— Non.

— Pas de radio ?

— Non.

— Ce n'est pas très prudent de vous être ainsi coupés

du monde ! Nous allons faire un rapport au bureau fédéral. Je vous conseille toutefois de vous munir d'un moyen de communication, la prochaine fois que vous viendrez ici. C'est plus sûr.

— Ne vous inquiétez pas, messieurs, la prochaine fois, elle prendra un téléphone, promit Selby.

— Entrez vous asseoir, proposa Abby. La tempête fait rage. Vous pourrez attendre au chaud qu'elle se calme un peu.

Le jeune lieutenant lui sourit.

— Vous êtes très aimable, madame, mais la tempête n'est pas près de se calmer, et nous avons d'autres missions à effectuer.

C'est alors que le troisième homme, jusqu'alors resté dans l'ombre, s'avança dans la lumière.

— Vous vous souvenez de moi, madame ? lança-t-il, tout sourires. Harrelson, du journal *La Gazette*. Monsieur Farnsworth, j'aimerais comprendre pourquoi…

— Sortez de ma maison, sur-le-champ ! hurla Abby, blême de rage. Je vous ai déjà dit que je ne voulais plus vous voir sur mon île.

— Calmez-vous, voyons ! Tout ce que je veux savoir c'est si M…

— Dehors !

Elle se tourna vers les garde-côtes.

— Pourquoi avez-vous amené cette ordure ici ? Il fait partie des gardes-côtes ?

— Harrelson ? dit le lieutenant. Certainement pas ! Nous venions ici et il nous a dit devoir passer aussi. Dans cette tempête, il était normal que nous l'accompagnions. Pour sa sécurité.

— Pas pour la nôtre. Cet homme a pour fâcheuse habitude de s'introduire chez les gens sans y être invité. Je ne veux pas de lui dans ma maison. Emmenez-le, et essayez de protéger nos côtes des reptiles de son espèce !

— Ecoutez, chère madame, m'insulter ne vous mènera nulle part ! s'exclama Harrelson. Je tiens mon papier. Voici le député Farnsworth, voici son fils et vous voici, vous ! Il me reste simplement à découvrir qui vous êtes exactement. Sa maîtresse ?

— Sortez d'ici ! hurla de nouveau Abby. Harry, cours dans la cuisine et rapporte-moi mon balai.

Le journaliste recula d'un pas. Le jeune lieutenant semblait très ennuyé.

— Je suis vraiment désolé, madame, notre intention n'était pas de vous causer des ennuis.

— Je sais. Dépêchez-vous d'emmener cet homme hors de ma vue. Cléo !

La chienne s'était endormie, roulée en boule, sur le tapis du salon, devant le feu de cheminée. A l'appel impératif de son nom, elle ouvrit d'abord un œil, puis l'autre. Sa maîtresse avait besoin d'elle ! Elle se précipita dans le hall, reconnut l'odeur de l'intrus de la veille, et s'avança vers lui, les babines retroussées, montrant ses crocs.

— D'accord, d'accord, je m'en vais ! grommela Harrelson. Mais vous allez le regretter.

— Ça m'étonnerait, rétorqua Abby. Nous allons plutôt pouvoir respirer un air plus pur.

— Nous l'emmenons, madame, dit le jeune lieutenant. Et je vous prie de nous excuser encore…

Lorsque la porte se fut refermée, Abby sourit.

— Quel charmant jeune homme !

Selby fit la grimace.

— Je crains que vous ne veniez de commettre une incommensurable erreur, Abby ! soupira-t-il.

[illegible]

7

La tempête avait duré toute la journée — en totale harmonie avec l'humeur de la propriétaire des lieux. Aux environs de 20 heures, Abby se retrouva seule, à broyer du noir, allongée sur le vaste canapé du salon, toutes lumières éteintes. Un feu crépitait dans la cheminée, et la jeune femme restait immobile, à regarder danser les flammes, comme hypnotisée.

Harry était monté se coucher, et son père l'avait accompagné, lui proposant de lui raconter une histoire ; Abby se sentait frustrée, dépouillée, abandonnée. Lorsque l'horloge sonna 21 heures, un silence total régnait dans la maison.

Cléo pénétra dans la pièce et s'approcha d'elle, à la recherche d'un peu d'affection. Abby lui caressa tendrement l'encolure. La chienne vieillissait. Un jour, elle partirait rejoindre le royaume des chiens. A cette idée, le cœur d'Abby se serra. Elle entretenait avec Cléo une complicité plus étroite qu'avec n'importe quel autre membre de sa famille. Elle ne pouvait imaginer la vie sans elle et pourtant... personne n'est éternel, les chiens moins encore que les humains.

Pourquoi était-elle donc si triste ? Etait-ce la perspective de quitter bientôt ses compagnons de quelques jours qui la mettait dans cet état ? Tomber amoureuse de Selby Farnsworth ! Fallait-il qu'elle soit sotte ! A quinze ans, elle aurait eu quelques excuses, mais à vingt-neuf ! Un romancier, un juriste et un député ! Comment pouvait-elle croire une seconde qu'un tel homme s'intéressait à elle ? « Il t'a embrassée, et alors ? N'oublie pas que tu étais la seule femme sur une île déserte. Alors, s'il te plaît, arrête de te raconter des histoires et regarde la réalité en face : il n'est pas pour toi ! »

Soudain, elle entendit Selby descendre l'escalier. Il faisait tout son possible pour ne pas faire de bruit, mais il ne pouvait tromper l'oreille d'Abby, attentive au moindre de ses déplacements. Parvenu au bas des marches, il s'enquit à voix basse :

— Abby, où êtes-vous ?

— Au salon.

Quelques secondes plus tard, il la rejoignait, marchant sur la pointe des pieds, se guidant seulement à la lueur des flammes. Il trébucha sur Cléo, qui poussa un grognement désapprobateur et changea de place, se rapprochant de la cheminée. Selby, quant à lui, parvint à se trouver une place, sur le canapé, a proximité d'Abby.

— C'est fascinant, n'est-ce pas ? dit-il.

— Quoi donc ?

— Le feu.

— Oui.

— La journée a été rude.

— Très !

Il se rapprocha, lui entoura les épaules de son bras et lui effleura l'oreille de ses lèvres.

— Pourquoi faites-vous ça ? lui demanda-t-elle d'une voix tremblante.

— Parce que j'en ai envie. J'aimerais couvrir votre corps de baisers…

— Non !

— Si ! Après tous ces jours passés ensemble, nous sommes devenus très proches, non ?

« Beaucoup trop ! » pensa Abby, prise de panique. Elle chercha désespérément un sujet de conversation moins… perturbant.

— Parlez-moi d'Harry, dit-elle. Pourquoi n'est-il pas à l'école ? La rentrée a eu lieu le 1er septembre, me semble-t-il.

— Harry est inscrit dans une école spéciale, pour enfants surdoués, qui n'ouvre que le 20 septembre.

— Oh… il est si doué que ça ?

Selby laissa échapper un profond soupir.

— Parfois, il me fait peur. Sur certains sujets, j'ai l'impression qu'il en sait plus que moi.

— C'est vous qui en avez la garde ? Je pensais que c'était votre femme qui…

— Mon ex-femme ! Oui, c'est elle qui a tout d'abord obtenu la garde de notre fils. Mais les choses ont évolué. Quelle que soit la somme d'argent que je lui donnais, elle n'en avait jamais assez pour s'occuper correctement d'Harry. L'affaire est passée de nouveau devant la justice et Harry m'a été confié… temporairement.

« Seigneur, pensa Abby, que peut ressentir un enfant à être ainsi passé de mains en mains, tel un ballon de rugby ? » Elle ne s'étonnait plus qu'Harry fît des cauchemars, la nuit.

Dehors, la tempête semblait s'être enfin calmée. Abby éprouva soudain l'envie de prendre l'air, de se dégourdir les jambes et, peut-être aussi, de fuir l'intimité que suggéraient le salon et le feu de bois dans la cheminée. Elle se leva.

— Il ne pleut plus, dit-elle. Que diriez-vous d'une promenade ?

Il se leva à son tour.

— J'ai toujours adoré celles qui se font au clair de lune.

« Evidemment ! Elles font partie de la stratégie du parfait séducteur. »

— Cléo, tu viens marcher avec nous ?

La chienne ouvrit un œil. « Marcher, à cette heure-là, dans l'humidité et le froid, alors que l'on peut rester au coin du feu ? Ils sont vraiment fous, ces humains ! » Elle referma son œil et se rendormit aussitôt.

— Merci, Cléo, je peux vraiment compter sur toi pour me protéger ! protesta Abby.

— Elle sait que vous ne craignez rien parce que je suis là, dit Selby.

N'était-il pas, au contraire, le plus grand danger ? Ils marchèrent côte à côte jusqu'à la porte et l'ouvrirent. Le vent avait chassé les nuages, et la pluie avait lavé le ciel. La lune et les étoiles scintillaient. Selby glissa son bras autour de la taille d'Abby et lui murmura à l'oreille :

— C'est une nuit faite pour l'amour…

Mue par une impulsion subite, elle lui demanda alors :

— Croyez-vous au coup de foudre ?

Il faisait trop sombre pour qu'elle pût lire l'expression de son visage, mais la pression de son bras autour de sa taille s'accentua.

— Je crois que tout est possible.

— Vous avez une plus grande expérience que moi dans le domaine amoureux. Je ne sais même pas ce que le mot « amour » signifie exactement.

— C'est un mot qui recouvre des réalités fort différentes. « Aimez-vous les uns les autres », dit la Bible…

— Je veux parler du sentiment qui lie un homme et une femme.

— Oh, celui-là… Je pense qu'il est fait de plusieurs sentiments qui s'ajoutent les uns aux autres comme l'attachement, la tendresse, le respect, la passion… et sans doute d'autres encore.

Avait-elle déjà éprouvé tout cela à la fois ? Elle avait bien eu quelques aventures, à l'université, dont une qui lui avait fait si mal qu'elle n'avait plus jamais recommencé. Mais rien de semblable à ce qu'elle ressentait depuis quelques jours…

— Selby, songez-vous parfois à vous remarier ? demanda-t-elle tout de go.

— Cela m'arrive, en effet. Surtout pour Harry. Cet enfant n'a vraiment pas eu de chance. Il est né de parents totalement irresponsables. Sa mère lui manque, à lui plus qu'à moi. Je ne peux ignorer ce fait. Il serait temps de lui assurer enfin un foyer stable. Et puis, il y a cette question de pension alimentaire qui a empoisonné ma vie et qui m'a obligé à travailler plus que de raison et à le négliger.

Abby se souvint des sanglots d'Harry, cette nuit-là, dans l'escalier, et des larmes lui montèrent aux yeux. Le bonheur de cet enfant qu'elle ne connaissait pas quelques semaines auparavant lui devenait, soudain, plus précieux que le sien propre. Et le bonheur d'Harry n'était-il pas, tout simplement, de retrouver sa mère, de vivre auprès d'un père et d'une mère enfin réconciliés ? Elle était si émue qu'elle trébucha sur une racine. Selby la retint contre lui, l'empêchant ainsi de tomber.

Il mit un doigt sous son menton, l'obligea à lever les yeux vers lui et vit les larmes qui les embuaient.

— Abby, que se passe-t-il ?

— Rien. Une poussière dans l'œil, sans doute. Si vous pouviez vraiment choisir, Selby, quel style de vie aimeriez-vous avoir ?

— Je vais sans doute vous étonner. Ma famille possède un ranch dans l'Ohio. Il n'a jamais rien rapporté, mais j'ai quelques idées que j'aimerais bien tester. Parfois, je nous imagine, mon fils et moi, dans ce ranch, entourés d'animaux... Mais assez parlé de moi ! Parlons un peu de vous.

— Oh... le sujet n'est guère intéressant. Je ne suis pas une femme ambitieuse. Ce qui est certain, c'est que je ne veux pas continuer à faire ce que je fais actuellement.

— C'est-à-dire ?

Voilà qu'elle s'aventurait de nouveau en terrain miné !

— Je... j'occupe un poste mineur dans un journal que je ne vais pas tarder à quitter. Mon rêve est de vivre à la campagne, d'avoir un mari, deux ou trois enfants...

— C'est un beau rêve.

Les rayons de lune éclairaient son visage. Il ne se moquait pas. Le cœur d'Abby se mit à battre une folle sarabande dans sa poitrine. Décidément, les promenades au clair de lune étaient dangereuses. Elles pouvaient laisser imaginer des choses impossibles...

— Il vaudrait mieux rentrer, dit-elle dans un souffle.

— Fatiguée ?

— Oui. Ils vont revenir, n'est-ce pas ?

— Qui ?

— Les journalistes.

— Bien sûr. En hordes. Dès demain.

— Ma présence ne va pas vous aider. Harrelson pense que je suis votre maîtresse.

— Et il va s'en servir pour essayer de me détruire. Salir les élus du peuple est son passe-temps favori : c'est ce qui fait vendre sa feuille de chou minable. J'ai intérêt à trouver une histoire à lui servir demain !

Ils marchaient vers la maison en se tenant par la main.

Arrivée devant la porte, Abby voulut retirer sa main, mais il la retint.

— Abby…

Il prononçait son nom comme personne ne l'avait fait auparavant. Comme une prière.

— Je vais au lit, dit-elle.

— Seule ?

— Que… que voulez-vous dire ?

— Que nous pourrions y aller ensemble.

— Je… je n'ai pas… non !

Il la prit dans ses bras, la serra contre lui. Le contact de ce corps chaud contre le sien électrisa Abby. Une onde de chaleur monta en elle, et elle comprit alors que cette proposition répondait à ses désirs les plus fous, ceux qu'elle gardait enfouis au fond d'elle-même sans jamais avoir osé se les formuler. Il restait un problème.

— Selby, je… j'ai vingt-neuf ans, mais je… je n'ai aucune expérience… Est-ce que tu veux quand même ?

— Ce qui est important, c'est ce que tu veux, toi, Abby.

— Je n'ai jamais voulu quelque chose aussi fort.

Il ouvrit la porte, la souleva de terre, referma la porte de son pied et monta les marches, son fardeau dans les bras.

Sa chambre était dans une totale obscurité. Selby trouva tout de même le lit sur lequel il la déposa, puis la lampe de chevet qu'il alluma.

— Est-ce que… est-ce que ça n'est pas mieux dans le noir ? demanda-t-elle d'une voix timide.

Il se mit à rire.

— Non. Moi, je préfère garder la lumière allumée.

— Euh, tu… tu crois ?

— Oui. Il n'y a aucune honte à faire l'amour, Abby. C'est la raison pour laquelle les hommes et les femmes ont été créés différents. Je te demande seulement d'attendre un instant. Le temps pour moi d'aller jusqu'à ma chambre chercher une protection.

L'instant d'après il revint, ferma la porte derrière lui, tourna la clé et lui fit face.

— Pourquoi es-tu si pâle, Abby ? demanda-t-il.

— Oh, je… je ne suis pas vraiment pâle. C'est juste un effet de la lumière de la lampe. Je… je…

Une larme coula sur sa joue.

— Je… je n'ai essayé qu'une fois et ça m'a fait très mal, avoua-t-elle enfin, penaude.

— Je vais t'apprendre et tu n'auras pas mal. Je te le promets.

Il s'assit à côté d'elle sur le lit et l'entoura de ses bras, la rassurant avec des mots tendres. Elle tremblait. Il lui sourit.

— Ne te moque pas de moi ! supplia-t-elle.

— Jamais une telle idée ne me viendrait, Abby !

Un grand silence s'ensuivit. Elle n'osait bouger, ne savait que dire. Il s'allongea sur le lit et l'attira vers lui. Il enfouit son visage dans ses cheveux, enleva les deux épingles qui tenaient encore son chignon ; puis il roula sur elle. Son poids la surprit, mais moins que l'ardeur de son baiser. Malgré elle, elle se raidit.

— Détends-toi, Abby. Tu es importante pour moi. Jamais je ne te ferai du mal.

Elle obéit. Les lèvres de Selby cherchèrent les siennes ; bientôt, elles abandonnèrent sa bouche pour descendre le long de son cou, de sa gorge, laissant une trace humide sur sa peau. Son chemisier sembla alors le gêner dans son exploration. D'une main fébrile, il le lui ôta, avant de se redresser pour se déshabiller à son tour.

Jusqu'à cet instant, il avait exploré son corps. Elle découvrait à présent le sien. Il était superbe. Mince, musclé et, de toute évidence… il la désirait.

Il s'allongea de nouveau sur le lit. Il lui avait ôté son chemisier, mais elle portait toujours sa jupe. Il la lui enleva en un éclair. Des frissons la parcoururent. Il ne lui restait plus qu'un seul rempart : son fin slip de dentelle, qui suivit le même chemin que son chemisier et sa jupe.

Elle ferma les yeux tandis que son compagnon poursuivait son exploration, de ses doigts et de sa bouche. C'était tout à fait extraordinaire ; Abby se découvrait peu à peu un corps qu'elle ne connaissait pas. Un corps qui vibrait, qui s'animait sous les doigts experts de son partenaire.

— Laisse-moi faire, Abby, et tu n'auras pas mal, je te le promets, murmura-t-il en lui écartant doucement les jambes.

Il était infiniment tendre et attentionné, mais ce n'était que la seconde fois que la jeune femme expérimentait la chose et la première avait été une véritable catastrophe. Quand il la pénétra, elle se crispa, s'attendant à ressentir une douleur atroce. Il n'en fut rien. Il était en elle et le bonheur qu'elle en éprouvait était si total que des larmes lui montèrent aux yeux. Dans un geste instinctif, elle entoura les reins de son partenaire de ses jambes et, soudés l'un à l'autre, ils voguèrent tous deux vers les rives de la félicité. Lorsque l'éblouissement final survint, ils retombèrent sur le lit, serrés l'un contre l'autre, épuisés.

Il tendit la main vers la table de nuit et essuya son visage humide de sueur à l'aide d'un mouchoir en papier. Il voulut libérer la jeune femme de son poids ; elle le retint.

— Non, reste encore un peu !

Il la reprit dans ses bras et la serra fort contre lui.

— Tu as eu mal ?

— Non. C'était merveilleux et…

— Maman !

Harry ! Il était de nouveau sur le palier, en pleurs, et réclamant sa mère.

Selby sauta à bas du lit et chercha quelque chose à enfiler. Abby fut plus rapide. Elle s'empara de sa robe de chambre, s'en revêtit et sortit sur le palier.

Harry était assis sur la première marche de l'escalier, appuyé contre le pilier et secoué de sanglots. Abby s'assit à côté de lui et l'enfant se précipita aussitôt dans ses bras.

— Maman ! appela-t-il de nouveau en enfouissant son visage dans les cheveux de la jeune femme.

Abby lui caressa doucement la tête tout en murmurant des mots tendres. Selby arriva derrière eux.

— Ta maman n'est pas là, Harry, dit-il. Mais si elle te manque tellement, je vais te la ramener. Elle est à Washington.

L'enfant releva la tête, le visage inondé de larmes.

— C'est vraiment ça que tu veux ? demanda Selby.

— Je veux ma maman ! répéta Harry en jetant ses bras autour du cou d'Abby.

Une seconde plus tard, il s'était rendormi.

« Tu n'as vraiment pas de chance, ma pauvre Abby ! dit la petite voix. Ce que veut Harry, il l'obtient. » Selby se pencha, prit son fils dans ses bras et l'emporta dans sa chambre.

Abby resta assise sur la marche de l'escalier, le cœur à l'agonie. Un instant, elle avait cru atteindre le paradis. Elle avait tout simplement oublié qu'on ne construit pas un bonheur sur le malheur d'un enfant. Harry venait fort opportunément de le lui rappeler.

8

Le matin arriva. La porte de la chambre d'Abby, restée légèrement entrebâillée, s'ouvrit en grinçant sous la poussée de Cléo. La chienne s'approcha, posa ses pattes avant sur le lit et lécha le nez de sa maîtresse, ce qui voulait dire, en clair : « Il est temps de te lever, paresseuse ! »

Abby ouvrit les yeux et tressaillit. A côté de Cléo se tenait Harry.

— Il faut te lever, Abby, confirma ce dernier. Nous avons des visiteurs.

— Des visiteurs !

— Oui, et ils sont nombreux. Dépêche-toi de te lever, mon papa a sérieusement besoin d'aide.

— Eh, ça suffit, Cléo ! cria Abby en repoussant la chienne, qui lui donnait un deuxième coup de langue.

Mais à peine l'animal avait-il libéré la place qu'Harry la prenait pour lui donner, à son tour, un baiser baveux sur le nez.

— Bonjour, maman ! lança-t-il.

— Pardon ? Qu'est-ce qui te prend, Harry ?

— Je m'exerce. Papa m'a dit qu'il fallait que je le fasse. Ça va, maman ?

— Qu'est-ce que c'est que cette histoire ? Ton père t'a dit de t'exercer à m'appeler maman ?

— Oui. A cause des gens, en bas. Il paraît que nous allons avoir les pires ennuis si nous n'utilisons pas les bons mots.

Il saisit son poignet et essaya de la tirer hors du lit. Abby était nue sous les draps. Elle protesta :

— Eh, un instant, laisse-moi m'habiller ! Je ne peux

tout de même pas descendre toute nue ! Qu'est-ce qui se passe, en bas ?

— Nous avons des visiteurs, répéta Harry. Ils sont arrivés en bateau. Ils sont nombreux. Mon père donne une sorte de conférence dans le salon. Il m'a dit : « Va chercher maman. »

— Il a dit ça !

— Oui. Et tu ferais bien de te dépêcher.

— OK, OK, j'arrive. Sortez d'ici, tous les deux, que je puisse m'habiller !

Cléo et Harry quittèrent la pièce. Abby s'étira langoureusement. Elle avait vécu dans les bras de Selby des moments merveilleux… Hélas, cela ne se produirait plus. Pour le bien d'Harry, Selby devait se réconcilier avec son épouse.

Elle trouva un pantalon propre et un chemisier bleu ciel, glissa ses pieds dans une paire de sandales, se brossa en vitesse et descendit au rez-de-chaussée.

Harry avait raison, il y avait foule dans le salon. Une vingtaine de personnes, hommes et femmes, s'agitaient autour de Selby. Il se tenait au milieu d'eux, un sourire aux lèvres, les défiant de sa haute taille. Il régnait dans la pièce un brouhaha aussi assourdissant que dans une rame de métro aux heures de pointe. Des questions fusaient de toute part.

— Le congrès est en train de passer une loi sur l'agriculture. Que faites-vous, retranché dans cette île ?

— Votre rôle n'est-il pas de défendre ceux qui vous ont élu ?

— Est-il vrai que vous vous cachez dans cette maison en compagnie d'une jeune femme ?

Les questions tombaient sur lui en avalanche et il ne répondait à aucune d'elles. Soudain, il la vit, au fond de la salle. Il lui fit signe de le rejoindre. Elle sourit. Il était si beau ! Mais son sourire disparut lorsqu'elle rencontra le regard mauvais d'Harrelson, de *La Gazette*.

— Cette fois, vous ne m'échapperez pas ! ricana-t-il.

— Ah oui ? rétorqua-t-elle avec son plus charmant sourire.

Cléo et Harry vinrent se ranger à ses côtés. Ainsi encadrée, elle s'avança vers Selby. Au début, leur progression fut difficile, aucun des journalistes ne voulant perdre la place qu'il occupait. Mais ils comprirent bien vite que les réponses à leurs questions pourraient leur venir de la nouvelle venue, et ils s'écartèrent pour la laisser passer avec ses compagnons.

Lorsqu'ils parvinrent à la hauteur de Selby, ce dernier souleva Harry pour l'embrasser, flatta l'encolure de Cléo puis, prenant Abby dans ses bras, il s'empara de ses lèvres en un baiser passionné. Des « ho ! » et des « ha ! » parcoururent la foule frémissante. Lorsqu'il lâcha enfin la jeune femme pour reprendre son souffle, Abby murmura :

— Que se passe-t-il ?

— J'ai mis au point une histoire. Aidez-moi à la rendre crédible.

Il fit de nouveau face aux visiteurs.

— Et maintenant, mesdames et messieurs, je crois qu'il est temps que je vous présente ma petite famille : Cléo, notre chienne, Harry mon fils, et Abby, mon épouse.

Un profond silence s'abattit sur la foule. Le calme avant la tempête. Ceux qui étaient venus avec des magnétophones vérifiaient leur bon fonctionnement, afin de ne rien perdre de ce qui allait suivre. Les autres préparaient leur bloc-notes et leur stylo. La question fut enfin posée :

— Vous êtes venu sur cette île pour votre lune de miel, député Farnsworth ?

— Vous êtes Peter Chasen, du *Washington Mirror*, n'est-ce pas ?

— En effet.

— Oui, Abby et moi sommes venus ici pour notre lune de miel. Harry est en vacances, et Cléo assure notre protection. Nous sommes très heureux. Nous avons l'intention de rester encore deux jours dans l'île avant de rentrer. Croyez-moi, le congrès peut survivre deux jours de plus sans moi. Et, maintenant, mesdames et messieurs, avez-vous d'autres questions ?

— Est-ce une pure coïncidence que vous ayez épousé Cicéron ? poursuivit le journaliste du *Mirror*. Votre éditeur est-il au courant ?

Il y eut un grand silence, puis une volée de questions.

— Qui est Cicéron ?

— C'est le nom de plume de notre critique littéraire du

Mirror, expliqua Peter Chasen. Elle est réputée avoir une plume au vitriol.

Le brouhaha fut total. Abby lança un regard en direction de Selby. Il avait perdu son sourire. Il resserra l'étreinte de son bras autour de son épaule à lui faire mal.

— N'avez-vous pas fait la critique des romans du député Farnsworth ? demanda Peter.

Abby aurait voulu que le sol s'ouvre sous ses pieds.

— Si, en effet, dit Selby. Surtout du premier. Elle m'a appris beaucoup. C'est d'ailleurs ce qui nous a permis de nous rencontrer.

Il serra de nouveau Abby contre lui.

— Où puis-je trouver un téléphone ? demanda l'un des journalistes.

— Je crains que vous ne soyez obligé de vous débrouiller par vous-même, répondit Selby. Nous ne sommes pas équipés de téléphone, sur l'île. Umatec est vraiment coupée du monde, un refuge pour amoureux. Pour trouver un téléphone, il va vous falloir reprendre le bateau avec lequel vous êtes venus. Si vous n'êtes pas trop pressés, ma femme et moi vous invitons à boire le verre de l'amitié.

Il fit un geste ample de la main, désignant derrière lui une table sur laquelle se trouvaient plusieurs bouteilles. Pendant que les journalistes s'approchaient du buffet, il prit Abby à part.

— Comment se fait-il que j'apprenne seulement aujourd'hui que tu es Cicéron ?

— Tu n'as jamais cherché à savoir comment je gagnais ma vie, se défendit-elle.

Il la prit dans ses bras, la serra très fort contre lui et l'embrassa une fois encore avec passion.

— Waouh ! s'exclama l'une des journalistes, qui passait à côté d'eux. Ça, c'est de l'amour ou je ne m'y connais pas !

— Tu as entendu ? lui glissa Selby à l'oreille. Tu fais des envieuses.

— Ce n'est pas romancier que tu devrais être, mais acteur de cinéma, rétorqua-t-elle à voix basse. Tu possèdes un vrai talent de comédien !

Il éclata de rire puis se tourna vers la foule.

— Approchez de la table, mesdames et messieurs, et servez-vous. Les verres sont là et nous avons suffisamment de bouteilles pour régaler tout le monde.

Un des journalistes s'approcha de la table et poussa une exclamation de surprise :

— Du cognac français !

Le mot déclencha l'intérêt immédiat et passionné du reste de la troupe. Un autre reporter s'empara d'une bouteille et, curieux, en examina minutieusement l'étiquette.

— Incroyable, s'écria-t-il, regardez ! Du cognac français de 1872 ! Qui a jamais eu l'occasion de goûter pareille splendeur ?

Il y eut alors une énorme bousculade en direction de la table.

— A quel jeu joues-tu, député Farnsworth ? demanda Abby, les lèvres pincées.

— Je n'ai pas trouvé de meilleure histoire que celle-là, reconnut-il.

— Un couple en lune de miel, un enfant et un chien. La vie de famille, le rêve américain… Seigneur, tu as certainement réussi à sauver ta réputation, mais tu as définitivement gâché la mienne, Selby. Que va penser ma famille ? « Selby Farnsworth épouse Abby Spencer. » C'est d'un ridicule ! Personne ne peut croire à cette fable. C'était déjà difficile d'être obligée de vivre dans cette maison avec vous deux, mais être déclarée ton épouse sans être mariée, c'est vraiment trop pour moi !

— Euh… Abby… après ce qui s'est passé entre nous la nuit dernière, je pensais…

Il parlait à voix basse, faisant en sorte qu'Harry ne puisse entendre. Elle se raidit.

— Ce qui s'est passé la nuit dernière était une erreur.

— Une erreur !

— Evidemment. Ton fils a besoin de sa mère. Le congrès a besoin de son député et, moi… je n'ai besoin de personne !

Cléo jappa deux ou trois fois, et Harry tendit les bras vers Abby en appelant :

— Maman…

— Tu vas bientôt retrouver ta vraie mère, Harry ! le rassura Abby en détournant les yeux pour cacher ses larmes.

Une bonne heure s'écoula avant que les journalistes ne se souviennent qu'ils devaient communiquer les informations à leurs journaux respectifs. Ils quittèrent un à un la maison, non sans avoir félicité le couple de jeunes mariés, leur souhaitant tout le bonheur possible. Selby se montra avec chacun d'eux un hôte parfait. Il se tenait à la porte, son bras amoureusement passé autour de la taille d'Abby.

L'horrible Harrelson, qui semblait avoir le plus grand mal à se tenir debout sur ses jambes, se présenta devant eux, une bouteille à moitié vide à la main.

— Si vous croyez m'avoir trompé, vous vous fourrez le doigt dans l'œil ! lança-t-il d'une voix pâteuse. Cette histoire de mariage n'est que pure invention pour cacher vos turpitudes. Je tiens mes informations de votre ex-femme, Farnsworth.

— Je vous enverrai une photo du mariage, Harrelson, dit Selby sans se démonter.

— Très bien. Mon papier est programmé pour l'édition du dimanche. Si je reçois la photo avant de mettre sous presse, vous êtes sauvé, sinon… Et je ne parlerai pas de votre tentative de corruption. Du cognac de 1872 ! Où trouvez-vous l'argent pour vous payer de telles bouteilles, hein ?

A peine la porte s'était-elle refermée sur l'infâme crapule que Selby lâchait Abby et poussait un soupir de soulagement.

— Une minute de plus et je lui brisais le cou, avoua-t-il.

— Et, maintenant, qu'allons-nous faire ? demanda Abby.

— A quel propos ?

— La fête est terminée. Bientôt, nous allons rentrer chacun de notre côté. Je ne suis pas mariée, tu n'es pas marié et…

— Tu n'es pas mariée ?

Une vieille dame, passée totalement inaperçue au milieu de la foule, venait de paraître à côté d'eux.

— Tante Letty ! s'exclama Abby, au comble de la surprise. Que diable fais-tu ici ?

— Entre autres choses, j'essaie de comprendre ce qui

s'y passe. Comment ça, tu n'es pas mariée ? Bien sûr que si, tu l'es ! Tu viens de l'annoncer à la presse, donc au monde entier. La nouvelle sera connue de tous jusqu'à Shanghai dans moins de six heures.

Tante Letty était aussi petite qu'Abby était grande. Coiffée d'un chapeau à large bord et habillée d'un élégant costume beige, malgré sa petite taille, la vieille dame avait sans conteste une grande prestance. De ses yeux gris-bleu pétillant d'intelligence, elle détaillait ses interlocuteurs de la tête aux pieds, les jaugeant d'un seul coup d'œil.

— Tante Letty, c'est toi qui as loué ma maison à M. Farnsworth, n'est-ce pas ? demanda Abby.

— Oui, c'est moi, répondit l'interpellée sans montrer une once de culpabilité. Je l'ai fait pour deux raisons. J'étais certaine qu'en vous mettant tous les deux face à face…

— Tante Letty !

— Tais-toi, ma fille ! l'interrompit-elle. Je sais mieux que toi ce qui te convient. J'ai réussi, tu es mariée ! J'avais parié cinquante dollars avec ta mère que j'arriverais à mes fins. Quant à l'argent de la location… je ne me souviens plus de votre nom, jeune homme.

— Selby. Selby Farnsworth.

— Sachez que l'argent que vous m'avez versé m'a permis de jouer et de gagner, Selby. Ce qui fait qu'aujourd'hui, je suis en mesure de vous rembourser.

Des différentes poches de son costume, elle sortit des liasses de billets de cinquante dollars tout froissés. Elle les compta un à un, les défroissa consciencieusement et, parvenue à une certaine somme, tendit la liasse à Selby.

— Pourquoi me donnez-vous cet argent, madame ? lui demanda ce dernier, ahuri.

— Je vous le donne en remboursement de celui que je vous ai illégalement extorqué. Cette maison n'est pas à moi, mais à ma nièce Abby. C'est à elle que vous le devez. Mais, comme vous êtes désormais mariés, tout cela n'a plus beaucoup d'importance, n'est-ce pas ? Et si nous organisions une grande fête pour que nos deux familles puissent célébrer, elles aussi, cet heureux événement ?

— Tante Letty, intervint Abby d'un ton sec, ce que tu as fait est inqualifiable ! Tu as obligé M. Farnsworth et moi à cohabiter dans cette maison pendant des jours et des jours…

Un large sourire fleurit sur les lèvres de la vieille dame.

— Oui, et pour un résultat qui, je dois dire, dépasse mes espérances. Vous êtes mariés et, moi, je suis arrivée en Floride juste à temps pour la cinquième course. J'ai tout misé sur Bambini Babe et ce cheval — que tout le monde prenait pour un toquard — est arrivé premier. J'étais la seule à avoir misé sur lui. Il est sorti à deux cents contre un. N'est-ce pas fabuleux ? Eh bien, Abby, qu'est-ce qui te prend ? Tu pleures, le jour de ton mariage !

— Le mariage n'a jamais eu lieu, tante Letty. C'est une histoire inventée par Selby pour les journalistes, afin de sauver sa réputation d'homme politique intègre. Les électeurs n'aiment pas que leurs élus mènent une vie dissolue.

— Ce mariage, une histoire inventée ? Je ne peux le croire. Ce baiser que vous avez échangé devant la presse semblait plus qu'authentique. Allez-vous essayer de me persuader que ce baiser était le premier que vous échangiez avec ma nièce, monsieur Farnsworth ?

Le député de l'Ohio sembla soudain trouver l'encolure de sa chemise trop étroite. Il desserra sa cravate et déboutonna le premier bouton.

— Eh bien, monsieur le député ?

— Je… euh… nous nous sommes effectivement embrassés une ou deux fois.

— Peut-être même êtes-vous allés plus loin !

— Ça suffit, tante Letty ! intervint Abby. Selby n'est pas seul responsable de ce qui s'est passé entre nous.

— Et si tu m'en disais un peu plus, ma fille ?

— Euh… à propos de quoi ? demanda hypocritement Abby.

— Avant de venir sur cette île, tu étais une jeune fille respectable. L'es-tu encore ?

— Euh… non !

— J'espère que tu n'es pas enceinte !

— Non ! intervint Selby en passant son bras autour des épaules d'Abby. J'ai pris toutes les précautions.

— La seule qui soit vraiment valable, c'est l'abstinence, monsieur Farnsworth, décréta sèchement la vieille dame.

Ses yeux tombèrent alors sur Harry, qui ne perdait pas une miette de la conversation.

— Jeune homme, lui demanda-t-elle, pourrais-tu aller me chercher un verre d'eau dans la cuisine ?

L'enfant fit la grimace.

— Viens avec moi, Cléo, dit-il. Je connais la plupart des mots. Je vais tout t'expliquer.

Tante Letty les regarda disparaître vers la cuisine.

— Un garçon très intelligent ! commenta-t-elle. Il fera un excellent beau-fils, Abby. Et maintenant, vous deux, si vous n'êtes pas mariés, vous devriez l'être. Il n'est pas trop tard pour qu'on s'en occupe.

« Oh, si, hélas, il est trop tard ! pensa Abby, anéantie. Selby n'a aucun désir de m'épouser. Tout ce qui lui importe désormais est de ramener sa vraie mère à son fils qui la réclame. Seulement, il ne peut l'avouer après ce qu'il m'a fait. Il a bien trop honte. Il faut que je le tire de ce guêpier ! »

— Non ! dit-elle avec fermeté. Le mariage ne s'impose pas et tu n'as pas à t'en mêler, tante Letty ! Ce n'est pas parce que nous avons échangé quelques baisers que…

— Ha ! l'interrompit la vieille dame.

— Quoi que nous ayons fait, je ne l'épouserai pas ! déclara Abby d'un ton catégorique.

Elle leur tourna le dos et ne vit pas le regard qu'ils échangeaient.

— Dans ce cas, dit tante Letty, tu compromets totalement son système de défense. Si ce journaliste de *La Gazette* ne reçoit pas sa photo avant le week-end, il va tout révéler. Peu m'importe que la réputation du député Farnsworth soit à jamais compromise, mais que va-t-il arriver à Harry ? Y as-tu pensé ?

— Harry et moi allons avoir des problèmes, c'est certain, intervint alors Selby, mais je ne puis obliger Abby à m'épouser. Il ne me reste plus qu'à rentrer à Washington et à affronter la tempête.

« Voilà, pensa Abby, je lui fournis l'occasion de ne pas m'épouser et il la prend. »

— Je n'aime pas tricher, dit la vieille dame, mais si nous arrivions à accréditer ce mariage pendant quelque temps, nous pourrions sans doute éviter à chacun bien des désagréments. J'ai de très bons amis à Hyannis, une troupe de théâtre qui fait une tournée avec une pièce où il est précisément question d'un mariage. Je vais leur demander de nous rejoindre ici demain, avec leurs costumes et leur photographe. Nous pourrions mettre en scène le mariage, prendre des photos et les envoyer à ce Harrelson. Mes amis sont de vrais professionnels. Ils rendront la cérémonie plus vraie que nature. Qu'en pensez-vous, monsieur Farnsworth ?

— Ce serait parfait. Et si, en plus, j'informe de directeur du journal que son journaliste s'est enivré en vidant une bouteille entière de notre meilleur cognac, je pense que l'on pourrait vraiment éviter le scandale.

— Abby ?

L'interpellée haussa les épaules. Elle était épuisée.

— Si c'est ce que vous voulez tous les deux, alors livrons-nous à cette mascarade.

Les larmes qu'elle tentait de retenir roulèrent sur ses joues. Elle s'enfuit vers sa chambre, se jeta sur son lit et éclata en sanglots.

Harry et Cléo revinrent de la cuisine.

— Voici votre verre d'eau, dit Harry en le tendant à tante Letty.

— Que diable veux-tu que j'en fasse, mon garçon ? s'écria celle-ci. Je n'ai jamais bu d'eau de ma vie. Monsieur Farnsworth, reste-t-il encore un peu de ce merveilleux cognac ?

— Votre frère a laissé un trésor, l'informa Selby. Il reste de nombreuses bouteilles. Suivez-moi.

Un instant plus tard, autour de la table de la cuisine, Selby porta un toast.

— Au jour où j'apprendrai enfin à dire les mots qu'il faut, tante Letty, dit-il en soupirant.

— Ne m'appelez pas ainsi ! Seuls les membres de ma

famille peuvent le faire et vous ne voulez pas épouser ma nièce, n'est-ce pas ?

— Au contraire, épouser Abby est mon vœu le plus cher ! protesta Selby avec force. Je suis tombé éperdument amoureux d'elle. J'ai terriblement besoin d'elle… Harry a besoin d'elle, et Dieu seul sait combien nous avons tous besoin de Cléo. Mais je suis un idiot. Je n'ai jamais su parler de ces choses-là. Qu'allons-nous faire, mademoiselle Spencer ?

Un sourire illumina le visage de la vieille dame.

— Enfin, vous vous déclarez, jeune homme ! Vous pouvez m'appeler tante Letty. Je vais vous dire ce que nous allons faire. Mais, avant, versez-moi donc encore un peu de ce cognac.

Vers 19 h 30, ce soir-là, Abby se réveilla, les paupières encore gonflées par les larmes qu'elle avait versées. Elle se leva en titubant, revêtit son peignoir de bain, quitta la pièce, et rencontra Harry et Selby à la porte de la chambre de l'enfant. Harry se précipita dans ses bras. Elle le serra très fort contre elle. Selby lui ouvrit les bras à son tour ; elle ne résista pas au désir d'appuyer sa tête sur son épaule. Il pouvait se montrer si rassurant ! Selby Farnsworth était le type d'homme qu'une femme éprouvait du plaisir à voir dans une maison, elle devait le reconnaître. Hélas, il n'était pas pour elle !

— Je vais prendre une douche, dit-elle. Où est ma tante ?

— Tante Letty avait un bateau qui l'attendait à la jetée, répondit Selby. Elle est allée voir ses amis.

— Tante Letty ! répéta Abby, les sourcils froncés.

— C'est elle qui m'a demandé de l'appeler ainsi.

Ainsi, il avait réussi à séduire sa vieille tante ! Ecœurée, elle se dirigeait vers la salle de bains lorsqu'un téléphone sonna.

— Excusez-moi, dit Selby en se précipitant vers sa chambre. J'attends un appel de Washington.

Abby le suivit et se campa au milieu de la chambre, les deux mains sur les hanches et les joues rouges. Selby récupéra son téléphone dans son placard, sous une couverture, et le porta à son oreille. Il écouta puis reposa le téléphone.

— Une erreur, l'informa-t-il. Euh… tu sembles en colère, pourquoi ?

— Quand cesseras-tu donc de me mentir ? Ainsi, tu possédais le moyen d'appeler un bateau depuis le début ?

— Oui. On ne s'installe pas sur une île déserte, avec un enfant, sans être équipé d'un moyen de communication. De ton côté, je ne comprends pas comment tu as pu…

Une lointaine sonnerie de téléphone l'interrompit. Abby tressaillit. Elle avait oublié de se mettre sur répondeur ! Selby se précipita dans le hall, puis vers la chambre d'Abby. La sonnerie provenait du placard. Il eut tôt fait de trouver le téléphone caché sous la couverture. Il le porta à son oreille puis le tendit à la jeune femme, qui l'avait suivi.

— Quelqu'un à Washington demande à parler à Cicéron.

Les joues d'Abby devinrent plus rouges encore. Elle refusa de prendre le téléphone.

— Dis-leur qu'elle n'est pas là.

Elle s'enfuit vers la salle de bains, poursuivie par le rire tonitruant de Selby.

— Un but partout ! lui cria-t-il.

Elle fit claquer la porte derrière elle pour ne plus l'entendre et ouvrit à fond les robinets d'eau froide et chaude. Elle ôta son peignoir et se regarda longuement dans la glace en pied. Il lui semblait voir son corps pour la première fois. Il l'avait caressé, admiré, exploré. Plus jamais elle ne pourrait le regarder sans penser à lui, comme si ses mains, ses lèvres avaient laissé sur sa peau des traces indélébiles. Et ces traces de dents sur son épaule… elles lui rappelaient la passion avec laquelle il l'avait caressée.

Afin de chasser les images érotiques qui lui venaient à l'esprit, Abby se glissa sous le jet de la douche et poussa un cri. Aussitôt, quelqu'un secoua la poignée de la porte.

— Abby, ça va ?

— Oui, c'est juste que l'eau est un peu froide !

— Je peux venir la réchauffer, si tu veux.

— Non !

— Dommage ! Harry est au lit et il t'attend pour que tu lui racontes une histoire.

La nouvelle enchanta Abby et l'encouragea à se dépêcher. Elle se lava vigoureusement les cheveux et utilisa la force du jet d'eau pour masser son corps endolori. On secoua de nouveau la poignée.

— J'arrive ! cria-t-elle.

Elle se sécha à moitié, ébouriffa ses cheveux qu'elle laissa retomber en cascades sur ses épaules, se glissa, encore humide, dans son peignoir de bain et ouvrit la porte.

— Elle n'était pas fermée à clé ? demanda Selby.

— Non !

— Je suis vraiment le dernier des idiots !

Il lui ouvrit les bras. Sans réfléchir, elle s'y précipita. Mais quelques secondes plus tard, elle le repoussait.

— Ce séjour a été super, Selby, je tiens à le dire et je suis désolée qu'il se termine.

— Mais…

Elle se leva sur la pointe des pieds et lui ferma la bouche d'un baiser.

— Chut, lui enjoignit-elle, ne complique pas les choses !

— Eh, vous deux, vous venez ? cria Harry. Je vais bientôt m'endormir !

Selby la souleva dans ses bras et enfouit son visage dans ses cheveux.

— Je n'ai jamais connu aucune femme qui sente aussi bon que toi, Abby, murmura-t-il.

« Et, moi, personne qui mente aussi bien que toi ! » pensa-t-elle. Il la déposa sur le lit à côté d'Harry, qui vint aussitôt se pelotonner contre elle.

— C'est l'histoire de Ruprecht von Popodopolis, le célèbre guerrier germanique qui abattit par erreur la tour du château d'Heidelberg alors qu'il défendait celui-ci contre les assauts du Roi-Soleil, le roi des Français.

L'histoire était passionnante mais, épuisé par une journée riche en événements, Harry s'endormit au bout de dix minutes.

— J'aimerais posséder ton talent ! soupira Selby en escortant la jeune femme dans le hall.

Son bras passé autour de ses épaules, il s'apprêtait à la reconduire jusqu'à sa chambre. Abby résista.

— Non, Selby, on ne recommence pas !

— Mais comment saurai-je la fin de l'histoire de Ruprecht ?

— Ecris à la librairie Popodopolis, suggéra-t-elle. 123 Fourth Street, Long Branch, New Jersey.

— Tu as un cœur de pierre.

— Je sais.

Elle se dressa de nouveau sur la pointe des pieds et déposa un baiser sur sa joue. Il voulut la prendre dans ses bras, mais elle lui échappa.

— Le mariage aura lieu demain matin, l'informa-t-il tandis qu'elle s'éloignait.

Dans la demi-obscurité environnante, il lui sembla qu'elle approuvait d'un signe de tête. Laissant échapper un profond soupir, Selby Farnsworth rejoignit son lit, dans lequel il se tourna et retourna toute la nuit, sans parvenir à trouver le sommeil.

9

Abby était épuisée lorsqu'elle descendit au rez-de-chaussée, le lendemain matin. Elle n'avait guère fermé l'œil de la nuit, obsédée par le souvenir des ébats de la nuit précédente, mais aussi par ce que Selby avait dit à son fils : « Je te ramènerai ta mère si c'est ce que tu veux. » Une telle promesse faite à un enfant tourmenté devait impérativement être tenue, et jamais Abby ne ferait quoi que ce soit pour en détourner son père.

La troupe de théâtre était arrivée. Tante Letty lui présenta les différents acteurs. Un homme d'un certain âge se présenta lui-même comme étant le révérend Playfair. Abby sourit. Il avait l'air plus vrai que nature. La jeune femme n'avait su comment s'habiller pour la cérémonie, aussi avait-elle tout simplement revêtu sa tenue habituelle : un jean et un chemisier blanc. Sa tante la saisit par le bras et l'entraîna jusqu'au salon, fermant la porte derrière elle.

— Tiens, c'est pour toi, lui dit-elle en désignant du doigt un immense carton posé sur le divan.

— Qu'est-ce que c'est ? demanda Abby.

— Ouvre et regarde.

Abby obéit. Le carton contenait une robe blanche faite de satin et de dentelles. Une pure merveille.

— Mets-la ! ordonna tante Letty.

Abby s'exécuta. La robe lui allait comme un gant.

— Elle… elle est blanche ! bredouilla Abby.

— Oui, et alors ? Le blanc sied aux jeunes mariées. Le reste n'est que littérature.

Abby haussa les épaules. De toute façon, tout cela était faux, alors, effectivement, qu'importait la couleur de la robe !

Toutes deux rejoignirent les autres dans la salle à manger décorée de milliers de fleurs pour l'occasion. Le « révérend » Jonathan Playfair les attendait, disposé à officier.

— Etes-vous prête ? demanda-t-il à Abby.

— Attendez, moi, je ne le suis pas ! cria le photographe.

— Laissons-le finir son verre de cognac, intervint Selby, déclenchant l'hilarité dans l'assemblée.

— Abby et Selby, placez-vous l'un à côté de l'autre et tenez-vous par la main, commanda le pasteur improvisé.

Il ouvrit un livre et lut les phrases rituelles, qu'Abby entendit à peine tant elle avait le cœur lourd. A un certain moment, Selby lui donna un coup de coude dans les côtes.

— Oui, je le veux ! lui souffla-t-il.

— Oui, je le veux ! répéta-t-elle, tel un automate.

D'autres mots suivirent, puis vint la phrase finale :

— En vertu des droits qui me sont conférés par l'Etat du Massachusetts, je vous déclare mari et femme. Vous pouvez embrasser la mariée.

Jusqu'à cet instant, Abby n'avait guère participé. Il lui semblait n'être qu'une sorte de poupée de chiffon dont on actionnait les ficelles contre sa volonté. Mais, lorsque Selby la prit dans ses bras pour un baiser de feu, elle reprit vie. Autant profiter pleinement de ce que lui offrait cette comédie…

Le baiser à peine terminé, quelqu'un tira sur la jupe de sa robe. Elle se retourna.

— Si tu es mariée à mon papa, tu es donc ma maman, Abby ? dit Harry, les sourcils froncés.

« Dieu du ciel, pensa Abby, que répondre à cette question ? »

— On n'a toujours qu'une seule maman, Harry, dit-elle, son cœur battant à tout rompre, celle qui nous a mise au monde. Mais, aujourd'hui, oui, on peut dire que je suis ta maman.

— Alors, je peux t'embrasser, moi aussi !

Selby se pencha, souleva son fils dans ses bras et l'approcha d'Abby. L'enfant jeta ses petits bras autour de son cou et la serra à l'étouffer. Cette démonstration d'affection faillit déclencher chez la jeune femme une nouvelle crise de larmes. Comment allait-elle faire pour se passer de ces deux-là ? Selby reposa Harry à terre.

— Il y a du soda dans la cuisine, fils.

Harry s'y précipita.

— Et maintenant ? demanda Selby.

— Et maintenant, quoi ?

— Comment se débarrasse-t-on de cette foule ?

— Laisse tante Letty s'en occuper. Elle est parfaite dans le rôle de maîtresse de maison. Je vais aller changer de tenue.

— D'accord. Mais fais vite !

Elle allait faire aussi vite qu'elle pourrait. Aussi silencieusement que possible, elle regagna le premier étage, se glissa dans sa chambre et troqua la délicieuse robe de dentelle contre ses traditionnels jean et chemisier. Elle ajouta un ciré à l'ensemble. Il faisait beau mais, à cette époque de l'année, le temps pouvait changer brutalement.

Le jour précédent, tandis que tante Letty et Selby complotaient, elle avait pris ses propres dispositions. Tout aussi silencieusement qu'elle était montée, elle redescendit et réussit à quitter la maison sans que personne s'en aperçût, Cléo sur ses talons. Elle n'avait plus rien à faire ici. Elle avait joué le rôle de la mariée, les photos avaient été prises, les promesses échangées. Un faux mariage, de fausses promesses. Seules les photos étaient vraies. Elles sauveraient Selby des griffes de l'odieux Harrelson. Tout était pour le mieux dans le meilleur des mondes. Abby n'avait plus qu'à rentrer à la maison.

Le bateau commandé la veille l'attendait à l'embarcadère. Elle monta à bord et ne se retourna pas une seule fois avant d'aborder sur l'autre rive. Ce qu'elle avait abandonné derrière elle devait être oublié à jamais. Elle retrouva sa voiture sur le parking où elle l'avait laissée. La vieille Volkswagen démarra au quart de tour et un instant plus tard, elle était sur l'autoroute.

Abby s'arrêta un instant sur une aire qui surplombait la mer. L'île avait totalement disparu dans le brouillard. Elle sortit son mouchoir, se tamponna les yeux, se moucha bruyamment et reprit la route en direction de la maison familiale de Manassas Junction. Elle aussi avait besoin de retrouver sa maman.

***

— Ah, c'est donc là que tu te caches ! dit Mme Spencer en pénétrant dans la chambre de sa fille.

Cette dernière se tenait assise sur le tapis dans une position de yoga, ses coudes sur les genoux, ses mains soutenant sa tête, les yeux fixés sur le mur. Mme Spencer s'approcha et lui tapa sur la tête.

— Eh, tu es encore vivante ?

— Oh, maman ! soupira Abby. Que se passe-t-il ?

Mme Spencer s'installa dans le rocking-chair en face de sa fille, repoussant d'un geste de la main les cheveux qui lui tombaient dans les yeux.

— Ce qui se passe ? J'espère que tu vas me le dire, ma fille. Tu es depuis ces cinq derniers jours assise sur ce tapis et ton idiote de chienne, elle, reste plantée devant la porte d'entrée comme si elle attendait quelqu'un. Est-ce ça le problème ? Vous attendez quelqu'un ?

— Maman, j'ai fait une chose terrible.

— Oh… cela arrive à chacun d'entre nous. Veux-tu que nous en parlions ?

— Je… euh… je ne sais pas. Il faut me laisser le temps…

— Ça a quelque chose à voir avec le mariage ?

Abby releva la tête.

— Tu es au courant ?

Mme Spencer réprima un sourire.

— Tu ne penses tout de même pas que ta grand-tante ait pu mettre sur pied une telle machination sans m'en parler ! J'assume, pour une bonne moitié, la responsabilité du désastre.

Puis, plus sérieuse, elle ajouta :

— Je suis vraiment désolée, ma chérie. Cela semblait une si bonne idée ! Pourras-tu jamais me pardonner d'avoir voulu me mêler de ta vie ?

Abby fit un geste apaisant de sa main.

— Ne t'inquiète pas, maman ! Moi-même, pendant un instant, j'ai pensé que c'était une idée extraordinaire.

— Mais ?

— Mais il a un enfant — Harry — qui réclame sa mère.

Selby a divorcé il y a cinq ans et l'enfant ne l'a jamais accepté. Alors, pour le bien de son fils…

— … il va se réconcilier avec sa première femme. Je suis vraiment désolée, Abby. Plus jamais je n'essaierai de te trouver un mari, je te le promets.

— Ne te culpabilise pas, maman. Les choses ne sont pas si terribles ! Je vais m'en remettre. Cet homme ne m'intéresse plus du tout.

— Alors tout va bien. Tu ne vas pas travailler ?

— Non, je… euh… j'ai quitté mon poste, au journal. Ils voulaient que j'assassine Selby dans ma rubrique et j'ai dit à mon patron qu'il pouvait aller se faire voir !

— Tu commences bien tristement l'automne, ma petite Abby. Tu es partie à Umatec joyeuse et confiante dans ton avenir, et tu en reviens brisée. Quels sont tes plans ? Je te signale que ton père attend de savoir s'il doit poursuivre ton député en justice, et que tes frères veulent connaître son adresse pour aller lui remonter les bretelles.

Abby se redressa vivement.

— Qu'ils touchent seulement à un de ses cheveux et ils auront affaire à moi !

Sa mère gloussa.

— Je vois. Cet homme ne t'intéresse vraiment plus du tout. Je vais transmettre l'information.

Avant de quitter la pièce, elle se retourna :

— J'allais oublier. Tu as reçu une lettre, ce matin.

Elle posa la missive sur les genoux d'Abby, caressa tendrement les cheveux de sa fille et sortit de la pièce.

Abby s'empara avec précaution de la lettre et la tourna et retourna entre ses doigts avant de lire l'adresse inscrite dessus. Elle sursauta aussitôt.

La lettre était adressée à M. et Mme Selby Farnsworth à Falls Church. L'adresse avait été barrée au stylo avec une annotation : « Essayer PO Box 92 RFD 3, Manassas Junction. » Mais l'adresse de l'expéditeur était plus stupéfiante encore : « Eglise de la Sainte Trinité, Rev. Jonathan W. Playfair, Hyannis, Massachusetts. » Pendant un long moment, Abby fixa les lettres qui dansaient devant ses yeux, comme hébétée. Puis elle se mit à trembler. Le révérend Playfair n'était pas un acteur !

Ses mains tremblaient si fort qu'elle éprouva les pires difficultés à décacheter l'enveloppe. Celle-ci contenait deux feuillets. Le premier était une lettre de félicitations.

« Après chaque cérémonie de mariage, je tiens à envoyer à ceux que j'ai unis au nom de Dieu tous mes vœux de bonheur. Je souhaite donc à tous deux de trouver, ensemble, le moyen de construire une vie bâtie sur l'amour que vous partagez et le respect que vous avez l'un pour l'autre. »

La lettre était signée : Jon W. Playfair, vicaire, église de la Sainte Trinité, Hyannis.

Le deuxième feuillet était beaucoup plus administratif : il s'agissait d'un authentique certificat de mariage délivré par l'Etat du Massachusetts. Selby l'avait renvoyé à son adresse. Le monstre ! Ce mariage n'était pas une comédie. Il le savait et ne lui avait rien dit…

Du rez-de-chaussée, sa mère, restée à l'écoute, l'entendit sauter sur ses pieds, fourrager dans sa garde-robe, s'habiller en maugréant et descendre l'escalier au pas de charge, le certificat de mariage à la main et une lueur meurtrière au fond des yeux.

— Le mariage était vrai ! dit-elle à l'adresse de sa mère.

Puis elle continua à maugréer, comme pour elle-même :

— « Jusqu'à ce que la mort vous sépare. » Elle va arriver pour toi plus tôt que prévu, Selby Farnsworth !

— Tu sors ? lui demanda Mme Spencer d'un air innocent.

— Oui. Falls Church, c'est où ?

— C'est un des quartiers chic de Washington. Pas très loin du Capitole. C'est là que tu vas ?

— Oui. Je connais un merveilleux petit garçon qui réclame sa maman et je vais tuer son père.

— Peut-être que cette maman qu'il réclame, ça pourrait être toi, Abby !

— Je…

— Parfois, les mamans de substitution font mieux leur travail que les mamans biologiques.

— Mais…

— Tu ferais une mère merveilleuse, ma fille.

Qu'était devenue la promesse de sa mère de ne plus se mêler de sa vie ? Abby s'avança vers la porte et y retrouva Cléo, qui attendait là depuis cinq jours. A peine la porte s'ouvrit-elle que la chienne bondit dehors et se précipita vers la voiture, donnant ainsi tacitement son accord à l'initiative de sa maîtresse.

Quelques instants plus tard, elles roulaient à vive allure sur l'autoroute avant de rejoindre le centre de Washington. Abby n'eut aucune difficulté à localiser le quartier de Falls Church, bien fléché. Mais trouver une maison particulière sans indication de numéro est une aventure plus périlleuse. C'est là que Cléo se révéla une aide des plus précieuse. Abby gara la voiture et explora le quartier à pied. Le nez au vent, la chienne frémissait de tout son corps. Devant l'une des maisons, elle se mit à aboyer avant de poser ses deux pattes sur la barrière.

— C'est donc là ! s'exclama Abby.

Comme Cléo continuait à aboyer bruyamment, une femme finit par paraître à la porte d'entrée.

— Elle ne mord pas, la rassura Abby. Je suis… Est-ce que Selby habite ici ?

— Je ne sais pas si je dois… Qui êtes-vous ?

Abby agita le papier qu'elle tenait à la main.

— Je suis… euh… la nouvelle Mme Selby Farnsworth.

— Dieu soit loué, vous voici ! Entrez, entrez. Je suis Mme Premm.

Stupéfiée par la chaleur de cet accueil, Abby obéit.

— Est-ce qu'Harry…

— Je ne l'ai jamais vu dans cet état ! répondit Mme Premm. Son père non plus, d'ailleurs. On dirait deux zombies. Harry refuse d'aller à l'école, ne mange plus et reste enfermé dans sa chambre. Son père part très tôt le matin pour le Capitole et rentre à la nuit tombée. Les deux se mettent alors sur le canapé et n'échangent pas une parole.

« Nous sommes donc trois à être malheureux, pensa Abby. Non, quatre ! » Cléo se tenait devant l'escalier qui menait à l'étage et gémissait.

— Va le chercher, Cléo ! ordonna Abby.

Comme si elle n'avait attendu que cela, la chienne bondit. Quelques secondes plus tard retentit le cri de joie d'Harry mêlé aux aboiements de la chienne.

— Eh bien, voilà déjà un premier problème réglé, dit Mme Premm. Je suis la gouvernante, la nourrice, la cuisinière, et tout ce que vous voudrez et j'ai beaucoup entendu parler de vous.

Abby allait de surprise en surprise.

— Pas en bien, je suppose.

— Au contraire !

Abby allait la questionner plus avant lorsque le bruit d'une charge d'éléphants dans l'escalier l'interrompit. L'enfant et le chien s'arrêtèrent à quelques mètres d'elle ; Harry cligna plusieurs fois des yeux, comme pour se persuader qu'il ne rêvait pas.

— Abby ? demanda-t-il, incrédule.

Puis, dans un élan impulsif, il se précipita dans les bras de la jeune femme en criant : « Maman ! » Un cri du cœur auquel Abby ne pouvait rester insensible.

— Tu ne vas pas repartir, n'est-ce pas, tu vas rester avec nous, pour toujours ? implora l'enfant.

Se pouvait-il que les choses fussent aussi simples que cela ? Que l'enfant l'ait spontanément adoptée comme sa mère ? Le doute persistait dans l'esprit d'Abby. C'est alors que la sonnette de la porte d'entrée retentit. Tout le monde se regarda, perplexe. Qui cela pouvait-il être ? Mme Premm alla ouvrir. Une femme aux cheveux blond platine se tenait sur le seuil, accompagnée d'un homme de petite taille, tout gringalet.

— Non ! hurla Harry en se cachant derrière Abby.

— Voici, mon fils, Alfred, annonça la femme. Attrape-le et partons !

— Une minute ! intervint Abby. M. Farnsworth n'est pas à la maison en ce moment et…

— Je sais. C'est la raison pour laquelle je suis ici. Attrape-le, Alfred !

Le dénommé Alfred — qui ne mesurait guère plus d'un

mètre soixante — voulut s'approcher d'Harry, mais Abby s'interposa.

— Que les choses soient claires, énonça-t-elle d'un ton doctoral. Selby n'est pas ici et personne n'emmènera son fils sans sa permission.

La femme s'avança alors, furibonde.

— Il se trouve que je suis la mère de cet enfant, déclara-t-elle. Alfred, attrape-le !

Alfred tenta d'obéir à l'injonction. Il portait une veste qui avait dû coûter une fortune. Se campant devant lui, Abby l'attrapa par les revers et le souleva de terre sans difficulté.

— Ecoutez-moi bien, Alfred, dit-elle, je vais vous reposer et compter jusqu'à cinq. Si au bout de ce temps-là vous n'avez pas disparu de ma vue, je vous écrase comme une crêpe, OK ? Un, deux…

Abby reposa Alfred sur ses pieds et, le sourire aux lèvres, Mme Premm ouvrit la porte. Avant même qu'Abby ait terminé de compter, le courageux Alfred était dehors. Abby concentra alors son attention sur la femme blonde.

— Que voulez-vous exactement ? lui demanda Abby.

— Mon fils ! Alfred et moi venons de nous marier. Je veux récupérer mon fils et la pension que me versait son père.

— Harry, demanda Abby, désires-tu aller vivre chez ta mère ?

Harry s'agrippa désespérément à sa jupe.

— Non ! cria-t-il. Je veux rester avec papa et toi. S'il te plaît, Abby, ne me quitte pas !

— Plus jamais, Harry, je t'en fais la promesse !

— Mais enfin, qui êtes-vous ? s'enquit la blonde créature.

— Je suis la nouvelle Mme Selby Farnsworth.

— Selby, remarié ? Je ne puis le croire !

— Il faudra pourtant vous y faire. Selby, Harry et moi formons désormais une famille solide et le juge pour enfants sera très sensible à cet état de fait. Vous n'avez plus rien à faire dans cette maison, madame.

Elle s'avança vers la visiteuse, qui recula. Abby mesurait au moins une tête de plus qu'elle. C'est alors que Cléo se mit de la partie et montra ses crocs. La visiteuse quitta la pièce plus vite qu'elle n'y était entrée. Mme Premm s'empressa de refermer la porte, et complimenta Cléo.

— Avec un tel chien dans la maison, nous ne craignons plus rien !

— C'est vrai, tu vas rester ? demanda Harry, les yeux brillants de joie.

— Oui, mais j'ai tout d'abord un compte à régler avec ton père ! Où est-il ?

— Il siège au Capitole depuis ce matin, intervint Mme Premm. Vous comptez y aller en voiture ?

— Oui, pourquoi ?

— Il est très difficile de se garer aux alentours du Capitole. Prenez donc la voiture de M. Farnsworth. Un collègue est passé le chercher ce matin et elle est donc restée au garage. Elle est dotée d'une de ces plaques minéralogiques réservées aux députés.

« A qui la police ne donne pas de contraventions ! » pensa Abby, ravie. Elle s'empara des clés que lui tendait la gouvernante.

— Cléo, tu restes là, avec Harry ! ordonna-t-elle.

Cléo remua la queue et se coucha aux pieds de l'enfant.

— Harry, tu t'occupes de Cléo pendant que je vais m'expliquer avec ton père !

Sur ces mots, elle se précipita dehors, oubliant, tant elle était pressée, de refermer la porte.

10

Abby emprunta l'Arlington Memorial Bridge pour traverser la rivière et atteindre le centre-ville. L'heure du déjeuner n'était peut-être pas la meilleure pour circuler, mais avait-elle le choix ? Elle arriva bientôt en vue du Capitole. Le célèbre bâtiment se dressait dans toute sa splendeur, juste devant elle, surveillé par un cordon de policiers. Un regard sur la plaque minéralogique, et ils la laissèrent passer. Hélas, arrivée au parking, Abby découvrit qu'il n'y avait plus aucune place disponible — hormis celle qui portait un écriteau « réservé au directeur », juste devant l'entrée de la bibliothèque.

Selby n'avait certainement pas ce titre — mais tant pis. Sifflotant allègrement, Abby se gara et se dirigea vers l'entrée du Capitole.

Le garde, à l'entrée, lui demanda de décliner son identité.

— Je suis Mme Farnsworth, déclara-t-elle.

— Toutes mes félicitations ! dit l'homme de la sécurité, mais vous devez néanmoins me montrer vos papiers.

Comme Abby fouillait dans son sac, il glissa de son épaule et tout son contenu se répandit sur le sol. Abby en aurait pleuré de rage. Conscient de sa détresse, le policier, attendri, se pencha pour l'aider à tout ramasser.

— Eh bien, voilà ! dit-il en se redressant.

Il tenait à la main sa carte de presse. Elle n'était plus valable, bien entendu, puisqu'elle avait démissionné, mais, tout heureux de venir en aide à une jeune et jolie jeune femme, le policier lui ouvrit tout grand la porte du palais.

La chance était avec elle. « Pourvu que ça dure ! » se dit-elle. Un autre policier gardait l'entrée de la salle des débats.

— Je dois entrer, l'informa Abby.

— La séance est suspendue pour quelques minutes, annonça le garde.

— Oh, ça tombe bien. J'ai un message pour mon mari.

— Je me ferai un plaisir de le lui transmettre.

— Euh… c'est… c'est très personnel !

— Ah ! Comment s'appelle votre mari ?

— Farnsworth. Il est grand, fort…

Le garde leva la main pour l'arrêter.

— Ne vous inquiétez pas, je connais le député de l'Ohio. Il est dans tous ses états depuis quelques jours. Lui, si jovial, si convivial d'ordinaire, se querelle avec tout un chacun…

— Il faut absolument que je le voie ! dit Abby.

Le garde passa sa tête dans l'entrebâillement de la porte.

— Vous avez de la chance. Il est là, tout seul. Il n'a pas l'air heureux. Allez-y, mais dépêchez-vous, la séance reprend dans une dizaine de minutes.

Abby se faufila dans l'ouverture de la porte, qui se referma sur elle. Devant ses yeux s'alignaient en demi-cercle les quatre cent trente-cinq sièges. Sur l'un d'eux, un homme se tenait assis, la tête dans les mains. Selby !

Elle avança sur la pointe des pieds, impressionnée par ce lieu dans lequel se prenaient toutes les grandes décisions législatives du pays. Plus elle avançait, plus son cœur battait fort.

— Selby ?

Elle était arrivée à son côté. Elle pouvait presque le toucher.

— Je vous ai dit que je ne voulais pas être dérangé ! dit-il d'un ton rogue.

Puis il leva les yeux.

— Abby ! s'exclama-t-il. Bon sang, que fais-tu ici ?

— Je suis venue te parler.

Il se leva, la prit par les épaules et la secoua comme un prunier.

— Où avais-tu disparu ?

— Tu as cherché à le savoir ?

— Non. Si tu es partie, c'est que tu ne voulais plus rien avoir à faire avec moi. Que pouvais-je devant une telle décision, sinon l'accepter, la mort dans l'âme ?

— Je suis là.

— Et je vais te tordre le cou !

Au lieu de cela, il la prit dans ses bras et l'embrassa avec passion. Il y eut quelques applaudissements de la part des députés, qui rejoignaient peu à peu leurs sièges.

— Je suis partie parce que je ne pouvais supporter plus longtemps l'idée de ce faux mariage.

Elle brandit le certificat sous son nez.

— Mais, toi, tu savais qu'il était vrai, n'est-ce pas ? Tu étais de connivence avec tante Letty ?

Il baissa la tête comme un enfant pris en faute.

— J'étais prêt à tout pour te garder…

— Pour me garder ? Et… Harry ?

— Tout comme moi, il ne peut envisager la vie sans toi.

— Ma mère…

— … sera la plus heureuse des femmes. Je lui ai parlé, il y a quelques jours.

— Mes frères…

— … sont heureux que tu aies enfin trouvé un mari !

Il la prit de nouveau dans ses bras. C'est alors que le président de l'assemblée s'empara du micro.

— Député Farnsworth, dit-il, voulez-vous bien terminer ce que vous avez à faire, de sorte que cette honorable assemblée puisse reprendre ses travaux ?

— Il a raison, murmura Selby à l'oreille d'Abby. Pour être vraiment réel, ce mariage doit être consommé !

Il la souleva dans ses bras et descendit l'allée sous les applaudissements de ses pairs.

— Où… où allons-nous ? balbutia Abby.

— Nous rentrons à la maison.

Une fois dehors, il la remit sur ses pieds.

— Ton ex-femme est venue te rendre visite, annonça alors Abby. Je l'ai rencontrée.

— Par tous les démons de l'enfer ! Qu'est-ce qu'elle voulait ?

— Reprendre Harry et récupérer ainsi la pension alimentaire.

— Harry ! Il n'est pas…

— Non, il est à la maison sous la garde de Cléo. Il nous attend.

Il lui restait à lui transmettre une dernière information de taille.

— Il faut que je te dise… ta femme s'est remariée !

L'espace d'un instant, il resta sans bouger, comme tétanisé. Puis il la prit dans ses bras et la serra contre lui à l'étouffer.

— Abby, c'est la meilleure nouvelle que j'ai entendue depuis bien longtemps ! Qu'elle se marie était la seule solution pour que je n'aie plus jamais à lui payer de pension alimentaire, et elle l'a fait. Elle l'a fait ! Je ne vais plus avoir à travailler autant ! Nous allons pouvoir aller dans ce ranch de l'Ohio…

Abby le tira par la manche.

— Nous devrons d'abord passer par la fourrière.

En effet, devant eux, accrochée au camion de la fourrière municipale, venait de passer la voiture de Selby, celle qui portait les plaques minéralogiques réservées aux députés et qu'elle avait garée quelques instants auparavant sur le parking réservé au directeur de la bibliothèque du Congrès.

« Décidément, pensa-t-elle, un sourire aux lèvres, les privilèges des députés ne sont plus ce qu'ils étaient ! »

Composé et édité par HarperCollins France.

Achevé d'imprimer en juillet 2019.

CPI
BLACK PRINT

Barcelone

Dépôt légal : août 2019.

MIXTE
Papier issu de sources responsables
FSC
www.fsc.org
FSC® C108412

Pour limiter l'empreinte environnementale de ses livres, HarperCollins France s'engage à n'utiliser que du papier fabriqué à partir de bois provenant de forêts gérées durablement et de manière responsable.

Imprimé en Espagne.